btb
Aus Freude am Lesen

btb

Buch

Ann Frear, Literaturwissenschaftlerin an der Universität von Toronto, hat eine Affäre mit dem verheirateten Kunsthistoriker Arthur Woodruff. Ihre Leidenschaft als Wissenschaftlerin gilt Emily Brontë, Arthurs Spezialgebiet ist der venezianische Meister Tintoretto. Als Ann klar wird, dass Arthur seine Ehe und seine Forschung wichtiger sind als sie, flieht sie nach England, in die Welt der Brontës. In den Mooren Yorkshires mietet sie sich ein Cottage, sie lauscht dem Wind, geht ganz auf in dieser wilden und melancholischen Landschaft der *Sturmhöhe.* Und sie begegnet dem Farmer John, der sie aus ihrer Einsamkeit und ihrer Verzweiflung rettet. Als es in Venedig zu einem neuerlichen Treffen mit Arthur kommt, hat sich manches geändert.
Verwoben mit der Handlung in der Gegenwart ist die Geschichte der ätherischen Ballonfahrerin Arianna Ether und ihrer ebenso leidenschaftlichen wie unglücklichen Liebe zu Jeremy Jacobs, ihrem Kompagnon bei den luftigen Unternehmungen. Als Arianna im Jahr 1900 über der Heimat der Brontës in die Tiefe stürzt und tödlich verunglückt, eröffnet sich ihr im Jenseits eine mysteriöse und geheimnisvolle Welt, in der die Grenzen von Zeit und Raum aufgehoben sind.

Einfühlsam und mit großer sprachlicher Eleganz erzählt Jane Urquhart von Leidenschaft und Kunst, von selbstzerstörerischer Obsession und Sehnsucht.

Autorin

Jane Urquhart veröffentlichte mehrere Romane und eine Kurzgeschichtensammlung. In Deutschland wurde sie durch ihren Roman *Fort* bekannt. Jane Urquhart lebt mit ihrem Mann, dem Maler Tony Urquhart, und ihrer Tochter in einer Kleinstadt in der Nähe von Toronto.

Außerdem bei btb erschienen

Fort. Roman (72090)
Übermalungen. Roman (72275)

Jane Urquhart

Die Ballonfahrerin

Roman

Deutsch von Berthold Radke

btb

Originaltitel: Changing Heaven

Umwelthinweis:
Alle bedruckten Materialien dieses Taschenbuches
sind chlorfrei und umweltschonend.

btb Taschenbücher erscheinen im Goldmann Verlag,
einem Unternehmen der Verlagsgruppe Bertelsmann.

1. Auflage
Deutsche Erstveröffentlichung Februar 2001

Umschlaggestaltung: Design Team München
Umschlagmotiv: Pál Szinyei Merse, Fesselballon 1878, Léghajó
Satz: Uhl + Massopust, Aalen
KR · Herstellung: Augustin Wiesbeck
Made in Germany
ISBN 3-442-72670-0
www.btb-verlag.de

Dieser Roman ist für
Emily B. und Emily U.
und zum Gedenken an
Ken Adachi

Wie still, wie glücklich! Dies sind Wörter,
Die schwerlich einst zusammenpassten;
Ich liebte das Geräusch der Lüfte,
Das Himmelsspiel, den Wind, das Wetter.

EMILY BRONTË

Sie möchte ein Buch über den Wind und das Wetter schreiben.

Sie möchte *Beständigkeit* und *Launenhaftigkeit* in den Sätzen spüren, wie bei einer vorüberziehenden Wolke, welche die Farbe der Seite verändert, die man an einem wechselhaften Tag im Freien liest. Sie möchte, dass Donner darin vorkommt, dann etwas Stille, dann wieder Donner. Sie möchte vorhersagen, wie lange es bis zum nächsten Umschwung dauert, und dass sich all ihre Vorhersagen als falsch erweisen. Sie möchte Wiederkehr. Eine Wolke, die dem Gesicht eines Mannes ähnelt, den man lieben oder fürchten könnte – diese Wolke soll am Horizont erscheinen, kurz darauf wieder verschwinden und erneut erscheinen. Sie möchte von Stürmen ins Haus gejagt werden und durch Hitze in die Luft aufsteigen, um meilenweit vom nächsten Unterschlupf entfernt von einem Gewitter überrascht zu werden. Sie möchte zusehen, wie sich der Große See durch die Aktivitäten des Himmels verändert, und beobachten, wie ein stiller Teich im Moorland zum ersten Mal in seinem Dasein weiße Schaumkronen bildet; sie möchte auf das Rückgrat von Tieren hinunterblicken, denen das Fell gegen den Strich geweht wird, und sehen, wie deren Augen Regen, Schnee und Graupel spiegeln. Sie wünscht sich den Atem des Windes in ihren Worten und möchte seinen unsichtbaren Körper in den Armen halten. Immer wieder möchte sie ihn spüren, den Geist des Windes – sein ausweichendes Wesen, seine Hartnäckigkeit, seine Unvergänglichkeit.

»Wir sind gesegnet und verflucht mit diesem Wind hier«, könnte einer der Dorfbewohner sagen oder ihr zurufen, um den Sturm zu übertönen. Und in den Wochen und Monaten, die vor ihr liegen, wird sie genauso oft ihre Meinung zum Wind ändern, wie der Wind seine Meinung über die Gestalt des Himmels ändert oder darüber, wie stark er die Bäume noch verbiegen soll.

Gelegentlich ist es ein scharfer, entschlossener Wind, der, wenn man den Dorfbewohnern glauben mag, tief über der russischen Steppe einatmet und mit beachtlicher Geschwindigkeit und Präzision über weite Entfernungen hinweg zum Haworth-Moor in Yorkshire, England, drängt. Kein flüchtiger, eher ein eisiger, grimmiger und konstanter Wind. Er führt die weiße Leere und die fehlenden Details mit sich, die man mit arktischen Orten verbindet. Er bringt Geräusche mit sich – mehr ein Brüllen als ein Pfeifen oder Heulen. Da es ein reiner Wind ist, eher ein Wind des Himmels als der Erde, führt er das Wetter mit sich. Wie eine rasche Parade bewegt er Wolkenformationen, die immer wieder aufs Neue ihre Absicht am Horizont verkünden. Gelegentlich lässt der Wind etwas nach und wird sinnlicher, weniger aggressiv, beunruhigender. Dann ist es ein Wind, der schon lange, lange Zeit existiert hat; ein Wind, der laut der alten Griechen etwa zur selben Zeit wie das Chaos geboren wurde; oder wie jener andere Halbmensch, ein Zyklop namens Brontë – das griechische Wort für Donner. Und was ist Donner in dieser Gegend anderes als eine laute Stimme, die sich im rauen Wind Gehör verschafft?

Sie möchte ein Buch schreiben über Unruhe; über Elemente, die ihre Form verändern, aber keineswegs ihr Wesen; über Dinge, die nie verloren gehen. Über Unbarmherzigkeit.

Über Himmel, Wetter und Wind.

TEIL EINS

Wind

Dies ist mein Land, wo Wirbelwinde sausen,
Wo Schneegestöber meinen Pfad umstaut.
Sind viele Jahre vergangen, seit ich draußen
In jener Welt ein andres Heim geschaut.

EMILY BRONTË

Arianna Ether stieg mit ihrer Gefolgschaft die steile Hauptstraße des Dorfes hinauf. In der kleinen Schar zogen alle ihre Köpfe vor dem scharfen Nordwind ein, der Anfang September zwar nicht kalt, aber auch nicht gerade warm war. Nur ein Einziger ging aufrecht, zeigte dem Wind die Zähne und blinzelte in die tief stehende Abendsonne. Er war ein Mann von zirka fünfunddreißig Jahren, dunkelhaarig, mit schlanker, kräftiger Figur, breiten Schultern und breiten Händen. Er trug einen roten Schal und eine grüne Kordjacke, die seine Augen in derselben Farbe leuchten ließ, denn er hatte die Augen eines Wechselbalgs: unbeständige Augen, die sich stets der Farbe anpassen, die in ihrer Nähe ist. Diese Augen, unter makellosen schwarzen Brauen, waren das vorherrschende Merkmal in einem Gesicht von außergewöhnlicher Schönheit. Er war ein sehr gut aussehender Mann mit eigenwilligem Charakter – wenn wir als Beweis dafür seinen Unwillen heranziehen wollen, sich vom Wind, der Sonne und dem steilen Hügel unterkriegen zu lassen. Bei genauerem Hinsehen konnte man aber untrügliche Sorgenfalten erkennen, die von seinen Edelstein-Augen wie die Spinnweben eines Eisenbahnnetzes auf einer Karte verliefen. Dieser Mann war sichtlich besorgt, und das schon seit langer, langer Zeit. Auch um seinen Mund herum waren Spuren fortwährender Anspannung (diesmal wie dünne Rinnsale auf derselben Karte), gemischt mit einer Halsstarrigkeit, die es ihm nicht gestattete, seinen Kopf zu senken und sich dem hartnäckigen Wind anzupassen.

An seiner Seite ging eine Frau, die wohl die zarteste Lady in England sein mochte: eine große, hübsche, ungewöhnlich schlanke Frau mit prächtigen blonden Locken, die sich einfach nicht bändigen lassen wollten, auch wenn eine ganze Armee von Schildpattkämmen und Haarspangen zu diesem Zweck eingesetzt wurde. Ihre Haare, beziehungsweise ein Teil von ihnen, wurden nun von diesem lächerlichen Wind aufgewirbelt, genau wie ihre hellblauen Röcke und, wie es schien, auch ihre Arme, die sie leicht abgewinkelt vom Körper hielt. Sie bewegte sich, als balanciere sie auf einem Drahtseil. Im Grunde hatte es den Anschein, als könne der Wind sie gänzlich davontragen, so vollkommen schwerelos wirkte alles an ihr. Jeder Mann im Dorf, der dieser kleinen Parade zusah, und das waren fast alle, verliebte sich auf der Stelle in sie und wollte sie mit seinen starken Schäferarmen festhalten, wollte Mauern aus schwarzem Kohlensandstein errichten, um sie vor dem Wetter zu beschützen, wollte ihr die vom Wind zerzausten Locken aus der Stirn streichen. Und im selben Moment begann jeder Mann im Dorf ihren gut aussehenden Begleiter zu hassen, der den Engel an seiner Seite überhaupt nicht wahrzunehmen schien, sondern stur geradeaus starrte und ihr nicht die kleinste Hilfe bei der Überwindung des gefährlichen Anstiegs der Hauptstraße anbot, an deren Ende das Olde White Lion Hotel auf sie wartete und ihr Schutz verhieß.

Sämtliche Männer kannten die Geschichten über Arianna Ether, was natürlich nicht ihr richtiger Name war – obwohl sie das nicht wussten. Es kursierte zum Beispiel das Gerücht, sie habe in der Wiege geschwebt, da sie von Beginn an leichter als Luft gewesen sei, so dass ihre Mutter zwanzig Decken benutzen und diese mit großen Steinen beschweren musste, nur um die Kleine in ihrem Körbchen zu halten. Ihr Vater hatte sie zärtlich »Seidenpflänzchen« genannt, da sie als Kind, und selbst jetzt noch, dem Inneren der Samenkapseln dieser Pflanze geähnelt hatte, sowohl durch ihr fast weißes, seidiges Haar als auch durch ihre Neigung davonzuschweben. Später hieß es, er hätte sogar spezielle Eisenschuhe für sie anfertigen lassen, damit sie nicht Gefahr lief, in die Wolken zu entgleiten, wenn sie mit den anderen Kindern spielte. Und nachts… nachts wagten ihre Eltern es nicht, das Fenster auch nur einen Spalt breit offen zu lassen, da Arianna S.(für Seidenpflänzchen) Ether als Folge ihrer unglaublichen Zartheit ganz leicht im Schlaf durch die kleinste Öffnung hinausschweben und in dem dahinter liegenden Kosmos hätte verschwinden können.

Warum also, fragten sich die empörten Männer, während sie zaghaft unter Ariannas Röcken nach den Eisenschuhen suchten und überlegten, ob sie wohl auch eiserne Unterwäsche trug, warum legte ihr der hübsche Begleiter nicht wenigstens hilfreich eine Hand auf die Schulter, um sie zu beschützen und ihr ein wenig mehr Gewicht zu geben, während sie die Straße dieses unbekannten, windigen Dorfes hinaufging?

Und was war das für ein Dorf! *Was ist das bloß für ein Dorf?*, dachte Arianna (deren richtiger Name Polly Smith war), während sie sich über feuchtes, gefährlich aussehendes Kopfsteinpflaster kämpfte. Als sie aus dem Zugfenster die ersten Blicke auf die Architektur von West Yorkshire geworfen hatte, war sie entsetzt gewesen, und obwohl dieses Dorf etwas höher lag, unterschied es sich auch nicht wesentlich von den anderen. Reihen von schwarzen Weberhütten, die gelegentlich von einem Friedhof voller schwarzgrüner Grabsteine oder dem kompakten Block eines schwarzen Pubs unterbrochen wurden. Zuerst hatte Arianna den Fabriken die Schuld für das schwarze Dorf gegeben; doch in diesem entlegenen Winkel von Haworth gab es gar keine Fabrikschlote, da die Besitzer und Erbauer sich die Wasserkraft in den Tälern zunutze gemacht hatten. »Kohlensandstein« hatte Jeremy auf der Zugfahrt zu ihr gesagt und es nicht weiter erklärt. Abgesehen von diesem einen Wort hatte er den ganzen Tag über nicht gesprochen.

Jetzt hob Arianna ihren Kopf, und der grausame Wind trieb ihr jähe, gefühllose Tränen in die hellblauen Augen. Sie erkannte, dass das Gasthaus fast erreicht war. Gibt es hier irgendwo eine Kirche?, fragte sie sich und blickte sich suchend um. Dann fiel es ihr wieder ein, ach ja, die Kirche und die seltsamen Töchter des Geistlichen, die vor fünfzig Jahren Bücher geschrieben hatten und jung gestorben waren; Letzteres war an einem Ort wie diesem ja auch kaum verwunderlich. Arianna hatte diese Bücher nie gelesen, da nach ihrem Verständnis der einzige Zweck eines Buches darin bestand, jemand zu beschweren, der sich, aus welchem Grund auch immer, leichter fühlte als Luft.

Obwohl die Zuschauer von Arianna und ihrem bedrohlichen Begleiter fasziniert waren, richteten sie in diesem Moment ihre Aufmerksamkeit auf zwei stämmige Männer, die einen Pferdewagen die Straße hinaufführten. Oder, um genauer zu sein, auf den Inhalt des Wagens: ein wirres Knäuel aus bunten Stoffen. Mit gereckten Hälsen und zusammengekniffenen Augen wurden heimliche Schlüsse gezogen, bis schließlich einer der größeren Teilnehmer der Versammlung, dessen Augenlicht auf wundersame Weise nicht unter den Kinderkrankheiten gelitten hatte, voller Überzeugung verkündete:

»Aye … das wird wohl der Ballon sein.«

Während sich die Menschen um den Wagen scharten, um das nun schlaffe Weltwunder zu untersuchen, verweilte Arianna noch für einen Moment mit dem Rücken zur Menge vor der Tür des Gasthauses. Dann setzte sie, wie üblich, ihr strahlendstes Lächeln auf, drehte sich um und sagte:

»Ich bin glücklich, hier zu sein, und freue mich auf die morgige Vorstellung.«

Auf diese kurze Ansprache folgten Beifallsrufe, als Arianna, nachdem sie mit blasser Hand gewinkt hatte, ihrem Begleiter, der ihr die Tür vor der Nase zugeschlagen hatte, ins Gasthaus folgte.

Die Männer irrten sich in diesem gut aussehenden Mann. Er belastete sie sehr wohl. Er belastete sie sogar sehr.

Das Innere des Gasthauses war düster und schäbig, doch es wurde zu diesem besonderen Anlass durch ein Holzfeuer gewärmt und ein wenig erhellt – was in dieser kohle-verbrauchenden Gegend etwas Unerhörtes war, noch dazu im September. Der Wirt war ein rundlicher, rotgesichtiger Mann, dessen Antlitz den Gesichtern auf dekorativen Porzellankrügen an der Wand nicht unähnlich war. Als er Arianna hereinkommen sah, unterbrach er sein Gespräch mit ihrem dunklen Begleiter und eilte nach vorn, um sie begeistert in einem Dialekt willkommen zu heißen, der Arianna so fremd war wie Polnisch oder Griechisch.

»Schon bald werden Sie bei den Vögeln im Himmel sein«, erläuterte er, »schon morgen früh, mit Gottes Segen, und der Wind wird um Sie herum heulen. Und ich werde ganz bestimmt dabei zusehen, aye. Wagen Sie sich ja nicht ohne Ihre Eisenschuhe hinaus, an Ihnen ist ja fast nichts dran. Sonst wird Ihr Ballon noch bis Lancashire geweht.«

»Danke«, erwiderte Arianna verblüfft.

»Nicht doch, ich hole das Essen«, verkündete er und hastete in einen Nebenraum, aus dem das Geklapper von Eisentöpfen und Besteck zu hören war. »Nehmen Sie doch Platz.«

Arianna zog einen Stuhl zu ihrem stattlichen Manager heran, der sich bereits ein Pint Bier bestellt hatte, das er nun missmutig zu sich nahm.

»Ach, Jeremy«, stöhnte sie, »ich fühle mich so schwer wie Blei.« Und es stimmte, sie fühlte sich schon seit langem ganz niedergeschlagen. Unermüdlich waren sie gereist, Landschaften flogen an den rußigen Fenstern der Eisenbahnwaggons vorbei, die ewigen Sandwiches und das Bier, ein ländlicher Jahrmarkt jagte den nächsten. Und Arianna hatte wenig vorzuweisen außer ihrem Überleben und der Nähe zu einem Mann, den sie anbetete, der sie aber nicht mehr liebte – obwohl sie nachts manchmal glauben konnte, dass er Zuneigung zu ihr empfand. Selbst da, selbst dann wurden aber keine Zärtlichkeiten oder Kosenamen ausgetauscht, wie in der Vergangenheit. Er fühlte sich durch etwas anderes zu ihrem Fleisch hingezogen; etwas, das Arianna nicht verstehen konnte, und etwas, das Jeremy störte, wovon er aber nicht loskam.

Er war ihr Lehrer, woran er sie auch immer wieder erinnerte, beinahe ihr Schöpfer. Ohne ihn wäre sie nur Polly Smith. Wenn er sich von ihrem ätherischen Wesen nicht so angezogen gefühlt hätte, wäre er wohl immer noch der großartige »Sindbad der Lüfte« (der er noch vor zwei Jahren gewesen war) und nicht jener Jeremy Jacobs, der nun lediglich ihre Vorführungen ausstaffierte. Sie wäre Polly Smith, sagte er zu ihr, Ladenmädchen, Putzfrau, Kellnerin, Fabrikarbeiterin oder bestenfalls eine bezahlte Schlampe. Sie würde, wie es sich gehörte, in der Menge stehen und *ihm* zusehen. Wie es sich gehörte. Doch die Natur des Menschen ist nun mal launisch, und so waren die schrumpfenden Zuschauermengen des »Sindbad der Lüfte« immer dann wieder gewachsen, wenn er Arianna mit sich in den Himmel genommen hatte.

Arianna hielt beharrlich an den Erinnerungen an ihre gemeinsamen Flüge fest; Flüge, zu denen es beinahe umgehend nach einer langen Zeit der Sinnlichkeit in einem weißen Raum gekommen war. Sie erinnerte sich an Jeremys perfektes Profil neben ihrem eigenen, an einen türkisfarbenen Himmel im Hintergrund und an die Menschenmenge, die unter ihnen immer kleiner und kleiner wurde. Diese intime Abgeschiedenheit, ihre Distanz von der Welt, sein Herz in der Nähe ihrer Schulter. In diesen Momenten war sie rundum glücklich gewesen. Doch schon bald hatte er darauf bestanden, dass sie alleine losfliegen sollte, um sie hinterher in der dunklen Anonymität eines kleinen Hotelzimmers zu treffen, wo er sich wild und geradezu verbissen sämtliche Vergnügungen holte, nach denen es ihn gelüstete.

Einmal warf er ihr vor, sie hätte ihm den Himmel gestohlen.

»Du hast mir den Himmel weggenommen«, sagte er, »wegen dir bin ich an die Erde gefesselt. Jetzt muss ich mich um weltliche Dinge kümmern; Zugfahrpläne, Segeltuch und Seide flicken, Ledergurtwerk überprüfen…« An jenem Tag trug er Schwarz, und Arianna würde sich immer an seine Augen erinnern: zwei leblose Kohlen, mit denen er sie vorwurfsvoll anstarrte. Da hatte sie ihn tränenreich gebeten, zu ihr zu kommen und mit ihr in die Wolken hinaufzusteigen, wie sie es früher getan hatten.

Hasserfüllt hatte er sie angesehen. »Du Ladenmädchen, du SCHLAMPE!«, hatte er gebrüllt. »Du verstehst einfach GAR NICHTS!«

Und in dieser Nacht war er zum ersten Mal überhaupt nicht in ihr Zimmer gekommen.

Der Wirt kehrte mit einer eigentümlichen schweren Masse aus Fleisch und Kartoffeln zurück, die er einen Pudding nannte. Als Arianna zunächst versuchte, das Ganze zu enträtseln und dann schließlich davon probierte, begann Jeremy endlich zu reden.

»Morgen wirst du den Fallschirm benutzen. Das habe ich in sämtliche Ankündigungen drucken lassen. Irgendwo da draußen in dieser gottverlassenen Gegend gibt es ein ebenes Feld, und da wirst du landen.«

Arianna fühlte sich etwas leichter. Immer wenn sie den Fallschirm benutzte, besuchte Jeremy sie hinterher in ihrem Zimmer und wurde dann beinahe liebevoll, fast so wie früher. Vielleicht erregte ihn der Anblick, sie fallen zu sehen – wenn sie aus dem Ballon sprang, der die beiden entzweit hatte. Sie wusste es nicht. Es zählte nur das Vergnügen seines perfekten Gesichts, das sich ihrem eigenen näherte, und seine breiten Hände auf ihrer Haut.

Nachdem sich der Wirt in die Hinterzimmer verzogen und Jeremy seine Pläne verkündet hatte, legte sich eine erwartungsvolle Stille über das Erdgeschoss des Gasthauses, die so gar nicht zu dem düsteren Inneren passte. Es war die Stille eines Ortes, der normalerweise von Gesprächen, Pfeifenrauch und menschlichem Schweißgeruch erfüllt war. Die Stille eines Raumes, den seine eigene Leere überrascht.

»Ist dir aufgefallen«, fragte Arianna nun, »wie ruhig es hier drinnen ist? Als ob etwas fehlt, als ob irgendetwas ausgesperrt worden wäre.«

»Wurde es ja auch«, erwiderte Jeremy gar nicht unfreundlich, »hör doch mal.«

Dann vernahm Arianna den Wind, der im Schornstein rumorte und die Fenster zum Wackeln brachte. Er bemühte sich lautstark hereinzukommen, genau wie ein Gefangener, der in seiner Zelle an den Gitterstäben rüttelt, wenn er hinaus will. In seinem Angriff lagen Wut und Verzweiflung und eine Spur Ungläubigkeit darüber, dass die Materialien, die er attackierte, nicht nachgeben wollten.

Warum hab ich das nicht schon vorher gehört?, fragte Arianna sich, während Jeremy sich mit seinem Stuhl gegen den Uhrzeigersinn von ihr wegdrehte, so dass ihr nur noch der Anblick seiner Kordschultern und der noch dunklere Umriss seiner Haare vor den düsteren Wänden des Gasthauses blieb.

Später in dieser Nacht, aber noch zu früh zum Schlafen, näherte sich Arianna Jeremys Zimmer und klopfte zaghaft an seine Tür. Er schob den Riegel zurück und erlaubte ihr einzutreten. Sobald sie über die Schwelle getreten war, schritt sie über den abgetretenen Teppich zu einem roten Sessel neben dem Fenster.

»Du solltest mit mir reden«, sagte sie. »Du solltest mich mit dir reden lassen.« Als er nicht antwortete, fügte sie hinzu: »Ich liebe dich noch immer.«

»Deine Liebe ist ein Gefängnis«, antwortete er. »Ich kann nicht hinaus.«

»Ich halte dich nicht«, erwiderte sie.

»Oh doch, Ihr haltet mich, Euer Zierlichkeit.« Es folgte eine spöttische Verbeugung. »Ich habe Euch erschaffen und nun haltet Ihr mich bei Euch.«

Arianna begriff nur wenig davon. Sie fuhr sich mit den Fingern durch den Heiligenschein ihrer hellen Haare. Vor dem Fenster konnte sie den Vollmond durch graue Wolken rasen sehen, so rund wie ein Alabaster-Ballon, der immer weiter reiste.

»Weißt du noch«, fragte sie den Mann am anderen Ende des Teppichs, »wie du mich gefunden hast? Erinnerst du dich an den weißen Raum und all die weißen Nachthemden und die weißen Vorhänge und an die weißen Laken? Selbst die Möbel waren weiß gestrichen, und du wolltest, dass alles um mich herum weiß sein sollte.« Sie wandte sich zu ihm. »Jeremy... Jeremy. *Wie* kommt es, dass du aufgehört hast, mich zu lieben?«

»Wir haben den Raum verlassen. Ich habe aufgehört.«

»Warum verlässt du mich dann nicht?«

»Ich kann nicht. *Du* wirst nicht aufhören.«

Sie erhob sich und ging auf ihn zu. »Ich lasse dich frei«, sagte sie. »Geh!«

»Es steht mir nicht frei«, flüsterte er und wandte sein Gesicht ab. »Ich bin nicht frei. Sindbad segelt nicht mehr.«

»Flieg mit mir hinauf.«

»NEIN!«

»Dann flieg eben alleine.«

»Du begreifst aber auch gar nichts!«

Ein paar Blätter eines einsamen Baums schlugen gegen das Fenster, an dem Arianna zuvor gestanden hatte, und verschwanden genauso schnell, wie sie gekommen waren. Eine plötzliche Berührung nächtlicher Finger.

»Früher hast du mir Geschichten erzählt«, sagte Arianna.

»Keine Geschichten mehr, Arianna.«

»Früher hast du mich geliebt.«

»Keine Liebe mehr, Arianna.«

»Gib's zu … früher hast du mich geliebt.«

»Was ist schon die Erinnerung, Arianna? Eine Spiegelung von etwas Vergangenem … Vergangenem. *Wieso* beharrst du auf der Erinnerung? Jetzt gibt es bloß noch das hier«, gestikulierte er in den Raum, »dieses sich ständig verändernde Gefängnis, das du mir gebaut hast. Oh, jetzt starr bloß nicht so die Wände an, Arianna, die haben nichts damit zu tun. Es ist ein Gefängnis aus Licht, aus ätherischer Leichtigkeit … ich komme einfach nicht heraus.«

»Es steht dir doch frei zu gehen«, sagte sie und deutete mit dem Kopf zur Tür.

»Nein«, sagte er. »Ich bin nicht frei. Da draußen ist nichts. Es gibt nur das hier.« Seine feinen Züge nahmen einen verzweifelten Ausdruck an.

Arianna, von seinem Kummer ganz gerührt, streckte eine Hand aus, um seine Wange zu berühren. Er hielt sie fest.

»Es gibt nur das hier«, wiederholte er und zog Arianna zu sich aufs Bett hinunter.

Dort liebte er sie leidenschaftlich und ausdauernd, prallte immer wieder gegen sie wie ein Schiff, das in einem Hurrikan gegen Felsen schlägt.

Als Arianna eine Stunde später erwachte, kauerte Jeremy an einem Tisch am anderen Ende des Zimmers. Sein schwarzes Haar schimmerte im Schein der Lampe. Er drehte sich nicht um, als er hörte, wie sie sich bewegte, das Bett verließ und sich anzog. Er drehte sich nicht um, als sie ganz leise das Zimmer verließ und lautlos die Tür hinter sich schloss.

Sie wusste, was er da gerade machte, was er immer tat, nachdem sie sich geliebt hatten. Er studierte seine Karten von den Polarmeeren. Heute Nacht, als sie schweigend an seinem Tisch vorbeigegangen war, hatte sie bemerkt, dass er sich mit dem Südpol beschäftigte. Für sie war dies ein Widerspruch in sich: Wie ein Kontinent im Süden liegen und gleichzeitig kalt sein konnte, entzog sich ihrem Verständnis. Nichtsdestotrotz hatte er in jenen Tagen, als er noch mit ihr redete, in seinen Vorträgen über die Pole angedeutet, dass dieses ganz spezielle Ende der Welt genauso öde, weiß und nichts sagend und kalt war wie das andere. Vor allem hatte Jeremy mit einem Ballon dorthin segeln wollen... um in dem Weiß zu verschwinden. Stattdessen hatte er sich wegen ihr auf gewisse Art und Weise verflüchtigt. Oder er wurde, wie er glaubte, von ihr am Boden festgehalten, am Aufsteigen gehindert und somit ganz gewöhnlich.

Um seinetwillen hatte Arianna in den frühen Tagen so getan, als begeistere sie die Vorstellung von den Polarregionen und wirklich, sie hatte die Namen der Gletscher und der Eisbarrieren und der arktischen Meere gelernt. Sie hatte ihm stundenlang zugehört, als er über Polarexpeditionen und deren traurige, unvermeidliche Ausgänge gesprochen hatte.

Jetzt schlich sie auf Zehenspitzen über den Flur zu ihrem Zimmer und ließ Jeremy in seinem Zimmer zurück. Allein mit seinen eisigen Gedanken, seinen Berechnungen zu Eisschollen, Eisbergen, arktischen Luftströmungen und seiner Liste von Polarzielen. »Starvation Cove«, hatte sie ihn flüstern hören, als sie langsam, leise die Tür schloss. »Cape Farewell, Ice Heaven, Fury Strait, Winter Harbour...«

Der Wind weckte sie, obwohl er auch in ihren Träumen vorgekommen war und weiße Kleider von einer langen Wäscheleine zu schwarzen Schornsteinen geweht hatte. Sie zündete die Lampe an und ging zum Fenster hinüber, auf dessen breitem Sims genügend Platz für die Öllampe und ihre dünnen Arme war. Draußen war alles finster; der Mond war untergegangen, und scheußliche Sterne – scharf und überdeutlich – standen wie kleine Messerspitzen am Himmel. Wenigstens bewegten sie sich nicht in dem tosenden Sturm.

Es ist ein interessantes Phänomen, dass ein Licht, das nächtliche Räume erwärmt, eine Barriere, eine Art Blindheit gegen die Dunkelheit draußen bildet. Außerdem verwandelt es auf wundersame Weise alle Fenster in Spiegel, so dass deren Aufgabe plötzlich darin besteht, das Innere eines Zimmers zu reproduzieren, anstatt die Außenwelt dahinter zu offenbaren. Arianna, die sich ans Fenster lehnte, konnte kaum die Straße darunter erkennen, sondern sah nur schwarz, die intensiven Sterne und dann ihr eigenes, weißes Gesicht, das in der Mitte schwebte – leicht, losgelöst, ballonartig.

Nach und nach entstand der Gedanke an einen Ballon in der Nacht, und während er sich entwickelte, wurden die Sterne gütig. Durch die Stille ins Schwarz hinein segeln, mit oder ohne Mondschein, aber mit dem Nachtwind. Ein Lied in der Stille. Verwunschen sein. »*Wynken, Blynken* und *Nod*«, murmelte sie und erinnerte sich kurz an etwas aus ihrer verlorenen Kindheit.

Arianna wurde nur selten poetisch und war etwas überrascht, dass es gerade jetzt dazu kam – doch am meisten verwunderte sie, wie beruhigend es auf sie wirkte. Sie löschte die Lampe. Auf der unten liegenden Straße zeigte sich nichts. Der Wind sang ihr ein Wiegenlied:

Schwimm auf dem Fluss aus Glitzerlicht
hinein in das Meer aus Tau.

Und als sie einschlief, hauchte er ihr immer wieder das Wort »Äther« ins Ohr.

Der nächste Morgen. Ah … der nächste Morgen! Als hätte der Wind ein wenig Zauberstaub durch die Fensterritzen dieses ganz gewöhnlichen Gasthauses gedrückt, waren Wunder geschehen. Zuerst entdeckte Arianna, dass ihr Fenster gar nicht zur Straße, sondern auf ein Meer aus lila Heidekraut zeigte, das ewig weit zu reichen schien und sich unter dem böigen Wind auf den sanften Steigungen der Hügel bewegte. Als sie auf diese verblüffenden Wogen hinausschaute, platzte Jeremy, der offenbar selbst in der Nacht eine geheimnisvolle Entwicklung durchlaufen zu haben schien, in ihr Zimmer hinein und sah sie voller Zuneigung und Sehnsucht an, so dass sie, bestürzt durch diesen Wandel, ein wenig vor ihm zurückwich.

»Ich bin frei von dir«, ließ er sie aufgeregt wissen. »Ich liebe dich wieder. Ich bin getrennt. Ich bin verändert. Ich begehre dich. Ich bin frei.«

In seiner Freude hob er sie hoch und wirbelte sie begeistert in ihrem weißen Nachthemd durch das Zimmer; ein kleines Zimmer, aber das beste im Haus, da es zwei Fenster besaß. Beide flogen nun an Arianna vorbei, so dass sie zuerst das Weiß der Wände, dann das Lila der Heide, dann wieder das Weiß der Wände sah.

»Du bist ein wunderhübscher weißer Eisberg«, sagte er, »der im arktischen Meer unter der Mitternachtssonne dahintreibt und ich … ich bin ein Navigator auf einem Schiff in drei Meilen Entfernung und sehe dich durch ein Fernrohr an. Wir sind NICHT gleich, denn du bist DORT und ich bin HIER! Und wenn du hier bist, werde ich dort sein, um eine Kollision zu vermeiden, aber ich liebe dich, LIEBE dich wahnsinnig!«

»Oh Jere …«, fing sie an. Doch er brachte sie zum Schweigen.

»Vielleicht bin ich ein Polarlicht«, fuhr er fort, »und dann kannst du eine weiße Strömung darunter sein. Siehst du, wie verschieden wir sein werden? Wie ungebunden? Wie schön es sein wird?«

»Ja«, sagte Arianna zweifelnd, während sie aus irgendeinem Grunde in Gedanken sang:

Mit einem hellen, reinen Licht,
Dem einer Kerze gleich,
Stehst du in deinem kleinen Eck
Und ich auf meinem Fleck.

Noch etwas aus dem Nebel ihrer Kindheit, doch sie wusste nicht mehr woher, wann oder wieso.

»Zieh dich an!«, befahl Jeremy. »Mach dich fertig. Etwas Weißes … einen weißen Rock.«

»Aber das Trapez …«

»Ach ja, das Trapez … dann halt weiße Strümpfe, und viel Spitze in der Bluse. Ich kümmere mich um den Ballon.«

Und nach einem langen, leidenschaftlichen Kuss ließ er sie stehen; verwirrt, überglücklich und allein. Sie kostete nacheinander jedes dieser Gefühle aus, öffnete dann die Schnallen an ihrem kleinen Lederkoffer, breitete ihr aeronautisches Kostüm auf dem Bett aus und richtete dessen Arme und Beine in genau der Haltung aus, die sie jedes Mal einnahm, wenn sie vom Himmel zur Erde stürzte.

Auf dem Heimweg in einem Sturm, der noch lärmender ist als die geballte Kraft der Rhythmusgruppe, an die sie sich noch aus dem Kindergarten erinnert; der lauter ist als die Schulhof-Pausen inmitten von siebenundfünfzig Jungs, die alle größer sind als sie, atmet das kleine Mädchen den Wind ein.

Er ist überall: Er weht ihr unter den kurzen, karierten Rock, knallt ihr die Schultasche gegen die Schienbeine, bläst ihr Asche in die Augen und reißt ihr fast die überaus wichtigen kopierten Mitteilungen ihrer Schule aus der Hand. In diesen Turbulenzen kämpft sich Ann unter schwankenden September-Bäumen, die bereits ihre kleinen Zweige abwerfen, die Greer Avenue entlang. Ein paar dieser Zweige heften sich an die Socken um Anns Knöchel. Andere reiten unbemerkt in ihren Haaren. Auf beiden Seiten der Straße präsentieren sich rechteckige Backsteinhäuser im Tudor-Stil wie eine Reihe von wankenden Wänden, die dem Angriff des Sturms trotzen. Ann betrachtet sie, während sie sich gegen die Böen stemmt, und benutzt sie als Ballast. Langsam gleiten sie wie dunkle Frachter an ihr vorbei. Wenn Ann sich weiter vorwärts bewegt, wenn sie durch diesen Ozean aus Luft weiter voranschwimmt, wird eines dieser Häuser ihres sein. Sie wird es betreten und der Sturm da draußen wird verschwinden. Die Teppiche werden nicht aufgewühlt, die Falten in den Vorhängen ungestört bleiben.

Über ihrem Kopf drehen sich Kabel wie Springseile und singen, als würden Kinder damit spielen. Eines davon zerreißt und sendet einen Schauer aus winzigen Sternen auf den unbeugsamen Bürgersteig der gegenüberliegenden Straßenseite, wo das Ende des schwarzen Kabels wie ein Kind beim Seilhüpfen hin und her springt, von innen durch seine eigene Elektrizität, von außen durch die Fäuste des Windes angetrieben. Ganz verblüfft sieht Ann dieser faszinierenden Darbietung von Kraft und Gefahr zu. Sie hatte ja keine Ahnung, dass die ganz gewöhnlichen Überlandleitungen, die sich in ihrer Straße von einem banalen Mast zum nächsten schlängeln, mit funkelndem Feuer gefüllt sind. Aber Ann weiß, dass Feuer Kinder verbrennt, und entfernt sich davon und müht sich die Zementstufen zu ihrer Tür hinauf.

Drinnen ist es ruhig, die Stimme ihrer Mutter und ein Radio beschreiben den tosenden Sturm; die derzeitige Windgeschwindigkeit, das Ausmaß der vorhergesagten Regenfälle. Ann trinkt ein Glas Milch, lässt die weiche Flüssigkeit ganz langsam ihre Kehle hinunterrinnen, während sich ihr Gesicht und ihr Körper auf der Oberfläche des elektrischen Kessels verzerren. Dann steigt sie die mit Teppichboden ausgelegten Stufen zu ihrem Zimmer hinauf, in dem dreißig vernachlässigte Stoffbären sie mit ausdruckslosen Glasaugen begrüßen. Ann macht sich nichts mehr aus den Bären, deren Abenteuer sie noch vor drei Monaten begeistert mitgestaltet hat. Vergessen sind ihre Reisen über Kissengebirge, ihre Hochzeiten, ihre Geburtstage, ihre Krankheiten und Genesungen. Jetzt interessiert sie sich für ein Buch und für die Landschaften, die darin erschaffen werden. Sie interessiert sich für das androgyne Kinder-Paar, Trennung, einen frühen Tod. Sie interessiert sich für Mauern aus Kohlensandstein und Fensterflügel, durchwühlte Gräber und Obsessionen.

Der Wind in ihrem eigenen Garten fängt nun an, größere

Äste von einigen Bäumen zu lösen. Unten im Radio fällt das Wort »Hurrikan«. Am nächsten Morgen werden Senken zu Seen geworden, Autos von Ahornbäumen eingedrückt sein, Stromkabel voller Feuersterne werden in den Ecken der meisten Straßen von Toronto tanzen, und Anns Schule wird geschlossen bleiben. Aber ihr ist die Naturkatastrophe vor der eigenen Haustür gar nicht wichtig. Stattdessen wird Ann von den weit entfernten Winden auf *Wuthering Heights* vorangetrieben.

Während der Findling Heathcliff, ein dämonischer Baby-Gott, der das Meer in den Augen und fremde, versunkene Häfen in seinem Unterbewusstsein trägt, auf Wuthering Heights aus dem Umhang des Gutsbesitzers gewickelt wird, fährt der Wind vor Anns Haus unter den Deckel einer Kiste, die vorm Küchenfenster steht, und lässt ihn immer wieder störend zuknallen. Während Heathcliff und Catherine durch das Moor streifen oder zum Peniston Crag hinaufsteigen, schwillt das Knallen an und erinnert an eine Faust, die mitten in einem Streit auf den Tisch haut, um wütend etwas klarzu-stellen. Während Catherine die ganze Nacht lang verzweifelt im Regen steht und den verschwundenen Heathcliff sucht und erste Spuren von Wahnsinn aufscheinen, seufzt irgendwo am Rand von Anns kanadischer Stadt eine Brücke und rutscht ganz langsam in die Arme eines angeschwollenen Flusses. Sechs Häuser voller Kinder, die noch nie *Wuthering Heights* gelesen haben, folgen dem Beispiel der Brücke. Ann weiß nichts davon; vermutlich wäre es ihr auch egal. Catherine phantasiert. »Öffne das Fenster, Nelly«, flüstert Ann. »Ich verhungere.«

Am nächsten Morgen bleiben sämtliche Schulen geschlossen. Catherine und Heathcliff sind erwachsen geworden. Ann kann den ganzen Tag lesen.

Sie liest von morgens bis abends, steigt die teppichüberzogenen Stufen hinunter und besucht die Küche ihrer Mutter zum

Frühstück und zum Mittagessen. »Spielst du mit deinen Bären?«, fragt ihre Mutter, und Ann erwidert »Ja« und genießt den Geschmack der Lüge auf ihrer Zunge, da sie nicht möchte, dass ihre Mutter mit ihr das Gebiet des Romans betritt – es soll ihr ganz allein gehören. Sie ist ein ordentliches Kind und trägt wohlerzogen ihre Teller zur Spüle, lächelt der Mutter zu und geht Stufe für Stufe wieder nach oben zu dem wunderbaren Chaos, das sie vor kurzem entdeckt hat.

Draußen ist der gemähte Rasen zu einem Dschungel aus verhedderten Ästen geworden, das Fleisch mehrerer Bäume liegt offen sichtbar und zersplittert da, die Gartenerde ist durchnässt, Tulpenzwiebeln kommen zum Vorschein. Drinnen stellt das Kind sich Moore vor, Brutalität, Leidenschaft. Heathcliff ist nach dreijähriger Abwesenheit zurückgekehrt und übt Vergeltung. Catherine durchläuft das letzte Stadium ihrer Entwicklung vom Kind zur wankelmütigen Frau zum Geist. Ann überfliegt die Stellen, die sie nicht versteht. Sie versteht mehr, als sie ahnt.

Um fünf Uhr nachmittags wird der dunkle Tag noch dunkler, und Anns Augen sind müde. Sie klappt das Buch zu und schiebt es zwischen Matratze und Sprungfedern. Auf dem Weg ins Wohnzimmer ignoriert sie den Fernsehschirm, auf dem Schwarzweiß-Szenen der Zerstörung flimmern. »Der Wind«, sagt ihre Mutter, »ist schneller als hundert Meilen pro Stunde geworden.«

Ann hört sie kaum. Sie nimmt das gerade Erfahrene mit in den Keller hinunter. Ein anderer Ort.

In den darüber liegenden Stockwerken ist es ausgesprochen sauber. Fensterscheiben spiegeln ein Inneres wider, wo alles strahlt. Küchentresen, Linoleumböden, Parkett an den Rändern des Wohnzimmerteppichs, das so glatt ist, dass man in Socken darauf rutschen kann. Das Holz des Treppengeländers, das in dunklem Gold glänzt und zum Runterrutschen einlädt, wenn Ann denn ein Kind gewesen wäre, das gerne rutscht. Ein glatter Tisch im Esszimmer und die kleineren Oberflächen der Beistelltische, die neben den Stühlen staublos schimmern. Dies ist das Heimatland der Putzfrau: jener traurigen grauen Person, die zweimal pro Woche das Haus für sich in Anspruch nimmt. Sie kommt her und trägt offenbar ihre eigene Putzkleidung, und Ann hat oft beobachtet, wie sie sich einem Geist gleich mit verzinkten Eimern in den Händen von Zimmer zu Zimmer bewegt.

In dem Moment, als Ann die Tür zur Kellertreppe schließt und auf der dritten Stufe stehen bleibt, ist klar, dass sie sich ganz woanders befindet; an einem Ort, den die Putzfrau nie betritt – eine unpolierte Gegend. Die raue verputzte Wand, die grau gestrichenen Stufen. Und der feuchte Geruch von richtiger Erde, der am unteren Ende der Treppe aus dem Betonboden steigt.

Hier unten kauern mehrere Räume: einer für die Konserven; einer für den Ofen, jene riesige Bestie mit dem Boiler; einer für die Wäsche und einer, der spärlich möbliert als schlichter Erholungsraum dient, in dessen Ecke Ann ihr Puppenhaus aufbewahrt. Dieses kunstvolle Spielzeug, das aufgrund ihrer bisherigen gefühlsmäßigen Verstrickungen mit den Bären schon so lange links liegen gelassen wurde, ist plötzlich ein Gegenstand, der wie geschaffen dafür scheint, die Welt des Romans auf das Gebiet von sieben kleinen möblierten Zimmern zusammenzuschrumpfen. Hier leben vier winzige Puppen, zwischen denen sich ungeheure Dramen abspielen. Es kommt zu Wutausbrüchen, Möbel werden umgestoßen, winzige Töpfe und Pfannen gegen einen Küchentresen geschleudert. Puppenvater wird entlassen und sitzt tagelang im Wohnzimmer herum – ein gebrochener Mann. Puppenmutter läuft davon oder versteckt sich stundenlang hinterm Esszimmerschrank, während die Polizei gerufen wird und die beiden Kinder in ihren Betten schmachten, wo sie an Krankheiten mit Namen wie *Calaria* oder *Malthropia* dahinsiechen.

Puppenvater ist wütend, gewalttätig, fängt an zu trinken. Puppenmutter ist wunderschön, gereizt und leidenschaftlich. Ihre Namen sind Heathcliff und Catherine. Die Kinder, die kollektiv mit »die Kinder« oder einzeln als »Kind« angesprochen werden, sind nebensächlich für das eigentliche Drama. Es sind unbedeutende Figuren, die, wenn sie nicht gerade sterben, von den viel interessanteren Erwachsenen brutal benutzt werden – zum Beispiel zwingt man sie dazu, jeden noch so kleinen, überflüssigen Gegenstand im Hause abzustauben, oder sperrt sie einfach aus, während ihre Eltern es rasend miteinander treiben.

Im Verlauf der Tage wird Heathcliff immer wütender und verlässt schließlich in einem Tobsuchtsanfall das Puppenhaus. Er schlägt sich bis zur Waschmaschine durch, wo er beim Segeln in einer Seifenschale auf rauester See fast ertrinkt. Catherine, die ihn für tot hält und vor Sorge um ihn ganz wahnsinnig wird, verbringt vier Tage ohne zu essen auf dem Dach, wobei sie sich eine üble *Skandaldralia* einfängt, an der sie mit Sicherheit wohl gestorben wäre, wenn Heathcliff sich nicht im letzten Moment von seinem eigenen Krankenbett aufgerafft hätte, um sie mit einer flammenden Rede ins Leben zurückzuholen. Die Kinder, die zu diesem Zeitpunkt gnädigerweise gesund sind, bringen immer wieder kleine Schüsseln mit heißer Suppe in die Zimmer ihrer unkooperativen Eltern.

Ann findet rasch heraus, dass es reine Zeitverschwendung ist, andere Kinder in dieses Spiel mit einzubeziehen. Diese wollen die erwachsenen Puppen »Mami« und »Papi« und die kleineren »Susie« und »Bobbie« nennen. Sie wollen sie in die Schule oder in die Küche oder zur Kirche schicken. Sie wollen sie zu einem vergnüglichen Essen im Kreise der Familie an den Tisch setzen, genauer gesagt wollen sie die geordnete Alltäglichkeit der oberen Welt nachspielen. Sie haben *Wuthering Heights* nicht gelesen, und als Ann ihnen das Buch beschreibt, werden ihre Augen glasig.

In den Wochen, Monaten und schließlich auch Jahren nach dem Hurrikan, in denen die Erwachsenen das um sie herum entstandene Chaos wieder aufräumen, werden die Puppenhaus-Dramen zu Anns Geheimnis, ihrer ganz privaten Leidenschaft, ihrem Miniaturtheater, in dem sie im Alter von elf bis dreizehn Jahren für mehrere Stunden pro Tag völlig aufgeht. Mit dreizehneinhalb hängt sie noch immer an den Seiten des Buches, doch sie entsagt dem Puppenhaus für immer.

Aber ist es wirklich möglich, einer derart köstlichen Fluchtmöglichkeit für immer zu entsagen?

Ariannas Ballon war natürlich weiß und mit zahlreichen Girlanden aus rosafarbenen Rosen geschmückt, die von weißen, geflügelten Putten hochgehalten wurden, deren Zehen die weichen, friedlichen Wolken liebkosten. Der Korb bestand aus edelsten, reich verzierten Weidenruten mit dekorativen Schleifen und Schnörkeln und war ebenfalls weiß gestrichen, damit er zu der prächtigen Kugel passte, die ihn überragte.

Doch Arianna und Jeremy bemerkten nur wenig davon, als sie sich dem ausgewählten Feld am Ende der West Lane von Haworth näherten. Stattdessen gingen sie auf ein ordentliches, rechteckiges weiches Bündel zu, das wie eine bunte Verpackungskiste aussah und mit einem speziellen Seil zusammengeschnürt war. Daneben wartete ein kompakter Stapel aus Holz und Stroh darauf, in Brand gesteckt zu werden. Die zitternde Luft seiner Hitze würde Ariannas entfalteten Ballon langsam füllen und sie, sobald sie in den schwankenden Korb geklettert war, mit wirklich beängstigender Geschwindigkeit in die Luft schleudern. Nachdem sie einige Meilen in westlicher Richtung geschwebt wäre, würde sie sich von ihrer hübschen Luftblase trennen und wie eine Seidenpflanze irgendwo zwischen der Scar-Top-Sonntagsschule und der Farm namens Old Snap zur Erde gleiten.

Der Duft der Heide, die unter den Füßen der wartenden Zuschauermenge zertrampelt wurde, war intensiv, fast berauschend. Arianna steckte sich einen Zweig davon als Glücksbringer in die Haare und übergab einen weiteren Jeremy, dessen Augen bereits malvenfarben geworden waren, als Reaktion auf das lila Meer, das sich von ihrem Standort ewig weit ausdehnte. Außer den Stellen, die durch Schwaden von Queckengras oder freiliegendem Kohlensandstein unterbrochen wurden, waren diese zähen Pflanzen ganz offensichtlich die vorherrschende Flora der höher gelegenen Landschaft. Dagegen spiegelte sich in den Tälern in drei seltsam geformten Wasserbecken der Himmel wider.

»Jeremy«, sagte Arianna ängstlich, »von Wasser war aber keine Rede.«

»Du wirst gar nicht in dessen Nähe kommen. Ignoriere es einfach.«

»Aber ich weiß, dass es da ist.«

»Streich es aus deinen Gedanken. Denke an Weiß. Stell dir die Arktis vor und dass sämtliches Wasser gefriert und mit weichem Schnee bedeckt wird.« Er blickte sie zärtlich an. »Mein armer Liebling«, sagte er, und die Wörter waren fremd in seinem Mund.

Eine plötzliche Hitzewelle schlug gegen Ariannas Rücken. Das Feuer loderte kraftvoll in der trockenen Brise. Jeremy schritt zum Podium hinüber, auf dem vor kurzem noch einige Unterhaltungsgruppen aufgetreten waren: Wiffen, Waffen, Wuffen aus Haworth und die Bingem-Bangem-Komikerband aus Keighley. Danach hatten Schülerinnen und Schüler der Methodisten-Sonntagsschule vier lebende Bilder dargeboten: »Britannia und ihre Kolonien«, »Verschiedene Nationalitäten«, eine »Gymnastische Übung mit Reifen in indischem Kostüm« und – zu Ariannas Ehren – den »Geist der Lüfte«. Hier oben auf dem Podest saßen außerdem noch die Stadträte von Keighley sowie die Mitglieder des Gemeinderats von Haworth aufrecht und würdevoll auf ihren Holzstühlen. Es sollte etwa fünfzehn Minuten dauern, bis der Ballon, der sich nun um die aufsteigende Hitze herum entfaltete, ganz gefüllt sein würde. Im Augenblick hing er von einem Draht herunter, der zwischen zwei starken Pfählen gespannt worden war, so dass es aussah, als baumelte ein riesiges Wäschestück an einer Leine. Während dieser Zeit hielt Jeremy seine übliche Ansprache über die Werte der Weiblichkeit.

»Reinheit«, begann er, »ist farblos, geruchlos, und vor allem schwerelos. Sie ist lautlos und beständig. Sie ist der Tautropfen, der die Welt widerspiegelt und sich trotzdem nicht in die Welt einmischt, außer dass er die Blumen klarer und deutlicher hervorhebt. Reinheit ist wie ein Bad im Mondschein. Reinheit ist wie zarte Schneekristalle, die unsere rußigen Städte über Nacht in Märchenlandschaften verwandeln können. Und sie ist Luft, die spielerische Brise, die uns mitten in der Hitze des Sommers erfrischt.

Aus diesen Dingen, aus diesen *Segnungen* sind unsere reinsten Frauen geschaffen, denen es möglich ist, Mondschein, Frost und Tautropfen in unser Leben zu hauchen, wenn wir nur weise genug sind, es ihnen zu gestatten. Stellen Sie sich den modernen Mann vor, der erschöpft und desillusioniert von der täglichen Arbeit, mit schmerzendem Körper und sorgenvollen Gedanken am Abend in sein Heim zurückkehrt, wo diese hübsche Schneeflocke, dieser Mondstrahl auf ihn wartet, um ihm über die Stirn zu streichen und die Qualen seiner Seele mit ihrer Liebe und Zuneigung zu lindern.

Meine Damen und Herren, vor uns steht die zierliche Arianna, ganz in Weiß, und ist bereit, uns eine Darbietung zu präsentieren, die ähnlich wie Ihre hervorragenden lebenden Bilder als Symbol der Reinheit fungiert, von der ich soeben gesprochen habe. Hier steht sie und repräsentiert die Frauen; all die reinen, selbstlosen Frauen, die täglich aufs Neue das Leben des armen, niederen Wesens erträglich machen, das wir als Mann kennen.

Gelegentlich muss man uns arme Kerle daran erinnern. Ja,

man muss uns daran erinnern, dass wir ohne die Fürsorge und den Trost einer reinen Frau gar nichts wären. Schließlich ist sie es, die uns zu großen und edlen Taten anspornt. Sie ist es, die uns den hoffnungsvollen Mondstrahl bringt, wenn wir wieder einmal verzweifelt sind. Sie ist es, die ohne zu überlegen ihr eigenes Glück fortwerfen würde, nur um uns lächeln zu sehen.«

Einige der Schäfer und Kohlenarbeiter und Weber kratzten sich an den Köpfen. Sie erinnerten sich nur allzu deutlich daran, wie Jeremy Arianna am Tag zuvor behandelt hatte. Die meisten jedoch vergaßen es völlig und nahmen an, dass sie sich in ihm geirrt hatten.

Jeremy fuhr fort: »Und, meine Freunde, was Sie daher nun sehen werden, ist nicht bloß eine junge, hübsche Frau, die in einem Ballon davonsegelt. O nein … gewiss nicht. Was Sie gleich sehen werden, ist der wahre Geist britischer Weiblichkeit, der zu seinem rechtmäßigen Platz bei den Engeln in die Wolken hinaufsteigen wird. Fernab, unberührbar, allein. Wer sind denn diese Frauen, die uns zur Seite stehen, wenn nicht Engel? Sollten sie nicht die Kraft erhalten, wie die anderen Engel fliegen zu können? Und wenn dies schon nicht allen möglich sein kann, sollte es dann nicht einer möglich sein, stellvertretend für alle anderen?

Arianna Ether hat sich dieser Aufgabe verschrieben und wird wie ein Engel zum Himmel hinaufsteigen, um anschließend mit Hilfe dieses Wunders moderner Erfindungsgabe, dem Fallschirm, gleich einer Sylphe wieder zur Erde zu schweben, um uns die völlige Reinheit, die *Leichtigkeit* der geläuterten weiblichen Seele zu demonstrieren.«

Während er sprach, starrte Arianna ehrfürchtig in Jeremys hübsches Gesicht. Dann blickte sie beinahe ebenso andächtig auf ihren herrlichen Ballon, der dank des darunter brennenden Feuers immer größer wurde. Er begann bereits an seinen Leinen zu zerren, die von einigen der stärksten Männer im

Dorf festgehalten wurden. Arianna spannte jeden Muskel ihres Körpers an und bereitete sich auf den Augenblick vor, in dem sie ohne zu zögern in den Korb springen musste.

»Wir könnten es die Apotheose der Arianna nennen«, schlug Jeremy vor. Die Leute blickten verwirrt drein. »Apotheose«, erläuterte Jeremy, »bedeutet Vergöttlichung, und Vergöttlichung, meine Freunde, bedeutet die Verwandlung eines ganz gewöhnlichen menschlichen Wesens in einen Gott oder, in diesem Fall, in eine Göttin. Normalerweise geschieht dies, indem man die zum Gott erhobene Person über den Rest der Menschheit stellt, indem man sie in den Himmel erhebt. Sollen wir Arianna zur Göttin erheben? Sollen wir sie vergöttlichen?«

Jeremy legte eine bedeutungsvolle Pause ein.

Die Menge grölte: »Ja!«

»Seid ihr sicher?«

Das Wort »sicher« war Ariannas Stichwort, um zum Korb zu sprinten und hineinzuklettern, um beim zweiten »Ja!« der Zuschauer in die Stratosphäre zu starten.

Wie ruhig die Reise doch war. Arianna legte die Hände ganz leicht auf den Korbrand und sah auf die Menschenmenge hinunter, die sehr rasch auf die Größe einer kleinen Pfütze zusammenschrumpfte. Auf dem Podium, jetzt kaum noch größer als ein brauner Briefumschlag, war Jeremy nur noch ein schmales, dunkles Ausrufungszeichen, sein Gesicht ein entfernter Stern. Mehrere hundert Taschentücher flatterten auf der Oberfläche der Pfütze, als wären es tanzende Sonnenstrahlen. Wie immer entspannte sich jeder Muskel in Ariannas Körper mit Ausnahme der Regionen, an denen die Halterung des Fallschirms unbequem saß.

Unter ihr glitt der Schatten des Ballons sanft über das Heidekraut und die gleichgültigen Schafe, die dort grasten, hinweg. Er veränderte seine Form, sobald er eine Schafhürde oder einen Steinwall überquerte. Gelegentlich vermischte er sich mit dem Schatten eines Baumes, aber das geschah selten, da nur wenige Bäume in dem harschen Klima des Moors und in dem unablässigen Wind überlebten. Heute arbeitete der Wind mit ihr zusammen und wehte Arianna gleichmäßig in die angepeilte Richtung, führte sie sicher über die drei Furcht erregenden Speicherbecken hinweg.

Als sie über diese glatten, polierten, flüssigen Tische hinwegschwebte, zwang Arianna sich auf das Wasser hinunterzublicken und sah zu ihrem Erstaunen ihren Ballon und ein großes Stück Himmel zu ihr heraufscheinen. In diesem Moment war es, als gäbe es überhaupt keine Erde mehr, sondern nur noch den Himmel, und sie fühlte sich im Übermaß des Lichts und der Luft ganz schwindlig vor Freude, als sie zum erstenmal erkannte, dass sie sich selbst so sehen konnte, wie die anderen sie sahen: ein weißer Farbkreis am endlosen Himmel. Ihre Angst vor dem Wasser verschwand in der Heiterkeit dieser ruhigen Spiegel, und sie erinnerte sich voller Glück an Jeremys Wandlung.

Sie hatte sich noch nie so sicher gefühlt. Sie dachte an die Liebe in seinen lilafarbenen Augen, die mittlerweile wohl blau sein durften, da er den Himmel beobachtete, durch den sie schwebte. Als sie die dunklen Umrisse der Scar-Top-Sonntagsschule hinter einem weiteren Hügel im Moor auftauchen sah, überprüfte sie die Schnallen und das Leder an ihrem Gurtwerk, blickte noch einmal auf die Wasserbecken hinunter, schwang ihre schlanken Beine über den Korbrand und sprang.

Der Ballon segelte ohne seinen Passagier in westlicher Richtung davon, sein Schatten zog am Old Silent Inn vorbei, über Schafhürden und Teppiche von Heidekraut und Blaubeeren hinweg. Eine Sekunde lang verdunkelte er das tanzende Wasser im Wildbach und löschte das blendende Gold der sich spiegelnden Sonne. Er schwebte nacheinander über Lower Withins, Middle Withins und Top Withins – dem angeblichen Schauplatz von *Wuthering Heights* – hinweg. Dann glitt er ohne das kleinste Zeichen des Bedauerns über den Vorsprung eines Hügels und an einem Monolithen vorbei, der den Eingang nach Lancashire markierte. Schließlich kam er auf dem Rasen der Ortschaft Colne zum Stehen, wo Jeremy ihn am nächsten Morgen abholte.

Auf dem Weg in die Innenstadt ist immer jemand auf der Straße, dem sie einen flüchtigen Blick durch die Windschutzscheibe des Wagens zuwerfen kann, jemand, dem es gelingt, Anns Gefühle in einer Weise aufzuwühlen, wie es sonst nur die enormen, düsteren Gemälde in der Kunstgalerie von Toronto fertig bringen, seit sie zehn Jahre alt ist; Gemälde voller Blut, Lust, Kriege und einer aufregenden Auswahl von sieben oder noch mehr Todsünden und Treulosigkeiten.

Diesmal erblickt Ann die Person an der Kreuzung von Church und Dundas Street: eine alte Frau mit dicken Beinen, die sich mit zwei prall gefüllten Einkaufstüten über die Straße schleppt – das Wort »einsam« blinkt beharrlich, wenn auch unsichtbar, wie ein Neonlicht über ihrem Kopf. Autos hupen sie aus dem Weg.

Obwohl diese Frau mittlerweile schon sechs Straßenzüge zurückliegt, wird sie Ann nicht mehr aus dem Kopf gehen. Ann weiß das, weil sie sich beim Anblick dieser alten Frau auf einmal kerzengerade auf der gepolsterten Rückbank des Wagens aufgerichtet hat. Dieser Anblick hat ihr den Atem verschlagen und ist ihr im Halse stecken geblieben. Die alte Frau hat diesen ganz speziellen Tag in Anns Kindheit in einen Albtraum verwandelt, als ob das Auto ihrer Mutter geradewegs über ihre dicken Beine gefahren wäre. So sehr sie auch versucht, an etwas anderes zu denken, wird Ann durch ihre Vorstellungskraft dazu gezwungen, der alten Frau nach Hause zu folgen; nach Hause in ihr spärlich eingerichtetes Zimmer, nach Hause zu ihrer Heizplatte. Ann hat noch nie eine Heizplatte gesehen, aber einmal hat sie ganz ängstlich und verzweifelt auf dem Rücksitz geflüstert: »Mami, wo wohnen denn diese alten Männer … die hier mit den Lebensmitteln rumlaufen?«

»Haben sie auf den Parkbänken gesessen?«, hatte ihre Mutter zurückgefragt.

»Nein, Mami, die sind mit ihren Sachen rumgelaufen, und die alten Frauen auch.«

»Wenn sie nicht auf den Parkbänken gesessen haben, wohnen sie auch nicht in der Scott Mission. Wenn sie Lebensmittel dabeihaben, wohnen sie in einem Zimmer mit einer Kochplatte.«

Ann ist über die Kochplatte entsetzt. Sie wird ganz sprachlos vor Mitleid. Die Zimmer, die diese einsamen Geschöpfe betreten, sind demnach völlig leer bis auf eine gefährliche Platte – glühend, heiß, bedrohlich. Diese alten Männer und Frauen bringen ihre Lebensmittel nach Hause, mühen sich eine dunkle Treppe hinauf, betreten einen schäbigen Raum und lehnen sich keuchend an die Wand, während sie traurig das einzige, glühende Küchenutensil betrachten. Das ist, in Anns Vorstellung, das Schicksal der durch und durch Betrogenen.

Niemand trägt Lebensmittel durch die Straße, in der Ann wohnt. Niemand muss stundenlang sorgenvoll diese schreckliche heiße Platte betrachten, davon ist Ann überzeugt. So gut wie noch nie hat sie jemand, der älter ist als vierzehn Jahre, irgendwo hingehen sehen. Stattdessen besteht die Bevölkerung auf der Straße aus stattlichen Ahornbäumen, die im Sommer das Sonnenlicht filtern, das normalerweise durch die Fensterbögen der großen Häuser im Tudor-Stil dringt. Gelegentlich sieht man ein oder zwei ältere Damen, die im Winter vorsichtig vom Beifahrersitz eines riesigen Wagens in den Schnee treten und dabei von einem Sohn oder Schwiegersohn im grauen Mantel am Ellbogen gestützt werden.

Die alten Frauen in der Innenstadt haben weder Söhne noch Schwiegersöhne. Das weiß Ann mit ziemlicher Sicherheit. In deren Vergangenheit findet sich höchstens eine Reihe brutaler Abreisen wieder: Söhne, die in tödliche Kriege ziehen, Ehemänner, die losgehen, um die obligatorische Zeitung zu kaufen (wovon sie nie wieder zurückkehren); Hoffnung, die in ein wärmeres Klima emigriert. Und dann eine schreckliche Ankunft. Die Heizplatte.

Im Kunstmuseum von Toronto, einer der liebsten Anlaufstationen ihrer Mutter in der Stadt, schreitet Ann über den Parkettboden. Er knackt unter ihren Füßen wie die Knochen verlassener alter Frauen, während links und rechts gewaltige dunkle Ölgemälde vorbeiziehen. Diese Kunstwerke sind voller fallender Figuren, die sich vor einem bedrohlichen Himmel und düsteren Landschaften überschlagen. *Venus bringt Aeneas die Waffen, Die Errichtung des Kreuzes, Judith mit dem Haupt des Holofernes.* Was für Waffen! Was für Qualen!

Mitten in diesem Chaos für Erwachsene sucht Ann nach den Kindern, deren Porträts zwar nicht gerade tröstlich, jedoch wenigstens besänftigend sind. Mit den kleinen nüchternen Gesichtern hat Ann sich schon bei früheren Besuchen vertraut gemacht. Wie steif sie in ihren juwelenverzierten Gewändern aussehen, mit einem Vogel oder einer Blume in der erhobenen Hand, als wollten sie sagen: »Sieh doch, was ich bin … zum Verwelken bestimmt, zum Davonfliegen bestimmt.« Ähnlich wie bei den kleinen weißen Grabsteinen, die Ann auf den ländlichen Friedhöfen gesehen hat – die mit dem eingravierten Lamm oder der eingemeißelten Rose –, kann man in ihren Augen etwas über die Vergänglichkeit lesen. »Wir sind fort«, scheinen sie zu sagen, »wir sind fort und kehren nie mehr zurück.« *Porträt eines Jungen im grünen Mantel, Junge mit Taube.*

Ihre Mutter findet diese Kinder niedlich. Aber Ann weiß es besser. Sie sind überhaupt nicht niedlich; sie sind erschreckend geistesabwesend, wie alles, was mit ihnen in Zusammenhang steht. *O weh, kleiner Junge,* denkt Ann, *wo sind deine Locken jetzt, dein Vogel, dein grüner Mantel?*

Ein Raum nach dem anderen, ein knarzender Schritt folgt dem nächsten. Ann und ihre Mutter gehen weiter und bleiben stehen, gehen weiter und bleiben stehen. Schließlich erreichen sie das Ende des letzten Saals, an dessen hinterer Wand ein riesiges Foto hängt, das von sorgfältiger Hand in Tausende Quadrate von zweieinhalb Quadratzentimeter Größe unterteilt wurde. Knapp über diesem seltsamen Kunstwerk, auf dem Christus beim Waschen der Füße seiner Jünger in verschwommenem Schwarzweiß dargestellt ist, hängt ein Stoffbanner, auf dem in leuchtenden Großbuchstaben steht: WERDEN SIE BESITZER VON ZWEIEINHALB QUADRATZENTIMETERN TINTORETTO! Ann trägt die für den Erwerb nötigen zehn Dollar in ihrer kleinen schwarzen Geldbörse mit dem kleinen Messingverschluss und den drei rosa Blumen darauf bei sich, weil sie am letzten Sonntag in der Mitte des gemalten und anschließend fotografierten Tisches etwas entdeckt hat, von dem sich sämtliche Jünger abgewendet haben, da sie sich eifrig ihrer Schuhe und Socken für die Zuwendung ihres Herrn entledigen. Es steht genau in der Mitte des Gemäldes auf dem weißen Tischtuch und ist so flach und unauffällig, dass man es glatt für etwas völlig anderes halten könnte. Aber Ann ist sich sicher, Ann weiß es. Und Ann wird die entsprechenden zweieinhalb Quadratzentimeter Leinwand als Talisman kaufen, um eine Art Gegenzauber in der Hand zu haben, falls jemand ihr ein solches Ding im Alter andrehen will.

Sie geht auf die Frau zu, die neben dem Gemälde an einem Tisch sitzt. Ihre Mutter überragt sie stolz dahinter.

»Ich würde gerne zweieinhalb Quadratzentimeter des Tintoretto kaufen«, sagt sie. »Den Teil da in der Mitte von dem Tisch. Die Heizplatte.«

»Die Platte…?«, fragt die Frau verwundert. »Bist du sicher, dass du nicht lieber Christus' Auge haben möchtest?«

»Nein, ich meine ja, ich bin mir sicher.«

Die Frau lächelt Anns Mutter zu und fragt Ann: »Kaufst du zum erstenmal Kunst?«

»Ja.«

Die Frau streichelt Ann über den Kopf und murmelt: »Herzlichen Glückwunsch. Jetzt bist du eine Schirmherrin der Künste.«

Die gläsernen Schutzschilder, die die Betrogenen vom Kontakt mit dem Kind abhalten, scheinen dem Mädchen geradezu an die rechte Schulter zementiert worden zu sein. Es ist seltsam, dass Ann und ihre Mutter – wenn die beiden Kultur erleben wollen – in das dunkle Herz der Städte fahren müssen, vorbei an kleinen Gassen voll verhungernder Katzen, vorbei an Indianern, die vor Schnapsläden herumlungern, vorbei an eingewanderten Arbeitern, die von der Nachtschicht kommen. »Die *verdienen* sich ihre Lebensmittel«, sagt ihre Mutter. Vorbei an verrußten Ziegelwänden und an Straßenschächten, aus denen Dampf auf das Kunstmuseum von Toronto, auf das Royal Alexandra Theatre oder auf die Massey Hall spuckt. In der Nähe dieser Kunstpaläste befinden sich volle Restaurants mit müden Kellnerinnen und – gar nicht weit davon entfernt – das Strip-Lokal Victory Burlesque, das sich ironischerweise mitten im Garment District befindet, als wollte es für die Kleidungsstücke werben, die die Frauen dort mit ganz erstaunlichen Gesten von sich werfen. Gesten, die Ann niemals sehen wird. Vorbei an portugiesischen Gärten, in denen Sonnenblumen und Bohnen wachsen und – wie durch ein Wunder – eine kleine Jungfrau in einem Schrein. Das Ganze zieht wie eine Parade vor dem blassen Gesicht des Kindes am Fenster vorbei, als ihre Mutter in die Stadt fährt. Und dann gibt es noch *Schwanensee*, Mozart, Tintoretto. Ihr eigener Tintoretto. Ihre eigenen zweieinhalb Quadratzentimeter davon.

Jetzt, drei Jahre nach deren Erwerb, blickt Ann durch eine Glasscheibe auf ein anderes Stadtzentrum: Francos Madrid. Lange Prachtstraßen führen zu den Gebäuden des Faschismus, von denen schmale, belebte Straßen voller bescheidener Existenzen abzweigen, für die Anns Tourbus zu groß ist.

»Es gibt in Madrid keine Armut«, verkündet die Fremdenführerin in perfektem Englisch, das nur den Hauch eines Akzents der Einheimischen verrät. »Es gibt keine Slums.«

Als Anns Mutter flüstert: »Das ist doch Blödsinn«, sieht Ann von ihrem erhöhten Sitz durch das Fenster auf den Bürgersteig hinunter, wo eine alte Frau den Touristen Spitzenstoffe verkauft. Meint die Fremdenführerin etwa, dass es in Madrid keine Heizplatten gibt?

Die beiden gleiten hinter poliertem Glas den Boulevard entlang. Sie befinden sich oberhalb der Menschenmenge, als ob sie auf einem niedrig fliegenden Teppich zum Prado schwebten.

Obwohl das Kind noch nichts davon ahnt, befindet sich hier die düsterste Sammlung der Welt. Hier kann man Ehrfurcht erfahren. Hier kann man das Fürchten lernen. Von den ersten fünf Kruzifixen bekommt Ann weiche Knie und Herzrasen. Gelbe Haut, zu viele Wunden, zu viele wehklagende Frauen. Und der vertraute Parkettboden, die Plattform der großen Kunst dieser Welt, seufzt und stöhnt voller Anteilnahme unter ihren Füßen.

Ein Raum nach dem anderen voller Rubens. Gelbliche, rosa- und lavendelfarbene Haut. Augen und Münder. Anschließend die Alb- und Tagträume von Bosch. »Mami, *sieh doch mal*! Dem wächst eine Blume *da raus*! Und *hier*! Geht der Hund da aufs Klo?« Das Grauen von Goya: Meuchelmord, Hexensabbat, Monster, Krüppel und Bucklige. Und dann eine Erinnerung, die Ann niemals wieder abschütteln wird. Ihre Mutter steht nachdenklich vor Goyas blutbeflecktem Saturn, der den Kopf eines seiner Kinder verschlingt. »Mami, der Mann hat dem Baby ja den Kopf abgebissen!«

»Goyas Phantasie«, sagt ihre Mutter und starrt noch immer bewundernd auf das Gemälde, »war ungewöhnlich düster.«

Im nächsten Raum entdeckt Ann die Porträts von kleinen Menschen und ahnt, dass nach den brutalen Darstellungen die fehlenden Kinder geradezu eine Wohltat sein werden. Doch als sie eintritt, überrascht sie eine Sammlung von Zwergen, von denen einer zynischer und wissender ist als der andere. Im Gegensatz zu den starren Kindern springen sie lebendig von der Leinwand in das Gebiet von Anns Kindheit hinein. Groteske Gnome und Elfen, hinter denen sich immer mehr Räume voll chaotischer Ungerechtigkeiten auftun.

Ann fühlt sich bei diesen lebhaften Missbildungen sicher. »Velazquez' Zwerge«, flüstert ihre Mutter, die sich endlich von Saturns mörderischen Aktivitäten losgerissen hat.

Und fünf Räume weiter, an der gegenüberliegenden Wand, erblickt Ann plötzlich ein vertrautes Bein, von dem ein vertrautes Kleidungsstück zurückgezogen wird. Ann treibt ihre Mutter durch fünf Säle, vorbei an den El Grecos, vorbei an den Tizians, vorbei an den Raffaels, bis das Gemälde direkt vor den beiden hängt. Sämtliche Jünger, der Krug, die Schüssel, das Wasser, der Fliesenboden, der Tisch, die Platte – sämtliche Details, die Ann sich in der Kunstgalerie von Toronto eingeprägt hat, seit das Gemälde vor drei Jahren eingetroffen ist, nachdem das Geld dafür zusammengekommen war.

»Ist denn das zu fassen?«, staunt ihre Mutter.

Jetzt weiß Ann, dass sie zweieinhalb Quadratzentimeter Betrug gekauft hat, zweieinhalb Quadratzentimeter Verrat. Ihr fällt auf, dass Judas eine Hauptfigur in dem Gemälde ist.

Im Hotelzimmer zieht Ann zur Siesta ihren Rock aus, lehnt sich gegen die beiden großen Kissen, die sie hinter sich gepackt hat, und sucht in ihrer Penguin-Taschenbuchausgabe von *Wuthering Heights* nach einer passenden Stelle über Lügen und Verrat: jene besonderen Lügen, jene besonderen Treuebrüche, die Kinder bewegen. Sie wählt die Stelle aus, an der Hindley den jungen Heathcliff im Dachgeschoss eingesperrt hat (Ann kann das Dachgeschoss vor sich sehen). Catherine schleicht auf Zehenspitzen die Treppe hinauf und entfernt sich von den Gästen, die der Gimmerton Band zuhören, und schlüpft durch eine Luke auf das Dach hinaus und durch eine weitere in den Speicher hinein.

Ann stellt sich das Dach vor. Es ist Dezember. Vom Dach aus könnte man wohl fast bis nach Gimmerton sehen. Catherine, die sich katzenartig auf dem Dach von Wuthering Heights bewegt, würde den Wind, der sie umherstieß, wohl kaum spüren. Einen Moment lang würde sie in den Himmel blicken und dahinjagende Wolken und Teile des Mondes erkennen. Der Wind würde ihr unter den Rock und um die Beine wehen, so dass sie gegen den Stoff und den Wind und den rutschigen Schiefer ankämpfen müsste, bis sie zu ihm – dem Verratenen – gelangte, der verlassen im Dunkeln kauerte. Sie würde die Scheibe anheben müssen und sich langsam neben ihm zu Boden lassen. Hier gäbe es keine Farben. Die beiden Kinder würden herumtasten, flüstern, graue Schatten. Aus dem unteren Teil des Hauses würden sie hören, was der fromme, alte Diener Joseph den Psalmengesang des Teufels nannte: die Lieder der Gimmerton Band. Ann kann die ganze Gimmerton Band vor sich sehen, »eine fünfzehn Mann starke Versammlung: eine Trompete, eine Posaune, Klarinetten, Fagotte, Waldhörner und eine Bass-Viola nebst Sängern«. Auf sämtlichen Blechinstrumenten flackert das Licht der Lampen und Kerzen.

Jetzt kann Ann das ganze Haus vor sich sehen, als ob jemand eine Wand entfernt hätte oder es ein Bauplan wäre. So weit es ihr möglich ist, ergänzt sie die Details: das Feuer im Küchenherd, die Krümel auf dem Tisch, die Treppe über zwei Stockwerke und die leeren Zimmer zu beiden Seiten von ihr. Die beiden Kinder flüstern auf dem Speicher, haben die Köpfe aneinandergelegt, ihre Hände berühren und ziehen sich zurück. In der Ferne das Moor, die raschen Wolken, der Mond, der Wind. »*The Holly and the Ivy*« ertönt, das Waldhorn spielt leicht falsch.

Das alles in einem Hotel in Madrid, während in einem anderen Stadtteil Touristengruppen in einem weitläufigen Gebäude nichts von der Heizplatte bemerken, jenem toten Zentrum auf dem Tisch in dem echten, dem authentischen, dem wahren Tintoretto.

Arianna Ether erwachte im Dunkeln, in ihr langes, weißes Nachthemd gekleidet, vielleicht auch in ein Gewand, das noch leichter war, so bequem schmiegte es sich an ihren Körper. Sie lag rücklings auf einer Stelle, die weich und gleichzeitig fest war. In ihrem Kopf gab es keinerlei Erinnerungen, lediglich das Gefühl »leichter als Luft« zu sein und das Empfinden reinen Wohlbehagens.

Heiter, heiter, heiter, heulte der Wind um sie herum. *Herzliche Hallelujas*, fügte er hinzu und dann, *Heilig, heilig, hohl.*

Arianna lag ganz ruhig da. Nur ihre Augen bewegten sich. Es gab keine vertrauten Wände, an denen sie sich orientieren konnte. Doch sie stellte überraschend fest, dass es ihr völlig egal war. Als sie hinaufstarrte, bemerkte sie nur die gleichen stechenden Sterne, die sie in der Nacht zuvor gesehen hatte, sowie ein Parfüm, das der Wind ihr zuwehte.

Hosianna, Hosianna, heulte der Wind und blies immer mehr Parfüm in Ariannas Nähe. *Heidekraut*, fügte er ganz leise hinzu und half Arianna beim Erkennen ihres Aufenthaltsortes ein wenig nach.

»Natürlich«, flüsterte Arianna, als das Erinnerungsvermögen langsam zu ihr zurückkroch und die weißen Räder der Erinnerung wieder in Gang setzte, die vor Anstrengung nur so knirschten, als hätten sie jahrzehntealten Rost abgeworfen.

Was ist Erinnerung, Arianna?

»Natürlich, ich bin ins Heidekraut gefallen.« *Und da,* dachte sie und blickte ein wenig nach rechts, *ist ja auch mein Ballon. Wie weiß und hübsch er vor dem Schwarz doch aussieht, mein Ballon, und wie er darauf wartet, dass ich wieder hineinklettere und zu ihm zurückkehre, jetzt, wo er mich wieder liebt.*

Helium, Helium, knurrte der Wind, als wäre er mit Ariannas Sinneswandel unzufrieden. *Humbug!* fügte er hinzu.

Hilfe!, dachte Arianna, der noch nicht eingefallen war, ihre Stimme zu benutzen. Und dann, *Ich frage mich, in welchen Teil der Moore ich wohl gefallen bin?*

Bülte, Bülte, half der Wind nach und vernachlässigte für kurze Zeit die »h's«.

Was soll das denn nun wieder heißen?, dachte Arianna. Worauf sie überglücklich darüber lachte, dass sie sich – wenn auch nur in Gedanken – mit dem Wind unterhielt. Und es schien, als lachte auch der Wind auf eine hauchende, schluchzende Art.

Hallo!, sagte er plötzlich und gab mit einer deutlichen, nicht gehauchten weiblichen Stimme eine Erklärung ab.

»Eine Bülte«, verkündete die Stimme, »ist eine feste, grasbewachsene Moorstelle. Gut für eine kleine Ruhepause. Du liegst nämlich auf einem Hügelchen – auf einer Bülte voller Heidekraut, wenn du es genau wissen willst –, du Glückspilz. Und auch noch zur richtigen Jahreszeit, wenn ich hinzufügen darf. Eine Woche später! – Wenn du nur eine Woche später in die Blüten gefallen wärst, dann wäre das Parfüm bereits verflogen gewesen. Bis zum nächsten August, natürlich, der schneller kommen kann, als du denkst.«

»Wie bitte?«, brachte Arianna hervor und hob glücklich ihre Stimme an. »Das ist doch verrückt.« Einzelne Wörter, die der Wind hauchte, konnte sie akzeptieren, aber Wörterbuch-Definitionen waren etwas völlig anderes. Sie sprang auf die Füße oder schwebte vielmehr, so unerhört viel leichter als

Luft fühlte sie sich. Auf der Suche nach dem Ursprung der Stimme wirbelte sie ähnlich ekstatisch im Wind herum, wie sie es am Morgen zuvor mit Jeremy im Zimmer getan hatte, bis ihr auch hier schwindelig wurde. Sie blieb stehen und hielt sich mit dem Blick an ihrem Ballon fest, bis sie sich eingestehen musste, dass es gar nicht ihr Ballon war, sondern der Vollmond, der heute Nacht noch nicht ganz untergegangen war. Als sie ihm gar nicht enttäuscht den Rücken zuwandte, sah sie in das blasse Gesicht und die klaren, blauen Augen einer jungen Frau, die fast genauso dünn war wie sie, aber eher dunkelhaarig als blond.

»Keiner weiß etwas«, fuhr die Frau fort, die erklärt hatte, was eine Bülte ist. »Siehst du den kleinen Hügel da drüben?«

Arianna erschrak leicht, als sie der Anwesenheit dieser Frau gewahr wurde, und reckte ihren Hals, um die Stelle zu untersuchen, zu der die Frau deutete. Und dort, am Ende einer Reihe sanfter Hügel, befand sich ein etwas kleinerer, dessen Form ebenmäßiger wirkte.

»Das ist der Hob Hill«, verkündete die Frau, »und du glaubst bestimmt, dass ein ›Hob‹ ein Kamineinsatz ist, oder etwa nicht? Etwas, worauf du deinen Kessel stellen kannst. Gib's zu, das denkst du doch.«

Arianna nickte in der Annahme, dass sie sich irrte.

»Falsch!«, sagte die Frau. »Ein ›Hob‹ ist ein freundlicher kleiner Kobold, der nachts, wenn du schläfst, in deine Küche schlüpft und dir beim Haushalt hilft. Er wischt auf, staubt ab et cetera. Da er eine kleine Person ist, muss sein Hügel, sein Moor auch kleiner sein als diese hier« – die Frau gestikulierte in alle Richtungen – »und deshalb ist er da. Und wenn du mir nicht glaubst, bist du ein Dummkopf.«

»Ich hab doch gar nichts Gegenteiliges gesagt.«

»Dann glaubst du mir also?«

Arianna schwieg einen Moment und dachte nach. »Ja«, erwiderte sie schließlich.

Die Frau entspannte sich sichtbar. »Na, das ist ja schön«, sagte sie zu sich, »besonders unter diesen Umständen.«

»Wie dem auch sei«, sagte sie zu Arianna, »lass mich weiter erzählen. Wenn du es willst, können diese ›Hobs‹ zu allem heranwachsen, was du dir wünschst. Natürlich ändern sie dann ihre Namen und beanspruchen mehr Raum. Raum«, wiederholte sie und schaute sich um, »dann brauchen sie viel mehr Raum.«

Ra-a-a-um, röhrte der Wind.

»Sie übernehmen alles und jedes. Du kennst vermutlich den keltischen Reim: ›Erst wischt er und poliert, dann wächst er und demoliert.‹«

Den kannte Arianna zwar noch nicht, doch sie zog es vor zu schweigen.

Die Frau ging jetzt völlig in ihrem Thema auf. »Wenn sie erst einmal gewachsen sind, dann sind sie gar nicht mehr so freundlich. Aber sie gehören immer noch dir. Mit Haut und Haar. Sie gehören nur dir. *Er* gehört nur dir.« Die Frau verschränkte die Arme und sah Arianna vielsagend an. »Natürlich ist er dann ein Dämon – absolut entsetzlich –, aber, wie du sicherlich zustimmen wirst, unendlich viel interessanter als ein kleiner Elf mit einem Besen in der Hand.

Die Frage ist«, überlegte die junge Frau, »warum bleiben deine Dämonen bei dir?« Sie sah Arianna eindringlich an. »Weil man sie schließlich geschaffen hat«, beantwortete sie selbst, »so oder so, und deshalb, ob sie es mögen oder nicht, ist man ihre *Mutter,* ist man ihr *Zuhause.*«

Nachdem sie das letzte Wort hervorgebracht hatte, setzte sich die Frau auf einen Felsen und blickte reichlich traurig zu dem Dorf hinüber, in dem Arianna die letzte Nacht verbracht hatte. »Zuhause«, sagte sie erneut, aber viel leiser.

Arianna wurde ein wenig bange zumute. Ihre Kindheit, die am Tag zuvor an ihr genagt hatte, tauchte wieder auf. Sie erinnerte sich an Hexen, die oft in dem Ruf standen, draußen im

Moor zu leben, wo sie giftige Kräuter sammelten und seltsame Reime anstimmten. Außerdem, wie Arianna plötzlich wieder einfiel, hatten sie im Kleiderschrank am Südende ihres Schlafzimmers gehaust. Zumindest eine hatte dort gelebt. Arianna konnte sich an jede einzelne ledrige Falte, jede Warze im Gesicht dieser Kreatur erinnern. Sie ähnelte Tante Agnes, die donnerstags immer zum Tee kam und Kindergelächter nicht ausstehen konnte. Dieser Frau hier ähnelte sie nicht im Geringsten.

Hexe, flüsterte der Wind. Er schien sich wieder beruhigt zu haben, legte aber in Wirklichkeit bloß eine Pause ein, um neue Kräfte zu sammeln.

Anhand dieser einen Hexe und dieses einen Kleiderschrankes wurde Ariannas Kinderzimmer in ihrer Phantasie vollständig neu erschaffen. Die Tapeten an den Wänden, die Regale für die Bilderbücher und die Puppen. Sechs Pennys, die in einer Schublade versteckt waren. Fünf kleine weiße Kleider, wo die Hexe hauste. Ein heiß geliebter Sonnenschirm. Das Steckenpferd, ein Freund am Tage, ein erschreckender Feind in der Nacht, wenn das Weiß sich in Grau verwandelte. Die ganze Welt, so wie sie war, bevor ihre Mutter starb und ihr Vater zu trinken begann. Arianna sah einen kleinen Silberanhänger vor sich, der ihr bis jetzt völlig entfallen war. Einen Anhänger, der sich zum Kummer des Kindes nicht öffnen ließ, da er nicht dafür geschaffen worden war. Nur ein solides, schimmerndes Herz zum Umhängen, leuchtend auf weißer Baumwolle.

»Ich hatte eins, das man aufmachen konnte«, sagte die Frau, »mit einer Haarlocke von meiner Mutter darin, aber es war nicht so schön wie deins.«

Arianna wurde aus ihrer angenehmen Träumerei gerissen. »Was war das eben?«, fragte sie.

»Ich sagte, dass mein Anhänger sich öffnen ließ, aber keine so schöne Gravur hatte.«

»Woher weißt du das?« Arianna näherte sich jetzt der Frau und untersuchte ihr blasses Gesicht. »Woher wusstest du, was ich denke?«

»Es war ganz deutlich. Dein kleines Schlafzimmer und dann du, wie du als kleines Mädchen versuchst, das winzige silberne Herz zu öffnen. Es war alles genau hier.« Und die Frau deutete vage auf eine sumpfige Gegend zu ihrer Rechten. »Und vermutlich hast du seitdem versucht, ein weiteres verschlossenes Herz zu öffnen, stimmt's? Wir machen solche Sachen ja immer wenigstens zweimal. Wenn wir beim ersten Mal keinen Erfolg haben, werden wir wie besessen. Es ist ganz einfach. Wie heißt du?«

»Arianna Ether.«

»O nein, das stimmt nicht.«

Arianna gestand. »Früher hieß ich Polly Smith, aber jetzt bin ich Arianna Ether.«

»Nein, jetzt bist du wieder Polly Smith. Du hattest gerade ein paar eindringliche Erinnerungen. Arianna Ether hatte kaum Erinnerungen, *n'est-ce pas?* Harte Arbeit im Hier und Jetzt beim Versuch, ein verschlossenes Herz zu öffnen. Übrigens, wo sind wir heutzutage im Hier und Jetzt? Welches Jahr haben wir?«

»Wieso weißt du das nicht? Es ist 1900, die Jahrhundertwende.«

»Tja, auch das ist strittig. Vielleicht ist es die Wende des letzten Jahrhunderts, oder die Wende des nächsten Jahrhunderts. Vielleicht wenden sich die Jahrhunderte aber auch gar nicht mehr. Wen kümmert's? Wieso habe ich bloß gefragt? Neugier, vermutlich. Schön, dass du hier draußen bist. Du hättest vielleicht noch zur übernächsten Jahrhundertwende an diesem verschlossenen Herzen gerüttelt.«

»Das Herz«, sagte Arianna/Polly würdevoll und stolz, »ist nun offen.«

»Ach ja?«, fragte die Frau mit reichlich Sarkasmus in der

Stimme. »Schwarze Haare? Perfektes Profil? Ich habe da so meine Zweifel.«

»Woher *weißt* du das?«, fragte Polly, »Was *bist* du?«

»Ich bin genau dasselbe wie du«, antwortete die Frau. »Pass auf, ich werde mich an etwas erinnern, und du sagst mir, was es ist.«

Und obwohl Polly/Arianna völlig ungeübt darin war, sah sie ein Kohlefeuer und daneben einen kränkelnden kleinen Jungen sitzen, der etwas in ein winziges Notizbuch schrieb.

»Der Junge?«, fragte sie.

»Mein Bruder.«

»Das Feuer?«

»Unser Wohnzimmer.«

»Dann sind wir also *beide* Hexen?«, fragte Polly/Arianna und grauste sich bei dem Gedanken.

»Nein«, erwiderte die Frau. »Wir sind beide Geister.«

»Du meinst, ich bin...?«

»Mause...« Die junge Frau streckte ihren Arm zu Polly/Arianna aus, als wollte sie ihr gratulieren. Als wollte sie ihr die Hand schütteln.

Es dauerte eine Weile, bis Arianna diese Information verarbeitet hatte. »Das kann einfach nicht die Wahrheit sein«, sagte sie schließlich.

»Ach, Wahrheit«, winkte die Frau ab, »das habe ich alles vergessen. Vermutlich meint sie damit Tatsachen.« Dann, mit Blick auf Arianna, »Tatsache ist: Wir sind Geister.«

»Das stimmt doch nicht. Ich habe das Gefühl... ich müsste fallen; aber der Fallschirm...«

»Ist nicht aufgegangen.«

»Ich muss zu ihm zurück«, verkündete Polly/Arianna und schwebte so rasch es ging in eine stehende Position. »Er wird schon warten und, o Gott, er wird bestimmt ganz wütend sein. Wo ist nur mein Ballon? Was für ein wilder Wind.

Wohin hat er meinen Ballon geweht? Ich *muss* zu ihm zurück!«

Ihm, ihm, summte der Wind.

»Du meinst, du willst ihn heimsuchen und spuken?«, fragte die Frau. »Denn wenn du das willst, lässt es sich ganz leicht arrangieren.«

»Ja, genau das will ich! Ich will ihn heimsuchen. Spuken. Ich will ihn und möchte, dass er mich will und mich liebt!«

Hickhack, Hickhack!, sang der Wind. *Heimsuchen, heimsuchen, heimsuchen.*

»Ich persönlich«, sagte die Frau, »halte dies Gespuke ja für reine Zeitverschwendung, ganz egal, wie du darüber denkst. Bloßes Herumgeistern, wo es doch hier so viel zu tun gibt. Und jetzt, wo wir zu zweit sind, gibt es doppelt so viel zu erledigen. All das Sortieren und Sieben und Sichten von Umständen. Bergeweise Erinnerungen, nachdem man tot ist!«

»Ich bin nicht tot.«

»O doch, das bist du, und ich auch. Ich bin nur schon etwas länger tot.«

Plötzlich begann es wild zu schneien. Das kleine schwarze Dorf war nicht mehr zu sehen. Jede Einzelheit der Landschaft verschwand im Weiß. Arktisches Wetter.

»Dies ist mein Land, wo Wirbelwinde sausen, wo Schneegestöber meinen Pfad umstaut. Sind viele Jahre vergangen, seit ich draußen in jener Welt ein andres Heim geschaut«, sagte die Frau auf.

»Was war das denn?«, fragte Arianna verblüfft.

»Ach … bloß etwas, das ich mal geschrieben habe.«

»Na, das kommt mir aber ganz schön seltsam vor.«

»Ja, ich war wirklich recht morbide. Ganz erstaunlich, wie fröhlich ich geworden bin, seit ich tot bin.«

Der Wind fauchte zwischen den beiden Frauen hindurch.

»Gibt es hier immer solche Schneestürme im September?«, fragte Polly/Arianna.

»Manchmal. Aber es ist gar nicht mehr September. Es ist vermutlich, lass mich mal nachsehen, Februar. Wenn du tot bist, hat die Zeit keine Bedeutung mehr, und das Wetter ist viel kapriziöser.«

»Oje«, sagte Arianna zu ihrer eigenen Überraschung ganz unbeschwert, »ich schätze, ich bin wirklich tot. Er war so hübsch, und jetzt bin ich tot. Wie heißt du denn?«

»Emily Jane Brontë. Ich habe ein Buch geschrieben, aber ich weiß nicht, ob das noch wichtig ist. Brontë heißt auf Griechisch Donner.«

»So heißt du gar nicht«, sagte Arianna und staunte über ihr plötzliches Wissen. »Dein Name ist nicht Brontë, sondern Brunty. Dein Vater hat seinen Namen geändert. War er denn sehr Donner-ähnlich?«

»Nein… doch. Jetzt ist er wie eine Erinnerung.«

»Na schön, wenn wir uns also entscheiden, nicht herumzuspuken, was genau machen wir dann hier draußen?« Arianna schweifte mit ihrem Blick über die Einöde, die sie umgab.

»Wir erinnern uns«, sagte Emily. »Und jetzt, wo wir zu zweit sind, werden wir gegenseitig unsere Erinnerungen betrachten und uns Geschichten erzählen.«

»Wahre Geschichten?«

»Ach… Wahrheit…«, sagte Emily vage. »Wie du willst, es ist mir ziemlich egal, ehrlich. Es hängt davon ab, an was du dich erinnerst… ob du dich an die Ideen oder an die Gegenstände erinnerst.«

»Ich erinnere mich an ihn«, sagte Arianna. »Ich erinnere mich an die Hoffnung.«

»Ja, Erinnerungen an die Hoffnung sind gut. Ein herrlicher, unerwiderter Zustand und ausgesprochen denkwürdig. Du hast gehofft…«

»Ich habe die ganze Zeit auf ein Haus gehofft.«

»O ja«, sagte Emily, die jetzt von den Frühlingsblumen des Moors umgeben war. »Ja, ich kann es vor mir sehen. Lass uns an Häuser denken. Wir könnten darüber reden, sie zu bauen.« Sie umklammerte erwartungsvoll ihre durchsichtigen Knie. »Du musst mir die Geschichte von diesem Haus erzählen. Du willst doch jetzt niemand mehr heimsuchen, oder?«

»Im Moment nicht«, sagte Arianna, die bereits anfing, die Geschichte in ihrem Kopf zurechtzulegen. »Aber vielleicht spukte es ja schon in diesem Haus, das wir nie gebaut haben…«

»Oh, wie schön«, sagte Emily, die jetzt im Schneidersitz zu Füßen ihrer Begleiterin saß, »eine Geistergeschichte! Ich liebe Geistergeschichten!«

Geister, Geister, kicherte der Wind auf recht lyrische Weise, denn mittlerweile war es Sommer.

Der Highway.

Seine Ankunft in der Provinz hat für Ann das Ende einer Ära verkündet. Und den Beginn einer anderen eingeläutet, in der vier Spuren wie ein langer, grauer Zwirn die verschiedenen Bereiche ihres Lebens zusammennähen. Der Highway verbindet alles miteinander: die ländliche Gegend mit der Stadt, das Bekannte mit dem Unbekannten. Er stellt sicher, dass ihre Mutter ihre Freundschaften pflegen kann. Er reduziert die Entfernungen auf einen überschaubaren Zeitrahmen. Er verbindet das Haus in der Stadt mit der Vergangenheit von Anns Mutter – ein Dorf und eine Farm in einer ländlichen Gegend –, die mit der Ankunft des Highways auf wundersame Weise in anderthalb Stunden zu erreichen ist. Anderthalb Stunden graue Geschwindigkeit und man ist in der Lage, das neunzehnte Jahrhundert zu erleben; seine Gemischtwarenhandlungen, seine Holzöfen, seine Räume mit den hohen Decken, seine staubigen Schotterstraßen.

Bis vor kurzem war Ann gezwungen, die ländlichen Merkmale in ihrem Kopf herumzutragen, etwa so, wie sie *Wuthering Heights* mit sich herumgetragen hat, wobei sich beides gelegentlich miteinander vermischte.

Bevor es den Highway gab, gab es Anns frühe Kindheit in der Stadt und eine deutlich kompliziertere Straße in die Vergangenheit: eine Straße, bestehend aus einer Reihe von

Erlebnissen während früherer Reisemöglichkeiten. Ann auf dem Rücksitz des bequemen, kurvenreichen Buick ihrer Mutter, der sich über die alte Straße schlängelte, die Biegungen machte, abfiel und plötzlich schnurstracks in die King oder Queen Street von einer Kleinstadt nach der anderen überging: Pickering, Newcastle, Port Hope, Grafton – mit ihren Rathäusern aus roten Backsteinen, holzverschalten Kirchen, Trödelläden und Zapfsäulen, die aussahen wie Tiefseetaucher. Doch dazwischen gab es dann diese Stellen außerhalb der Orte, an denen sich die Bäume einander entgegen reckten und einen Tunnel bildeten, durch den das Auto hindurchbrummte. Dann flackerten abwechselnd Licht und Schatten über die Anziehpuppen aus Papier und deren Kleider hinweg, die Ann auf dem karierten Rücksitz ausgebreitet hatte.

Bauern rumpelten in großen Lastwagen vorbei; zwölf Ballen Heu auf der Ladefläche und neben sich einen wachsamen Hund. Und andere Hunde, die auf das Auto zu rannten, nachdem sie sich erwartungsvoll hinter Sträuchern in der Nähe des Farmhauses versteckt hatten, nachdem sie dasselbe Spiel schon mit dem letzten Fahrzeug gespielt hatten, das vor etwa zwanzig Minuten vorbeigekommen war. Schaukelstühle auf den Veranden, Leitplanken. Kurze Blicke aufs Wasser: ein Bach, ein Fluss, und ab und zu der Große See selbst, der hinter dem Ende eines Obstgartens hervorschimmerte.

Das alles konnte man aus dem tiefen Inneren des vorbeifahrenden Zimmers und durch den sonnenbeschienenen Nebel hindurch sehen, den die Zigarette produzierte, die ihre Mutter am Steuer rauchte. Ann hockte rittlings auf der Armlehne des Rücksitzes, nahm ihre Anziehpuppen und deren Kleider in die Hände und legte eine nach der anderen wieder hin. Oder sie zählte Pferde auf den vorbeiziehenden Weiden. Oder sie suchte nach gleichaltrigen Kindern, die in der Nähe vor den Eingängen ihrer Häuser spielten.

Seit es den Highway gibt, ist die dazwischen liegende Landschaft verschwunden. Jetzt gibt es, wie später bei den Jumbo-Jets auch, nur noch hier und dort und eine flüchtige Leere dazwischen.

Ann sitzt kerzengerade auf dem Rücksitz und staunt über die Geschwindigkeit, mit der die neuen grün-weißen Schilder jene Städte ankündigen, die sie gar nicht mehr sehen kann; über die leuchtend weiße, gestrichelte Linie und über die eindrucksvollen grauen Eisenbahnüberführungen. Ganz in der Nähe von einer dieser Überführungen wird eine brandneue Glaskuppel mit einem riesigen Kran auf eine brandneue katholische Kirche heruntergelassen. Das Ganze geschieht am Rande einer Stadt, deren Name genauso klingt wie die Wellen des Großen Sees, die Schaum und Kieselsteine ans Ufer spülen.

»Oshawa, Oshawa …«, flüstert das Kind in der Behaglichkeit des Wagens.

Genau wie die übrigen Fahrzeuge mit Heckflossen, von denen sie umgeben sind, wird ihr Wagen immer langsamer, bis er schließlich ganz anhält. Anns Mutter zündet sich eine weitere Zigarette an, kneift die Augen zusammen, beugt sich übers Lenkrad und blickt durch die Windschutzscheibe zu der prächtigen Halbkugel hinauf, die knapp über ihrem Bestimmungsort an einer Kette vom Himmel herunterhängt. Ann hat beide Hände an das hintere Seitenfenster gelegt. Dann kurbelt sie es herunter und steckt ihren Kopf heraus, um auch etwas zu sehen. O mein Gott!, *das* sehen zu dürfen, diesen Glashimmel, der im Wind hin und her schwingt, durch den das Sonnenlicht wie Regen strömt. Er ist ein Blitzableiter für das Licht, das auf die Oberfläche des Highways hinunterstrahlt.

Auf den Brücken drängen sich Menschen, die wie ein ehrfürchtiger primitiver Stamm oder wie eine verzückte Pilgergruppe gebannt auf dieses Lichtwunder starren, das da oben in der Luft schwebt. Eine Blaskapelle! Ann ist davon überzeugt, dass hier irgendwo eine Blaskapelle sein muss! In ihrer

Phantasie besteht die Kapelle aus feierlichen Hörnern, deren sonnenbeschienenes Gold sie vor sich sehen kann, obwohl gar keine Musik zu hören ist. Gleichzeitig sieht sie, wenn sie den Kopf durch das Fenster steckt, nur die Kuppel und, für den Bruchteil einer Sekunde, das silberne Glitzern der aufgereihten Seitenspiegel, die sich vor ihrem eigenen Wagen erstrecken. Nach und nach setzen sich die eiförmigen Landschaften, die sich mit winzigen grünen Schildern und den Zementbrücken darin spiegeln, wieder in Bewegung, bis auch der Buick, in dem sie selbst sitzt, langsam unter der Betonbrücke hindurchfährt und auf der anderen Seite wieder hervorkommt, wo sich rein gar nichts Majestätisches mehr abspielt.

»Mami!«, ruft Ann und klammert sich an die Dichtungen, das Vinyl und die Polster, »Mami, wir müssen anhalten und uns das ansehen!«

»Liebling«, erwidert Mami und drückt ihre Zigarette im Aschenbecher aus, »das ist keine Straße, auf der man aussteigen darf.«

Dennoch erreichen sie schließlich die Vergangenheit und halten an. Großmutters Haus, so beruhigend wie ein Stillleben. Druck. Herbstspaziergänge durch leuchtende Ahornwälder, knisternde Feuer an zwei kühlen, windigen Morgen, aus denen das Wochenende besteht, Spieleabende mit Halma, Dame und Mensch ärger dich nicht. Und dann natürlich wieder der Highway, die Rückfahrt in die Stadt.

Zu diesem Zeitpunkt wird der Highway ganz entsetzlich. Die Sonne verschwindet, der Wind wird eisig, der Große See liegt so grau und still und nichts sagend da wie der Asphalt des vierspurigen Highways. Nirgendwo spiegelt sich Gold wider. Hinter den Leitplanken verliert die Außenwelt an Bedeutung. Das Wort »Oshawa« klingt nun nicht mehr wie die Strömung des Großen Sees, der seine Strände streichelt, sondern ähnelt stattdessen dem Klang vieler Autos, die nacheinander vom Fließband rollen, oder dem unzufriedenen Gemurmel streikender Autoarbeiter oder tausend Lastern, die gleichzeitig den vierten Gang einlegen.

Anns Schwierigkeit mit dieser zukünftigen Erinnerung besteht darin, dass es ihr unmöglich ist, nur den ersten Teil davon zu bewahren. Der unvermeidliche zweite Teil wird den ersten verdrängen und sich bemerkbar machen, bevor die schwebende Kuppel völlig ausgekostet werden kann.

Weil auf der Rückfahrt keine gläserne Halbkugel auf ihrem Basilika-Sockel steht, sondern lediglich eine unfertige Kirche, ein Kran, an dem nichts mehr herunterbaumelt, und die enormen Glasscherben zu sehen sind, die zwischen der Architektur und dem Highway herumliegen, wird die gesamte Erinnerung daran zerbrochen sein.

Ein angemessenes, unergründliches Ende für die dazwischen liegende Landschaft. Grau, zerbrochen, unaufhaltsam. Jugend, Erwachsensein, Alter.

Kein Glanz mehr, der über der Außenwelt schwebt.

Und so kehrt sich das Kind nach innen. Seine Großmutter stirbt, und die Faust der Zeit umklammert die Vergangenheit, doch die Vergangenheit wird wie Heldensagen zwischen Buchdeckeln aufbewahrt. Oder wie Vorfahren mit Namen wie Obadiah, Kaziah, Oran, Ezekiel auf einem kleinen, eingezäunten Friedhof aus dem neunzehnten Jahrhundert, von dem man einen Blick über sanfte Hügel und zickzackförmige Einfriedungen hat und wo kein Geräusch zu hören ist außer dem Wind in den Zedern am Ende des Grundstücks.

Nach der zerbrochenen Kuppel verändert sich der Himmel. Ann zieht abermals das Buch aus dem Regal. Sie betrachtet den Umschlag, auf dem ein kräftiger Mann abgebildet ist, der an einem verkrüppelten Baum lehnt und den Wind anknurrt. Der Holzschneider hat das Wetter so ausgeklügelt skizziert, dass es dem Meer gleicht. Wilde Wirbel wehen durch die dunklen Locken des Mannes. Ann schlägt das Buch auf und wendet sich einem Holzschnitt nach dem anderen zu: Friedhöfe, Steinmauern, intensive Gefühle, knurrende Hunde, Landschaft. Sie fängt an zu lesen und verliert sich ein weiteres Mal in jenem ersten Schneetreiben im Moorland. *Lass mich rein, lass mich rein. Ich irre seit zwanzig Jahren durch das Moor.* Sie betritt – Ann betritt *Wuthering Heights.*

»Oh Heathcliff, Heathcliff«, flüstert sie im Dunkel ihres rosa Kinderzimmers, wenn in den Winternächten der Wind durch die Stadt heult, in der sie lebt. »O Heathcliff«, seufzt sie, während ihr Mund mit einer Mischung aus Begierde und Kieferorthopädie schmerzt. Sie macht kleine Schritte, tastet sich vorwärts, blind, gegen das Wetter.

Der Schneesturm, in den sie hineingestolpert ist, faucht durch das Esszimmer, auf dessen rundem Teppich sie oftmals sitzt und liest. Er heult um den Geschirrschrank herum und greift die stabilen, massiven Beine des Rosenholztisches an. Es scheint so, als hätte Ann *es* in jenem Moment befreit, als sie die Bleiglastür des extra angefertigten Regals geöffnet hat, um ihr Buch herauszunehmen: dieses Biest, dieses Innerste, dieses Anderssein. Die Vergangenheit. Die beschwerliche Vergangenheit.

Die Ereignisse entlang der Straße, vom Tal bis zu den Hügeln.

Wenn du leichter bist als Luft«, sagte Arianna/Polly und machte es sich in einer Ecke zwischen zwei Steinmauern bequem, »kann dich ein Haus auf angenehme Weise festhalten, so dass du nicht davonwehst.«

»Das kann schon sein…«, sagte Emily zweifelnd.

»Und nach Möglichkeit hätte es sogar zwei Häuser für uns geben müssen. Eins für den Ballon, verstehst du? Ein Ballon-Haus.«

»War dieses imaginäre Haus denn deins oder seins?«

»Es war unseres.«

»Nein«, bezweifelte Emily nachdenklich. »Nein, ich glaube, es war deins, aber… egal. Erzähl weiter. Was ist geschehen?«

»Ich begann viel über das Haus nachzudenken, als wir in einem weißen Raum lebten – einem weißen Raum in einem Haus für Touristen, das direkt am Meer stand, so dass ich im Grunde ständig Angst hatte, eine Welle könnte uns alle davonspülen. Und ich konnte nicht schwimmen und hatte große Angst vorm Wasser.«

Arianna warf Emily einen Blick zu, um festzustellen, ob sie ihre Angst wohl missbilligte. Da sie keinerlei Reaktion bemerkte, fuhr sie fort.

»Das Meer war immer aufgewühlt, da es Winter und ganz stürmisch war, und durch seine Nähe beschlugen die Fenster hinter den weißen Vorhängen, daher war auch das Glas ganz weiß und versperrte so den Blick auf die Außenwelt. Das Wasser war immer da draußen und rief, und deswegen erschien mir das Zimmer auch nur ein Provisorium zu sein, aber ich wollte natürlich die Ewigkeit. Es gefiel mir nicht, was das Meer mit dem Haus anstellte, in dem unser Zimmer war. Ich fand heraus, woher der Ausdruck ›von der Witterung zerfressen‹ kommt. Das Haus wurde jeden Tag vom Wetter angefressen. Ich wusste, dass es am Ende nachgeben würde.

Wir liebten uns ständig in diesem weißen Zimmer, immer wieder aufs Neue. Er war unter mir und über mir und um mich herum und in mir drin. Es gab keinen Zentimeter von mir, den er nicht kannte oder irgendwie berührt hatte. Er interessierte sich nur für mich, wie ich damals war, und für meine körperlichen Details, und er wollte nichts aus meiner Vergangenheit wissen; nur was ich dachte und wie ich auf verschiedene Dinge reagierte. Wenn ich mal über eine andere Zeit sprach, brachte er mich zum Schweigen, indem er seinen Mund auf meinen drückte, seinen Körper flach auf meinen presste, als ob er eine Barriere gegen die Erinnerung errichten wollte.

Und das Meer, das ich fürchtete, drang in unser Liebesspiel mit ein, bis ich manchmal das Gefühl hatte, er sei eine große Welle, die an meinen Strand kroch; eine Welle oder vielleicht auch ein ganzer Ozean, der den gemieteten, weißen, provisorischen Raum ausfüllte. Ein weißes Meer, auf dem ich geblendet und verängstigt segelte, denn ich wusste, dass Wasser schwerer ist als Luft. Vor der Luft hab ich mich nie gefürchtet.«

»Das Moor ist manchmal wie das Meer«, sagte Emily.

»Aber ich hab ihn so geliebt, dass sich die Angst mit der Liebe vermischte. Ich steuerte ihn, oder hab es zumindest versucht: Ich war das einzige Detail auf einem weißen Meer. Doch schon bald fand ich heraus, dass es niemals eine Vergangenheit geben würde; die hatte er ausgesperrt. Er hatte sogar die Vergangenheit ausgesperrt, die uns beide betraf, denn in dem Meer, in dem weißen Zimmer würde es niemals irgendwelche Details geben. Es gab nur das Wetter, das Wetter eines nichts sagenden Meeres, und die Gegenwart, die aus Haut und Haaren und Knochen und aus Vergnügen bestand.

Du musst wissen, dass ein Meer nicht zu identifizieren ist, da es trotz seiner Wellen und Schaumkronen, trotz Gischt und Farbe im Grunde gar keine erkennbaren Details besitzt. Ich könnte dir Gravuren oder Gemälde von zwölf verschiedenen Meeren zeigen – den Indischen Ozean, den Atlantik, den Pazifik –, und du könntest mir nicht sagen, um welchen es sich handelt, da sie alle gleich aussehen. Keine erkennbaren Merkmale. Keine Details. Nur Wasser, an dem sich das Wetter zu schaffen macht. Überhaupt keine besonderen Einzelheiten.

Und natürlich wollte ich Einzelheiten. Ich wollte sagen können: Das sind wir. Das ist passiert und hier ist es geschehen. Ich glaube, ich wollte noch mehr, etwas, das hinter dem weißen Zimmer lag, obwohl ich nirgendwohin konnte, wenn er mich berührte. Weil ich in ihm ertrank.

Manchmal musste er fort, um eine Vorstellung zu geben. Dann verschwand er, segelte irgendwo in seinem Ballon herum und kehrte gewöhnlich wortlos mit einem Strauß weißer Nelken für mich zurück, und sein Herz war in Wallung wie das Meer und sein Atem so schwer wie das Wetter. Langsam bekam ich das Gefühl, dass es *seine* Augen waren, die unter meinen Lidern hervorstarrten, und die Welt entfernte sich immer mehr.

Und gerade noch rechtzeitig wünschte ich sie mir zurück – nur ein bisschen, gerade genug, um einen Hintergrund zu erschaffen, vor dem wir uns lieben konnten. Irgendwie dachte ich, dass ich mich nicht an unsere Liebe erinnern können würde, falls es nicht noch andere Umgebungen gäbe. Ich wollte Erinnerungen, und in einem weißen Zimmer gibt es nun mal keine Erinnerung.

Wenn ich mal von einem Haus oder einer gemeinsamen Reise sprach, wurde er so still und gleichgültig wie die weißen Wände, die uns umgaben, und mir wurde klar, dass er gar nichts anderes wollte. ›Es gibt nur uns beide, Polly‹, sagte er schließlich, denn ich war noch nicht zu Arianna geworden, ›nur uns und deine Leichtigkeit und deine Blässe.‹ Doch er sagte es beinahe wütend oder zumindest kühl, ohne jeden Gesichtsausdruck.

Und wenn er dann verschwand, um in seinem Ballon etwas Geld zu verdienen und mich ein paar Tage allein in dem weißen Zimmer zurückließ, begann ich das Haus in meinem Kopf zu entwerfen, verstehst du? Zuerst erschuf ich nur das Innere, das etwa die Größe eines Puppenhauses besaß, das ich als Kind gehabt hatte, an dem die Rückwand fehlte und die andere Seite nicht ganz echt wirkte bis auf die niedlichen kleinen Fenster mit ihren Läden und der Eingangstür, an der ein winziger Türklopfer hing, weil man das Haus eh kaum herumdrehte, um von außen hineinzusehen.

Ich suchte Tapeten und Vorhänge aus, alle nur erdenklichen Farben für die verschiedenen Zimmer. Ich wollte Farben! Ich weigerte mich, auch nur einen einzigen weißen Gegenstand in dem Haus zu haben. Selbst das Badezimmer hatte ich aus cremefarbenem Porzellan konstruiert, das mit hellgrünen und rosafarbenen Rosen und mit grünen Weinranken bemalt war. Es war ganz bestimmt nicht das Haus von reichen Leuten, aber es hatte Charme: jede Menge Chintz im Wohnzimmer, aber nie auf weißem Grund, und jede Menge Kleinigkeiten, Krimskrams und Bilder. Bilder an der Wand, verstehst du, weil ich *Details* haben wollte … es war mir sogar egal, ob es überladen wirkte. Ich wollte viele Gegenstände und genauso viele Erinnerungen, die mit diesen Gegenständen zusammenhingen.

Nach und nach wurde ich ganz glücklich damit, mit allem, was dazugehörte. Im Esszimmer standen Chippendale-Stühle und von der Decke hing ein silberner Kronleuchter herunter.

Doch das Haus war nicht zu groß, es war nicht das Haus von reichen Leuten, wie ich schon gesagt habe. Und es gab kein Personal, weil ich nur mit ihm wohnen wollte.

Schließlich war das Innere des Hauses ganz wunderbar (in jedem Raum gab es Kamine), schön vollgestellt und prächtig ausgestattet (innen hatte ich diese Fenstergriffe, die wie kleine Hände aussehen – hast du die schon mal gesehen?)... Ich besaß ganz viel Porzellangeschirr – ein helles Blau mit Pfauen drauf – und ganz viel Silberbesteck (aber nur versilbert, ich wollte ja nicht protzen). Nachdem er vier- oder fünfmal fortgewesen war, wusste ich, dass ich mein Haus fertig gestellt hatte, doch ich wagte es nicht, eine Vorderseite hinzuzufügen, weil ich mich dann ausgeschlossen gefühlt hätte. Daher ließ ich es offen, wie ein Puppenhaus, und widmete mich dem Garten. Es war herrlich, das Haus offen zu lassen, denn nun konnte ich alle Zimmer gleichzeitig sehen.

Vom Gärtnern verstand ich rein gar nichts, und auch heute geht es mir nicht anders – aber das war ganz egal, denn ich konnte ja den fertigen Garten kreieren. Ich musste ihn nicht erst anpflanzen, sondern brauchte ihn nur zu wollen, und schon war er da, als ob ein älterer Gärtner zwanzig Jahre lang daran gearbeitet hätte. Rosen kletterten über Lauben, Lilien wiegten sich in Blumenbeeten hin und her, aus kleinen Grotten sprudelten Quellen hervor, und Wein rankte sich an Gittern empor. Und ich hatte ein Labyrinth aus Buchsbaumholz, das zu einer kleinen Bank führte, die gelb und nicht etwa weiß gestrichen war, sowie Vogelbäder für Vögel, die ich mir unter diesen Umständen selbst aussuchen konnte. Diese Vögel zogen niemals fort, und alle Blumen blühten gleichzeitig.«

»Hoffentlich hast du ab und zu mal die Jahreszeit verändert«, warf Emily ein, »um einen Sturm zuzulassen.«

»Ach nein«, erwiderte Arianna, »daran hab ich gar nicht gedacht. Mit dem Meer vor der Tür hatte ich ja ohnehin viele Stürme in dem weißen Zimmer.«

Und während sie sprachen, veränderte sich die Jahreszeit um sie herum, und diesmal wurde es Herbst.

»Nach diesen Tagen, in denen ich heimlich das Haus gebaut oder am Garten gearbeitet hatte, kam Jeremy wieder zurück und betrat das weiße Zimmer. Dann zog er mich stets auf das Bett – nicht etwa grob, sondern zärtlich, und wir begannen wieder damit, uns stundenlang zu lieben.

Immer war er es, der die Tür bediente, die uns gemeinsam einschloss, immer drehte er den Schlüssel zweimal herum; gerade fällt es mir wieder ein. Zuerst dachte ich, er wollte mit all diesen Riegeln und Schlössern das Meer und seine Brecher aussperren, doch nachdem der Ozean in unser Liebesspiel eingedrungen war, erkannte ich, dass er ihn in Wirklichkeit einsperrte. Genau wie mich. Er machte mich so sehr zu einem Teil von sich, dass ich verschluckt wurde.

Da begann ich, das Phantasie-Haus immer dann einzusetzen, wenn ich befürchtete, ich könne durch die vielen Berührungen davonschweben, um mich so auf dem Boden zu halten. Wenn er meine Schenkel oder meinen Bauch liebkoste, stellte ich mir ein kleines Detail vor: ein Tintenfass mit zwei Hirschen aus Eisen, oder den Besteckkasten, in dem die Fischmesser aufbewahrt wurden. Und während ich von einer Woge des Vergnügens zur nächsten getragen wurde, gab es etwas, an dem ich mich festhalten konnte: einen Rosenbusch im Garten oder eine ganz gewöhnliche Harke. Während ich unter ihm dahinschmolz oder mich auf ihm auflöste, stellte ich mir so detailliert diese Dinge vor, als ob ich sie an die weißen Wände des Zimmers malen würde. Ich weiß noch, dass ich einmal alles durcheinander brachte, als mein Körper vor lauter Lust nur noch schmerzte und ich die weißen Laken mit den blauen Vorhängen meines imaginären Hauses verwechselte. Da erkannte ich, dass ich ihm davon erzählen musste, weil ich ihn sonst betrügen würde – als würde ich den heimlichen Wunsch nach einem anderen Geliebten verschweigen.

Und als er ein paar Wochen später von weiteren zwei oder drei Tagen des Ballonfahrens zurückkehrte, beichtete ich ihm mein ausgedachtes Haus, mein Spielhaus, wie ich es nannte. Wobei ich darauf achtete, keinen Aspekt, keines meiner kostbaren Details auszulassen, damit er es, nachdem ich es vollständig beschrieben hatte, genauso gut kennen würde wie ich. Ich machte eine Art Rundgang mit ihm; ein Zimmer nach dem anderen. Bis dahin hatte ich diese Runde schon so oft alleine gemacht, dass ich tatsächlich Geräusche hören konnte: die unterschiedlichen Schritte auf Holzböden oder weichen Teppichen; das *Tick Tack* der Standuhr im Flur und ihr Glockenspiel – ich mag diese wichtigtuerischen Gongs nicht, die Standuhren manchmal haben, daher achtete ich darauf, meiner Uhr Glöckchen zu geben. Dann schlenderten wir gemütlich durch den Garten, wo ich nun die Erde und die Blumen riechen konnte. Und als wir wieder drinnen waren, machte ich im Wohn- und im Esszimmerkamin ein Feuer. Ich kochte auch etwas und freute mich darüber, ihn bei mir zu haben, und ich konnte sogar die Kräuter und das Fleisch riechen.

Zum Schluss führte ich ihn die Treppe mit dem roten Teppichboden hinauf ins Schlafzimmer mit den Tapeten und Spiegeln – in dem weißen Zimmer gab es ja keine Spiegel – und den Kommoden und dem großen Bett. Von allen Zimmern im Haus hatte ich dieses nur für uns beide erschaffen.

Als ich aufhörte zu reden, bemerkte ich, dass der weiße Raum mit seinem Schweigen und dem Grollen des furchtbaren Meeres erfüllt war. Er sah mich durch all das hindurch an, und sein Gesicht war eine traurige Maske. Er starrte mich bloß an, aber nicht mit diesem gleichgültigen Ausdruck, den ich früher schon bei ihm gesehen hatte, sondern schmerzerfüllt. ›Du hast das weiße Zimmer getötet, Polly‹, sagte er zu mir. ›Du hast dieses Haus erschaffen und das weiße Zimmer zerstört.‹

Das war die erste Nacht, seit ich ihn kennen gelernt hatte, in der er mich gar nicht berührte.

Am nächsten Tag wusste ich – weil ich es ihm erzählte –, dass ich die Vorderseite meines Hauses hinzugefügt hatte – das Innere stand nun nicht mehr länger offen, und ich hatte irgendwie eine Mauer um den Garten herum gebaut, und auch deren Tor war geschlossen. Draußen vor dem weißen Zimmer grollte das Meer, aber selbst wenn ich ein Guckloch ins Fenster wischte, konnte ich nichts erkennen, da es ganz nebelig war. In der Ferne hörte man Nebelhörner und Glocken, und im Inneren der Pension wurden Koffer gepackt. Nach ein oder zwei Wochen flog ich mit ihm in dem Ballon umher, und er hatte meinen Namen in Arianna geändert.

Was mich betraf, so nahm ich all meine Liebe und Zuneigung, die ich für das imaginäre Haus gehabt hatte, und richtete sie auf den Ballon und das Fliegen und auf die darunter liegenden Landschaftsdetails.

Und während wir zusammen arbeiteten, hatten wir für kurze Zeit ein paar Details, ein paar Erinnerungen. Doch er war immer unglücklich, immer schweigsam und hörte schließlich ganz mit dem Ballonfahren auf, um meine Karriere zu managen.«

»Oje«, seufzte Emily, »ja, ich habe dein Haus ganz deutlich vor mir gesehen, und ich konnte auch das weiße Zimmer sehen. Wie eigenartig! Ich bin der Meinung, dass das weiße Zimmer seine Erfindung war, genau wie du das Haus erfunden hast. Er könnte sich das Ganze nur ausgedacht haben. Du siehst, ich hatte Recht damit, dass das Haus dir gehörte. Es war deins, so wie kein echtes Haus es je sein könnte. Wie leicht es gewesen sein muss, diesen Besitz gegen den Ballon einzutauschen. Du musst deinen Ballon ja sehr geliebt haben.«

Arianna nickte schweigend, traurig.

»Ich muss schon sagen, du hattest ein sehr gepflegtes Haus. Das Haus, das ich gebaut habe, war ganz anders. Seine Energien waren nicht so gezähmt, sie brachen ständig aus. Aber das weiße Zimmer – vielleicht weiß ich auch darüber etwas, vielleicht kann ich dir dazu etwas sagen! Aber erst will ich dir von dem Haus erzählen, das ich gebaut habe, und ich frage mich, was du davon halten wirst. Sieh mal da rauf!«

Emily deutete mit einem nebelartigen Finger zum Gipfel der höchsten aller Erhebungen, von denen sie umgeben waren. Darauf stand ein altes schwarzes Bauernhaus, das in erbärmlichem Zustand war. In der Nähe seiner Wände, vor dessen Türen, scharrten ein paar Hühner in der Erde und kämpften gegen den gleichen starken Wind an, der Emily und ihre Freundin im Handumdrehen viel näher an das Gebäude herangeweht hatte.

»Da stehen ja Bäume!«, staunte Arianna.

»Nur zwei«, erwiderte Emily und lehnte sich gegen einen der beiden. »Bitte sieh dir das an«, sagte sie zu Polly/Arianna und zeigte mit ihrer schmalen Hand in die Ferne.

Unter ihnen erstreckte sich das hügelige Moorland; schwarzes Heidekraut im dunklen Licht (denn mittlerweile war es November), in dem sich gelegentlich ein schiefergrauer Felsen oder ein Fleckchen orangefarbene Besenheide befand. Das Moor schien sich ewig weit auszudehnen, als ob es außer Kontrolle geraten wäre und nicht mehr anhalten könnte. Über dieser sonderbaren, endlosen Weite zog eine bedrohliche Wolkenwand Regen nach sich. Dahinter war das seltsam gerade Lichtschwert zu sehen, das die Wintersonne hinunterstieß.

Beide Geister schwiegen einige Minuten, vielleicht auch Stunden, oder gar ein oder zwei Jahreszeiten lang.

»Oh«, sagte Arianna schließlich, »das ist ja geradezu beängstigend.«

»Beeindruckend, nicht beängstigend«, erwiderte Emily leise. »Nicht annähernd so beängstigend wie ein abgeschlossenes weißes Zimmer.«

»All dieser Wind!«

»Ja«, stimmte Emily erfreut zu.

Im Alter von fünfzehn Jahren wird Arthur Woodruff aus mehreren Gründen ganz besessen von Tintoretto. Nachdem er mit dreißig unwilligen Klassenkameraden vom *Harbord Collegiate* über mehrere Straßenzüge in südöstlicher Richtung zur Kunstgalerie von Toronto getrieben wurde, ist er von der Größe des dortigen Tintorettos zunächst eher überrascht als beeindruckt. Das ist der erste und vermutlich unwichtigste Grund. Während sich die meisten seiner Freunde kichernd von einer nackten Frau zur nächsten drängen, schreitet Arthur so lange vor dem Tintoretto auf und ab, bis er das Gefühl hat, auf dessen Marmorboden herumgelaufen zu sein, den reglosen Hund gestreichelt zu haben, Freundlichkeiten mit Christus ausgetauscht sowie ein oder zwei misstrauische Blicke auf den ihm zugewandten Rücken von Judas geworfen zu haben. In diesem Gemälde kann man sich hin und her bewegen, und genau das braucht Arthur mit fünfzehn Jahren. Mehr und mehr verzaubern ihn der Kanal am hinteren Ende des gefliesten Bodens und die drei Bäume, die man durch drei Bögen hindurch sehen kann. Mehr und mehr begeistert ihn das weiße Handtuch, das sich einer der Jünger wie ein Oberkellner in einem erstklassigen Restaurant über den Arm gelegt hat, sowie das weiße, schürzenähnliche Tuch, das Christus wie eine kritische Hausfrau, die sich ihren neuen Rock nicht bekleckern will, um die Hüften gewickelt trägt.

Für den heranwachsenden Arthur sieht Christus im Grunde so aus, als wolle er gar nicht die Füße seiner Jünger waschen, sondern vielmehr den Boden schrubben.

Arthur gefällt dieser Boden. Obwohl er gerne im Wasser des in der Ferne liegenden Kanals schwimmen und die dahinter liegenden Hügel besteigen würde, möchte er vor allem mit seinen genagelten Schuhsohlen auf dem Marmorboden herumklicken und dabei die ausgeklügelte Perspektive entlangschreiten, die der Künstler hier gemalt hat.

Die übrigen Gemälde in der Galerie langweilen ihn und stoßen ihn geradezu ab, sogar jene, auf denen mehr als nur ein Paar Brüste zu sehen ist, mit denen sich liebäugeln lässt. Die Frauen sind ihm einfach zu fett, denn er bevorzugt schlanke Mädchen mit langen Beinen. Da er auf diesem Gebiet erst wenig Erfahrung hat, bildet er sich ein, dass weibliches Fleisch von gleich bleibender Beschaffenheit und Farbe ist – ohne blaue Flecken oder Grübchen –, und wenn es nicht auf diese – von ihm bevorzugte – Weise dargestellt wird, ist es ihm völlig gleichgültig.

Nachdem die Klasse nach Hause geschickt wurde, nimmt Arthur die neuen Eindrücke des Gemäldes mit in die elterliche Wohnung, die über der Reinigung seines Vaters liegt. Das Gemälde ist riesig, berichtet er seiner italienischen Mutter. Es sind alle Jünger darauf zu sehen, mit ihren Strümpfen. Das Wort *Tintoretto* klingt aus ihrem Munde geradezu musikalisch, fast perfekt, und als sie ihm erklärt, dass *Tintoretto* auf Italienisch »Färberlein« bedeutet, lachen die beiden, denn das ist eine der Tätigkeiten von Arthurs ganz gewöhnlichem kanadischen Vater in seinem Fegefeuer im Erdgeschoss. Eine der schlimmsten, wenn auch – dank des Zuschlags – lohnendsten Aktivitäten. Es steht auf dem Schild, das verkündet: WOODRUFF'S CHEMISCHE REINIGUNG UND WASCHSALON. Fast wie ein nachträglicher Einfall steht in kleinen Buchstaben darunter: WIR FÄRBEN JEDES GEWEBE. Daher ist Arthurs Vater mit seinem verwundeten Bein, seiner Durchschnittlichkeit und seinen langweiligen, immer wiederkehrenden Kriegsgeschichten ein *Tintoretto*. Arthur ist hingerissen. So erhält die dunstige, klaustrophobische Ernsthaftigkeit im Beruf seines Vaters einen Hauch von Theater, einen Hauch von Exotik.

Das ist der zweite Grund für seine Besessenheit.

Den dritten Grund diktiert ihm sein italienisches Blut, das, egal wie sehr er sich auch dagegen wehrt, dazu neigt, gefühlvoll durch seine Adern zu tanzen, genau wie in den Adern seiner Mutter. Sie hat die ganze Wohnung mit kitschigen bunten Bildchen dekoriert, auf denen *Das Abendmahl* oder *Das blutende Herz Jesu* zu sehen ist oder Engel, die ganz leise zu dunkelhaarigen Kindern sprechen. Sie trägt Kruzifixe und betet Rosenkränze. In dunklen katholischen Kirchen betet sie für die Gesundheit ihres Mannes und das Wohl ihres Kindes. Oft weint sie, aus Freude, aus Kummer, aus Resignation. Als Arthur sie mitnimmt, um ihr das Gemälde zu zeigen, weint sie, weil es so italienisch ist und ein religiöses Thema behandelt und weil es ihr Blicke durch Torbögen auf Landschaften ermöglicht, die sie nie wieder sehen wird. In diesem Moment bewundert Arthur seine Mutter, bewundert die Tränen, die sie so einfach vergießt.

Doch es gibt noch einen anderen Aspekt in seinem Blut, einen Aspekt, der das tanzende, sentimentale italienische Element streng unter Kontrolle hält. Die starrköpfige Verdrängung seines Vaters. Die geradezu militärische Angst seines Vaters vor Gefühlen. Der Rückzug seines Vaters an kalte, neutrale Orte, nachdem er tagsüber in feuchter Hitze das verschmutzte Eigentum anderer Leute gereinigt hat. Und obwohl Arthur seine Mutter bewundert, weicht er sprachlos und verlegen voller Liebe und Entsetzen vor der Intimität dieses Augenblicks zurück. Mitten in seiner Jugend ist die Schlacht entschieden. Das Blut seines Vaters hat gesiegt.

Um diesen Anflug von Liebe und Angst zu überwinden, scherzt er mit seiner weinenden Mutter. »Sieh doch mal, Mama, sieh dir mal Christus mit seiner Schürze und dem großen Bottich an. Vielleicht will er ja gar nicht die Füße seiner Jünger waschen. Vielleicht will er ja ihre Socken färben. Vielleicht hat Tintoretto aus Christus einen *Tintoretto* gemacht.«

Seine Mutter weint vor Freude. Arthur hält etwas Abstand zu ihr und lächelt zaghaft bei dem Versuch, den kalten Marmor des gemalten Zimmers zu betreten.

Bis er achtzehn Jahre alt ist und sich darauf vorbereitet, als Stipendiat auf die Universität von Toronto zu gehen, ist sein Leben von seiner Besessenheit bestimmt. Sein Vater, der in ihm einen Gelehrten oder sogar einen Künstler vermutet, hat ihm hinter der Reinigung ein kleines Arbeitszimmer zur Verfügung gestellt. Es ähnelt eher einem Flur als einem Zimmer und enthält ein einziges Fenster, durch das Arthur nie hinaussehen kann, da es ständig beschlagen ist. Verglichen mit der Reinigung selbst wirkt der Raum jedoch kühl und klar, und Arthur zieht sich abends nach seinen Vorlesungen sowie am Wochenende nach mehreren schweißtreibenden Stunden an der Heißmangel dorthin zurück.

In den ersten Monaten versucht er immer wieder, mit einem geborgten Wäschestück das beschlagene Fenster freizuwischen. Er probiert es mit sämtlichen Stoffen von Kunstseide bis Frottee. Als einziges Ergebnis dieser Bemühungen ist die Außenwelt nun undeutlich in verschmierten Farben zu sehen. Danach beschlägt das Fenster allmählich wieder. Der sinnlose Versuch, einen Blick hinauswerfen zu können und das Licht hereinzulassen, hat etwas Befriedigendes, etwas Tröstliches an sich. Er beobachtet vergnügt, wie die scharfen Umrisse von Lee Wongs Lebensmittelgeschäft und von Schendells Gebrauchtmöbellager wieder verschwimmen und sich in sanften, abstrakten Pastellformen auflösen. In dem Glauben, dass er ein Maler werden will, versucht er, visuelle Erfahrungen dieser Art in seinem Gedächtnis zu speichern. Doch nach einigen Monaten lässt er das Fenster in Ruhe und findet sich mit der feuchten, geschlossenen Umgebung ab und vergisst völlig, dass ihn die Farben und Formen der Außenwelt je interessiert haben.

Da er sich klobige Kunstbücher aus der Zentralbibliothek in der Collins Street ausgeliehen hat, hat er sich mittlerweile ein großes Wissen über Tintoretto angeeignet; über seine Deckenmalereien und über sein Leben; über die Kunst und die Kunstwelt im Venedig des sechzehnten Jahrhunderts, über dessen Rivalitäten und Vendettas.

An die Wände seines dunstigen, kleinen Zimmers malt er die Worte »*Il disegno di Michelangelo e'l colorito de Titiano*«, Worte, die Tintoretto im sechzehnten Jahrhundert an die Wände seines Ateliers geschrieben hatte, wie Arthur nun weiß. Aber Arthur kann Tizian nicht ausstehen – ob mit oder ohne Farbe – und stellt ihn sich als einen wilden, eifersüchtigen Mann vor, der mit Tintorettos überragendem Talent einfach nicht zurechtkommt. Arthur hält die Legende für absolut wahr, dass Tizian Tintoretto aus seinem Atelier hinausgeworfen hat, nachdem er das ganze Ausmaß des Genies seines jungen Schülers entdeckt hatte.

An diesem Punkt beginnt Arthur, Tintorettos Charakter höher zu bewerten als dessen Werk. Er bewundert das Konzept des leidenschaftlichen inneren Menschen im Einklang mit dem praktischen äußeren Menschen, der als Junge eine derart ungerechte Entlassung ertragen hatte und trotzdem den Mann bewundern konnte, der dafür verantwortlich gewesen war. Ein Maler, der im Zeitalter der im Atelier ausgebildeten Künstler notgedrungen ein Autodidakt war. Der Sohn eines einfachen Tuchfärbers.

Viele der Tintorettos, die Arthur in den ausgeliehenen Büchern betrachtet, sind voller wilder Aktivitäten. Stoffe und

Wetter, Stoffe und Wind. Das ist deshalb interessant, weil rein gar nichts die Atmosphäre von Arthurs erstem Tintoretto in der Kunstgalerie von Toronto zu stören vermag. Es hängt ganz friedlich und ein wenig pompös da und bedeckt eine ganze Wand mit atmosphärischer Schwere. Dessen fehlende Bewegung ist der völlige Gegensatz zu der einzigen anderen Tintoretto-Reproduktion, die man in dem Souvenirgeschäft kaufen kann – *Der heilige Georg tötet den Drachen*.

Arthur hat sich *Der heilige Georg tötet den Drachen* an die Wand gepinnt. Stundenlang betrachtet er es und versucht, dessen Botschaften zu entschlüsseln. Im Vordergrund des Gemäldes eilt ihm eine bedrohliche, hysterische Prinzessin entgegen, die vor etwas zu entfliehen versucht; sie versucht sich und ihren wehenden Mantel vor dem drohenden Unwetter, einer dunklen Landschaft und dem entblößten Leichnam eines jungen Mannes in Sicherheit zu bringen. Sie will hinaus, sie will hier weg, und in ganz bestimmten Momenten, wenn Arthur sich das Bild zu lange angesehen hat, fürchtet er, dass sie ihn will.

Wen sie offenbar nicht will, ist der heilige Georg selbst – ein kleiner Reiter im Hintergrund, der gerade dabei ist, einen furchtsamen, lethargischen Drachen aufzuspießen. Der Drache ist nicht annähernd so beängstigend wie die Gefühle der Prinzessin. Möglicherweise hat sie den heiligen Georg noch nicht einmal bemerkt, da sie zu sehr von jenen Dämonen vorwärts getrieben wird, die zusammen mit ihr unter der meterlangen Seide aus hellem Karmin zu stecken scheinen.

Arthur ist lediglich Student. Er weiß so gut wie gar nichts über Frauen. Doch als er den armen, pflichtgetreuen, unterbewerteten Heiligen und im Gegensatz dazu diesen Wirbelwind von einer Prinzessin betrachtet, ist er überzeugt davon, dass sich die Geschichte nur um sie dreht.

Im Alter von achtzehn Jahren hat Arthur die seltsam antiquierte Biographie von Ridolfi über Tintoretto nicht weniger als zehnmal gelesen, wobei ihm endlich das bisschen Italienisch zugute kommt, das er als Kind bei seiner Mutter aufgeschnappt hat. Außerdem bittet er seine Mutter, ihm die schwierigen Stellen zu übersetzen. Aus diesem Buch erfährt er, dass Tintoretto, der eines Ateliers oder lebender Modelle beraubt worden war, kleine Miniaturzimmer voll winziger Wachsfiguren konstruiert hat. Zimmer mit kleinen hineingeschnittenen Fenstern, vor denen er Kerzen postierte, damit er den Effekt des tief stehenden Sonnenlichts untersuchen konnte, das in ein Zimmer strömte, oder die Lichtstreuung in religiösen Wundern studieren. Er konstruierte leuchtende dreidimensionale Welten, um sie gegebenenfalls zweidimensional auf der Leinwand darstellen zu können. Arthur erfährt, dass der Maler in seiner Anfangszeit kleine Wachsengel an seiner Atelierdecke aufgehängt hat, damit er, darunter kauernd, die menschliche Gestalt, die über ihm schwebte, malen konnte. Arthur trachtet nach einer solchen Umgebung. Seltsamerweise will er gar nicht die Kanäle, die Romantik, die Pracht des Venedig des sechzehnten Jahrhunderts. Nur das friedliche Innere des Ateliers eines jungen Mannes und diese Ruhe – diese handgemachten Engel, die sich an ihren Aufhängungen drehen, die flackernden Kerzen, die goldenes Licht werfen, den kleinen Raum voller statischer religiöser Gegenstände. Der Künstler selbst bewegt sich in einer geordneten, ruhigen Weise, fernab des Gewühls überfüllter Ateliers, in Richtung Erhabenheit.

Als Arthur etwa zehn Jahre alt war, hatte seine Mutter ein Gipsrelief des *Abendmahls* auf ein Regal über dem Fernseher gestellt. Dort blieb es unverändert stehen, während Arthur heranwuchs.

Jetzt, mit achtzehn Jahren, bittet er sie darum, nimmt es mit in sein enges Zimmer hinunter und stellt es in einen Pappkarton, von dem er eine Seite entfernt und in die übrigen Wände drei oder vier Fenster hineingeschnitten hat. Arthur macht das Licht aus, verdeckt das beschlagene Fenster mit geliehener Schmutzwäsche und zündet eine Kerze an.

Von der Decke hängen Gummipuppen, die Arthur während der letzten Monate in Trödelläden in der Queen Street aufgetrieben hat, wie massige rosafarbene Ventilatoren herunter; ihre Pappkarton-Flügel, die er für sie gebastelt hat, baumeln lustlos von ihren molligen Schultern. Im Moment beachtet Arthur sie nicht weiter, da er sich ganz darauf konzentriert, die Kerze draußen vor das acht Zentimeter große Fenster zu stellen. Dann kniet er sich so hin, dass seine Augen mit der kleinen bildhauerischen Gruppe auf gleicher Höhe sind, und betrachtet nachdenklich den Raum, den er geschaffen hat.

Ein überirdischer gelber Lichtstrahl strömt in diesen Raum. Eine Gesichtshälfte von jedem Jünger ist orangefarben beleuchtet, mit Ausnahme der auffälligen Gestalt des Judas. Sein Gesicht blickt zum Fenster, Richtung Arthur, Richtung Kerze, weg von Christus, dessen leicht bedrohliches Gesicht in dieser Gesellschaft wie ein Halbmond leuchtet. Die Farben der angemalten Gewänder – das scheußliche Türkis und die Lilas – werden durch den Ton des Feuers dunkler, reicher. Arthur zündet noch eine Kerze an und stellt sie hinter das Rückfenster, das er in die Schachtel geschnitten hat.

Als das Licht aus dem Rückfenster hereinfällt, verschmilzt das *Abendmahl* und wird zu einem hässlichen Klumpen, der einem armselig konstruierten, künstlichen Berg ähnelt. Judas, Petrus, Johannes, Jesus, Timotheus, Andreas zerlaufen zu einer bedeutungslosen Masse aus Fleisch und Gewändern. Jede Menge Gewänder, die alles Darunterliegende verdecken. Arthur muss an den Leinensack auf Rädern denken, den sein Vater durch die feuchten Räume seines Geschäfts schiebt; diese Endlosigkeit. Er denkt an die Seidenballen, die Tintorettos Vater an langen Arbeitstagen im sechzehnten Jahrhundert immer wieder aufs Neue gefärbt hat, und er denkt an die wallenden Gewänder, die mit der Prinzessin an seiner Wand hängen.

Arthur zündet eine weitere Kerze an und stellt sie, knapp außerhalb des Kartons, vor die Gruppe. Sein eigenes Gesicht erwacht zum Leben, als es von unten beleuchtet wird. Über ihm scheinen, noch immer unbeachtet, in diesem Licht die runden, grübchenlosen Bäuche der Gummipuppen orange.

Als er das letzte Fenster auf der Westseite beleuchtet, erscheinen sämtliche Jünger wieder erstaunlich klar. Christus' unbeholfene Gipshand wird ausdrucksvoll, seine Geste bedeutsam. Die gewöhnlichen Gipsroben, die sämtliche Personen in diesem Raum tragen, entwickeln etwas Prächtiges, etwas, das die großen Meister »Draperie« genannt haben.

»Draperie«, murmelt er und dreht sich in seinem engen, dunklen Zimmer um und blickt zu dem kaum erkennbaren Haufen Schmutzwäsche hinüber, den er vor das Fenster gestopft hat, und auf die Spur aus Hemden und Westen, die er achtlos am Boden hinterlassen hat. In all den Jahren hat die Kleidung, die in dieses Geschäft gekommen ist – die Schmutzwäsche anderer Leute –, Draperie gebildet; etwas Freundliches, Wirbelloses, etwas, das weich fällt und die Umgebung verändert. »Draperie«, flüstert er erneut. Der Klang heiligt plötzlich die Tischtücher und Vorhänge und Kissenbezüge und Tagesdecken seiner Mutter, seine eigenen Jeans und T-Shirts, den Beruf seines Vaters, die dreckige Wäsche am Boden seines Schlafzimmers.

Arthur rennt aus seinem Zimmer in den Eingang des Geschäfts und sammelt diesmal Seide (Tintoretto – kleiner Seidenfärber): Frauenunterwäsche, je kleiner, desto besser, um seine Puppen damit zu behängen. Gleichgültig gegenüber der sexuellen Bedeutung dieser Kleidungsstücke, gleichgültig gegenüber der Tatsache, dass sie aus Nylon und gar nicht aus Seide bestehen, drapiert er die Höschen über seine nackten Gummi-Engel, und die größeren Teile, Unterröcke und Halbunterröcke, über sämtliche Gegenstände im Zimmer: zwei Stühle, einen Hocker, den Pappkarton-Raum, seine Bücherstapel. Er zündet die restlichen sieben Kerzen an, postiert sie dramatisch zur linken Seite mehrerer drapierter Objekte, greift sich sein Skizzenbuch, Zeichentusche und kräftige Conté-Farbkreiden und beginnt zu zeichnen.

Vier Stunden später lässt sein Vater den Sportteil der Sonntagszeitung sinken und beugt sich irritiert in seinem Sessel vor. Sein Blick überfliegt argwöhnisch den Raum, während seine Nase Rauch erkennt. Er folgt dem Geruch von brennendem Gummi und sengendem Nylon die enge Treppe hinunter und nähert sich dem Zimmer am Ende seines Geschäfts.

Hinter Arthur löst sich die Reproduktion von *Der heilige Georg tötet den Drachen* von den beiden unteren Reißnägeln, mit denen sie an der Wand gehalten wird, und rollt sich in der Hitze nach oben. Zuerst verschwindet die verzweifelte Frau, dann der Leichnam, dann der winzige Ritter und der lustlose Drache. Bevor die ganze Episode völlig in Flammen aufgeht, ist für einen kurzen Moment nur noch der aufgewühlte Himmel zu sehen.

Aber Arthur, der in die entgegengesetzte Richtung blickt, bekommt davon nichts mit. Er bemüht sich verzweifelt – wie sein Vater feststellt, als er die Tür öffnet –, das Feuer der brennenden Draperie mit den bloßen Händen zu ersticken.

Anns Mutter bürstet ihrer Tochter die Haare und bereitet sie auf den Tanz im Kellergeschoss der Presbyterianischen Kirche vor.

Angesichts des bevorstehenden Tanzes, dieser Realität, die sich wie ein gewaltiger Frachter im Hafen ihrer Fantasie auftürmt, ist Ann nicht in der Lage, die kastanienbraunen Locken im Geiste gegen den eigentlich gewünschten langen schwarzen Vorhang aus Haaren zu ersetzen. Sie ist auch nicht in der Lage, ihren grau-karierten Rock und Kaschmirpulli mit einem windgepeitschten, dunklen, klammen Umhang zu vertauschen. An dieser Stelle ist sie über ihre fehlende Fantasie entsetzt. Als sie zum Küchenfenster hinausblickt, erkennt sie in Torontos herbstlichem Zwielicht lediglich die Rückseite des Nachbarhauses in der Glen Grove Avenue, mehrere Obstbäume, deren Blätter sich im leichten Wind lösen, und ihre eigene Garage. Heute Abend findet ihr erster Tanz statt. Sie ist vierzehn.

»Sitz doch still«, sagt ihre Mutter.

Ann versteift ihre Nackenmuskulatur gegen den Zug der Bürste. Um sie herum ist alles ganz deutlich zu erkennen: das gewachste Linoleum, die Küchenuhr hinter Glas, der plumpe Griff an der Kühlschranktür, ein Messer und eine Gabel auf dem Küchentisch. Sie ist verängstigt, fast wie gelähmt. Nach dem schmerzhaften Haarebürsten wird Ann von ihrer Mutter zum Essen gezwungen. Anschließend zwingt ihre Mutter sie, zu dem Tanz zu gehen.

»Isst du denn gar kein Abendbrot?«, fragt sie jetzt.

»Daddy kommt später nach Hause.«

»*Daddy* kommt *heute Abend* nach Hause?«

»Das wusstest du doch«, erwidert Anns Mutter und bindet Ann die Haare zusammen, die sich unter der Bürste in eine Art braune Zuckerwatte verwandelt haben. »Geschäfte«, erklärt sie.

Manchmal hält Anns Vater sich in einer Gegend namens Ungava auf, einer weiten, schienenlosen Region im arktischen Quebec, in der möglicherweise Mineralien vorkommen. Manchmal hält Anns Vater sich in einer Gegend auf, die »der Busch« genannt wird, dem mittleren Norden von acht von zehn kanadischen Provinzen, in denen ebenfalls möglicherweise Mineralien vorkommen. Manchmal hält er sich in einer Gegend namens Bay Street auf, wo er versucht, Millionäre davon zu überzeugen, dass auch in den übrigen zwei Regionen Mineralien vorkommen, ob es nun stimmt oder nicht. Die Gegend, in der er sich nur selten aufhält, ist diese Küche, in der Ann eine schreckliche Vorahnung bezüglich des Kellerraums einer Kirche hat. Obwohl Anns Vater sich durch eine erstaunliche Vorstellungskraft auszeichnet (wie sein Glaube an die unsichtbaren Mineralien beweist) und er zu spektakulären Auftritten in Buschflugzeugen in der Nähe von Anns verschiedenen Sommercamps neigt, ist er weder eitel noch angeberisch. Er zieht die nächtliche Kühle eines arktischen Zelts oder die Holzofen-Wärme in einer Hütte dem Komfort von Teppichböden und französischen Möbelimitationen vor. Er ist fast nie zu Hause.

»Weiß er … wusste er von dem Tanz?«, fragt Ann.

»Keine Ahnung …« Anns Mutter nimmt einen Tunfischauflauf aus dem Ofen. »Das glaube ich nicht … wieso?«

Ann möchte das Risiko eines spektakulären Auftritts mit dem Buschflugzeug auf der Kirchenwiese nicht eingehen. Einmal überflog ihr Vater in geringer Höhe eine ihrer Geburtstagspartys im Garten, und fünf kleine Mädchen rannten heulend nach Hause.

»Ach ... egal«, sagt sie.

Sie schließt ihre Augen, atmet den fischigen Geruch des Auflaufs ein und schlüpft in die Rolle von Catherine, die sich auf die Ankunft von Edgar Linton auf Wuthering Heights vorbereitet. Hier gibt es keine banalen Buschflugzeuge, die gegen den Wind brummen. Da kommt, in einer prächtigen Lederkutsche, die von pechschwarzen Pferden gezogen wird, finanzielle Sicherheit vom Tal den Hügel heraufgeritten. Auf dem Wandkalender wäre auch nicht die Reiseroute ihres Vaters zu sehen (Ungava, Goose Bay, Yellowknife), sondern eine Reihe grausiger schwarzer Kreuze, die Heathcliff für jeden Tag eingezeichnet hätte, den Catherine nicht mit ihm verbracht hatte. Und Heathcliff selbst würde darüber brüten: bei Kerzenlicht, im Feuerschein, im Mondlicht. Doch Ann weiß, dass er in diesem fluoreszierenden Küchenlicht über der Spüle niemals erfolgreich hätte nachdenken können. Küchenspülen-Licht, denkt Ann und versucht es kraft ihrer Vorstellung zu vertreiben.

Aber es gelingt ihr nicht. Angst veranlasst selbst das kleinste Tier dazu, wachsam zu sein. Die Außenwelt ist noch nie so klar gewesen.

Ann hat vor zwei Dingen Angst: das erste ist gewiss und das zweite nahezu gewiss. Sie befürchtet, dass sich im Kellergeschoss der Kirche niemand aufhalten wird, der Heathcliff ähnelt – gewiss –, und sie befürchtet, dass niemand sie zum Tanzen auffordern wird. Ihre Mutter, die Ann durch die herbstlichen Straßen fährt, die zu dem Tanz führen, befürchtet etwas völlig anderes.

Nachdem sie den Wagen in der Nähe der Kirchentür geparkt hat, blickt sie ihrer Tochter in die Augen. »Dies ist dein erster Tanz«, sagt sie.

»Ja, Mutter.«

»Ich möchte, dass du diesen Pfefferstreuer nimmst.« Anns Mutter zieht ein Messingobjekt aus ihrer Handtasche.

»Es gehörte meiner Mutter, und jetzt ist es Zeit, dass ich es dir gebe.«

»Was soll ich denn damit?«

»Für den Fall, dass einer von *ihnen* handgreiflich wird.«

»Handgreiflich?«

»Ja… für den Fall, dass einer von *ihnen* etwas versucht, wenn er dich nach Hause begleitet. Oder«, fügt sie nachdenklich hinzu, »für den Fall, dass ein anderer etwas versucht, falls dich niemand nach Hause begleitet.«

Ann untersucht das kleine Metallobjekt. »Es ist sehr hübsch«, bemerkt sie.

»Wenn einer von ihnen etwas versucht«, fährt ihre Mutter fort, »brauchst du nur in deine Handtasche zu greifen, den Pfefferstreuer rauszuholen und den Deckel aufzuschrauben und dem Mistkerl den Pfeffer in die Augen zu schütten.«

»Na schön«, stammelt Ann verunsichert, »aber was genau ist denn *etwas*?«

»Ach, das merkst du schon, wenn es so weit ist«, versichert ihr Anns Mutter.

Ann verstaut das Ding in ihrer neuen Handtasche, öffnet die Tür und tritt mit ihren Halbschuhen in matschige Blätter. Mit klopfendem Herzen blickt sie auf rechteckige Lichter in Rasenhöhe. Das ist eine Kirche. Sie fühlt sich bereits wie zerbrochenes Glas.

»Na, geh schon«, sagt ihre Mutter und scheucht sie mit der linken Hand fort, »früher oder später musst du ja mit dem Blödsinn anfangen.«

Bevor sie sich umdreht und weggeht, blickt Ann ihrer Mutter ins Gesicht, das von dem offenen Wagenfenster eingerahmt wird. »Der Pfefferstreuer«, sagt sie, »hast du ihn jemals benutzt?«

»Nein«, erwidert ihre Mutter und lässt den Motor an, »leider nicht.«

Ann hält es genau eine halbe Stunde lang im Kirchenkeller aus. Wie erwartet ist Heathcliff nicht da, und wie befürchtet fordert sie niemand zum Tanzen auf. Das Außenleben ist besonders schrecklich und lebendig, als die Mädchen, mit denen sie in Gedanken lebhafte Gespräche geführt hat, eines nach dem anderen von ihren Partnern mit feuchten Händen weggelockt werden. Ann studiert ein Bibelbild, das hinter ihr an der Wand hängt. Immerhin war hier einst ihre Sonntagsschule, aber dieser scheußliche Tanz wird die Erinnerung daran für immer verdrängen. Ein paar Lämmer, Jesus, ein Haufen Jungs und Mädchen. Leidet, kleine Kinder.

Als sie es nicht mehr länger ertragen kann, verlässt sie den Keller und schlendert die Straßen entlang. Mit ihrem vollen Pfefferstreuer und dem Wort »Versagerin« deutlich lesbar auf der Stirn, möchte sie auf gar keinen Fall nach Hause kommen, und sie beschließt, den ganzen Weg bis zum Highway zu Fuß zu gehen. Es dauert über eine Stunde, und beim Gehen taucht in ihrer Fantasie die beruhigende Moorlandschaft wieder auf. Heidekraut zittert im Wind. Herzen werden gewaltsam geöffnet. Das Wetter und die Landschaft sind das passende Spiegelbild ihrer Seele.

Wenn sie nach Hause kommt, wird sie ihrer Mutter und ihrem soeben eingetroffenen Vater erzählen, dass es beim Tanzen ganz toll war. Sie wird geeignete Partner erfinden und Lieder nennen. Sie wird den beiden nicht verraten, dass sie von einer Betonbrücke auf belanglose Autos hinuntergeschaut hat, dort oben im Wind ihren Pfefferstreuer geöffnet und schwarzen Schnee in der Nacht verstreut hat.

Sie wird ihnen nicht erzählen, dass sie beschlossen hat, noch viel mehr Zeit mit Heathcliff zu verbringen.

An jedem Tag war Arianna um sechs Uhr morgens aufgestanden, hatte sich ein Käsebrot fürs Mittagessen zubereitet und ihren Vater schnarchend auf dem Sofa liegen lassen.

Das London, das sie dann betrat, war nasskalt, dunkel und meist nebelig. Rinnsteine voller Müll und Pferdemist. Krach: dunkle, klappernde Kutschen veranstalteten einen Höllenlärm, und es war kein Himmel zu sehen. Wütende Pferde mit dampfenden Nüstern. Hier und da die lächerlich leuchtenden, beinahe grellen Farben im Wagen eines Blumenverkäufers vor dem grauen Hintergrund.

Arianna hatte sich gelegentlich gefragt, woher die Blumen wohl kamen, welches verzauberte Land in der Lage war, Tage hervorzubringen, die mit Wachstum und Farbe erfüllt waren, und ob es wohl dasselbe Land war, in das ihre Mutter verschwunden war.

Ihre Mutter, die abwesende Blume.

Jeden Morgen ging sie über rutschige Straßen, vorbei an schmierigen Kneipen bis zu einer eklig-grünen Tür, die zu ihrem Arbeitsplatz führte: Furnell's Stoffe und Bekleidung, mit dem schummrigen Licht und den entweder eiskalten oder schweißtreibenden Temperaturen. Sogleich setzte sie sich vor den drohenden, kleinen schwarzen Teufel, ihre Nähmaschine. Sie schien zu spüren, dass die Maschine das Böse selbst war: unanständig, düster, schimmernd, geschäftig. Deren Hebel und Rädchen sowie der endlose Vorrat an Faden stellte für sie die Langwierigkeit, die Alltäglichkeit ihrer Beschäftigung dar.

Die Maschine selbst packte sich stets zwei ungleiche Stoffe, stampfte mit ihrem winzigen Silberfuß auf ihnen herum und nähte sie dann unerbittlich zusammen. Su-r-r-r, zäng, zäng, zäng. Und Ariannas Muskeln brachten das Ganze in Schwung. Immer nur treten, treten, den ganzen Tag lang auf das dekorative schmiedeeiserne Pedal treten. Ihre dünnen Hände bewegten wie zwei blasse Spinnen den Stoff hin und her und hindurch, hin und her und hindurch.

Um sie herum hockten Abbilder ihrer selbst an ihren eigenen surrenden schwarzen Dämonen: blasse junge Frauen, deren Spinnenhände über graue oder braune Wollstoffe hinwegglitten. Sie hielten die Köpfe und Blicke gesenkt; und so, wie sie in ihren geraden Reihen dasaßen, sahen sie aus wie eine einzige Frau an einer Nähmaschine, die sich unzählige Male in einem Spiegelkabinett reflektierte.

Mit dem Unterschied, dass Arianna einen ziemlich ungestümen blonden Lockenkopf zur Schau trug, dessen beinahe weißen Haare in dem Meer aus schwarzen, braunen und grauen Köpfen auffiel wie ein neuer Shilling. Als wäre er eine Lampe, die einzige Lichtquelle, wenn man von den rußigen Fenstern in der Fabrik einmal absah.

»Und wo hast du, wie hast du ihn kennen gelernt? Ich sehe schon, dass es unvermeidlich ist – früher oder später wirst du sowieso darüber reden.«

Emily und Arianna schwebten den gefährlichen Pfad zu der Anhöhe hinauf, die als Ponden Kirk bekannt war. Wilde Graupelschauer gingen auf das Tal in Richtung Haworth nieder, doch als die beiden Geister die Spitze des Felsens erreicht hatten, war es schon wieder Frühling geworden.

»Ich hab ihn in der Fabrik kennen gelernt.«

»Fabrik…« Emily warf einen Blick in Richtung Ponden

Mill, wo sogar jetzt Hunderte von Männern, Frauen und Kindern an den Webstühlen arbeiteten. »Ich dachte, du wärest Ballonfahrerin.«

»Ach das… ich hab's dir doch erzählt… das war erst später.«

»Also gut, in der Fabrik…«

»Ich werde nie den Tag vergessen…«

»Sei dir da bloß nicht so sicher… aber erzähl weiter.«

»Wie gewöhnlich arbeitete ich mal wieder mit grauem Wollstoff und nähte Winterumhänge für feine Herren und passte überhaupt nicht auf, als ich hinunter langte, um noch etwas Stoff zu holen, wobei ich einen Streifen weiche, rote Seide heraufzog. Ich schaute mich im Saal um und bemerkte zu meinem Erstaunen, dass sich alles ganz verändert hatte. Die graue Einrichtung der Fabrik war ausgesprochen festlich geworden. Manche Frauen hielten Türkis, andere Gelb und wieder andere Rot, so wie ich, in den Händen.«

»Wieso denn?« Emily bedeutete Arianna, sich zu ihr auf ihre Lieblingsstelle unter einen Granitvorsprung zu setzen. Von hier aus konnten sie fast bis nach Keighley sehen.

»Ach Gott«, sagte Arianna und erinnerte sich nun lebhaft daran, »wenn ich so zurückblicke, kommt es mir so vor, als ob die ganzen Farben ein Omen für die Veränderung gewesen wären.« Sie machte es sich neben Emily in der Höhle bequem. »Es war Ballonseide. Die Fabrik hatte einen Auftrag erhalten, drei Ballons zu nähen.«

»Und?«

»Einer davon war für Jeremy Jacobs… den ›Sindbad der Lüfte‹!«

»War er denn auch da, zusammen mit der Seide?«

»Nicht an diesem Tag. An diesem Tag kämpften wir alle mit der Seide – sie war so glatt, weißt du, und schwer zu packen. Wir mussten erst lernen, damit umzugehen. Aber ein paar Tage später kam er dann – vermutlich um die Fortschritte bei der Arbeit zu inspizieren. Er sagte mir, er hätte mich auf Anhieb entdeckt. Irgendwas über einen blassen Sonnenstrahl, der durch das verrußte Fenster hereingefallen wäre und meine Haare angestrahlt hätte. Ich weiß noch, dass ich von meiner Maschine aufblickte und diesen erstaunlich gut aussehenden Mann vorfand, der auf dem Gang stand und mich anstarrte. Und als meine Schicht vorüber war, stand er vor dem Fabriktor und wartete. Es war irgendwie ganz einfach. Wir … gingen einfach zusammen weg.«

»Wohin denn?«

»An diesem ersten Tag? Durch ganz London, wie es schien. Überwiegend in Kleidergeschäfte. Er sagte, ich liebe dich, aber ich kann deine grauen Kleider nicht ausstehen. Du solltest in Weiß gekleidet sein! Und dann kaufte er mir sieben weiße Röcke, sieben weiße Blusen, weiße Bänder für meine Haare. Ich folgte ihm wie ein Haustier. Ich fühlte mich … wie betäubt … fast wie … unter Drogen. Ich bin nie wieder in die Fabrik zurückgekehrt und habe meinen Vater nie wieder gesehen. Am nächsten Tag fuhren wir mit dem Zug nach Dover, wo wir uns dieses Zimmer mieteten, von dem ich dir schon erzählt habe.«

»Bist du dir nicht wie ein gefallenes Mädchen vorgekommen?«

»Ganz im Gegenteil, ich fühlte mich leichter als Luft. Eine Zeit lang zumindest. Und dann wollte ich auf einmal Details haben. Damit ging alles zu Ende. Zumindest ein Teil davon … aber das hab ich dir ja schon erzählt.«

»Ich glaube, mir gefallen Züge«, sagte Emily plötzlich. »Manchmal schwebe ich zum Bahnhof von Haworth. Ich mag den Dampf und die Energie. Beides ist wie das Wetter. Ein paar von ihnen sind nach Winden benannt.«

»Im Zug saß er mir gegenüber und sah mich bloß an und sagte mir, ich solle bestimmte Dinge tun, bei denen er mir zusehen konnte. ›Sieh aus dem Fenster‹, sagte er oder, ›lies dieses Buch. Leg die Hand ans Kinn, beug dich vor, lehn dich in deinem Sitz zurück.‹ Nach jeder Veränderung sah er mich voller Bewunderung an. Niemand, absolut niemand hat mir je so viel Aufmerksamkeit geschenkt.«

»Und du hast das alles getan?«

»Sofort.«

»Wieso denn?«

»Weil er es von mir verlangt hat. Er sagte mir, dass er sich um mich kümmern wolle, dass ich mich nie wieder sorgen müsste.« Arianna verstummte. Sie beobachtete, wie das Moor violett wurde, denn der Herbst näherte sich erneut. »Aber das stimmte gar nicht. Ich fing schließlich an, mir Sorgen über ihn zu machen … nachdem er sich so verändert hatte, meine ich.« Arianna schwieg. Dann griff sie nach Emilys durchsichtigem Ärmel.

»Himmel! Können wir das hier denn nicht verlangsamen? Gerade fing ich an, das Heidekraut zu genießen, und jetzt ist es schon wieder November, ich weiß es genau. Im November war es übrigens schrecklich in dem weißen Zimmer.«

»Ja«, sagte Emily, »wir können es verlangsamen. Wir können uns darauf konzentrieren, und dann wird es langsamer. Oder wir können spuken, was bedeutet, dass wir in diese Zeit eintreten müssen.«

»Können wir jetzt um ihn herumspuken? Kann ich ihn jetzt heimsuchen?«

»Er ist fort. Schon bald wird er auf einer Eisscholle in seinem arktischen Meer erfrieren. Oder verhungern. Vielleicht beides. Ist eigentlich auch egal. Jedenfalls wird er sich dort bestens frisch halten. Ein fester Eisblock. Aber tot. Und es wird kein Geist herumschweben, soweit ich es beurteilen kann. Er wird wohl in die Vorhölle kommen. Aber weshalb war es im November denn so schrecklich?«

»Die Promenade war menschenleer. Genau wie die Pension. Das Meer war dunkelgrün oder stahlgrau und bedrohlich. Jeremy war die ganze Zeit über da. Es gab keine Ballonfahrten. Einmal hat er mich mit weißen Federn überhäuft, mich darunter vergraben, und dann wieder ausgegraben. Überall im Zimmer flogen Federn herum. Und der Wind rüttelte an den Fensterscheiben. Einmal war es so stürmisch und windig, dass morgens lauter Seetang an den Scheiben klebte. Er fing an, mich mit weißer Kreide auf schwarzem Papier zu zeichnen. Wird Jeremy sterben?«

»Ja.«

»Das wusste ich. Sollte ich traurig sein?«

»Nein.«

»Nein… ich bin gar nicht traurig.«

»Warum solltest du auch? Du bist doch schon tot.«

»Ach ja, das hatte ich fast vergessen. Jedenfalls war es im November wegen der Dunkelheit so schrecklich. Jeremy hatte die Theorie, dass er die Dunkelheit und ich das Licht sei – vielleicht der lichte Teil von ihm –, was weiß ich. Er dominierte, und als es dunkler wurde, dominierte er noch mehr.«

»Habt ihr euch gestritten?«

»Nie.«

»Ihr hättet euch streiten und immer wieder streiten sollen. Liebe sollte stürmisch sein, sonst gibt es keine Grausamkeit. Und dann ist sie bedeutungslos. Dann könnte es eine ganz gewöhnliche Liebschaft zwischen ganz gewöhnlichen Leuten sein.«

»Woher willst du denn das wissen? Du hattest doch nie einen Mann.«

»Hör mal zu, ich habe mir stürmische Liebschaften ausgedacht, seit ich neun Jahre alt war. Es war mein Lebenswerk. Wer braucht denn schon einen echten Mann? Die sind doch alle so unberechenbar und werden nie zum richtigen Zeitpunkt wütend oder sagen die passenden Dinge. Die stören nur beim Entstehungsprozess. Aber eines weiß ich mit Sicherheit: Sämtliche Liebschaften sind reine Fiktion, und wenn sich zwei

Menschen die gleiche Liebschaft einbilden, wird es einfach zu kompliziert. Alle Liebesaffären, die ich mir jemals ausgedacht habe, waren voller Lüge, Verrat, Lust, Schwindel, Wahnsinn, Gefangenschaft und Tod. Weiße Federn! Pfff! Wie banal! Aber der Teil mit dem Meer und dem Seetang an den Fenstern gefällt mir. Als ob die Pension eine Seereise angetreten hätte, während ihr geschlafen habt, oder vom Meer angegriffen worden wäre. Das Dumme ist nur, dass ich nie in seiner Nähe gewohnt habe, in der Nähe des Meeres, meine ich, doch ich glaube nicht, dass man sich auf das Meer einlassen kann, wenn man zornig ist. Man kann nicht daran teilhaben. Man kann nur dastehen und es anstarren oder in einem Boot darauf treiben oder mit langen, anmutigen Zügen darin schwimmen. Deshalb bevorzuge ich auch das Land, das Moor, auf dem man rennen und rennen und rennen kann. Wegrennen. Hinrennen. Ganz wie du willst.«

»Ich bin noch nie irgendwo hingerannt«, meinte Arianna, »außer zu dem Ballon, auf das Stichwort ›sicher‹ hin.«

»Wie steht es denn mit Spaziergängen am Strand? Du bist doch sicher mit Jeremy am Meer spazieren gegangen.«

»Nicht sehr oft. Außerhalb des Zimmers wurde er immer ganz komisch… distanziert; als ob… als ob wir mit all dem Raum um uns herum Schwierigkeiten gehabt hätten. Nichts hat uns zusammen eingesperrt. Ist schon seltsam, wenn ich so darüber nachdenke, denn dieser freie Raum war doch bereits sein Beruf und später dann auch meiner. Aber erst, nachdem er sich verändert hatte. Danach segelten wir immer voneinander fort.«

Anns lange Reise zu dem angemieteten Zimmer.

Ein nächtlicher Himmel und ein möglicher Meteoritenschauer. So ist der Sommer: heiß, mit seltsamen, unerklärlichen Lichtspielen.

Sie kannten sich schon seit einiger Zeit flüchtig; sie waren auf die gleichen Partys gegangen, hatten am selben College unterrichtet, sich in denselben Kreisen bewegt. Doch sie hatten sich nie unterhalten, zumindest nicht sehr vertraulich, und wenn sie sich an den Händen berührten oder auf diese oberflächliche Weise küssten, wie Bekannte es tun, war es unbeholfen gewesen, eine Kollision, etwas, wovon man sich ganz verlegen schnell wieder zurückzog, bevor man sich auf die nächste bedeutungslose Begrüßung einlässt.

Beide stehen draußen auf dem Rasen, in der stehenden, dunklen, schwülen Luft und rauchen; ihre Zigaretten sind wie Signale von verschiedenen Booten, die in einigem Abstand zueinander auf dem Großen See dümpeln. Die beiden sind von dumpfen Verkehrsgeräuschen aus der ganzen Stadt umgeben, ohne dass sie selbst dazugehören würden. Drinnen, auf der Party, lacht jemand schrill – eine einzelne Stimme in einem Stimmenmeer – und anschließend Donner in der Ferne.

Er starrt vor sich hin und sagt: »Ich reise bald ab.« Und dann donnert es wieder, die Artillerie.

Eine Brise bewegt die üppige, gut gepflegte Vegetation im Garten der Rosedales. Und von irgendwoher, wahrscheinlich von einem weltlichen Parkplatz, erscheint ein Suchscheinwerfer am Himmel und begibt sich in Wettstreit mit den Blitzen.

Ann weiß, dass er gar nicht mit ihr redet, dass ihm ihre Anwesenheit kaum bewusst ist, dass er betrunken ist und eher Selbstgespräche führt. Sie zündet sich noch eine Zigarette an und wartet.

»In sechs Monaten bin ich wieder zurück.«

Seit dem Hurrikan vor zwanzig Jahren hat sie die Bäume in der Stadt, diese dicken, vertrauten Ahornbäume nicht mehr als bedrohlich empfunden. Aber plötzlich wirken sie so; vor der unbeschreiblichen Farbe des urbanen Nachthimmels erwachen ihre Umrisse wie zögerliche Goya-Monster zum Leben. Welcher Meteoritenschauer könnte wohl diese unberechenbaren Blitze durchdringen, fragt sie sich, und den Rest dieser Aktivitäten, dieser künstlichen Beleuchtung?

»Wenn ich in sechs Monaten wiederkomme«, fährt er fort, »habe ich zumindest getan, was ich tun muss. Ich muss einfach gehen.«

Ann sucht direkt über ihrem Kopf den Himmel ab, die einzige unberührte Stelle – mal abgesehen von den Linienflugzeugen –, an der es dunkel genug ist, damit die Sterne leuchten können. Sie erinnert sich an ihren ersten Stern und welche Enttäuschung er nach den farbenfrohen fünfzackigen Zeichnungen aus den Büchern damals war. »*Das* ist ein Stern, Mami?«, hatte sie gefragt, als sie im Alter von drei Jahren eines Nachts aufbleiben durfte, um es sich anzusehen. »Das ist alles?« – »Schau doch mal«, hatte ihre Mutter geantwortet, »da sind hunderte und aberhunderte von ihnen. Sie sind deshalb so klein, weil sie noch viel weiter weg sind, als du dir jemals vorstellen kannst. Wenn du näher an sie heran könntest, wären sie viel größer. Sie sind weiter entfernt als alles, was wir sehen können.«

Und nun steht er da, Arthur Woodruff, Kunsthistoriker, und führt ein Selbstgespräch darüber, ganz weit fort zu sein. Erklärt der Nacht die Notwendigkeit dafür. Ist sich gar nicht im Klaren darüber, dass sie ihm zuhört und damit das Thema Entfernung in ihre Gedankenwelt über Meteoritenschauer, Blitze, weltliche Suchscheinwerfer und Ahornbäume eindringt, während sich über den beiden der Himmel zusammenbraut.

»Und dann komme ich wieder zurück«, sagt er.

Ann lauscht dem anschwellenden Surren der Zikaden und überlegt sich, ob sie sie in ihre Wetterliste mit aufnehmen soll. Welche Insekten summen um die sturmumtosten Wände von Wuthering Heights herum? Insekten verhalten sich so stur jahreszeitlich, dass sie irgendwie durch Schwankungen des Luftdrucks erschaffen worden sein müssen. Sollten sie nicht rechtmäßig zu Scharen im Moor vorkommen? Sie stellt sich vor, wie Heathcliff einen Schwarm Heuschrecken bewundert, der wie eine Wolke durch das Tal auf Thrushcross Grange zukommt, und wie Catherine plötzlich dunkel und triumphierend aus deren Mitte emporsteigt.

»Ja«, sagt er, »ich gehe sechs Monate fort…« Er verstummt, zündet sich noch eine Zigarette an, schleudert sein Glas in die Maiglöckchen und brüllt wie wild das Wort »FORT!«.

Ann hat ihn ab und zu, reserviert und grübelnd, auf den Fluren der Hochschule gesehen. Ein Renaissance-Mann. Die Kunsthistoriker, weiß sie, halten ihre Vorlesungen im Dunkeln, lehnen an ihren Diaprojektoren und starren im goldenen Halblicht, das die projizierten Bilder der Kreuzigungen verbreiten, auf die Rücken ihrer Studenten. Sie zitieren Zeitangaben. Sie sprechen von Einflüssen und der Geburt der Perspektive.

»Kann ich es tun?«, fragt er sich jetzt in einem freundlicheren, nachdenklicheren Ton. »Kann ich wirklich gehen?«

Anns Vorstellungen vom Reisen sind geprägt von einer Europareise mit ihrer Mutter und von den langsamen Fahrten aufs Land hinaus, noch bevor es den Highway gab, und von allem, was ihr auf dem Weg dorthin begegnet ist: die Gegenwart des Großen Sees im rechten Fenster des Buick; die Kleinstädte, die sie durchquerten; die kleinen älteren Damen mit ihren geblümten Hüten und den Schnürschuhen, die sie auf ihrem täglichen Weg zu einer Reihe von gleichartigen Lebensmittelläden dort gesehen hat. Das und die harte Straße, das traurige Herz von Wuthering Heights; die klobigen Bücher, die sie studiert und gelehrt hat. Es war so, als hätte sie ihr Leben unbequem und heimlich im Inneren der großen klappernden Kutschen der Dichtung des neunzehnten Jahrhunderts gelebt.

»Wenn ich weggehe«, sagt er, »werde ich fort sein.« Er legt die Hände hinter den Rücken. »Aber in sechs Monaten bin ich zurück.«

Plötzlich ist sie recht ungehalten über die Party, die sie verlassen hat, und über diesen Mann. Ann staunt über sich selbst, als sie ihn im Garten anschreit: »Was soll denn das hier? Warum gehst du nicht einfach?« Umgehend bereut sie diese Herausforderung, die sie ins Dunkel geschleudert hat. Es ist gar nicht ihre Art, Ratschläge zu geben. Das Wort »gehst« schwebt unangenehm in der Nähe der Gartenstühle, zumindest hat es den Anschein, so fixiert ist Anns Blick auf diese neutralen Gegenstände.

Als Arthur über den Rasen auf sie zu kommt, wird sein Gesicht vom Wetterleuchten erhellt. Daran wird sie sich immer erinnern: die weiße Maske, erschreckend und ohne Körper, sein dunkler Anzug, der sich mit der Nacht vermischt. Er gibt ihr einen unsanften Kuss; dann tritt er einen Schritt zurück, hält ihre Hände fest und blickt ihr durch die Dunkelheit genau in die Augen. Und sie erkennt ihn auch ohne Blitze, und ihre Gleichgültigkeit verpufft und verändert sich schlagartig in etwas ebenso Großes und Monströses wie die Ahornbäume, die in der Nacht hin und her schwanken. Ihr Schrecken lässt sie gänzlich verstummen, und sie wird nie in der Lage sein, über diese ersten Momente zu sprechen. Sie verinnerlicht sie, teilt sie mit niemand. Es sind die ersten Anzeichen von Rohmaterial, die sie bei sich tragen muss; Teile einer Struktur, die sie aufbauen wird, deren Muster völlig willkürlich zerrissen wurde, so dass man es nicht mehr erkennen kann.

In den folgenden sechs Monaten beginnt Ann mit ihrem Buch über das Wetter – beziehungsweise mit den Notizen dafür –, die sie an den verschiedensten Stellen in ihrer Wohnung versteckt: unter Teppichen, hinter Heizkörpern, in Schutzhüllen, damit sie Jahre später beim Saubermachen über gelbe Papierschnipsel stolpert, auf denen etwas stehen könnte wie »Westwind, 70 Verweise; Nordwind, 92 Verweise. Ostwind, Südwind, keine Erwähnungen.«

Sie beginnt auf den Himmel zu achten, den sie auf Gemälden, Fotografien und Postern findet. Wenn sie ihre Mutter besucht und alten Geschichten zuhört, fragt sie: »Wie war denn das Wetter?« Gewöhnliche Unterhaltungen auf dem Postamt oder beim Einkaufen gewinnen an Bedeutung: »Na, ist Ihnen auch warm genug?« oder »Was für ein verrücktes Wetter!« Sie sammelt seltsame Namen für bestimmte Zeiten: *Hundstage*, oder für eigenartige, meteorologische Regionen: *Rossbreiten, das Bermudadreieck.*

Und gleichzeitig erschafft sie einen Mann, einen Partner im Sturm, dessen Bild sie in seiner Abwesenheit kreiert. Sie wählt bestimmte Bilder aus ihrer Kindheit aus: Scherben aus zerbrochenem Himmel neben dem Highway, der Wind des Hurrikans, der an die Wände ihres Hauses drückt, die Grimasse eines fast vergessenen Heiligen auf einem dunklen Gemälde. Dazu das Geräusch, das die Seite eines Buches beim Umblättern macht, auf der sich schamlos der Kummer enthüllt, den man verinnerlicht und sorgfältiger aufbewahrt als sein eigenes Glück.

Dem Ganzen pfropft sie noch die unbedeutende Kollision im Garten auf und konstruiert immer wieder sorgsam deren Bedeutung. Wie er in sie hineinstolperte und dann wieder verschwand. Wie er davon sprach, fort zu sein, und dann im Dunkeln ihre Hände ergriff. Die Sterne, von denen ihre Mutter gesprochen hatte, die sich rasend nähern und schließlich zur Unkenntlichkeit explodieren. Die perfekte Balance zwischen *hier* und *fort*, die in dreißig Sekunden in einem dunklen Garten in Toronto dramatisiert wurde.

Dann nimmt sie ihre Konstruktion und überlagert alles, was sie sonst noch tut, mit seinem Schatten, so dass er auf irgendeine Weise immer bei ihr ist. Dazu verhindert ihre Vorstellung geschickt jede Erwartungshaltung über die Wirklichkeit dieses Mannes in ihrem Leben. Die Energien, die vielleicht einmal Erwartungen gewesen sind, werden auf den Anfangs ihres Buchs über das Wetter gerichtet – ein Thema, das ihr eine Frau nahe gebracht hat, die seit mehr als hundert Jahren tot ist.

Ach, Emily, denkt sie. *Oh, ein Spaziergang in deinem Moor, jetzt, wo ich etwas habe, das ich mit mir herumtragen kann; ein männliches Gesicht, enthüllt vom Blitz, von einem Suchscheinwerfer, einem Stern.*

Und der Schrecken einer unerwarteten Berührung.

Ich liebe Zimmer voller Wind«, sagte Emily, »ein Zimmer, das sich *bewegt*. Papa wollte einfach keine Vorhänge haben, was doch perfekt gewesen wäre, vor allem leichte Gardinen, weil unsere Fenster nie ganz den Wind abhalten konnten, nie! Aber selbst so und obwohl wir in Wolle gekleidet waren, bewegten sich unsere Röcke in der Luft, wenn wir ganz still standen. Wir wurden belagert, weißt du, von etwas anderem, etwas von draußen, ganz gleich, wie gut wir auch geschützt waren. Doch im Frühling lüfteten Tante und Tabby das Haus – bei geöffneten Fenstern –, und alles flog nur so herum. Einmal jagten wir eine von Papas Predigten durch das Haus, die Treppe rauf und runter, durchs Wohnzimmer in die Küche, und retteten nur die letzte Seite, bevor sie ins Feuer gesogen wurde. ›Unser Gott ist ein verzehrendes Feuer!‹ stand am Anfang der letzten Seite, und wir lachten und lachten. Papa hat auch gelacht, und Branwell, fast hysterisch, und seine roten Locken wackelten im Wind.

Nie war ich glücklicher, als wenn der Wind durchs Haus wehte – es sei denn, ich war selbst gar nicht im Haus, sondern draußen im Wind. Das Einzige, was mich noch mehr bewegt hätte, wäre der Griff nach den Sternen gewesen, die ich von meinem Schlafzimmerfenster aus sehen konnte und am Nachmittag ins Wohnzimmer geholt hätte. Oder Schnee. Den ganzen Innenraum einfrieren, ihn polar gestalten, alles weiß machen. Eiszapfen haben.«

»Nachts wurden meine Gedanken manchmal weiß, als wären sie zu einem weißen Wind geworden, der heulte.«

»Hast du jemals den Mond angeheult, Arianna, oder den Wind, oder das Moor? Du hättest ihn anheulen sollen und so deine Wut ins Meer schleudern können. Du hättest den Wind in den weißen Raum hineinlassen sollen. Wenn du *ihn* schon nicht bewegen konntest, hättest du wenigstens den Raum bewegen sollen.«

»Wo ist er, wo ist er nur?«, weinte Arianna, »warum will ich ihn?«

Verschwendung, Verschwendung, Verschwendung, flüsterte der Wind.

»Dieses ganze Begehren ist reine Verschwendung«, sagte Emily. »Und ich dachte, du hättest damit aufgehört.«

»Das dachte ich auch«, erwiderte Arianna kläglich.

»Warum überhaupt etwas wollen?«, fuhr Emily fort. »Genieß doch die Wunschlosigkeit. Das ist Vergessen. Das Begehren wird wieder vergehen. Und trotzdem… trotzdem hätte Catherine in meinem Buch nie damit aufgehört. Sie streckte die Klauen aus und kratzte und begehrte und verfolgte. Der arme Heathcliff. Wie schwach er doch war, und wie sehr ihn sein Verlangen nach ihr doch zermürbt hat. ›Ich werde niemals Ruhe geben!‹, hatte sie versprochen. Aber sie war unerreichbar. Es überstieg sein Fassungsvermögen… jedes Mal. Sie war schamlos. Ein schamloser, schamloser Geist! Immer ein Geist – ein rücksichtsloser Schatten. O Heathcliff, seufzte sie immer, und löste sich anschließend wieder auf! Nimm doch irgendeine Gestalt an!, brüllte er dann. Und so wurde sie hier draußen in der Landschaft unsichtbar. Ha! Diese Formen! Er konnte sie nicht sehen, also wollte er sie, und genau das wollte sie wiederum! Sie betrieben eine niemals endende Auseinandersetzung. Es war ihre selbst gewählte Berufung.«

Halluzinieren, halluzinieren, heulte der Wind.

»Ihre ganze Liebe war eine einzige Halluzination! Ich habe nicht zugelassen, dass die beiden sich wirklich berührten – mit einer Ausnahme. Eine verzweifelte Umarmung. Aber da lag sie schon im Sterben. Und mit voller Absicht! Damit er sie wollte! Ihr Tod verschluckte ihn völlig. Die neue Form, die sie annahm – dieses Fernbleiben –, quälte ihn.«

»Wer ist denn Catherine?«

»Jemand, den ich mir ausgedacht habe. Und in gewisser Weise war sie die Erfindung von jemand anderem, den ich mir ausgedacht habe, und er wiederum war ihre Erfindung. *Ich* habe mir die beiden ausgedacht, damit sie sich gegenseitig erfinden konnten.«

»Er hat Arianna Ether erfunden«, sagte Polly und wurde einen Moment lang zu Polly, »aber dann wollte er sie nicht mehr.«

»Er hatte Angst vor der zweiten Erfindung. Er hat sich doch auch das weiße Mädchen ausgedacht, und vor ihr hatte er keine Angst – Polly Blanc, Polly Blank. Wer war sie denn überhaupt? Eine vergängliche Kreatur. Reiner Nebel. Er konnte mitten durch sie hindurch gehen. Hör mal, an einer Stelle in dem Buch lasse ich Heathcliff den Totengräber bestechen, damit er achtzehn Jahre nach Catherines Tod ihren Sarg öffnet. ›Es war immer noch ihr Gesicht‹, kommentiert er daraufhin, ›es veränderte sich, wenn der Wind darüber strich.‹ Also machte er den Sarg ganz schnell wieder zu. Ein bisschen Luft, eine bisschen Ungeschütztheit in seiner Gegenwart und *es* würde sich verändern. Das Gesicht, die Person würde sich verflüchtigen. Er *wusste* das, und sie auch. Abwesenheit war, neben der Kindheit, für Halluzinationen unentbehrlich. Verzweifelte Abreisen, Abwesenheiten, Umkehrungen, Entzug – der fortschreitende Krieg. Ein dauerhaftes Stadium unerfüllter Wünsche. Es ist schon seltsam: Was die beiden sich wünschten, war die Sehnsucht selbst. Heathcliff hielt eine melodramatische Rede über Catherines Geist und ihre ausgefeilten Fähigkeiten zu spuken. Sie stöhnte und jammerte und wand sich dabei und genoss jede Minute.

Wenn du schon spuken musst, Polly/Arianna, dann spuke wenigstens richtig – obwohl ich es immer noch für Zeitverschwendung halte. Zeige dich niemals ganz. Und wenn der Heimgesuchte an deine Anwesenheit glaubt – verschwinde. Er darf dich nie als Ganzes sehen.

Es ist gut, ein Geist zu sein, Polly/Arianna … man kann die Abwesenheit zu erstaunlichen Vorteilen nutzen.«

Sechs stille Monate in Anns ordentlicher Küche, in der die Geschirrtücher – saubere, reglose Rechtecke – an glänzenden Metallleisten hängen; in der die einzigen Temperaturschwankungen durch den heiß werdenden und wieder abkühlenden alten Ofen verursacht werden, in dem tiefgefrorene Fertiggerichte erwärmt werden; in der Ann an einem kleinen, fleckenlosen Tisch sitzt und die Arbeiten der Studenten korrigiert, die ihre Leidenschaft für *Wuthering Heights* nicht teilen; oder in der sie, wie jetzt, sitzt und an ihrem Buch arbeitet.

Gerade hat sie einen Absatz über Regen geschrieben. »Das Wetter«, hat sie notiert, »kam zur Zeit von Heathcliffs Tod als strömender Regen geradewegs zum Fenster hinein. Er hat *endlich* (sie hat das Wort endlich unterstrichen) das Fenster geöffnet. Er hat sich geöffnet. Er hat sich hinaus- und das Wetter hereingelassen.«

Das erste Klingeln schneidet direkt in das Bild hinein, das Ann sich von einem Fensterflügel gemacht hat, der frei in den Scharnieren hin und her schwingt. Beim zweiten Klingeln knallt das Fenster zu, und allmählich verschwimmt die Landschaft dahinter, ein lila Hügel nach dem anderen.

Sorgfältig schraubt sie ihren Füllfederhalter zu, überquert den nackten Fußboden und geht ans Telefon.

»Ich bin wieder da.«

»Ja.«

»Ich bin fort gewesen und jetzt bin ich wieder da.«

»Wo warst du?«

»Venedig.«

»Wieso?«

»Tintoretto.«

Ann schnappt nach Luft. Sie erinnert sich an die zweieinhalb Quadratzentimeter. »Bist du sicher«, fragt sie nun irritiert, »dass es Tintoretto war? O Gott«, murmelt sie, »Tintoretto.«

»Die Draperie«, erklärt er. »Und die Engel«, fügt er hinzu.

»Was?«

»Egal. Wir fahren ein bisschen herum. Du kommst mit mir und wir fahren etwas rum. Passt es dir?«

Nein, denkt Ann. »Ja«, sagt sie.

»Tja, aber mir passt es nicht«, sagt er. »Es passt mir gar nicht. Es ist ein Desaster für mich. Ich kann es nicht tun.«

»Na schön«, meint Ann leise und staunt über ihre Enttäuschung. Was ist ein Desaster?, beginnt sie sich zu fragen. Doch sie weiß es, sie weiß es.

»Ich bin in fünfzehn Minuten bei dir. Und wir sind uns einig, dass wir zusammen eine Runde drehen: die erste und letzte.«

»Ja«, bestätigt Ann.

»Wir fahren, wir reden, und dann gehen wir nach Hause. Und das war's dann.«

Himmel, denkt Ann, als sie den Hörer auflegt, ich wusste genau, wer er war. Er brauchte sich nicht einmal mit Namen zu melden.

Obwohl sie nur kurz telefoniert, ist der Nachmittag in den Abend übergegangen, und als sie zu ihren Seiten zurückkehrt, muss sie das Licht in der Küche anknipsen, um erkennen zu können, was sie geschrieben hat.

Im Auto bringt Ann keinen Ton heraus, überwältigt von einer Mischung aus Angst und Erwartung. Die beiden rasen über den Highway; grüne Schilder sausen an den Seitenfenstern vorbei, denen sie sich zugewandt hat. Er redet.

»Also«, sagt er, »ich liebe dich nicht. Ich begehre dich wirklich, aber ich liebe dich nicht. Es geht hier nur darum, dass ich mit dir ins Bett gehen will.«

Entlang des Highways ist jetzt überall hässliche Bebauung zu sehen, wo es früher grün war. Ann wäre gerne wieder ein Kind und wünscht sich, sie hätte ihre Anziehpuppen aus Papier dabei, um sich abzulenken. Ann wäre gerne eine Anziehpuppe. Dann könnte sie sich in Sekundenschnelle in jemand anderen verwandeln – oder jemand anderes könnte sie verwandeln, indem er Papierkleidchen über ihre Pappschultern faltete. Sie könnte sich in ein Mädchen verwandeln, das zu einem Ball geht, oder in ein *Cowgirl*, das sich für ein Rodeo bereit macht. Die beiden nähern sich dem Flughafen. Sie könnte sich ja in eine Stewardess verwandeln oder in eine Hostess auf einer Kreuzfahrt. Jetzt möchte sie am liebsten ihre Einstellung zu diesem Mann ändern, da ihr bewusst wird, dass sie sich unverständlicherweise in ihn verliebt hat.

»Und«, fährt er fort, »falls eine Chance bestehen sollte, dass du dich in mich verliebst, hören wir sofort auf.«

Ann bemerkt, dass sich der Himmel über dem Highway verdunkelt und asphaltgrau wird. »Das werde ich nicht«, sagt sie zu ihm und rutscht auf ihrem Sitz herum, um sein Profil zu betrachten.

»Ich liebe eine andere«, sagt er und starrt wild geradeaus. »Wir haben eine wunderbare Beziehung.«

Ann weiß, dass er verheiratet ist. Sie kann das Wort Beziehung nicht ausstehen – die Art, wie er es sagt. Sie beobachtet, wie die Schneeflocken auf der Windschutzscheibe schmelzen und dahinter die weißen Wirbel auf der vor ihnen liegenden Straße tanzen. Sie begreift, dass bis jetzt diese Straße für sie eine Sommerstraße gewesen ist. Ein Unwetter und der Highway sind in ihrem Leben noch nicht aufeinander getroffen. Er hat die Scheibenwischer und die Scheinwerfer eingeschaltet, da es mittlerweile recht dunkel geworden ist.

»Das Wetter wird immer schlimmer, und es wird dunkel«, bemerkt sie. »Wir sollten zurückfahren.«

»Zurück!« Er reißt beide Hände vom Steuer und klatscht sie wieder darauf. »Zurück? Wir hätten gar nicht erst hierher fahren sollen. Das ist doch verrückt.« Er schüttelt den Kopf. »Wir müssen einen Ort finden, an dem wir uns treffen können, irgendwo hier. Nur einmal, und dann *nie* wieder.«

»Wir sollten in die andere Richtung fahren«, meint Ann zu ihm. »Wir sind zu weit vom See entfernt.«

»Was hat denn der See damit zu tun? Wir könnten uns doch hier treffen.« Er deutet mit dem Kopf auf eines von mehreren Highway-Hotels.

»Auf diesem Highway bin ich nun mal den See gewohnt«, sagt Ann. »Er war immer da, auf der rechten Seite, wenn wir irgendwohin fuhren.« Und dann fügt sie ohne Grund hinzu: »Und auf der Rückfahrt war er immer links.«

»Es müsste tagsüber sein«, stellt er fest und wird etwas ruhiger. »Abends bin ich immer zu Hause. Dienstag, ich treffe dich am Dienstag.«

Mittlerweile wirbelt der Wind den bereits auf den Highway gefallenen Schnee wieder auf, so dass er zusammen mit dem noch fallenden Schnee rund um die Autofenster eine neue, geisterhafte Struktur bildet. Die Atmosphäre ist eigentümlich, verwirrend, unklar. Bis auf den geschlossenen Innenraum des fahrenden Wagens, in dem ein Mann und eine Frau zusammen in einem rasenden Gefängnis eingesperrt sind. Spannung liegt in der Luft, mit messerscharfer Klarheit.

»Man könnte sie mit einem Messer zerschneiden«, hat Anns Mutter immer über Spannung in einem Raum gesagt oder über Stille. Dagegen setzte ihre Großmutter Messer immer dann ein, wenn sie Geschwindigkeit beschrieb. »So schnell, wie du Messer sagen kannst«, verkündete sie stets. Mit dieser modifizierenden Aussage wurde gewöhnlich ein rascher Aufbruch assoziiert: Er verließ den Raum, er rannte davon, er verschwand durch die Tür, er sprang auf den Zug, er hüpfte über den Bach, er kletterte über die Mauer, er sprang in den See... so schnell, wie du Messer sagen kannst. Der Schimmer – das kurze, helle Flackern der Klinge – fährt Ann durch den Kopf, jetzt, wo der Sturm um das Auto herum immer stärker wird.

Sie biegen in den Gardiner Expressway, in Richtung Stadtzentrum, ein, und die Richtungsänderung entspannt die beiden etwas. Sie beginnen über das Wetter zu reden; über das Fahrverhalten in Stürmen, über Schneepflüge, über Start- und Landebahnen auf Flughäfen, die von unten beheizt werden, um das tödliche Eis zu schmelzen, über Seile, die man in Saskatchewan zwischen den Häusern und den Ställen spannt, damit die Farmer sich auf dem Weg zu ihrem Vieh in dem immerwährenden Schneesturm nicht verirren. Ann beschreibt ihm ein kleines Paar Schneeschuhe, das sie als Kind besessen hat.

Doch als sie in ihre Straße einbiegen, schweigen die beiden wieder, und Anns Herz schlägt jetzt beunruhigend. Sein Gesichtsausdruck ist grimmig, kalt. Als sie aus dem Wagen steigen will, sieht er sie mit dieser Maske an.

»Dann treffen wir uns am Dienstag«, stellt er fest, »in dem Hotel.«

Ann tritt in den fünfzehn Zentimeter hohen Schnee auf den Bürgersteig und beugt sich, mit der Hand auf der geöffneten Tür, herunter. »Der Tintoretto«, sagt sie, »in der Kunstgalerie?«

Er nickt ungeduldig.

»Der ist nicht echt.«

»Ich weiß«, erwidert er und legt den Gang ein.

Als Ann den Reifenspuren nachsieht, die der Wagen im

Neuschnee hinterlässt, werden ihr zwei Dinge klar: dass sie zugestimmt hat, sich mit ihm zu treffen, und dass die beiden sich auf der gesamten Fahrt durch den Sturm nicht ein einziges Mal berührt haben, sich nicht einmal die Hände gegeben haben.

Eine Weile steht sie regungslos da. Um sie herum verdichtet sich der Schneesturm.

Wie seltsam ihre Wohnung im Licht des Spätnachmittags wirkt. Die Sonne ist ein letztes Mal durchgekommen und blendet hinter dem noch immer herumwirbelnden Schnee. Ann steht verblüfft am Fenster und blickt auf Weiß und Gold und mehrere andere zarte prismatische Farben. Sämtliche Gegenstände auf ihrem Fensterbrett sind in das neue Licht gehüllt: ihre antiken Flaschen, die gläsernen Isolatoren und die Gläser mit den Steinen, die sie am Ufer des Großen Sees gesammelt hat. Blasse, pastellfarbene, unauffällige Anhaltspunkte und das Einzige, was man von draußen von ihr wahrnehmen kann. In ihrer Fantasie wird sie kurzzeitig zu einem Spaziergänger, der den Bürgersteig entlanggeht und in ihr Fenster sieht. Ah, würde er wohl denken, hier lebt ein ruhiger Mensch, von dem wir wohl kaum etwas hören werden. Genau wie von den weichen, braunen Wollsachen, die sie so oft trägt, wird sie von den Objekten in ihrem Fenster verdeckt, diesem kleinen Theater mit seinen blickdichten Gardinen, die kaum etwas von ihrer Einrichtung preisgeben. Wie ruhig alles gewesen ist, wie ruhig alles auf dieser Bühne bleiben wird, wie lautlos und unbeweglich. Hinter ihr öffnen sich Räume mit völliger Stille. Die schimmernde Oberfläche ihres Küchentisches, das Besteck, das glanzlos in der dunklen Schublade liegt, die sauberen, glatten Kissenbezüge, ihre Röcke, die leblos im Schrank hängen. Die wenigen Schmuckstücke, die sie besitzt, sind sorgfältig in einer mit Samt gefütterten Schatulle verstaut und schlafen an einem Ort, an den kein Licht dringt, an dem keine Lichter auf ihren Facetten blitzen. Es ist so einfach gewesen, alles, was sie besitzt, was sie ausmacht, in Schubladen und an anderen dunklen Orten, außer Sichtweite, wegzusperren und der Welt lediglich glatte Steine und weiche Wolle und blickdichtes Glas zu zeigen. Und es ist so einfach gewesen, diese Welt draußen zu halten.

Selbst als sie im Licht des Fensters steht, weiß Ann, dass es die Energie des Wetters von ihr fernhält. Auf einmal will sie, dass der scharfe Atem des Sturms die Luft aufwühlt und ihre Haut berührt. Sie nimmt die Flaschen, die Isolatoren und die Gläser mit den Steinen von der schmalen, hölzernen Fensterbank herunter und stellt sie hinter sich auf den Boden. *Jetzt bin nur noch ich vor der Scheibe*, denkt sie, *die Person, die ich bin. Ich und lauter Stoff.* Die feine Gazegardine ähnelt den weißen, glitzernden Schneepartikeln. Der Wind drängt heftig gegen die unsichtbare Barriere, der sie jetzt so nahe gekommen ist. Ihr Atem lässt die Oberfläche beschlagen, während sich in den unteren Ecken des Holzrahmens winzige Schneeverwehungen bilden. Urplötzlich greift Ann nach den verschnörkelten Messinggriffen und schiebt das Fenster hoch. Dabei spürt sie den Schock des wilden Luftwirbels an ihrem Bauch, ihrer Brust, ihrem Hals und schließlich auch in ihrem Gesicht. Das Brennen von scharfem Schnee auf ihren Wangen und Augenlidern.

Mehrere Minuten steht sie wie versteinert da und erlaubt dem Sturm, sie zu überfallen und zu liebkosen. Dann geht sie, noch immer mit dem Wind im Gesicht, zehn Schritte zurück, um zu beobachten, wie das Wetter in ihre Zimmer eindringt. Während sie dabei zusieht, löst sich unten eine Gardine vom Fenster und steigt triumphierend nach oben und segelt, umgeben von Luft, Schnee und Sonnenlicht, auf dem Rücken des Windes.

Sie sieht, wie der Vorhang tanzend zum Leben erwacht und von den Zähnen des Sturms durchgeschüttelt wird. Der Stoff knallt wie eine Peitsche, bläht sich danach auf, knallt erneut, dehnt sich wieder voller reiner Energie.

Das ist es, was Ann sich wünscht, was sie von ihm bekommen wird, wozu sie in seiner Gegenwart werden wird.

Ein Vorhang, der auf Sturm reagiert.

Früh am nächsten Morgen, während Ann noch von winzig kleinen Tornados träumt, die völlig unbekümmert Puppenhausmöbel durch die Luft wirbeln, wird sie vom schrillen Klingeln des Telefons geweckt.

»Ich habe eine schlaflose Nacht hinter mir«, informiert er sie, »ich kann es nicht tun.«

Anns Zimmer ist eiskalt, das Fenster weit geöffnet. Auf dem Teppich liegt eine Schneeverwehung, doch der Himmel hinter dem halb geöffneten zweiten Fenster ist rosafarben und ruhig.

»Wo bist du?«, fragt sie.

»Es ist nicht so, dass ich nicht... Verdammt, ich kann es einfach nicht. Es würde im Chaos enden.«

Anns Gedanken erstarren. Der Hörer ist so kalt, dass ihr Atem kleine Feuchtigkeitsperlen auf dem Plastik bildet. Sie bringt kein Wort heraus. Der Raum beginnt sich zu neigen. Ihr Körper, der im Abendsturm noch so kräftig war, ist nun ganz klein, unbedeutend, der Körper einer Heimatlosen. Der Körper eines Menschen, der brutal verlassen wurde. Sie ist bereits verlassen worden und nicht einmal den kleinsten Schneesturm mehr wert.

Sie legt leise den Hörer auf und rollt sich auf die Seite, um die Wand zu betrachten.

Eine Stunde später taumelt sie mit Tränen in den Augen durchs Zimmer und schließt die Fenster.

Zwei Stunden später klingelt erneut das Telefon.

»Ich bin's. Alles wieder in Ordnung. Es tut mir Leid. Können wir uns doch noch treffen?«

»Ja«, antwortet sie und fügt dann hinzu: »Bitte.«

Vor ihrem geistigen Auge erwacht der Vorhang und zuckt unter der luftigen Berührung. Flusen wirbeln auf wie Zauberstaub in einem Sonnenstrahl.

»War etwas nicht in Ordnung?«, fragt sie. »Was stimmte denn nicht?«

»Ach, nichts.« Jetzt gibt er sich lässig, entspannt. »Ich bin nur nervös.«

Ann holt tief Luft und fällt mit gefüllten Lungen seitlich auf die alte Tagesdecke, die über ihrem Bett liegt. Sie lacht laut auf und fühlt dabei genau, wo sich der reine Sauerstoff gerade befindet, der seine lange, rote Fahrt durch ihren Körper begonnen hat.

Den größten Teil des restlichen Tages schreibt sie in ihr Notizbuch. Da es ihr unmöglich ist, den Raum, in dem sie ihre erste Regung von Leid erlebt hat, zu verlassen oder wieder zu betreten, lehnt sie mit ihrem Notizbuch und ihrem Füllfederhalter in dessen Tür und notiert sich die Wolkenformationen, die am Schlafzimmerfenster vorbeiziehen.

Manchmal ist es wie ein schrecklicher Unfall, mit jemand zu schlafen«, sagte Arianna, »hinterher ist man dann schiffbrüchig und ganz zerschmettert.«

»Zum Sterben verurteilt«, fuhr Emily fort, »an einem gottverlassenen Strand, ruiniert. Stell dir einen Mann vor, der die Arktis betritt oder als Soldat loszieht und von dem schrecklichen Gefährt der Zweisamkeit davoneilt, weg von der einlullenden Zweisamkeit, hinein in die nackte, offene Konfrontation mit sich selbst.«

»Schreckliches Gefährt der Zweisamkeit«, wiederholte Arianna, »wir waren so ein schreckliches Gefährt. Zusammengenäht, zusammen unterwegs, zusammengekettet.«

»Zusammen«, sagte Emily. »Denk mal über das Pronomen *wir* nach. Wie kann man es auseinander nehmen, um *ich* und *du* zu werden? Jeder erleidet Schiffbruch am anderen, bis die gemeinsame Einrichtung durch die Räume fliegt. Alles wird zu einem Labyrinth aus schrägen Winkeln – Tische und Stühle, die gegen eine Tür und unter die Klinke geschoben wurden, um die Welt in Schach zu halten. Erstickung. Klaustrophobie. Du kannst nicht heraus, und das Leben verliert das Interesse an dir.«

»Aber manchmal«, sagte Arianna, »ist es ganz einfach, ganz leicht, miteinander zu schlafen, und kein einziges Möbelstück aus dem Zimmer gerät dazwischen.«

Die Geister schwebten die alte römische Straße entlang, die an Lower und Middle Withins vorbeiführte. Aus den Schornsteinen des Old Silent Inn und der Ponden Mill verteilte sich Rauch über dem Moor.

»Weißt du, was ein Platzregen ist?«, fragte Emily.

»Nein.«

»Das ist ein plötzlicher, sehr heftiger Regen – er kommt und geht in einem Augenblick. So eine Art Wutanfall – ein Ausbruch der Elemente. Manchmal ist es so, wenn man mit jemand schläft.«

»Ja«, stimmte Polly/Arianna zu. »Manchmal ist es so.«

Als sie das Zimmer betritt, ist es dunkel und still. Die beiden sprechen nicht miteinander.

Ein Mund nähert sich Gesicht und Haaren. Seine Haut ist warm, geschmeidig unter einem gestärkten Hemd. Und dann ist da sein Geruch: ein Kraut, das sie nicht erkennt, die Essenz seiner Fremdheit. Das, und die raue Beschaffenheit seines Wolljacketts ganz nah an ihrem Gesicht. Der andere Körper. Dies andere Herz und sein Puls. Von Anfang an berührt er sie mit seinem ganzen Körper. Die langen, harten Muskeln der Schenkel, das Gesicht an ihrem Brustkorb, ihrem Hals, der Innenseite ihres Schenkels. Seine Schulter bewegt sich über ihre Brüste, ein Handgelenk ruht sanft an ihrem Hals.

Er packt sie nicht, sondern strömt über sie. Nichts wird festgehalten oder umklammert. Er streicht mit den Handrücken über ihren Bauch, sein Gesicht an ihrem Hals. Das Laken wickelt sich um ein Fußgelenk. Verschiedene Gegenstände im Zimmer fallen um und verschwinden. Das hässliche Hotellicht verschwimmt und wird dunkel.

»Warum Tintoretto?«, fragt Ann später.

»Weil er allein war.«

»Aber seine Familie … diese Tochter.«

»Er hat allein gelernt, ohne Lehrmeister. Ohne im Auftrag

von anderen Künstlern Hintergründe zu malen. Anfangs sogar ohne Modelle.«

Ich bin allein, denkt Ann. *Ist er allein?*

»Als ich jünger war«, gesteht er, »hab ich geglaubt, dass Tintoretto mein Ur-Urgroßvater war, oder noch mehr ›Urs‹ als das. Doch dann wurde mir ganz plötzlich klar, dass er überhaupt kein Verwandter von mir war. Obwohl ich noch gar nicht in Italien gewesen war.«

»Erzähl mir von Venedig.«

»Blasen und Schaum und Wände, die vom Wasser eingedrückt werden. Es versinkt und stirbt. So-o-o-o schön. Die Stadt weint. Irgendwie ist es meine Landschaft, und trotzdem … kann ich es nicht festhalten, ich kann es nicht richtig scharf stellen.«

Ann nähert sich zaghaft, behutsam, mit einer Hand seinem Schenkel, und er beobachtet sie.

»Meine Landschaft«, sagt sie, »ist das Moor … West Yorkshire, obwohl ich noch nie dort war. Ich würde gerne die Luftrechte für diese Hügel erwerben … Ich möchte die Hügel besitzen. Ich möchte, dass sie alle mir gehören.«

»Die Brontës.«

»Eine Brontë. Emily. Ein Buch.«

»*Wuthering Heights.*«

»Ja. Wie viele Tintorettos? Wie viele Gemälde?«

»Eins – oder zumindest eins zur jeweiligen Zeit.«

»Welches?«

»Zuerst war es *Der heilige Georg tötet den Drachen*. Kennst du es?«

Ann kennt es nicht.

»In dem Bild passiert etwas Schreckliches. Die Frau – die Prinzessin – hat gerade etwas furchtbar Aufwühlendes erfahren und versucht aus dem Gemälde zu entfliehen – davon bin ich überzeugt.«

»Wie bitte?«, lacht Ann.

»Nein … wirklich. Sie versucht wie wild zu entkommen.«

»Vor dem Drachen?« Ann ruft sich den Mythos in Erinnerung.

»Nein … der arme Drache ist nicht im entferntesten bedrohlich.« Arthur legt seine Hand ganz leicht und abwesend auf Anns Arm. »Ich meine es ernst, sie versucht von der Leinwand zu springen. Versteh doch – da geht etwas Furchtbares vor sich, das nichts mit dem Drachen zu tun hat, und ich bin nie dahinter gekommen, was es ist.«

»Du hast gesagt ›zuerst‹. Gibt es noch eins … gibt es mittlerweile ein anderes Gemälde?«

»Viele. Aber ja, eins. *Die Versuchung Christi* in der Scuola Grande di San Rocco in Venedig.« Arthur kneift die Augen zusammen, als würde er ein Gemälde studieren. Dann reißt er sie weit auf. »Der Teufel in diesem Gemälde – gerade fällt es mir ein – trägt die gleiche rosa Seide wie diese Prinzessin.«

»Ein Teufel in rosa Seide. Wie seltsam!«

»Ja, genau.«

Später merkt sie, wie sich sein Körper neben ihrem verspannt. »Ich muss los.«

Sofort steht sie auf, da sie diesen Satz nicht noch einmal ertragen könnte. Plötzlich kann sie seine Armbanduhr ticken hören. Sie spürt die Kälte des Raums.

»Du hättest zu mir kommen können, weißt du?«

»Das würde ich nie tun.« Jetzt beeilt er sich und ist ungehalten. »Ich will nichts davon hören.«

»Was ist schon dabei, ich …«

»Nein. Und wir dürfen uns nicht wieder treffen; zumindest nicht für eine lange, lange Zeit. Wir wollen es doch beenden und nicht auf die Spitze treiben. Wir wollen das Ganze doch aus unseren Organismen vertreiben.«

Schwer getroffen greift Ann nach ihren Sachen, wendet sich in ihrem Schmerz von ihm ab und kleidet sich rasch an.

Wo sie auch hingeht, geraten die grellen Farben des Zimmers in ihr Blickfeld. Sie weicht ihrem eigenen Blick in den Spiegeln aus. Er schnallt seinen Gürtel zu.

Versagen ist spürbar, und sie kann es an der billigen Zimmereinrichtung, an den zerwühlten Laken erkennen. Wie schrecklich es ist, denkt sie, das Verlangen nach etwas, das nicht mir gehört. Ein kurzer Blick auf seine geschäftigen Gesten. Er trinkt ein Glas Wasser, als ob sie gar nicht da wäre, als ob sie niemals hier gewesen wäre.

Draußen hat der Winter mit seiner grimmigen Stille alles im Griff. Nichts bewegt sich.

Eisige Kälte wie tausend Nadelstiche, seine Stimme schneidet in ihr Ohr: »Wir dürfen nicht … wir dürfen nicht.«

Trotzdem tun sie es.

Während die Monate vergehen, ist Ann bei ihren Treffen mit Arthur stets aufs Neue wie betäubt, taumelt über Hotelflure und weiß nicht, wie sie dorthin gekommen ist, wo sie den Wagen geparkt hat, wie sie entkommen wird, wie lange sie noch zu leben hat. Alles ist Geometrie, neigt sich in schrägen Winkeln auf einem Boden, der nicht mehr horizontal verläuft. Ihr Leben wird zu einer Reihe von Türen, die entweder zugeschoben werden oder klicken, wenn man sie schließt, und deren Schlösser man ständig auf ihre Sicherheit hin überprüfen muss. Der Rest ihrer Tage löst sich in einer Folge von kaum erinnerter Landschaft auf, die durch die Autofenster eines dahinrasenden Wagens auf einem achtspurigen Highway flüchtig wahrgenommen wird. In ihrer Handtasche sammeln sich zerknüllte Strafzettel, von merkwürdig freundlichen Polizisten überreicht, die eindringlich ihr Gesicht betrachten und fragen, ob sie irgendwie helfen können.

Doch sie lebt in einer Sphäre, in der keine Hilfe möglich ist. Auf der Innenseite der Türen bricht sie in einem großen See aus Sinnlichkeit zusammen, einem See, der so groß ist, dass keine Ufer mehr zu sehen sind. Ohne Einfluss auf die Art, wie sein Mund sich auf ihren legt, geht es in ihren Gesprächen mit Arthur um die Flügel von Engeln, die Gesichtsausdrücke von Propheten, die Erfindung von Gerüsten und um gewissenhafte Arbeit im sechzehnten Jahrhundert. Diese geistreichen Gespräche entzücken und vernichten sie zugleich, weil sie keinerlei Zeichen seiner Gefühle für sie beinhalten. Gelegentlich erzählt er etwas aus seinem Alltag. Wir haben ein neues Auto gekauft, sagt er, oder, wir suchen eine neue Wohnung. Simple Aussagen mit der Wirkung eines Axthiebes. Die enorme Realität seines restlichen Lebens prallt an die Wände ihres Gehirns, worauf sie sich eiligst in die Privatsphäre des quälend hellen Badezimmers zurückziehen muss, um ihr Gleichgewicht, ihren Glauben an die Schwerkraft zurückzugewinnen.

Im Badezimmer umklammert sie das kalte Waschbecken, blickt im Spiegel in ihr eigenes Gesicht und sieht verkrampfte Züge und die brennenden Augen eines Tieres, das tagelang in einer Fußangel festsaß. Sie muss ihn verlassen, muss das Zimmer verlassen, darf nie mehr zurückkehren. Sie möchte ihn zwar wieder sehen, doch sie möchte nicht, dass er sie so sieht, wie sie ist – ganz verstümmelt, ganz entblößt, so offen für den Schmerz, den er ihr unabsichtlich zufügt. Sie weiß, dass das Wort »wir« aus seinem Munde sie niemals mit einbeziehen wird, mit einbeziehen kann. Für ihn ist sie ein Fluss aus Fleisch, ein Fluss, dessen Quelle das Zimmer ist. Hier ist sie entsprungen. Die Grenzen des Raums sind die Grenzen ihrer Existenz.

Sie verlässt das Badezimmer und liegt in Sekundenschnelle wieder in seinen Armen. Er gehört wieder ihr, sie weiß es bestimmt. Für zwanzig Minuten dieses Vergnügens, dieses heftigen Sturms aus Blindheit und Vergessen, würde sie sich unter die Räder von tausend Güterzügen legen. Sein nun schweigsamer Mund zieht sie zu ihm, sein Körper öffnet sie, und es herrschen Blitz und Donner, das Gewitter, das sie sich immer gewünscht hat, der Hurrikan: seine Kraft, seine Verwüstung.

Er lässt von ihr ab und schläft ein, und sie sieht mehrere Träume, wie die Schatten von Blättern auf dem Rasen, über sein Gesicht huschen. »Ich liebe dich«, flüstert sie in ein Ohr, das vom Träumen ganz taub ist; ihre geplante Flucht ist zunichte gemacht, zerbrochen.

Sie verlässt das Zimmer, den See aus Fleisch, fährt mit dem Wagen zurück in die Stadt, und nun ist das Fahrzeug ein Käfig, dessen Geschwindigkeit und Fahrtrichtung Ann vor Arthur wegschließen.

Jeder, der einen Blick in das Innere dieses Wagens werfen würde, würde eine Frau sehen, die vor sich hin redet. Aber Ann führt gar keine Selbstgespräche, sie spricht mit Arthur und verwickelt ihn in eine einseitige Unterhaltung, auf die es keine Antworten gibt, eine Unterhaltung, der sogar die Fragen fehlen. Sie macht eine Reihe von Ankündigungen. »So stellt es sich dar…«, fängt sie an, »es gibt keine Erinnerungen über dich hinaus. Alles endet mit dir. Dein Gesicht in meinen Händen«, sagt sie, »du in dem Zimmer. Ich verlasse dich nicht. Ohne dich gibt es kein Wetter.«

Bedeutungslose Landschaften ziehen an den Fenstern vorbei. Sie wartet bereits auf das nächste Mal.

Einmal bin ich zurückgekehrt«, sagte Emily und wandte ihr transparentes Gesicht in Richtung Haworth. »Ich habe nicht direkt gespukt, aber ich bin wieder zurückgekehrt und habe mich umgesehen.«

»Wie war es denn?«

»Genau wie immer. Völlig anders. Ich war da. Ich war ein Kind.«

»Wie war das denn möglich?«

»Oh … du kannst die Vergangenheit heimsuchen, wenn du willst. Wir haben die Zeit transzendiert. Seltsam … als ich noch am Leben war, habe ich es stets versucht, und jetzt, wo ich tot bin, erscheint es mir so gewöhnlich. Gewöhnlich, aber irgendwie auch interessant.«

»Was bedeutet transzendiert?«

»Das weiß ich nicht mehr so genau.«

»Also … du bist wieder zurückgekehrt und …?«

»Ich hatte mich hier draußen ganz alleine Tag für Tag daran erinnert. Im Stillen, als ich alleine war, bevor du kamst. Als ich noch lebte, habe ich mir immer gewünscht, hier draußen im Moor mit dem Wind umherzuwandern. Und plötzlich war ich hier, mein Wunsch war in Erfüllung gegangen, für die Ewigkeit. Mit diesem Wissen fing ich gelegentlich an, mich nach dem Pfarrhaus zu sehnen, in dem ich mein ganzes Leben lang gewohnt hatte. Also beschloss ich, ein wenig zu spuken, obwohl das ganz bestimmt nicht meine Art ist. Es ist ein Fehler, sich nach etwas zu sehnen, das man einst gehabt hat, denn deine geistige Vorstellung stimmt nie mit dem überein, wonach du dich sehnst. Die Erinnerung verschleiert es, macht es hübscher. Wenn man dann wieder zurückkehrt, bemerkt man die kleinen Hässlichkeiten wie nie zuvor. Vielleicht ist das Zurückkehren der Fehler.«

»Falls ich ihn heimsuchen würde, wäre er auf keinen Fall hässlich. Er war wunderschön.«

Emily verdrehte ihre Geisteraugen und beschloss, über Ariannas Illusion hinwegzusehen. »Am meisten hat mir Tabitha Angst gemacht«, meinte sie.

»Tabitha?«

»Tabby. Sie war unser Dienstmädchen... aber eigentlich viel mehr als das. Wir beteten sie an. Sie war ein großer Fettkloß, der nach gebackenem Brot und Kartoffelschalen roch. Ihr Gesicht sah aus wie ein gewaltiger Yorkshire-Pudding, weißt du: dieselbe Farbe und Beschaffenheit, dieselben Falten und Windungen. Ich schlich in der Küche herum, aber sie hat nicht einmal bemerkt, dass ich da war und sie angesehen habe. Erwachsen, tot und spukend. Ein Geist in ihrer Gegenwart, und sie hat ihn einfach ignoriert! Obwohl sie es doch gewesen ist, die uns ständig diesen übernatürlichen Quatsch in unsere kleinen Köpfe gesetzt hat.

Die Kinder krächzten spät in der Nacht,
ihre Mutter unten hört und wacht ...

Das habe ich in meinem Buch untergebracht: eines ihrer Lieder. Ein Wiegenlied.«

»Jetzt wird mir klar, wieso sie dir Angst gemacht hat.«

»Nein, nein... das waren meine Lieblingslieder. Was mir Angst gemacht hat, war, dass ich sie nicht als Ganzes wahrnehmen konnte. Ich meine jedes Detail, jedes große, kleine, dunkle, helle Detail war gleichermaßen wichtig. Nichts trat in den Hintergrund und nichts überwog. Es gab keine Tiefe und keine Perspektive an ihr. Rein gar nichts. Nichts verdichtete sich zu einem Ganzen. Jeder Partikel von ihr war einzeln, losgelöst. Erinnerst du dich noch daran, wie du zu Lebzeiten einen Baum angesehen und dabei auch einen Baum erkannt hast? Ich meine, du hast nicht jedes einzelne von fünfzigtausend Blättern gesehen, die an ihren Zweigen oder Ästen hingen. Daher warne ich dich, wenn du herumspukst, wirst du die Blätter und Zweige und Äste erkennen. Aus irgendeinem Grunde ist es unmöglich, den Baum als Ganzes wahrzunehmen. Mit Tabby war es genauso. Die Haare auf ihren Warzen, die vergrößerten Poren auf ihrer Knollennase, ein Speichelfaden zwischen den oberen und unteren Zähnen wurde genauso wichtig und erforderte ebenso viel Beachtung wie ihre freundlichen Augen und ihre saubere Schürze … die nicht annähernd so sauber war, wie ich angenommen hatte. Tabby bestand wirklich aus einer Ansammlung von winzigen Hässlichkeiten. Ich konnte es nicht ertragen, in ihrer Nähe zu sein. Und vielleicht stimmt es ja auch – vielleicht verabscheut der Geist ja das Fleisch, denn als ich mich als Kind sah, fand ich mich ebenfalls hässlich. Ich war erkältet, und die Haut um meine Nase herum war ganz entzündet. Meine Fingernägel waren eingerissen und ganz dreckig vom Kohlenstaub, da ich in der Nähe des Feuers gespielt hatte. Meine Haare waren fettig, meine Schuhe durchgelaufen. O Gott … die Welt ist voller Verwahrlosung!«

»Du meinst, wir können uns selbst heimsuchen?«

»Ja … aber glaube mir, das willst du gar nicht. Überall ist Dreck. Nichts ist rein.«

»Was hast du sonst noch gesehen?«

»Blicke.«

»Blicke?«

»Ja, die Art, mit der sich meine Schwestern ganz verstohlen angesehen haben, blutrünstig, voller Neid – und sogar Hass.«

»Aber sie waren doch bloß Kinder.«

»Genau wie ich. Und ich war die Übelste, die Schlimmste der heimlichen Hasser. Es war ganz deutlich. Nie habe ich jemand in die Augen geblickt, doch ich habe die anderen ganz genau studiert und erforscht, wenn sie gerade nicht zu mir hersahen, und das mit rücksichtsloser Kälte. Und ich habe immer gedacht, ich hätte meine Familie geliebt. Als ich in mein dreckiges kleines Gesicht und in diese misstrauischen rastlosen Augen sah, begriff ich, dass ich nur meine eigene Vorstellungskraft und meinen Bruder Branwell liebte. Und wie eifersüchtig ich auf meine Vorstellungskraft war: diese winzige, detaillierte, entsetzliche Welt, die ich überall, wohin ich auch ging, mitnahm. Mein hoch geschätzter, erfundener Albtraum, mein liebster Schmerz. Er hielt mich sorgsam vor den anderen Menschen versteckt; selbst vor den Menschen, denen ich mich nahe wähnte. Doch er hat mich auch befreit und an Orte gebracht, von denen niemand geglaubt hätte, dass ich sie jemals besuchen könnte.«

»Was denn für Orte?«

»Königreiche. Leuchtende Königreiche des Herzens, die aus erschreckend durchsichtigen Palästen gebaut waren – manche aus Eis, manche aus Glas. Oder düstere verlassene Königreiche, deren Architektur verfallen und deren Bewohner Geister waren: viel kompliziertere und interessantere Geisterwesen, als wir je von uns selbst erhoffen können. Klaustrophobische Königreiche, in denen alles und jedes miteinander in Berührung war. Undurchdringliche Wälder, unpassierbare Straßen, verstopfte Kanäle und eine sich wie die Tiere vermehrende Bevölkerung. In diesen Königreichen umklammerte sich alles, kollidierte und kämpfte und brodelte, und alles wuchs durcheinander und übereinander. Schmelzende Königreiche, in denen das einzige Wetter aus Dampf bestand und die Straßen blubberten und die Zielorte sich auflösten und die Liebenden wie Wellen übereinander schwappten und in der Gosse verschwanden. Königreiche aus Eruptionen, in denen sämtliche Dinge etwas anderes ausspien.«

Emily lächelte bei der Erinnerung. »Aber, weißt du was?«, fügte sie hinzu, »niemals habe ich mir diese Stille, dieses Aufgelöstsein vorgestellt. Dieses Königreich der Abwesenheit, in dem wir jetzt leben.«

Ann weiß genau, dass sie niemals in einem Teil eines Hauses sitzen und an ihrem Buch arbeiten könnte, während Arthur sich in einem anderen Bereich darin aufhält; es wäre ihr unmöglich, einige Zimmer von ihm entfernt zu sich selbst zu sagen, *diese Schritte unter mir macht Arthur*, um danach wieder Wörter zu benutzen, die ein völlig anderes Thema beschreiben. Selbst nachdem sie seine Alltäglichkeit kennen gelernt hat, würden Hinweise auf seine Anwesenheit sie in denselben Alarmzustand versetzen, der sich einstellt, wenn sie jetzt in seiner Nähe ist: Sämtliche ihrer Sinne sind auf Hochfrequenz geschaltet, und ihr Radar nimmt Stimmungen wahr, die ihn noch gar nicht erreicht haben und erst in zwei Tagen, Wochen oder manchmal auch Monaten zum Ausbruch kommen. Obwohl sie ihn so selten sieht, kann sie aus großer Entfernung spüren, wie sich seine Gefühle zu ihr verlagern und verändern.

Wenn die beiden zusammen sind, ist sie hellwach und ihr Konzentrationsvermögen so völlig auf den Moment gerichtet, dass sie all die überflüssigen Details ihrer Treffen im Geiste mit nach Hause nimmt: der Stapel Frotteehandtücher im Bad; die kaputte Gummischicht der Vorhänge, die sie zuziehen müssen, um Privatsphäre herzustellen; das kleine Staubdreieck, das ein Zimmermädchen auf dem Plastiktelefon übersehen hat; seine Manschettenknöpfe und ihre Ohrringe, die wie Würfel auf einem Nachttisch liegen. All diese trivialen Details drängen mit einer solchen Präsenz und Deutlichkeit auf sie ein, als hätte er die mit den Augen erfahrbare Welt erst für sie sichtbar gemacht; ein Feuerwerk der optischen Reize, das durch seine Berührungen entzündet wird. Und, mit ganz neuem Blick, nimmt sie alles auf. Kann nichts weglassen. Kann nicht klassifizieren, kann nicht sagen: Dieser Gegenstand sollte genauestens untersucht werden, auf jenes Objekt kann man im Vorbeigehen mal einen Blick werfen, und das da kann man getrost ignorieren. Daher nimmt sie sämtliche Details, die von ihm ausgehen, mit zu sich nach Hause und nimmt auch ihn mit heim: nicht nur seine Art sich anzunähern, sondern auch, wie er sich wieder von ihr entfernt. Sie kann sich jederzeit die Art und Weise in Erinnerung rufen, wie er plötzlich aufsteht, die Richtung seines Blicks ändert, den Kopf zur Seite legt; oder die Art, wie er schlagartig das Gesprächsthema wechselt.

Diese Eindrücke nimmt sie mit nach Hause in ihre leere Wohnung und versucht, sie dort zu sieben; sie möchte eine Pfanne voller Gold übrig behalten und das Gewöhnliche in den Fluss des Lebens zurückgleiten lassen. Sie möchte sich vielleicht auch ein oder zwei Wörter, einen Blick, eine besondere Berührung bewahren. Aber das ist unmöglich. Das falsche Gold der Details bleibt mit derselben Hartnäckigkeit in ihrem Gedächtnis kleben wie das seltene Gold einer gefühlsmäßigen Reaktion. Sie hortet alles.

Monatelang hat er kein einziges Wort benutzt, das seine Gefühle für sie beschrieben hätte. Sie muss sein Gesicht, seinen Körper lesen, um das Klima der Affäre zu beurteilen, und sie muss stets ihre Macht zur Vorhersage zukünftiger Stimmungsschwankungen, Meinungsumschwünge oder unterschwelliger Ablehnung nutzen. So entsteht wohl Besessenheit, denkt sie: durch den Widerwillen des anderen, richtig gekannt zu werden. Das Rätsel, das Geheimnis, das er vor ihr verbirgt, während er sie ständig der Tatsache aussetzt, dass sie untrennbar miteinander verbunden sind. Zwei erwachsene Liebende, die Rücken an Rücken im ewigen Fegefeuer gefesselt sind. Wohin kehrt er jedes Mal zurück, und wie könnte sie es erfahren, und wie sollte sie es interpretieren, wenn sie plötzlich dahinter käme?

Er will nicht verstanden werden – zumindest nicht von ihr –, er will sich ihrer Prüfung nicht unterwerfen. Kurze Momente der Vereinigung. Dunkle Akte an verborgenen Orten. Seine Art, sie zu berühren und wieder loszulassen, ist ihr schon fast vertraut; wenn er sie zurücktreibt in eine Welt, in der er keine Funktion hat. Die Außenwelt. Solche Dinge gehen Ann durch den Kopf, wenn sie U-Bahn fährt oder durch die Gänge der Universität eilt, und selbst wenn sie mit ihrem kleinen, roten Auto auf die Stadtgrenze zufährt – das Niemandsland. Die einzige Fläche, die ihnen gehört.

Jetzt beobachtet sie, wie er durch das gemietete Zimmer geht, in sein abgetragenes Jackett greift und eine Schachtel Zigaretten herauszieht. Er zündet sich eine an und kommt zu ihr zurück aufs Bett, lehnt sich an die Wand, zieht die Knie an und stellt sich den Aschenbecher auf den Bauch.

»An was denkst du?«, fragt sie.

»An was ich denke? Ich denke an Tintorettos Einsatz von Blitzen. Die meisten seiner Gemälde scheinen von Blitzen erleuchtet zu werden, so dass man befürchten könnte, sie wären schon wieder dunkel geworden, wenn man noch mal hinsieht.«

»Der blitzschnelle Tintoretto.«

»Schon, aber dieser Ausdruck bezieht sich doch auf die Geschwindigkeit seiner Ausführung. Ich rede darüber, wie das Gemälde Hunderte von Jahren später aussieht. Als ob es verschwinden würde, wenn man nur einmal blinzelt.«

»Und denkst du dabei an bestimmte Gemälde?«

»Ja. Ich frage mich, ob du wohl eine Abbildung davon gesehen hast.« Der Rauch von Arthurs Zigarette ist durch den halben Raum geschwebt. »Darin kommt dieser wunderschöne Engel vor, der sich mit einem Tablett in der Hand herniederstürzt – er sieht so aus wie ein Kellner in einem französischen Café –, und bringt Christus den bitteren Kelch im Garten Gethsemane. Und die ganze Draperie ist praktisch transparent, eingefasst in Blau und Weiß, beleuchtet durch Blitze. In Wirklichkeit sind die Stoffe geradezu Blitze. Stell dir einen französischen Kellner mit Flügeln vor, der in Blitze gekleidet ist.«

»Erzähl mir mehr darüber. Gibt es auch Landschaft?«

»O ja, Landschaft kommt öfters in den Bildern vor. Was eigentlich seltsam ist, da es in Venedig außer Gärten gar keine Landschaft gibt. Alles besteht aus Architektur. Und Tintoretto hat Venedig nie verlassen. Warum also diese ganze Landschaft?«

»Wie ist sie denn? Beschreib mal die Landschaft.«

»Vielleicht ist es gar keine Landschaft. Vielleicht ist es Himmel und Wetter.«

»Ich liebe Wetter. Erzähl's mir.«

»Der angestrahlte Engel wirft sein Licht auf alles: auf Christus, der Rot trägt, auf die schlafenden Apostel und auf diese heimliche Prozession aus Soldaten, die sich von der linken Seite anschleichen. Das Tolle daran ist die Art, wie die Landschaft von den ganzen Blättern, die im reflektierten Licht des Engels und des Kelches leuchten, lediglich angedeutet wird. Weder die Soldaten noch die Jünger haben eine Landschaft, aber Christus hat diese leuchtenden Blätter.«

»Wir haben keine Landschaft.«

Er rückt zur Seite. »Ich will nicht darüber sprechen.«

»Wir sollten etwas Landschaft haben.«

Stille.

»Dann erzähl mir was über ein anderes Gemälde; eins ohne Landschaft.«

»Da wäre *Jakobs Leiter.*« Arthur entspannt sich merklich. »Ein wirklich verstörendes architektonisches Gemälde. Die Leiter ist eine Steintreppe – räumlich verwirrend, wegen der verrückten Perspektive, die er benutzt hat, und sogar noch verwirrender, weil sich das Gemälde an der Decke befindet. So wie die Engel in dem Gemälde die Treppe heruntersteigen, sehen sie aus wie Broadway-Tänzerinnen.«

Ann lacht und erholt sich von der Abfuhr.

»Das Ganze könnte ein Bühnenbild sein. Tintoretto war sich nicht zu fein dazu, vom brüllend Theatralischen Gebrauch zu machen.«

»Was ist mit Gott, dem Vater?«

»Oh, der ist auch da – eine dünne rosa Wolke am oberen Ende der Treppe. Von den Engeln völlig in den Hintergrund gedrängt. Und Jakob. Jakob hat sein Gesicht abgewendet, als wolle er das ganze Ereignis ignorieren – als ob es ihm peinlich wäre.«

»Diese ganzen Deckengemälde. Es erstaunt mich, dass dein Hals noch nicht ganz verdreht ist.«

»Davor brauchst du keine Angst zu haben. Wenn du die Scuola Grande di San Rocco betrittst … in der die ganzen Gemälde sind … überreicht man dir einen Spiegel.«

»Einen Spiegel?«

»Ja, einen Spiegel, mit dem du an die Decke sehen kannst.«

»Was sind deine Lieblings …, *wer* sind deine Lieblingsfiguren in den Gemälden?«

»Engel.«

»Nicht die Jünger … nicht der dünne rosafarbene Gottvater?«

»Nein, definitiv die Engel, wegen des Lichts, das in ihnen steckt, wegen des Lichts, das von ihnen ausgeht, und wegen der Draperie.«

Ann betrachtet die Laken um sich herum, die raue See des zerwühlten Betts. Auch hier gibt es Draperie.

»Hast du einen Lieblingsengel?«

»Den einen, der Christus in der Wildnis in Versuchung führt. Ich habe dir schon von ihm erzählt.«

»Aber du hast doch gesagt, dass der Teufel ihn in Versuchung führte.«

»Schon, aber Tintoretto macht aus dem Teufel einen androgynen Engel – und mit was für einem Gesicht! Ein Gesicht voller Kummer und Erbarmen, mit Händen voll gesundem Brot und mit wunderschönen Augen. Der Verführer hat die allerschönsten Augen, und sie sind voller Tränen.«

Ann schweigt. Dann spricht sie. »Ich wünschte …«

»Nicht wünschen.« Er wendet sein Gesicht ab und wirft einen Blick auf seine Armbanduhr. »Ich muss los.«

»Wohin gehst du?«

»Ich habe eine Verabredung.« Er ist angezogen und verschwunden, bevor sie ihm erzählen kann, was sie sich eigentlich wünscht. Sie wünscht sich, die Gemälde sehen zu können. Sie hat das Gefühl, es könnten Landkarten von ihm sein; von sämtlichen verborgenen Orten, an die sie nicht reisen kann. Eines Tages wird sie diese Bilder sehen, beschließt sie, eines Tages … mit oder ohne seine Erlaubnis.

Nach ihren Treffen mit Arthur liest Ann abends Thomas von Aquins Zeilen über die Engel. Engel, so erfährt sie von dem alten Heiligen, bestehen aus Handlung und innerer Kraft. Ihre Körper sind aus dicker Luft. Es können nicht viele von ihnen am selben Ort sein. Die Bewegung eines Engels ist die Aufeinanderfolge seines unterschiedlichen Wirkens. Die Bewegung der Erleuchtung eines Engels ist dreigestalt: kreisförmig, gerade und schräg.

Licht. Hitze. Bewegung. Das Schlagen von Flügeln in einem ansonsten stillen Raum.

Die Menschen in Venedig nannten Tintoretto gelegentlich

»Donnerschlag«. »Brontë« ist das griechische Wort für Donner. Überall gibt es Verbindungen.

Ann möchte so gerne Arthurs brennende Engel und das Licht sehen, das sie in sich tragen. Ann möchte sich selbst in dem Licht leuchten sehen, das von Arthurs Engeln ausgeht.

Mein Haus«, verkündete Emily, »begann im Kamin unseres Wohnzimmers, das zu bestimmten Zeiten meine ganze Welt war. Weißt du, wir blieben die meiste Zeit des Tages dort und fochten Leidenschaften und Kriege aus – großartige Feldzüge auf dem Teppich. Ganze Kontinente befanden sich auf einer gewebten Rose! Für einige Stunden pro Tag waren wir Kinder ganz eins, unsere Gedanken verschmolzen. Wir erlebten alle dieselben fantastischen Geschichten. Wir hatten kollektive Halluzinationen! Es war wie eine Selbstentzündung!

Wir arbeiteten immer wieder aufs Neue daran – zerstörten Städte, zerstörten Ehen, erbauten und zerstörten Imperien und brachten völlig verschiedene Menschen dazu, sich mit Haut und Haaren in verhängnisvolle Liebschaften miteinander zu stürzen. Schließlich wurde alles so verwickelt und hoch kompliziert, dass mein Bruder Branwell rief: ›Schluss damit, Gentlemen!‹ Und er musste quasi laut brüllen, um sich im Lärm bemerkbar zu machen.

Und danach nahm jeder von uns sein kleines Schoßtischchen vom Klavier herunter und schrieb ganz leise ein oder zwei Stunden lang.«

»Über euer Spiel?«

»Ja, manchmal auch über unsere erfundenen Länder. Doch mit zunehmendem Alter wurden unsere Gedanken gelegentlich vertraulicher… um auch etwas für uns selbst zu haben.

Bevor es zu diesen ausgefallenen Königreichen kam, von denen ich dir schon erzählt habe, gab es meine eigene Landschaft, die ich *Parrys Land* nannte – ein riesiger, schneeweißer arktischer Kontinent –, so wie dein Zimmer, und nach meinem Lieblingsforscher in der Arktis benannt.«

»Arktis!«, keuchte Arianna. »Er hat die Arktis so geliebt! Er wollte mit seinem Ballon dorthin fliegen.«

»Das weiß ich. Das wird er auch ... jetzt.«

»Oh.«

»Aber darüber möchte ich gar nicht reden. Mein Haus hat seinen Ursprung im Kamin, in der Feuerstelle; es entstand, während ich dem Wind zuhörte und das Feuer und die Steine betrachtete. Ich dachte darüber nach, wie ein Kamin ein Feuer umgibt und es wie ein Haus beschützt, aber egal wie sehr es auch überdacht und geschützt ist, wird es doch vom Wind angefacht. Man kann wirklich gar nichts tun, um diesen Wind vom Feuer oder sonst etwas fernzuhalten. Er gelangt überall hinein.«

Hinein ... hinein, sang der Wind.

»Aber ich habe nie erlebt, dass er ein Feuer gelöscht hätte. Er hat es nie zerstören können. Daher erfand ich ein Haus, in dem es Feuer gab, und ich wollte, dass sowohl das Haus als auch das Feuer vom Wind betrieben wurde. Wind. Feuer. Stein.

Ich wollte ein Haus mit einem Feuer in seinem Inneren und einem Sturm davor. Aber da ich mich selbst darin befand, als ich damit anfing, begann ich zunächst mit der Vorstellung von einer Flamme. Dann wurde die Flamme plötzlich zu einer Person – eigentlich zwei, zwei Flammen, die einander umzüngelten, sich aber nie zu einer einzigen Flamme vereinten, obwohl sie sich in demselben Kamin befanden und dieselben Stürme erlebten. Hast du mal gesehen, wie eine Flamme vom Wind genährt wird, wenn sie stark genug ist? Diese Flammen, diese Personen, wurden von den Stürmen ernährt. Sie brauchten sie und wussten es auch.

Deshalb ging eine der Flammen auch ganz langsam zugrunde, als sie in ein Haus in einem geschützten Tal hinunterstieg. Aber dieses Haus, das geschützte Haus, habe ich erst später gebaut.

Das Haus habe ich, wie gesagt, deshalb gebaut, weil ich das Feuer betrachtet hatte, und natürlich baute ich es mit Wörtern. Zu Beginn war das Feuer lediglich Feuer und hatte noch keine Persönlichkeit entwickelt. Also sprach ich immer wieder darüber. Ließ es Schatten in die Ecken dunkler Räume werfen, ließ es sich in Zinntellern und Silberkrügen und der polierten Oberfläche eines alten Eichenschranks spiegeln. Plötzlich schien es die einzige Lichtquelle in diesem höhlenartigen dunklen Zimmer zu sein – dem *Haus*, wie wir es hier nennen –, dem Ort, an dem die Menschen wirklich hausen.

Ein zuckendes orangefarbenes Licht, das sich auf Oberflächen spiegelte, aber nicht in Nischen hineindrang. Dann überlegte ich mir, ob diese schattigen Ecken im Haus wohl leer wären? Und als ich so darüber nachdachte, fing mein Hund, Keeper, der neben meinem linken Fuß lag, im Schlaf an zu knurren und zu zucken und da wusste ich, dass die schattigen Ecken meines Hauses mit Hunden gefüllt sein müssten.«

»Ich hatte mal einen Hund«, sagte Arianna. »Einen Pudel, den ich ›Montgolfier‹ nannte. Er war hinreißend. Er ist oft mit mir geflogen … ein ganz kleines Ding … ein Spielzeug-Pudel.«

Emily rümpfte verächtlich die Nase. »Ein Pudel ist *kein* Hund!«

»Ach nein?«, konterte Arianna gekränkt und sprang zu Montys Verteidigung ein. »Was ist er dann?« Sie verschränkte die Arme, stellte sich aufrecht hin und warf Emily einen strengen Blick zu.

»Ein Pudel ist ein Stück Modeschmuck. Ein eitles, überzüchtetes Treibhausgewächs. Das Schaf dort«, Emily zeigte auf eine flauschige Kreatur, die in ihrer Nähe kaute, »hat mehr Gehirn als ein Pudel und sechsmal soviel Persönlichkeit.«

»Monty sah sehr gut aus, und er war *tapfer*… er fürchtete keine tausend Füße. Er sprang sogar mit dem Fallschirm ab! Die Zuschauer haben ihn geliebt!«

»Ein Kinderspielzeug, das als Dekoration dient! Keeper hätte deinen Montgolfier in einem Stück verschlungen und nie wieder an ihn gedacht, wenn ihm dessen Künstlichkeit nicht Verstopfungen verursacht hätte.«

»Dann war Keeper grausam und gemein.«

»O ja«, brüstete sich Emily stolz. »Ganz stark und wild.«

»Auf jedem Jahrmarkt und jedem Picknick konnten die Kinder mit Montgolfier spielen.«

»Keins dieser Kinder hätte mit Keeper spielen können.«

»Warum wolltest du denn gerade so einen Hund haben?«

»Warum hätte ich einen anderen haben wollen? Hör mal. Keeper war nicht launisch, er liebte nur mich. Er ließ sich von nichts irritieren. Du hättest es nie erlebt, dass er sich vor irgendeinem Individuum geduckt hätte oder katzbuckelte. Er hätte von keinem anderen Essensreste angenommen. Er war sich so sicher, wer er war und zu wem er gehörte. Er war stolz und absolut treu. Wer will schon einen Hund haben, der jedermanns Hund sein könnte?«

»Wer will schon eine bösartige, schnappende Bestie haben, die nur zu einer Person freundlich sein kann?«

»Ich will das… beziehungsweise wollte das…« Emily verstummte, war des Streitens müde und blickte zur Anhöhe. »Mein Haus wollte ebenfalls solche Hunde haben, daher füllte ich sämtliche dunklen Ecken mit ihnen. Sie waren… wild.«

Arianna schüttelte den Kopf.

»Sie waren so wild«, fuhr Emily fort, »dass sie jeden Eindringling angriffen, und für sie waren alle, die hier nicht wohnten, und sämtliche Gäste Eindringlinge.«

»Ließen sie sich zurückpfeifen?«

»Ja.«

»Von wem?«

»Oh, über ihn spreche ich später.«

»Er«, sagte Arianna, als könne das männliche Pronomen nur ein einziges Bild bei ihr heraufbeschwören, »mochte Montgolfier nicht so sehr. Aber da mochte er mich auch schon nicht mehr.«

»Aber er hat dich noch berührt, oder?«

»Ja, weil er der Meinung war, er könne es genauso gut gleichgültig wie mit Liebe tun.«

»Und warum hast du ihn berührt?«

»Weil ich mich, genau wie dein Keeper, von nichts und niemandem ablenken ließ. Außer gelegentlich von meinem Ballon und der Landschaft, die darunter vorbeizog.«

Beide Geister schwiegen eine Weile. Einige Jahreszeiten vergingen. Dann sprach Arianna wieder.

»Weißt du … ich war wie dein Hund – nicht so sehr vom Temperament her –, ich habe ja keine Eindringlinge angefallen, aber was die Treue betraf, war ich ganz fixiert. Hätte Keeper dich verlassen, wenn du dir nichts mehr aus ihm gemacht hättest? Das bezweifle ich. Ich konnte Jeremy nicht verlassen, obwohl ich mir oft gewünscht habe, ihn wenigstens verlassen zu wollen. Es gelang mir einfach nicht. Mein Verstand, mein Herz ließen mich einfach nicht. Ich war durch meine Liebe gefangen, genau wie er. Das hat er am meisten gehasst – durch meine Liebe gefangen zu sein.«

»Jetzt ist er nicht mehr gefangen«, erwiderte Emily. »Die Arktis ist die Landschaft des Ich, der nackten Seele. So sieht die innere Landschaft aus, wenn alles andere abgelegt wurde, was über das Ich hinausgeht. Stell dir vor: Was sich dort oben auch bewegt, alles Lebendige, ist weiß – zur Tarnung, zur Sicherheit. Das Ich wäre das einzig sichtbare Detail in dieser Landschaft. Was für ein Ort! Ich habe ihn in Gedanken so oft besucht, dass ich am Ende anfing, mir stattdessen Kerker einzubilden. Unsichtbare Bären! Unsichtbare Vögel! Schließlich wollte ich meine Schrecken sehen können. Ich wollte die

Kette am Handgelenk *und* an der Wand sehen. O Gott! Stell dir vor, ins Weiß zu schweben!«

Während sie sprach, fegte ein kurzer, heftiger Schneesturm durch das unter ihnen liegende Tal, rüttelte beide Geister kurz durch und verschwand über den Kamm des Hügels, in dessen Nähe sie sich aufhielten.

Emily lächelte Arianna an. »Wie ich Stürme liebe«, sagte sie. »Ich bin ganz verrückt auf Unwetter.«

Weiß… weiß, heulte der Wind.

»Ballonfahrer mögen Stürme nicht so gerne oder Wind. Besonders unerwartete Winde.« Arianna beobachtete, wie sich einer der gebeutelten Bäume in der Nähe des Bauernhofs wie ein Tänzer in der Hüfte beugte, als ihm das Unwetter übel mitspielte. »Ist mir das wohl widerfahren? War es der Wind?«

»Nein«, antwortete Emily ausweichend.

»Was ist dann mit mir passiert?«, fragte Arianna. »Wie *ist* das Ganze denn vor sich gegangen?«

»Langsam und schmerzhaft, wie alle Stürze. Der eigentliche Fall scheint mir jedoch nur der letzte Moment eines viel größeren Sturzes zu sein, findest du nicht? Eine meiner Figuren kullerte zum Beispiel mal von dem Haus, das ich dort oben erbaut habe, in das sichere Tal und in das Haus, das ich dort unten gebaut hatte, hinunter. Das zweite Haus war mir übrigens nicht annähernd so wichtig. Ich meine, die Stürme waren da unten nicht so gewaltig, und außerdem standen dort zu viele Bäume herum.«

»Ich mag Bäume auch nicht so gerne. Hast du schon mal gesehen, was ein Baum einem Ballon antun kann?«

Was lässt Ann hinter sich, um schließlich doch das Wetter von *Wuthering Heights* zu umarmen?

Am Ende waren es nur noch Fragen: Fragen, die Leute sich gewöhnlich am Telefon stellen. *Bist du da? Wo warst du denn? Geht es dir gut… ist alles in Ordnung? Besteht eine Möglichkeit? Was machst du gerade? Was stimmt denn nicht? Kannst du reden? Kannst du mit mir sprechen? Können wir uns unterhalten?*

Ann, die sich zitternd am Rande des Highways in Telefonzellen aufhält, stellt solche Fragen. *Wo bist du? Was ist denn los?* Herzschlag wie Donner. *Stimmt was nicht?*

»Nein… doch.«

»Was ist denn los?«

»Nichts.«

Sie wird sich immer an die Eigenartigkeit des letzten Zimmers erinnern, da sie nach anderthalb Jahren begonnen hatte zu glauben, dass jedes Hotelzimmer am Highway genau gleich aussieht. Aber dann ist da plötzlich diese Eigenartigkeit, dieser Unterschied. Das Gefühl, etwas ist anders.

Wie immer schlägt er die Bettdecke zurück, als wäre sie eine Tür, die er öffnet, ein Bühnenvorhang, der zur Seite geschoben wird. Sie legen sich zusammen hin, ziehen sich schweigend gegenseitig die Sachen aus. Seine Hand in ihren Haaren. Sie schlafen miteinander und erzählen sich Geschichten und schlafen erneut miteinander. Dann spricht sie, mit ihrem Mund an seinem Nacken. Sie kennt die Antwort. Sie fürchtet sich vor der Antwort.

»Ich habe dir gesagt, dass ich dich nicht liebe«, sagt er.

Sie wollte nie damit aufhören, wollte immer nur ihr verborgenes Ich mitten in den Schneesturm werfen, und in sämtliche Hoch- und Tiefdrucksysteme, durch die er verursacht wird. Sie hat gelernt, dass das Wetter einfach um einen herum ist, mit rücksichtsloser Distanz. Es geschieht einfach. Es geschieht sogar ohne dich. Dem Wetter ist man schlichtweg egal.

»Ich fühle mich äußerst gespalten, wenn ich hier weggehe. Es ist sehr schwierig zurückzugehen.«

Ann spürt den Wind, die Fichte, die gegen den Rahmen des imaginären Fensters klopft. »Lass mich rein, lass mich rein, ich streune seit zwanzig Jahren herum!« Sie sagt gar nichts. Sie liegt unter einer Decke aus Schnee. Und doch ist sie ganz nackt. Wie hat sie es zulassen können, dass dieser Mann sie so nackt gemacht hat? Vor einem Jahr standen die beiden auf einem Hügel. Da war ein Hügel, dann eine halbe Meile Wald, dann derselbe Highway, der jetzt wie ein wilder Fluss hinter Glas rauscht. Doch der Blick war herrlich gewesen. Aus dieser Entfernung wirkte der Große See ganz rein und klar. Auch wenn man es besser wusste, konnte man aus dieser Entfernung glauben, dass sein Wasser nicht vergiftet sei. Und man konnte glauben, dass das Rauschen des Highways der Wind sei, der die Blätter auf den Bäumen des Waldes durchschüttelte.

Es war ihre erste, ihre einzige, ihre letzte Landschaft. Danach zogen sie sich gemeinsam in Hotelzimmer am Rande des Highways zurück. »Ein langer Weg und ein trauriges Herz, das ihm folgt. Auf diesem Weg müssen wir an der Kirche von Gimmerton vorbei.«

Er redet noch immer. »Ich habe dich nie geliebt. Vielleicht bin ich bloß deinen Wünschen erlegen.«

Ein Flugzeug kreischt über dem Hotel – ein Alarm, der ins Zimmer dringt. Inferno, Chaos, Panik, Feuer, Polizei!, denkt Ann. Arthur beugt sich gelassen über sie und greift nach einem Aschenbecher. Dann dreht er sich abrupt zur Seite.

Ann steigt aus dem Bett und geht durch das Zimmer ins Bad. Das Wasser, das in die Wanne einläuft, klingt wie der Highway. Gedankenverloren formt ihr Mund lautlos die Wörter: *Distanz, Gleichgültigkeit, Verlust*. Sie schließt die Augen und sinkt tiefer in die warme Flüssigkeit, in das angenehme Geräusch hinunter. Sie versucht, den letzten Nachmittag abzuwaschen.

Als sie ins Zimmer zurückkehrt, ist er bereits angezogen. Er hat das Bett wieder zugedeckt, vielleicht eine letzte, gleichgültige Gefälligkeit ihr gegenüber. Als ob die zerwühlten Laken von einer offenen Wunde und von der unmittelbaren Nähe der Waffe sprechen könnten.

Das ganze Zimmer liegt zwischen ihnen: ihre eigenen verstreuten Kleider; helle Stoffteile, die wieder aufgehoben werden müssen, um das Ich zu sammeln und weggehen zu können. Sie zieht sich an, ohne den Blick von ihm abzuwenden, damit er jede ihrer Gesten verfolgen kann; jede Bewegung ist eine Botschaft aus dem dunklen Garten ihres Herzens. Sie weiß, dass beim Verlassen dieses Zimmers jeder Tag ein Tag danach sein wird.

Knöpfe, die ihren Körper wegschließen. Weiche und feste Stoffe, die ihr Herz bedecken. Sie macht sich ein Bild von jedem einzelnen Kleidungsstück, das er in all den Monaten getragen hat: die Wollsachen und die Baumwollteile, die Ledergürtel, die Farbe der Socken und Krawatten. Aber heute hat er sich angezogen, während sie sich im Nebenzimmer aufhielt. Fern von ihr.

In dem Zimmer gibt es keinen Spiegel. Bis jetzt hat Ann immer geglaubt, dass jeder Raum, den sie betreten haben, einen Spiegel besaß. Jetzt gibt es gar keine Möglichkeit, einen Blick auf ihr Spiegelbild zu werfen, um ihre Haltung zurückzugewinnen, ihr eigenes Gefühl für Anstand. Das Zimmer reflektiert rein gar nichts.

An der Stelle, wo der Spiegel hätte sein sollen, hängt stattdessen der Druck einer Brueghel-Landschaft. Eine Landschaft für Liebende wie ihresgleichen, eine Landschaft für Liebende ohne Schauplatz. Für Liebende ohne Liebe. Im Vordergrund sind Jäger und in der Ferne Eis und Schlittschuhläufer. Anns eigenes Herz rast wie Eis, das sich um Mitternacht auf einem Wintersee bildet. Der Frühling, das Auftauen ist noch lange, lange nicht in Sicht.

Auf der anderen Seite des Zimmers sieht sie den dünnen Speer aus Glas, der zwischen den leicht geöffneten Vorhängen hindurchscheint, und den einzigen Lichtstrahl, der von der Außenwelt hereindringt. Eine kalte blaue Klinge aus Winterfarbe, die zwischen den beiden gelegen hat und nun das Zimmer, den Nachmittag, den Moment brutal in zwei voneinander getrennte Teile zerschneidet.

Noch Wochen danach wird sie versuchen, dieses letzte Zimmer zu rekonstruieren, wird versuchen, sich das Klingeln ihres Anrufes oder das Klopfen ihrer Faust auf der anderen Seite der Tür vorzustellen. *Ich irre seit zwanzig Jahren durch das Moor*. Das Klingeln und Klopfen – Geräusche ihres Wunsches hereingelassen zu werden, deren Echo durch die stille Umgebung hallt, und sie war immer noch nicht hereingekommen, würde auch nie hereinkommen. »Rein, lass mich rein!«

Doch am lebhaftesten wird sie sich an die Winterlandschaft erinnern, die den Platz des Spiegels einnimmt. An den Schwarm dunkler Vögel vor dem grauen Himmel und an einen der Jäger, der ihr den Rücken zugewandt hat und auf den gefrorenen Teich zugeht, das zugefrorene Meer. Er, so denkt sie gerade, bemerkt gar nicht die Farbe seines Schattens auf dem Schnee. Zu seiner Linken brennt ein Feuer, das ihm ebenfalls noch nicht aufgefallen ist. Sie wird sich nicht mehr genau daran erinnern, was er eigentlich geschossen hat, nur, dass die Jagd bereits vorüber war, dass etwas Lebloses über seiner Schulter hing, dass alles gefroren war und dass er fortging.

Was Ann in ihren Erinnerungen nicht sehen wird, ist Arthur, der an der Tür eines Hotelzimmers steht, aus dem soeben eine verletzte Frau hinausgegangen ist. Sein Verstand ist ein leeres Haus. Eine Waffe, von der er nicht geahnt hatte, dass er sie bei sich trug, ist so mühelos zum Einsatz gekommen, dass es den Anschein hat, als sei die Tat begangen worden, während er aus dem Fenster geblickt oder sich die Krawatte gerichtet hätte: mit Worten, die nur der Text eines Schlagers zu sein scheinen, den man leise singt, während man seine täglichen Arbeiten verrichtet.

Und jetzt ist sie fort.

Arthur steht an der Innenseite der Tür, die Ann hinter sich zugezogen hat, liest siebenmal die Hotel- und Gaststättenverordnung und schmunzelt dabei über die gestelzten Formulierungen. Dann liest er die Anweisungen für den Brandfall. Versuchen Sie nicht, möchte er am Ende der Liste hinzufügen, das Feuer mit den bloßen Händen zu ersticken.

Er untersucht die seltsam geschmeidige Beschaffenheit seiner eigenen Handflächen. Die Haut dort ist glänzend wie die eines Kindes, nur noch glatter, rosiger. Mit den Nägeln der einen Hand kratzt er sich über die Handfläche der anderen, während er noch einmal alles über die korrekte Vorgehensweise liest: Fenster schließen, Notausgänge identifizieren und – als letzten verzweifelten Akt – nasse Handtücher vor die Türritzen legen.

Er ist der Meinung, gar nichts zu spüren.

Ein einziges Mal hat er seine Handflächen einer Wahrsagerin gezeigt, um der Welt und sich selbst einen Streich zu spielen. Doch der Besuch wurde noch viel skurriler, als er angenommen hatte. Nachdem die alte Frau seine glänzende Haut eingehend betrachtet hatte, umschloss sie seine Hände mit ihren eigenen und sah ihn voller Mitgefühl an.

»Sie haben keine Geschichte«, sagte sie. »Sie können etwas berühren, aber Sie können nichts fühlen.«

Das stimmte natürlich nicht ganz. Er konnte einen Füller oder Stift halten, Gabeln, Messer, Löffel, Lenkräder. Die Muskulatur war intakt. Ihm fehlte nur das Feingefühl bei Berührungen: der Unterschied zwischen Baumwolle und Seide, zwischen einem Tulpenblatt und einem frischen Grashalm, zwischen verschiedenen Holzmaserungen oder Ebenholz und Elfenbein. Das Gewicht von unterschiedlichen Papieren verwirrte ihn, und manchmal, wenn er etwas schrieb, verwechselte er Pergament mit Banknotenpapier. Auch extreme Reize konnte er nicht ertasten. Mit seinen Fingerspitzen konnte er weder die schmerzhafte Kälte von Eis noch ironischerweise das Brennen von Feuer wahrnehmen. Schnee konnten seine Finger wegen des fehlenden Gewichts überhaupt nicht erkennen.

Aber davon hat er Ann nichts erzählt, sondern seine Handflächen verborgen und sie nach jahrelanger Praxis so geschickt kaschiert, dass Ann sie gar nicht erst vermisst hat. Er hat Ann mit seinem Körper, mit seinem Mund berührt; er hat sie mit den Handrücken gestreichelt. Wenn die beiden hinterher schweigend nebeneinander lagen, rollte er seine Hände in der Nähe seines oder ihres Körpers einfach ein, wie die eines schlafenden Kindes.

Und jetzt, wo sie fort ist, fühlen seine Hände rein gar nichts, und sein Verstand ist ein leeres Haus voller Instruktionen für das Überleben im Brandfall.

Schließen Sie alle Türen, schließen Sie alle Fenster, verkündet seine innere Stimme, bewahren Sie Ruhe. Identifizieren

Sie den nächstgelegenen Notausgang und verlassen Sie das Gebäude so schnell wie möglich. Gehen Sie, rennen Sie nicht, fügt die Stimme hinzu.

Doch er hat es gar nicht eilig, das Gebäude zu verlassen. Er möchte das leere Haus in seinem Kopf mit den Gegenständen aus diesem ganz gewöhnlichen Zimmer füllen. Plötzlich ist es äußerst wichtig, dass er sich an jedes Möbelstück hier erinnert, dass er sich deren Formen und seltsame Kanten gut einprägt, bevor sie verblassen, weil er nicht wiederkommen wird. Der unechte dänische Sessel am Fenster, der Metallfuß der Tischlampe mit dem Schalter. Lange betrachtet er das Muster der Bettdecke. Wozu die ganzen Blumen? Er studiert die Speisekarte des Zimmerservice, die Liste der verfügbaren Pornofilme, die auf dem Fernseher liegt.

Im offenen Schrank hängt friedlich und gelassen sein Tweedmantel und sieht so aus, als wäre er mit dem Zimmer bestens vertraut. Daneben schaukelt noch leicht der Bügel, von dem sie ihre Jacke heruntergenommen hat, als wäre er von einer kaum spürbaren Brise erfasst worden. Er fragt sich, welche Farbe ihr Stoff wohl gehabt hat, und bedauert es, dass er, solange die Frau noch im Zimmer gewesen ist, nicht zum Schrank geblickt hat, um die beiden Kleidungsstücke nebeneinander hängen zu sehen.

Er schreitet die Länge und anschließend die Breite des Zimmers ab. Dann beginnt er, Entfernungsraten zu spielen, und misst seine Fähigkeiten an der Größe des Zimmers. Der Schrank, verkündet er laut (und nur das Zimmer hört ihm zu), ist sieben Fuß entfernt. Dann misst er mit seinen eigenen Füßen nach und kommt auf acht.

Ein Punkt für dich, sagt er zu dem Zimmer.

Erst als er das Spiel fünfmal gewonnen hat, versucht er, die Entfernung zwischen dem Bett und der Tür abzuschätzen. Auf der Bettdecke liegend beschreibt er zunächst mündlich die Strecke auf dem Fußboden. Es ist gar nicht so weit, flüstert er. Bloß ein paar Schritte. Als Kind hätte er vermutlich von hier bis dorthin springen können. Hatte er nicht einst den Weitsprung beim Sportfest seiner Schule gewonnen? Er stellt sich vor, wie der billige Teppich verrutscht, und fragt sich, ob er wohl Fußabdrücke auf dem Flor hinterlassen würde. Hat sie denn Fußabdrücke hinterlassen? Welche Farbe hatten ihre Schuhe? Jetzt glaubt er, dass die Entfernung zur Tür der Länge seines weitesten Sprungs entspricht. Diesen Wettbewerb will er gewinnen. Er möchte den Raum erniedrigen.

Obwohl immer er es war, der die Hotelzimmer gebucht hat, kann er sich nun überhaupt nicht mehr an die anderen Zimmer erinnern. Oder ob es überhaupt welche gegeben hat. Vielleicht war es ja immer derselbe Raum, immer wieder dieses Zimmer. Vielleicht ist er ja auch mit ihr in sämtlichen Zimmern dieses Hotels gewesen. Wenn es sich stets um das gleiche Zimmer handelte, wäre auch die Entfernung vom Bett zur Tür immer gleich, und diesmal wäre es genauso wie sonst auch. Es hätte sich gar nichts verändert, und er würde immer noch nichts fühlen. Er würde weder verstehen wollen noch verstanden werden wollen.

Er steigt vom Bett herunter, dreht sich um und streicht sämtliche Falten glatt, die sein Körper bei seiner kurzen Rast hinterlassen hat. Er klopft die Kuhle aus dem Kissen, die sein Schädel dort hineingedrückt hat. Es ist das dritte Mal innerhalb weniger Stunden, dass er diese Zeremonie durchführt, doch die beiden vorigen Male hat er bereits vergessen. Er geht zu dem großen Fenster und zieht die Vorhänge wieder in ihre ursprüngliche, halb geöffnete Position. Bei der Größe der Fenster hat er sich geirrt, aber das ist auch egal. Alles ist egal. Als er sich rasch im Zimmer umsieht, entdeckt er erleichtert, dass es hier keinerlei Spuren von seiner oder ihrer Anwesenheit gibt. Es sieht fast so aus, als wäre es den ganzen Nachmittag über abgeschlossen und unbewohnt gewesen. Als wäre noch nie jemand hier gewesen.

Plötzlich hat er es ganz eilig, da ihm einfällt, dass er ja noch einen Aufsatz über Tintorettos *Ultima Cena*, in der Kirche von Santo Stefano in Venedig, fertig stellen muss. Er möchte Tintorettos visuelle Interpretation des Wortes *ultima* ausführlich besprechen: wie die Jünger am Ende des Tischs allmählich in der Dunkelheit verblassen, wobei die Tafel in einem Blickwinkel steht, der vom Betrachter aus ins Nichts führt.

Arthur nimmt seinen Mantel aus dem Schrank und stoppt den hin und her schwingenden Bügel mit seiner gefühllosen Hand. Beim Hinausgehen zieht er die Tür fest hinter sich zu. Seinen Wettstreit mit dem Zimmer hat er gewonnen. Ab sofort ist es ihm völlig gleichgültig, er will nichts mehr über dessen Geheimnisse wissen, über die Entfernung zwischen dem Liebesspiel und der Tür.

Die folgenden Tage gleiten wie dünne schwarze Bäume hinter den schmutzigen Scheiben von Anns Auto vorbei. Der Verkehr dieser Welt. Sie fährt auf den Straßen der Stadt entlang, biegt mehrfach sinnlos nach rechts ab, bemerkt grauen Schneematsch und rissige Rohbauten. Die harsche Realität an den Stoppschildern. Das Leben nach dem Zimmer.

Ein Leben mit gelösten Drähten und Postboten mit leeren Händen, die keine Neuigkeiten überbringen. Ein Leben in einem Winterland, in dem niemand nach deiner Adresse fragt oder vorschlägt, dir mal den Mond anzusehen. Jetzt hat Ann begriffen, dass wohl nichts näher an sie herankommen wird als ein verzweifelter Winterbaum, der sich beiläufig im launischen Wind in ihre Richtung neigt. Die Erde ist verwildert, aufgerissen. Dort. Draußen. Wo die Kälte ist.

In diesem Moment beschließt sie, dass sie alles tun wird, um den Highway, die Stadt, das Land zu verlassen. Sie kauft sich ein One-way-Ticket: ein Ticket zum Moor der Brontës.

»Eine beschwerliche Reise und ein trauriges Herz, das sie antritt«, denkt sie nun, als sie wieder auf dem Highway ist, der diesmal aber zum Flughafen führt. In ihrem Herzen tobt derselbe Schneesturm. In ihrem Gepäck befindet sich *Das Leben von Emily Brontë, Emily Brontës Gesammelte Gedichte, Wuthering Heights,* ein Flugticket nach England sowie ihr eigenes, unfertiges Manuskript mit dem provisorischen Titel *Wuthering Heights: Eine Studie über das Wetter.*

TEIL ZWEI

Das obere Zimmer

Und eine Ahnung, wie ein Finger,
Berührt so dann und wann mein Haupt,
Dass ich wohl auf der and'ren Seite
Nach dem Himmelreich geschaut …

EMILY DICKINSON

Lass mich rein, lass mich rein … ich irre seit zwanzig Jahren durch das Moor.«

Dann zerspringt das Glas, und an den Zähnen des Fensters vorbei greift der Arm in die Wärme des Raumes hinein. Die kleine, kalte Hand bringt eine Kostprobe des Wetters mit in das klaustrophobische Innere hinein. Die Glassplitter auf der staubigen Decke. Die zarte, feuchte, entschlossene Hand greift nach vorne. Die hysterische, mörderische Angst eines Mannes.

»Ich werde dich niemals hereinlassen, auch wenn du zwanzig Jahre lang bettelst.«

Die Verwundung. Das Handgelenk attackiert zerbrochenes Glas. Der einzige Beweis für diesen wütenden Angriff ist eine blutgetränkte Decke. Und selbst das ist eine Halluzination.

»Lass mich rein«, denkt Ann, »ich streune seit zwanzig Jahren herum.«

Sie hat Arthur mitgebracht. Ein Teil von ihm hat einen Teil von ihr in diese seltsame Gegend begleitet.

Jetzt sitzt Ann draußen unter einem bleiernen Himmel auf einem Felsen in den Mooren von West Yorkshire und denkt: *Ich werde nie davon loskommen.* Sie denkt, lass mich rein, lass mich rein, obwohl sie es doch eben erst geschafft hat, herauszukommen.

Sie hat sich den Text aus der ersten Szene von *Wuthering*

Heights gemerkt. Ständig muss sie an das Wetter darin denken und kann sich von den Schilderungen nicht lösen.

»Nur der Zweig einer Tanne, der mein Gitterfenster berührte, als der Windstoß vorbeiheulte«, und »die böigen Winde, das Treiben des Schnees.« *Ich habe mich geirrt,* denkt sie. *Ich wurde mit einem harmlosen Stück Vegetation verwechselt, das gegen die Scheibe geklopft hat, die uns voneinander trennte.* Das Wort »nur« verletzt sie. Die Wörter »verrieten den Störenfried« treiben ihr die Tränen in die Augen. *Ich war ein Störenfried,* denkt sie, *eigentlich noch mehr als das… und dann kam der volle Albtraum über ihn.*

Jetzt hat sie Arthur verlassen und ihr erschöpftes Ich in das Wetter hinausgeschleppt. In diesem Moment kann sie ihn ganz klar in dieser ersten Szene wieder finden; als ob er einen seiner makellos gespitzten Bleistifte genommen und mit einer dünnen Linie die Stelle angestrichen hätte, um sie darauf hinzuweisen. »Sieh doch mal, hier sind wir, du und ich«, hätte er sagen können, »so funktioniert unsere Beziehung: Du versuchst reinzukommen, ich versuche dich draußen zu halten. Der Krieg, der dauernde Krieg zwischen uns.«

Nun erhebt sie sich und geht auf dem engen Pfad weiter durch das Moor. Gelegentlich kommt sie an verlassenen Höfen vorbei, deren Gebäude so schwarz sind, dass sie aussehen, als wären sie von einem mysteriösen, gleichgültigen Feuer verbrannt worden. In den glaslosen Fensterrahmen hängen die zerbrechlichen Überreste der Sprossen. Draußen scharen sich einige Schafe, wie weiche graue Wolken, mit nichts sagenden Blicken. Ann hat schon mehrere verwesende Kadaver entdeckt, Überreste jener Tiere, die aus irgendeinem Grund den Winter, das Ausgesetztsein, nicht überlebt haben.

Mit dem Wetter verhält es sich so, denkt Ann, als sie auf einem hölzernen Zauntritt über eine Bruchsteinmauer klettert, mit dem Wetter verhält es sich so: Entweder man umarmt es oder man sucht Schutz davor.

Gott, dieser Himmel, denkt sie, *dieser unsichere Boden*. Ihre Füße rutschen über Matsch und tappen in sumpfige Stellen. Über ihrem Kopf marschiert ein Wolkentrupp nach dem anderen auf und führt wer weiß was für Sturmfronten, Schnee oder Hagel, einen abrupten Jahreszeitenwechsel mit sich. Aber ganz bestimmt nichts Weiches oder Warmes.

Sie geht am Brontë-Wasserfall vorbei, aus dem ein bedeutungsloses Tröpfeln geworden ist, seit das Reservoir gegen Ende des letzten Jahrhunderts gebaut wurde. Sie durchquert Sladen Beck. *Auch dort gibt es Wasser,* denkt sie, *und es verändert sich mit dem Wetter.* Es fängt an zu regnen, und Ann öffnet ihren Schirm, der ihr fast umgehend vom Wind aus den Händen gerissen wird. Sie verharrt kurz, um zuzuschauen, wie er über das Heidekraut purzelt – eine verwundete Fledermaus, die erfolglos versucht, die erforderlichen Flugmechanismen zu koordinieren. Dann lacht sie laut auf. Vielleicht wird ja hier draußen alles von ihr weggeblasen und sie wird leicht und unbeschwert und ohne jede Last in ihr Landhaus und schließlich nach Kanada zurückkehren.

Top Withins, der angebliche Schauplatz von Wuthering Heights, liegt noch drei Meilen entfernt. »Ein beschwerlicher Weg und ein trauriges Herz, das ihm folgt.« Ann stapft im Regen vorwärts, lässt sich die nackten Hände und ihr Gesicht nass regnen und beobachtet, wie die Wolken einen Vorhang nach dem anderen in ihre Richtung ziehen. Geisterwesen bringen Schwaden aus dunkler Seide heran. Um Ann herum zittert feuchtes Heidekraut in den Luftströmungen, und Schafe knabbern Quecken. Ann spürt, dass sie ihren Tritt gefunden hat, ihre Schritte werden länger, als ob ihre Beine gewachsen wären.

Als sie den höchsten Punkt des Moors erreicht, die Ruine, die Heathcliffs Haus gewesen sein soll, ist jedes Kleidungsstück, das nicht von ihrem Anorak geschützt wird, klatschnass. Das Wetter umhüllt sie, und ihre Haut trinkt Feuchtigkeit. Eine Art Hoffnung, etwas wie Freude, platzt aus ihr heraus, und sie blickt zurück auf die Aussicht, diese offene, weite Landschaft, die vom Wetter kommentarlos gestreichelt wird. Und dann ist da ihr kleiner Körper – ganz allein im weiten Raum, der einzige Herzschlag in einem Meer von dunklen Hügeln.

»Offen, offen, offen!«, ruft sie in den Wind und kreist dabei mit den Armen. »Raum!«, schreit sie. »Luft!« Sie erinnert sich, dass Engelkörper aus dicker Luft bestehen. Der Wind fällt mit herrlicher Gleichgültigkeit über sie her, und sie atmet so viel sie kann davon ein, genießt das Gefühl auf der Kopfhaut, wenn er ihr unter die Haare weht, und den Graupelschauer auf ihren Wangen. Sie glaubt, dass der Wind bereits ihr Innenohr passiert hat und in ihre Hirnwindungen eingedrungen ist, wo er sie mit einem lauten, kalten, reinigenden Brüllen poliert. Aus ihrem Himmel wirbeln einige Planeten einem anderen Schicksal entgegen. Sämtliche Wurzeln jedes noch so kleinen Gestrüpps recken sich dem Himmel, der Freiheit entgegen.

Dann spricht Arthur in ihrer Erinnerung, und Ann lässt die Arme sinken. »Gott verfluche ihn«, murmelt sie, und die erinnerten Worte bringen sie in die Zimmer entlang des Highways zurück. Da Ann sich ihrer Einsamkeit in der trüben Landschaft voll bewusst ist, streckt sie sich gen Himmel und hebt ihre Stimme. »Gott verfluche ihn!«, verkündet sie dem meilenweit reichenden Heidekraut.

Und dann ruft sie: »Ich will, dass er mich will! Ich will, dass er mich will! Ich will, dass er das hier will!« Sie macht eine Geste, als wolle sie die ganze Landschaft umarmen. »Warum will er *das* hier bloß nicht?«

Sie beschleunigt ihren Abstieg und fängt an zu rennen, auf beiden Seiten werden die Hügel zu braunem Matsch. Als sie wieder langsamer wird und in Schritttempo übergeht, leuchtet das Heidekraut auf wundersame Weise unter der Berührung der Sonne in den Farben des Regenbogens auf.

Kurz bevor sie das Moor für heute verlässt, findet Ann an einer Steinmauer den weggewehten, kaputten Schirm wieder. Verdrehte Speichen, zerrissener Stoff. Sie lässt ihn einfach liegen. Schließlich ist er nur eine künstliche Form von Schutz, die ohne jede Hoffnung auf Reparatur von diesem wunderbaren Wetter verstümmelt wurde.

Und selbst an dunklen Tagen wird Ann in ihrem gemieteten Landhaus in Stanbury von hereinströmendem Licht geweckt. Ihr Schlafzimmer, das ursprünglich als Arbeitsraum für einen Weber im achtzehnten Jahrhundert entworfen wurde, ist von Fenstern umgeben, durch die das Licht hereinfällt und um deren Scheiben der stetige Wind schleicht.

Drinnen im Zimmer zittert alles unter dem Einfluss der Luftströmungen: die Papiere auf dem Schreibtisch, die dünnen Gardinen und tagsüber sogar Anns Baumwollnachthemd, das an einem Türhaken hängt. Manchmal ist dieser merkwürdige Wind so stark, dass er die Seiten von Emily Brontës Gedichtband umblättert, der geöffnet auf Anns Nachttisch liegt.

Nach vier oder fünf Tagen ist Ann von dem Wind ganz besessen. Er erfreut und erstaunt sie gleichermaßen. Er wirbelt die Briefe durcheinander, die der Postbote ihr vor die Tür legt, und verstreut so die einzige Verbindung zu ihrer Vergangenheit, ihrem wirklichen Leben. Er entfacht ihr Kohlefeuer – die einzige Heizquelle im Cottage – oder bläst es ganz aus. Nachts rüttelt er an der Tür zum Kohlenkeller. Er weht in ihren Träumen.

Wenn sie über das Moor geht, wird der Wind zu einem schmerzhaften Messer, knapp unterhalb ihrer Ohren. Er fährt durch das Farnkraut, die Heidelbeersträucher und das Heidekraut und versetzt es in wellenförmige Bewegung, als ob soeben eine unbekannte Substanz unter der Erdoberfläche ihren Siedepunkt erreicht hätte.

Jeden Tag spaziert Ann durch das Moor, zumeist über Sladen Beck und den Pfad entlang, der nach Haworth, der Heimat der Brontës, führt. Sie betritt das Dorf über den Friedhof, der das Pfarrhaus umgibt, in dem ihre Heldin ihr sonderbares, geheimes Leben geführt und ihr düsteres Buch geschrieben hat. Der Friedhof steht voller schwarzgrüner Steine und ist vom Geräusch der wütenden Krähen erfüllt, die aufgebracht und panisch »Wind, Wind, Wind!« krächzen, als Ann sich ihnen nähert.

Der Wind treibt sie ins Pfarrhaus und durch den Souvenirladen. Diesen Bereich ignoriert sie: Hier gibt es Brontë-Kalender und Lesezeichen und Kochbücher und Briefbeschwerer – obwohl sie doch jetzt einen Briefbeschwerer gut gebrauchen könnte, denkt sie, um die Seiten vor den Angriffen des Windes zu schützen.

Sie schreitet durch die Zimmer des Hauses. Alle Räume ihres Lebens beraubt, in ein Museum verwandelt. Glasschränke. Emilys Schreibtisch, Charlottes Schuhe, ihre Jugendwerke, das Hundehalsband von Keeper – das für einen gewöhnlichen Hund viel zu groß ist und aus schimmerndem Messing gemacht ist. Aus jedem Fenster sieht man Grabsteine und darüber Schornsteinaufsätze und die Schieferdächer des kleinen Dorfes.

Als Ann die Pfarrhaus-Bibliothek betritt, erkundigt sie sich nach dem Tagebuch des Schreibwarenhändlers, der Emily Brontë ihr Schreibpapier verkauft hat. In einer Mischung aus Klatsch und Legende berichtet er darin über einige Aktivitäten der Schriftstellerin: Wie sie Branwell einst aus brennenden Bettlaken gerettet hat, wie sie Keeper aus dem Rachen eines anderen, zähnefletschenden Hundes befreit hat, und über ihre Fähigkeit, gleichzeitig Brot zu backen, Deutsch zu lesen und Pistolen abzufeuern. Kein einziger Eintrag beschreibt das Wetter, aber Ann ist der Meinung, dass das Wetter in unterschiedlich heftigen Gefühlsverbindungen zwischen Menschen existiert. Ann möchte die Frage beantworten, wie sich eine derartig introvertierte Frau gleichzeitig so mit dem Leben beschäftigen konnte. Heathcliff, hat sie entschieden, war das Moor, und Catherine war der Wind.

Ihre Beziehung verursachte Sturm.

Papa«, sagte Emily, »ich erinnere mich an Papa. Papa liest den *Leeds Intelligencer*. Papa isst alleine zu Abend. Papa nimmt die Vorhänge ab. Papa geht die Treppe hinauf. Papa wickelt sich morgens Flanell um den Hals. Papa liest in der Bibel.«

»Papa«, wiederholte Arianna. »Papa starrt die Wand an. Papa und seine Flasche. Papa redet mit den Stimmen. Papas Nachmittagsschläfchen. Papas Gesicht wie eine graue Maske. Papas zitternde Hände.«

Emilys Blick schweifte zu dem kleinen grauen Dorf in der Ferne. »Mama starb«, sagte sie, »und Papa sprach nie wieder von ihr. Ich glaube, Tabby hat mir damals verraten, dass er die Ärmel von ihrem schönsten Seidenkleid abgeschnitten hat. Von da an stellte ich sie mir immer ohne Arme vor. Eine Frau ohne Arme: eine Frau, die weder nähen noch zeichnen, noch schreiben oder mich festhalten konnte. Ich stellte mir vor, dass sie an schlimmen Armen gestorben war.«

»Mama starb«, erwiderte Arianna, »eines Morgens hustend. Draußen auf der Straße standen Pferde und stampften mit den Hufen. Dann trug man sie fort. Papa kehrte mit einer Flasche zurück. Er sah nie zum Fenster. Er unterhielt sich mit Stimmen, die ich nicht hören konnte, und es gab kein Licht in seiner Nähe. Er hatte die Vorhänge immer geschlossen, zog sie morgens nie zurück.«

Emily stand knietief im Heidekraut. »Papa hatte große Angst vor Feuer, deshalb gab es auch keine Vorhänge. Ich stellte mir Zimmer aus brennendem Stoff vor: lodernden Faltenwurf und Papas aufgebrachten Schatten, der an der Wand immer größer wurde. Papa liebte Schusswaffen. Er brachte mir das Schießen bei. Nach dem Frühstück erzählte er mir Geschichten über Harpyien und irische Fabelwesen: über den *love-talker*, und über *silkies*, jene Seehunde, die menschliche Gestalt annehmen können. Wenn Papa ›Irland‹ sagte, veränderte sich sein Gesicht dabei.

Papa unterhielt sich immer nur mit Stimmen und mit einer Flasche. Manchmal sang er leise Lieder, die ich nicht verstehen konnte. Er sang sie seiner Flasche vor, die er wie ein Baby im Arm hielt.

Papa hat uns nie in den Arm genommen. Er hat Predigten gehalten, seine Pistolen aus den nackten Fenstern abgefeuert, hat sich Ruhm für Branwell erträumt und seine Mahlzeiten alleine eingenommen.

Papa hat einen ganzen Fluss aus Whisky getrunken und seine Albträume runtergeschluckt.

Emily hob ihre blasse Hand und berührte Ariannas Schulter. »Jeder Albtraum, den Papa jemals gehabt hat«, sagte sie, »wurde wahr. Er hat mir beigebracht, eine Pistole aufs Moor abzufeuern. Er hat gesagt, wir würden den Wind umbringen.«

Heute nimmt Ann sich vor, zum Ponden Kirk zu gehen; jenem Felsbrocken, der Heathcliff und Catherine als Kindern so oft Schutz geboten hat. In ihrem Buch hat Emily Brontë ihn Peniston Crag genannt.

Von ihrem Landhaus geht sie auf den engen, ummauerten Weg, der zum Moor ansteigt. Zu beiden Seiten türmen sich schwarze Steine auf, und ein leichter Nebel verschleiert den Blick, der im Augenblick nur dunkle Bruchsteinmauern und Schlaglöcher im glitschigen Asphalt zu bieten hat, der den darunter liegenden Weg kaum noch bedeckt. Hier und da spiegelt sich ungewohnt der Himmel in schrumpfenden Pfützen wider, da das Wetter erstaunlich trocken geworden ist und der Himmel und damit auch die Oberflächen der kleinen, eingeschlossenen Wasserlachen leuchtend blau. Hinter den hohen Bruchsteinmauern hört Ann, wie sich Schafe drängen und gegenseitig anstupsen, um einen weiteren Quadratzentimeter Gras für sich in Anspruch zu nehmen. Gelegentlich schwebt ein verzweifeltes Blöken über die Mauer, da in den letzten Wochen eine große Anzahl Lämmer geboren wurde, die alle an einer unerklärlichen, panischen Angst zu leiden scheinen.

Der Weg steigt an, wird steiler und sieht aus wie ein schwarzes Banner, das in einer Parade vor ihr her getragen wird, und noch immer schränken die Mauern Anns Blickfeld ein. Doch der Wind hat ihr Gesicht erreicht, und eine Viertel Meile voraus kann sie die Stiege erkennen, die sie hochklettern muss, um den höher liegenden Fußweg zu erreichen. Als sie die kleine Leiter erklommen hat, öffnet sich plötzlich der Himmel, und die weite Erde um sie herum und alles wirkt noch viel beeindruckender und schöner, als man in dem engen Zugang ahnen konnte. »Keine Bäume!«, flüstert sie und wundert sich wie immer über dieses Phänomen.

Hinter einer Biegung kann Ann schließlich den Granitfelsen erkennen, und sie verlässt den Pfad, der ihr mittlerweile schon fast vertraut ist, um sich ihm zu nähern, angezogen wie ein Magnet von Metall. Ihre Stiefel werden von sumpfiger Marsch zum Mittelpunkt der Erde gezogen und von federndem Torf wieder weggedrückt. Sie erinnert sich an die Szene, in der Catherine und Heathcliff den ganzen Weg von dort oben nach Thrushcross Grange hinunterrennen und wie dabei Catherines Schuh im Sumpf stecken bleibt. Ponden Hall, das Modell für diesen Gutshof, liegt jetzt zur Rechten von Ann, ein kleines, dunkles Rechteck in der Ferne, das von dem blattlosen Gewirr der im Tal stehenden Bäume umgeben ist. Er ist immer noch bewohnt, und gelegentlich hat Ann, wenn sie spätnachmittags aus dem Moor zurückgekommen ist, gesehen, wie in dessen winzigen, weit entfernten Fenstern nacheinander Lichter angingen, als ob sich im Inneren des Hauses ein Feuer von einem Zimmer zum nächsten ausbreiten würde. Der Ruf von verstörten Lämmern wird vom Wind über einen kleinen Hügel getragen. Und dann rufen unsichtbare, tief im Gras verborgene Moorhühner: »*Geh zurück, geh zurück, geh zurück!*«

Mühselig bewegt Ann sich in dem unwegsamen Gelände vorwärts, sie sieht hinter einem verlassenen Bauernhof eine breite Rauchsäule aufsteigen und fragt sich, ob es wohl auch hier, wie in anderen düsteren Regionen, den *Tierra del Fuegos* dieser Erde, zu unerklärlichen Feuern kommt. Feuer, die ohne Grund zum Leben erwachen, als wären sie das Vokabular einer Landschaft, deren Leidenschaft nicht mehr länger schweigen könne und die sich nun ausdrücken müsse. Rätselhafte, unsterbliche Feuer, spontan und unermüdlich. Ann muss an das Moorbeben denken, von dem sie einst gelesen hat, das die jungen Brontës beinahe auf einem Spaziergang verschluckt hätte. Ein Spaziergang vor einem Jahrhundert, an der Stelle, wo sie jetzt spazieren geht. Sie glaubt an das Moorbeben, glaubt, dass es Momente gibt, in denen die ruhige Erde die Fassung verliert und anfängt, die Gewalt im Herzen des Wetters nachzuahmen.

In ihrem eigenen Herzen flackert für einige Minuten Arthurs Abwesenheit auf – ein geographisch entlegenes, unerklärliches Feuer –, und sämtliche Gefühle, von denen sie wünschte, dass er sie empfinden möge, brennen dort.

Ann geht nah an einer zerbröckelnden Mauer entlang, um dem sumpfigen Boden zu ihrer Linken auszuweichen. Dabei tritt sie behutsam von einem gelben Grasbüschel auf das nächste; ihre Gedanken sind auf die Zimmer entlang des kanadischen Highways gerichtet und ihr Blick auf den Boden von Yorkshire. So kommt es, dass sie plötzlich direkt vor dem Mann steht, der für den Rauch verantwortlich ist, noch bevor sie die Möglichkeit hat, eine andere Richtung einzuschlagen oder dank ihrer Schüchternheit einen gebührenden Abstand zu wahren. Nun ist Anerkennung erforderlich – geradezu unvermeidbar.

»Hier lang«, sagt er automatisch, »nicht dorthin. Dort hab ich's schon ordentlich in Gang gesetzt.«

Während er spricht, bemerkt Ann ein perfektes Quadrat aus Feuer, von der Größe eines Vorortgrundstücks, das hinter ihm brennt. Und sie sieht, dass sein Gesicht und seine Hände vom Rauch ganz geschwärzt sind.

»Wieso«, fragt sie und wundert sich über ihre eigene Neugier, »verbrennen Sie das Moor?«

»Damit es später im Frühling besser nachwächst.« Dabei

blickt er kurz in den Himmel und dann wieder auf Ann. »Die da…«, sagt er und deutet mit seiner Mütze auf eine weit entfernte Schafherde, die sich an einem entlegenen Hang versammelt hat, »die da bevorzugen frisches Gras. Nicht, dass es wirklich eine Rolle für sie spielen würde, jetzt oder später. Gehen Sie da drüben lang. Manchmal breitet das Feuer sich recht schnell aus… obwohl es auf jeden Fall am Sumpf wieder ausgeht.«

Ann bemerkt seine hellblauen Augen… bestechend in seinem geschwärzten Gesicht.

»Ich bin so schwarz wie 'ne Kohlengrube«, gibt er zu. »Kommt vom Rauch«, fügt er ein wenig beklommen unter ihrem forschenden Blick hinzu.

Ann blickt zum Steilabbruch zurück, den sie angepeilt hatte. »Kann ich von hier bis dorthin gehen?«, fragt sie und deutet hinüber.

»Nicht, ohne Ihre Stiefel im Sumpf zu ruinieren, nein. Was bringt Sie denn dazu, hier draußen herumzurennen? Sie jagen doch keine Moorhühner oder Karnickel, soviel ist sicher.«

»Ich versuche nach Ponden Kirk zu gelangen.«

»Warum denn das, um alles in der Welt?«

Ann gesteht ihre Faszination für die Brontës, woraufhin der Blick des Grasverbrenners starr zu werden scheint. Mit den Jahren sind für ihn die Touristen zu einer Art Unrat im Moor geworden. Zu dieser Jahreszeit tauchen sie aber nur selten auf.

»Ich stelle Nachforschungen an«, verteidigt sich Ann, die sein Missfallen spürt und ihre Anwesenheit auf seinem Territorium rechtfertigen will.

»Ich habe meine Zeit ohne Forschen verbracht«, erwidert er, »und würde mich erst recht nicht zum Nach-Forschen überreden lassen.« Er hält einen Moment lang inne und wartet auf ihr Gelächter. Dass es ausbleibt, liegt aber daran, dass Ann seinen Humor nicht verstanden hat, und nicht etwa daran, dass sie ihn ablehnt. Davon ahnt er aber nichts und wendet sich daher wieder dem Praktischen zu, wird zu dem Einheimischen, der Ratschläge über die Besonderheiten seiner eigenen Umgebung erteilt. »Also, heute werden Sie Schwierigkeiten haben, danach zu suchen«, kommentiert er gequält. »Auf dem Gipfel wird immer noch Eis liegen. Und Sie haben eh den falschen Weg eingeschlagen, das steht mal fest. Im Grunde sind Sie völlig vom Weg abgekommen. Sie hätten in Middle Withins – bei der letzten Farm – nach rechts gehen müssen, und jetzt würde es viel zu lange dauern.« Er wirft einen Blick auf seine Armbanduhr. »Gegen halb sechs wird es dunkel. Entschuldigen Sie mich.« Hastig recht er etwas brennendes Gras in die Flammen zurück. Als er sich umdreht, bemerkt Ann, dass sein Haupthaar, das sie für dunkel gehalten hat, in Wirklichkeit ganz hell, vielleicht sogar weiß ist, wo der Rauch nicht hingekommen ist.

Als er zurückkommt, blickt er sie gut gelaunt an. »Es ist nicht damit getan, das ganze Moor zu verbrennen«, sagt er mit einem Lächeln in den Augen, als er ihre Worte benutzt.

»Also machen Sie besseres Gras für die Schafe?« Aus unerfindlichen Gründen möchte Ann das Gespräch gerne fortsetzen.

»Hab ich das gesagt?«

»Ja, Sie sagten, dass Ihre Schafe frischeres Gras bevorzugen.«

»Das würde dem Haufen da drüben wohl gefallen.« Ohne den Blick von ihr abzuwenden, deutet er mit dem Kopf auf die Herde. »Denen wäre frischeres Gras bestimmt lieber, wie gesagt. Aber in Wahrheit gehören die gar nicht mir. Die Mauer ist eingestürzt, wie Sie ja selbst sehen können.« Er blickt traurig zu einem dunklen Steinhaufen hinüber.

»Dann sind Sie also gar kein Schäfer, sondern nur ein Grasverbrenner?« Diesmal handelt es sich um Anns eigenen Versuch humorvoll zu sein, der ebenfalls mit ausbleibendem Gelächter quittiert wird.

»Es wäre eine Schande, nur das zu sein«, gibt er ärgerlich bekannt und amüsiert sich nicht im Geringsten über ihre Frage. »Ich bin Moorstecher, Zimmermann und Fabrikarbeiter – Weber. Und es ist wirklich schade, dass ich nicht als Gelehrter zur Welt gekommen bin, wie manch anderer.« An dieser Stelle wirft er ihr einen verächtlichen Blick zu und wendet sich ab, um den Rauch zu begutachten.

Kurz darauf sieht er sie wieder an. »Ihr Cottage«, sagt er, »habe ich renoviert. Die Wände und die Fenster. Dafür können Sie sich bei mir bedanken.«

»Es ist urgemütlich«, pflichtet Ann in der Hoffnung bei, ihn so zu beschwichtigen, und übersieht dabei völlig die Tatsache, dass er weiß, wo sie wohnt, und die Lage der Tür kennt, durch die sie vor einigen Stunden hinausgetreten ist. »Was ist denn ein Moorstecher?«, fragt sie.

»Ich friede das Moor ein. Ich zwinge das Moor dorthin zurück, wo es hingehört, und dann baue ich eine Mauer. Damit ich hier etwas anpflanzen kann – etwas Essbares, oder, je nach Mauer, etwas, das die Herden fressen können.«

»Woher nehmen Sie denn noch die Zeit, in der Weberei zu arbeiten?«

»Da arbeitet keiner mehr. Letztes Jahr sind überall im Tal die Webereien geschlossen worden und die wenigen, die noch nicht geschlossen wurden, werden bald folgen. Dann werden einige Weber, die Glück haben, wieder in die Hügel zurückkehren, wo sie von Anfang an hätten bleiben sollen, anstatt hier herunterzukommen und sich an Maschinen zu binden. Vom Holzschuh zum Holzschuh in drei Generationen.«

Der Mann verstummt wieder und stützt sich mit den Händen auf den Stiel seines Rechens.

Mangels Besserem flüstert Ann fast verlegen die Wörter »Dunkle, satanische Fabriken«, und der rauchverschmierte Mann flüstert die Wörter »William Blake« und fällt ihr damit ins Wort, noch bevor sie ihren Satz beendet hat. Er überrascht sie völlig, da sie bereits eine Figur für ihn konstruiert hat: der einfache Mann aus dem Moor, der Fabrikarbeiter, der Ungebildete – jemand ohne Zugang zu Worten.

»›Spottet nur, spottet nur, Voltaire, Rousseau. Spottet ruhig, spottet nur: Es ist doch umsonst. Ihr werft den Sand gegen den Wind, und der Wind weht ihn wieder zurück.‹ Da habt ihr was, worüber ihr Gelehrten nachdenken könnt.«

»Das ist Blake?«, fragt Ann zweifelnd.

»Höchstpersönlich«, seufzt der Moorstecher mit der Resignation eines Mannes, der seine Zeit damit verbringt, Land urbar zu machen, das nicht urbar zu machen ist. Er blickt nach Westen, von woher heute der Wind bläst – und deutet sorgfältig das Licht und die Dunkelheit; das Ende einer Vorstellung, der Beginn einer anderen.

»Gehen Sie lieber zum Cottage zurück«, sagt er leise. »Schlechtes Wetter zieht auf, und die Nacht beginnt früh. Außerdem«, und seine Augen lächeln wieder, »gibt es Nebel oder Schnee, und dann ist da noch Heathcliffs Geist.«

Ein paar Schritte von ihm entfernt bleibt Ann wieder stehen und ruft eine Frage gegen den Wind. »Sie zwingen das Moor zurück?« Sie scheint ihm nicht recht zu glauben; es kommt ihr so vor, als hätte er sich seine Aktivitäten nur ausgedacht.

»Ja«, ruft er über ein Meer aus wogendem Gras hinweg, »entweder das oder es dringt in das urbar gemachte Land vor.« Der Wind zerzaust ihm die Haare. »Nichts kann das Moor aufhalten.«

Ann tritt den Rückweg zu ihrem Cottage an. Ponden Kirk, vorerst vergessen, wird hinter ihrer linken Schulter immer kleiner. Zu ihrer Rechten rückt das Unwetter wie eine heimliche, mörderische Armee immer weiter vor. Als sie den ummauerten Weg erreicht hat, schneit es bereits. Der Wind wird muskulöser, aggressiv; seine Hände drücken flach gegen Anns Rücken. *Moorstecher*, denkt Ann. Der Begriff hat einen seltsamen Beigeschmack von Gartenbau, lässt an Blumengärten und geharkte Schotterwege ohne Unkraut denken; wirkt unpassend für den rauchgeschwärzten Mann, dessen melodische Sprechweise und klaren Augen bei ihr bleiben, während sie geht. Dazu sein schlichter Humor, soweit sie ihn verstanden hat. Sie kichert vor sich hin, als ihr eine oder zwei seiner Aussagen wieder einfallen. Die Schafe gehörten gar nicht ihm. »Der Haufen …«, hat er sie genannt.

Hinter den Wänden blöken die weißen Tiere und rufen sich zu einer fest gepackten Kumulusformation zusammen, die sich als Gruppe dem Sturm entgegenstellen kann.

In der Einheit liegt die Kraft.

Auf der anderen Seite der Mauer fordern die erwachsenen Tiere Sicherheit, Schutz. Die Lämmer sind verstummt. Ihre Panik ist angesichts der klaren Bedrohung verflogen.

In sämtlichen Liebschaften wird der oder die Geliebte zum Gefängnis des oder der Liebenden, Arianna.«

»Du meinst zum Gefangenen?«

»Nein … nein, ich meine zum Gefängnis, zum Verlies. Der Geliebte fängt an, sich immer mehr architektonische Eigenschaften anzueignen, bis die Gitterstäbe, durch die der Gefangene hindurchsieht, gut und gerne der Brustkorb des oder der Geliebten sein könnte, hinter dem der oder die Liebende wie ein Herz schlägt, das auszubrechen versucht. Beide werden in einem Käfig aus Knochen des anderen festgehalten. Beide behaupten, das Herz zu sein. Beide leugnen es, das Gefängnis zu sein. Und die schreckliche Wahrheit ist doch, dass das Herz und der Käfig sich gegenseitig zum Überleben brauchen. Ohne Blut gibt es keine Knochen. Ohne Rippen gibt es kein Herz. Ich habe viele Gedichte über Verliese geschrieben; diese großen, dunklen, inneren Höhlen der Geliebten, in denen die Liebenden angekettet und kraftlos existieren.«

»Ich hab ihm gesagt, er wäre frei.«

»Aber er war nicht frei und du auch nicht. Ihr wart beide im Verlies des anderen eingesperrt.«

»Ich konnte ihn einfach nicht verlassen.«

Zwei Kiebitze stürzten vom Himmel herab und flogen in synchroner Trance. Sie durchschnitten die beiden Phantome auf Hüfthöhe in zwei Hälften und verschwanden hinter dem angrenzenden Hügel. Emily suchte den Himmel nach weiteren Vögeln ab und fuhr schließlich fort: »Ich glaube, mein Bruder hat Gefängnisse gesucht. Manche Leute tun so etwas, weißt du. Er suchte nach Gefängnissen und hoffte, dass sie sein Wesen brechen würden: sein herrliches, übermütiges, unbeholfenes Wesen, das ich so geliebt habe. Er hat zwar nicht die ganze Zeit versucht, sein Herz zu brechen, sondern er hat versucht, sich einzusperren und sein Wesen zu brechen. Die verheiratete Frau, die er angeblich so geliebt hat, hatte im Grunde recht wenig damit zu tun. Sie schien sich über ihren Käfig aus Knochen genau bewusst zu sein, so dass er sich darin einschließen konnte. Danach konnte sie hingehen und tun was sie wollte, da er sich in ihrem Gefängnis eingesperrt hatte, wo er eifrig versuchte, sein Wesen zu brechen.«

»Habe ich denn Jeremys Wesen gebrochen?«

»Nein... doch... nicht mit Absicht.«

»Und was war mit deinem Bruder? Wurde sein Wesen gebrochen? War er erfolgreich?«

»O ja. Er war absolut erfolgreich... brillant. ›Erzähl mir von dieser verheirateten Frau‹, forderte ich ihn auf, und weißt du was, jedes Mal wenn ich ihn darum bat, gab er mir eine andere Antwort... nein... eigentlich keine andere Antwort, denn der Ton war stets der gleiche. Immer wenn ich ihn fragte, war *sie* anders. Und je kranker er wurde, desto interessanter wurde *sie* für mich.

Als er mir das erste Mal von ihr erzählte, war sie eine Heilige... ein Vorbild an Tugendhaftigkeit, die sich in bescheidenes Grau und Braun kleidete, den Blick gesenkt hielt und die Hände im Schoß faltete. Doch ihm schien bewusst zu sein, dass dies nicht das passende Gefängnis für einen so wunderbaren und schrecklichen Menschen wie ihn war, und deshalb trank und grübelte und fantasierte er und kam schließlich mit etwas Besserem daher.

Als er sie das nächste Mal beschrieb, waren ihre Haare

nicht mehr brünett sondern schwarz; ihr Kleid war aus pfirsichfarbener Seide, glaube ich. Sie hatte sich ein schwarzes Samtband um den Hals gewickelt. Sie war groß – zuvor war sie klein gewesen –, und sie hatte die Handarbeiten und karitativen Tätigkeiten eingestellt, mit denen sie sich, laut seiner früheren Aussagen, immer beschäftigt hatte. Jetzt spielte sie irgendein Musikinstrument, etwas Fremdartiges und Exotisches – eine Mandoline, wenn ich mich recht erinnere –, und auf diesem Instrument spielte sie ausschließlich Abschieds- und Klagelieder.«

»Jeremy hat nie gesungen«, warf Arianna/Polly ein. »Zwischen uns gab es nicht viel Musik.«

»Kurz bevor er starb, beschrieb Branwell seine verheiratete Frau ein allerletztes Mal. Mittlerweile hatte er sie seit über einem Jahr nicht mehr gesehen oder mit ihr gesprochen. ›Ich sehne mich nach der Liebe einer Frau, die ich einfach nicht begreifen kann‹, sagte er. ›Habe ich dir schon von ihr erzählt?‹

Ich verneinte, da ich genau wusste, sie würde sich nun drastisch verändert haben. Und genauso war es auch. Jetzt war sie ruhig und reglos und berührte ihn nur noch mit den Blicken ihrer Augen, die, wie er sagte, genau wie seine eigenen Augen aussahen. Ihre Haare waren jetzt rot und hingen offen herunter. Sie grübelte resigniert und sehnte sich nach der Liebe eines Mannes, den sie einfach nicht begreifen konnte. Sie trank und nahm Opium und schrieb lange, verzweifelte, nicht zustellbare Botschaften. Sie hatte sich jedem Menschen entzogen.

Branwells wahre Wesens-Brecherin, sein perfektes Gefängnis. Ein genaues Abbild seines Selbst, eine Woche bevor er starb.«

Aus den Fenstern ihres Cottage kann Ann auf Hügel blicken, über die sich Bruchsteinmauern schlängeln, und auf die Gebäude einiger dunkler Farmen mit Namen wie Slack Edge oder Old Snap, Ponden Mill – mittlerweile ein Handarbeitsgeschäft und eine Teestube – sowie auf das Old Silent Inn, ganz unten im Tal. Hinter dem Cottage windet sich das Dorf Stanbury wie zwei große Schlangen zu beiden Seiten der Straße: eine Reihe von Weberhütten, die mittlerweile in moderne Wohnhäuser umgewandelt worden sind, eine Schule, eine kleine Kirche und zwei Pubs. Oberhalb des Ganzen ergießt sich die braune Färbung des Moors auf die weiten, sanften Hügel, die unter dem gewaltigen, sich stetig verändernden Himmel Wind und Wetter trutzen.

Seit drei Tagen schneit es, und die Aussicht ist vorübergehend verschwunden, der Wind treibt weiße Wände über die Höhen und unten durch die Täler. Kleine Schneeverwehungen kriechen unter Anns Tür hindurch und bleiben im kalten Innenraum einfach liegen. Sie nimmt sich den Kohleneimer und steigt die Kellertreppe hinunter. Das Kratzen der Schaufel auf dem Steinfußboden und das Fauchen von frischer Kohle im Feuer sind die einzigen von Menschenhand verursachten Geräusche im Cottage. Ann probiert sich in neuen Formen der Konversation. Sie führt eine Arbeit aus, und das Cottage reagiert mit Löffelklappern in einer Schublade, dem Quietschen einer geöffneten Tür, dem Blubbern eines kochenden Wasserkessels.

Seit drei Tagen ist sie nicht mehr über die Schwelle getreten, und langsam entwickelt sie zu jedem Detail im Inneren des Cottage eine persönliche Beziehung. Während sämtliche Gesichter aus ihrem hinter ihr liegenden Leben bis auf eines verblassen, gewinnen zum Beispiel die kleine Porzellanfigur auf dem Kaminsims oder die gehäkelte Henne, die als Teekannenwärmer dient, an Bedeutung und werden beinahe so wichtig, wie es einige Gegenstände für sie als Kind gewesen sind. Und dann wird ihr zum ersten Mal bewusst, wie einsam sie als Kind gewesen ist, und sie weiß, dass ihre Ehrfurcht vor oft berührten Gegenständen – Dingen, die ebenso vertraut wie verlässlich sind – als Ergebnis ihrer Einsamkeit in einem fremden Land noch viel größer geworden ist.

Außerdem ist ihr kalt. Erst schmerzen ihre Finger und werden schließlich taub – auch wenn sie ihren Sessel so nah wie möglich an die glühenden Kohlen heranzieht. Sie wärmt sich die Hände an der Teekanne, hält sie in Richtung der Feuerstelle, klemmt sie sich beim Schlafen zwischen die Schenkel, aber sie bleiben zwei unkooperative, eisige Anhängsel. Sie blättert unbeholfen durch ihre Ausgabe von *Wuthering Heights* und sucht nach Beschreibungen dieser Kälte, deren Hartnäckigkeit sie dazu veranlasst, ihr die literarische Aufmerksamkeit entgegenzubringen, die sie ihrer jetzigen Überzeugung nach auch verdient. Sie erinnert sich an die Kälte außerhalb der Zimmer entlang des Highways und gelegentlich auch an die Kälte darin.

Der Wind, der unter der Tür hindurch weht und um die Fenster pfeift, macht sich über ihre Fußgelenke her und kriecht an der Innenseite ihrer Jeans herauf. Zu der zierlichen Porzellan-Dame auf dem Kaminsims sagt Ann: »Wenn du so frierst und der Wind überall ist, lässt sich nichts mehr aufhalten.« Sie entschuldigt sich bei der dicklichen Glucke, wenn sie diese von ihrem warmen Posten entfernt. »Tut mir Leid … aber jeder soll was davon haben. Ja, wir teilen es ganz gerecht auf.«

»Lieber Arthur«, beginnt einer ihrer zahlreichen, nicht abgeschickten Briefe, »jetzt weiß ich immer mehr über Kälte. Ich weiß sogar mehr über Kälte als du.« Wenn sie sich über einen Brief an ihn beugt, formt sie mit dem Mund die Wörter, die sie an ihn schreibt. Als ob sie direkt mit ihm spräche, als ob er zusammen mit ihr in dem kalten Haus eingesperrt wäre.

Sie versucht ihre Arbeit über die unterschiedlichen Witterungen in *Wuthering Heights* fortzusetzen, doch der momentane Sturm lenkt sie ab und verwirrt sie, und ihre Sätze werden vor ihren Augen zur Bitte um Arthurs Aufmerksamkeit. Heathcliffs Bemerkung zu dem Kind Hareton »Wir werden ja sehen, ob jeder Baum so krumm und schief wächst, wenn derselbe Wind ihn verbiegt« wiederholt sich im Geräusch der Kohlen, die sie ständig in die kleine Hölle ihres Feuers schippt. »Arthur«, schreibt sie, »ich habe mich verbogen, zu deinem Feuer hin und davon weg. Du bringst den Sturm in mich.«

Am Morgen des vierten stürmischen Tages beginnt sich der Wind vor den Mauern mit dem Wind im Inneren des Cottage in einem Kauderwelsch zu unterhalten, das Ann nur gelegentlich entschlüsseln kann. Sie sitzt vor ihrer nun grauen Feuerstelle und drückt sich die Henne an die Brust, während Geflüster, Gestöhne und Gelächter in ihre Ohren dringt, und am Ende auch der heiße, gemeinsame Atem eines Mannes und einer Frau, einer drinnen, einer draußen.

Ann kennt die Geräusche: das Rascheln von Kleidern, die abgestreift werden, ein Schluchzen, ein Schrei; die sanften, reibenden Geräusche, welche eine Hand verursacht, die über Haut wandert. *Wie ist das möglich?*, fragt sie sich, *Einer von beiden ist draußen, der andere drinnen.* Geflügelte Liebende, die immer wieder gegen das Spiegelbild ihres gegensätzlichen Ichs prallen. Eingesperrt in Wänden, ausgesperrt von Türen, zusammen und voneinander getrennt. Der Sturm hat aufgewühlte Liebende geboren, die nun in Anns Behausung eingedrungen sind.

Und sie ist es, die abseits steht.

Die beiden sind überall dort, wo Ann gerade nicht ist. Sie kann hören, wie die Frau im Nebenzimmer ihre Haare bürstet, die in der kalten Atmosphäre knistern. Sie kann Seidenwäsche hören, die angezogen und wieder von ihrem Körper gestreift wird. Sie weiß, wann er sich von ihr abgewendet hat und abwesend, schweigsam, brutal geworden ist. Sie kann den Kräutergarten an ihm riechen.

Nachts treten die Liebenden etwas näher, wahren jedoch Abstand, als ob Ann ein Geist wäre, den sie noch nicht wahrgenommen haben. Beide sind neben ihr, wenn sie schläft, und bewegen sich ständig am Rand ihrer Träume. Manchmal weint die Frau im Dunkeln, und der Mann entzündet unsichtbare Streichhölzer, um sie genauer zu betrachten und ihr Leid zu untersuchen. Doch wenn Ann nach ihnen greift, sind sie bereits die Treppe hinuntergestiegen und raunen herzzerreißend in der Küche. Ann hört, wie die männliche Stimme die Wörter »kann nicht« ausspricht. Sie dringt in ihre Ohren, so wie Kohlen auf ein Feuer geschippt werden. Und dann die Aussage der Frau: »Verlass mich nicht, verlass mich nicht.« Das Echo an den Wänden verändert die Sprache der Liebenden. »Verlass mich, verlass mich!«, rufen sie. Oder: »Nicht, nicht.«

Im Morgenlicht ist das Cottage ein gewaltiger Ofen, ein Herzschlag, die Möbel pulsieren. Der Wind fleht, *Bitte, bitte…* Er keucht, seine Zunge ist eine Flamme. Die Liebenden befinden sich im Kohlenkeller und prallen gegen Granitwände. »O mein Gott«, flüstert Ann, »sie haben sich vereinigt.« Ja, sie sind über Nacht eins geworden, und die neue Bestie streicht umher. Ann hört sie seufzen, stöhnen und umherschleichen und sich die Wunden lecken und weiß, dass sie sie finden und freilassen muss. Der riesige violette Körper der Bestie benötigt Platz, muss ins Freie hinausbrechen. Doch das Biest weicht ihr ständig aus. Sie verbringt den ganzen Tag damit, es über sämtliche Stockwerke zu verfolgen. Es ist nicht länger still und heult in Ecken oder kratzt an der Rückseite von Türen. »Mein Gott, Arthur«, schreibt sie, »die Bestie, die wir waren, ist *hier*, doch ich kann sie nicht finden!«

Lass mich raus, lass mich raus!, knurrt das Tier ständig von der anderen Seite der Mauern, durch die Ann nicht hindurchsehen kann. Völlig außer sich rennt sie in ihrem Nachthemd von Zimmer zu Zimmer zu Zimmer. »Wo sind wir, wo sind wir bloß?«, schluchzt sie, »ich will uns doch rauslassen!« Die Zimmer wirbeln glühend und pulsierend um sie herum. »Arthur«, kritzelt sie, »du musst mir helfen, es hinauszulassen … sonst gewinnt das Monster die Oberhand. Ich will es hinauszwingen, es hinausdrücken. Ja doch, ich will es aussperren, es draußen halten.«

Drinnen ist die Feuerstelle grau und kalt. Draußen legt sich der Sturm.

Die Bestie schläft. Ann kauert sich in der Nähe des Kamins unter eine Daunendecke und wartet darauf, dass das Monster wieder erwacht. Doch es umgibt sie nur Stille und Schmerz. Unbeweglichkeit und Qual – eine Klinge zwischen den Rippen, ein erstarrtes Herz.

Sie kann sich nicht bewegen.

Sie träumt von den düsteren venezianischen Gemälden Tintorettos, von den Reproduktionen, die Arthur ihr gezeigt hat; von den zerfurchten Gesichtern der Apostel und den sanften Zügen der Engel. Sie sieht Flügel wie Palmwedel vor blitzerleuchtetem Himmel. Sie träumt von Velazquez' Porträt der Zwerge, von einem langen Gang mit lauter kleinen Männern. Als sie neben ihnen den Marmorboden entlangschreitet, nehmen sie an Größe zu, bis Ann auf einmal wahrnimmt, dass es gar keine Zwerge mehr sind, sondern Riesen, eine Galerie von Riesen – deren Letzter ein Nordländer mit breiter, hoher Stirn und wilden blauen Augen ist. Das Gemälde erwacht blubbernd zum Leben, und der riesige Mann brüllt etwas, ruft durch die Leinwand. Seine Hände tauchen auf und klatschen gegen die flache, gerahmte Oberfläche. »Lass mich rein!«, dröhnt er, während der Goldrahmen zu bemaltem Holz und das dunkle Öl zu Glas wird.

Ann richtet sich von ihrem Sessel auf und taumelt an umkippenden Möbeln vorbei, dreht den Schlüssel herum und drückt die Klinke herunter.

Sie spürt, wie die Bestie an ihrem Körper vorbeirauscht, um ihre Beine fährt und nach draußen verschwindet, als sie die alte Eichentür öffnet.

Als ich noch lebte«, sagte Emily, »gab es den einen oder anderen wichtigen Moment und dazwischen lange, ereignislose Jahreszeiten, in denen ich ganz leer und unkonzentriert und ruhelos war. Mit solchen Momenten meine ich natürlich Äußerlichkeiten – jene äußeren Umstände, die sich einem aufdrängen und die dich auswählen: Liebe, Geburt, Tod und eine Nebensonne und ein Moorbeben. Und die ein oder zwei Male, als ich fort war.

Ich wollte eigentlich nie fort sein. An Veränderung war ich nie sonderlich interessiert. In Zeiten des Leerlaufs und in der vertrauten Weite blühte ich erst richtig auf. Ich konnte diese einschränkenden fremden Orte nicht ausstehen, die Paläste der Vorschriften, Zeitpläne, die jemand anderer aufgestellt hatte. Es *ist* herrlich, tot zu sein, weil einfach nichts passiert – außer diesem Kreuzfeuer an Jahreszeiten, und dann bist du hierher gekommen, was mir wirklich sehr angenehm ist. Es hat mir nie wirklich gefallen, wenn etwas passiert ist. Ich wollte nicht, dass irgendjemand geboren wurde, der uneingeladen in meine Welt platzte. Ich wollte auch nicht, dass der Tod mir meine wenigen Freunde aus ihr herausriss. Und ganz bestimmt wollte ich mich *niemals* verlieben.«

»Aber Emily«, fragte Arianna, »heißt das etwa, dass du noch nie verliebt warst?«

»Das Dumme am Verlieben ist doch, dass es in Wirklichkeit

dem perversen Wunsch entspringt, den Handlungsablauf deiner eigenen Lebensgeschichte zu erfinden, um ihn episodisch zu machen. Das Leben sollte ohne Handlung sein – nichts von diesem ›Und-dann-hat-er-dies-und-dann-hat-er-das‹-Blödsinn. Außerdem ist Verliebtsein im Grunde doch ein Zustand von Wut; ein wilder, ausgedehnter Koller. Von allen Menschen auf der Welt solltest du das doch wohl wissen.«

»Aber ich war doch nie wütend auf ihn.«

»Ach was … aber er war doch wütend auf dich! Glaube mir, Ärger spielt immer eine Rolle, was ich auch für richtig halte. Und dann ist da noch die damit verbundene schreckliche Ansammlung. Die ist natürlich auch immer dabei.«

»Die schreckliche Ansammlung?«

»Damit kennst du dich ja sehr gut aus.«

»Wovon redest du denn da? Emily, ich habe keine Ahnung …«

»Ich rede über *sämtliche Dinge* der Außenwelt, die in eine Liebschaft mit hineingezogen werden. Als ob ein Wirbelwind alle Gegenstände und Vorkommnisse der Welt in sein Chaos hineinsaugen würde, bis alles, was nichts mit ihr zu tun hat, bedeutungslos ist. Die Bewohner der Erde, ihre Architektur, ihre Jahreszeiten, ihre Wetterverhältnisse gewinnen nur deshalb an Bedeutung, weil sie einem die jeweilige Stimmung der Liebschaft vor Augen führen. Eine Kombination aus Blindheit und prüfendem Blick setzt ein. Mittelpunkt und Ausdehnung. Und dann ist ein herabfallendes Blatt nicht länger ein Blatt, das von einem Baum herabfällt. Es ist eine weitere Ergänzung für die schreckliche Ansammlung.

In meinem Buch verkündet Heathcliff, dass die Welt ›eine schreckliche Ansammlung von Hinweisen darüber ist, dass Catherine existiert hat‹, und dass er sie verloren hat. Ihre Gesichtszüge spiegeln sich in den Steinplatten des Fußbodens wider; ihre Stimmungen, ihre Launenhaftigkeit im Wind, der das Haus angreift. Seine Wände halten sie draußen! Seine

Fenster lassen sie herein! Ihr Geflüster verfolgt ihn, doch er kann nicht verstehen, was sie sagt. Ein Stück Kohle verrutscht im Feuer. Sie ist die Flamme! Er kann sie nicht berühren. Sie ist der Rauch, der sich unten im Tal ausbreitet. Sie ist die Neuigkeit aus weiter Ferne, die auf den Lippen von Zigeunern weitergetragen wird, und sie ist der Schmuck, den diese Menschen von ihren Karren herunter verkaufen. Das Quietschen der abfahrenden Wagenräder – ihre Beschwerden. Er kann nichts essen, doch er schmeckt sie. Sie beherrscht ihn völlig. Alles Existierende ist eine Botschaft von ihr. Er trägt sie in seinen Ärmeln bei sich, in seinen Taschen. Er trägt sie wie ein Medaillon an seinem Herzen oder wie das Band in seinem Hut, das um sein Hirn gewickelt ist. Er zerbricht ein Glas, und *ihre* Knochen zersplittern, *ihr* Blut wird verschüttet. Ihre Augen starren unter seinen Lidern hervor. Er nimmt sie mit auf Reisen, die so unvorstellbar sind, dass nicht einmal *ich* es gewagt habe, sie zu beschreiben. Drei Jahre lang existierte sie in Landschaften, die sie niemals sehen oder besuchen würde. Es ist undenkbar! Es ist besser, tot zu sein und in dieses ruhige, ereignislose Meer geworfen zu sein. Es ist besser, hier zu sein, wo die Jahreszeiten, die durch das Tal auf uns einstürmen, lediglich Jahreszeiten sind. O nein, Arianna, ich wollte nie verliebt sein. Das ist Teufelswerk. Und du verstehst *genau,* was ich sage.«

»Ja, Emily, ich verstehe genau, was du sagst.«

Wie langsam doch die Welt zurückkehrt. Zunächst ist der Blick aus dem oberen Fenster eine einfache, abstrakte Schwarzweiß-Studie: flach, weit in der Ferne liegend, kaum zu erkennen, und kurz nach dem Aufwachen oder vor dem Einschlafen kann man ihn fehlinterpretieren und für den Blick aus einem Flugzeugfenster oder aus dem Bullauge eines Ozeandampfers halten. Ann stützt ihr Kinn in die Handfläche, ignoriert vorerst den Ausblick und begnügt sich damit, von ihrem Kissen aus den Kontinent ihres Nachttisches zu bereisen. Lange, glorreiche Stunden des Entdeckens zwischen Stunden des alles verschlingenden Schlafes; ein Schlaf, der sie überfällt, verflüssigt und hinterher aufsaugt wie ein Schwamm.

Auf dem Nachttisch liegen mittlerweile zwei Bücher: die Brontë-Gedichte und die Bibel. Zwei Bücher über das Wetter, zu viele Bücher über das Wetter, denkt Ann ganz benommen. Gleich neben den Büchern steht eine Tasse mit Blumenmuster – Veilchen? Vergissmeinnicht? Die Tasse trägt stolz einen Haarriss zur Schau, wie eine dickliche Frau nach einem frischen Eingriff. »Erzähle mir von deiner Operation«, flüstert Ann ganz verschlafen dem kurvigen Porzellan zu.

Die kleine, ebenfalls sehr hübsche Lampe mit den Osterglocken auf dem Lampenschirm und den kurzen Fransen daran ist im Augenblick nicht eingeschaltet, was auch nicht erforderlich ist, da die Sonne darauf scheint und mit erschreckender Helligkeit von dem daneben stehenden Plastikbehälter reflektiert wird, in dem sich die Antibiotika befinden. »Ann Frear!«, verkündet das mit Plastik überzogene Schildchen, »viermal täglich!«, und dazu, wie der Name des Autors am Ende eines berühmten Zitates, »Dr. Nussey«. Doch es ist nicht Dr. Nussey, der ihr morgens und abends die Medizin verabreicht oder fragt, ob sie ihre Pillen tagsüber auch schon geschluckt hat. Ein großer Mann erscheint und verschwindet, bringt Tee in der kleinen, runden, verwundeten Tasse und hat anfangs den berühmten Dr. Nussey mit seiner Spritze voller Schlaf mitgebracht. Die Bestie kroch heraus; das Dunkel verschluckte Ann, und ein glatt rasierter Mann trat in ihre Krankheit. John Hartley, Moorstecher, Grasverbrenner, Heiler der Kranken, Instandsetzer von kaputten Cottages.

Außer dem statischen Drama auf ihrem Nachttisch und der seltsamen Erscheinung des großen Mannes gibt es nichts. Für Ann ist der Tag leer, ohne jeglichen zu Ende geführten Gedanken, und mangels Interesse an ihren eigenen lustlosen Versuchen, die Scherben ihrer zerbrochenen Erinnerungen wieder zusammenzusetzen, schläft sie immer wieder ein. Wieso, fragt sie sich ganz benommen, liege ich hier, von Krankheit geschwächt, in einem hellen Zimmer im oberen Stockwerk und werde in Abständen von einem freundlichen Mann besucht, der die Landschaft anzündet?

»Möchten Sie etwas Suppe essen?«, fragt er. Oder: »Ich habe Ihnen etwas Kuchen von Mrs. Arkel mitgebracht, werden Sie ein Stück davon essen?«

Er kommt und geht, eine große, freundliche, blasse Erscheinung. Manchmal ist er nach seinem Tagwerk so glatt rasiert, dass Ann seine Blässe und Hellhäutigkeit gar nicht recht fassen kann. Die langen Knochen und die breite Stirn. Die riesigen Hände, die einen schlanken Silberlöffel oder eine zierliche Porzellantasse festhalten.

»Heute sehen Sie schon fast wieder gesund aus… drei

Schritte weg vom Grab.« John lächelt, seine Blässe wirkt neben den leuchtenden Fenstern geradezu dunkel. »Soll ich Ihnen vielleicht … einige Psalmen vorlesen?«

»Sie wollen mich wohl bekehren.«

»Das nicht … aber sehen Sie, der erste klare Satz, den Sie nach der Spritze gesagt haben, war ›Lassen Sie uns übers Wetter reden‹.«

Daran erinnert sich Ann überhaupt nicht. »Vielleicht hab ich meine Meinung ja geändert«, meint sie.

»O nein … Sie nicht, Sie wollen es jetzt mehr denn je. Ich lese Ihnen einige Psalmen vor, und Sie hören einfach zu. Danach kriegen Sie Ihr Wetter – Beschreibungen vom Wetter –, aber der Sprachstil wird ganz ruhig sein. Wetter für diejenigen, die vom Wetter geschwächt wurden.«

»Gehen Sie denn in die Kirche?«

»Ja, ich bin einer von etwa fünfzehn Leuten im Dorf, die sie besuchen.« Er blickt ihr ins Gesicht, um ihre Reaktion einzuschätzen. »Die Lieder«, erklärt er, »ich mag die Lieder. Außerdem entrichte ich meinen Tribut für das Jenseits, indem ich mich um Gottes Braut kümmere.«

Ann schweigt.

»Gottes Braut … die Kirche. Ich führe Reparaturen durch.«

»Bei meiner Großmutter auf dem Lande bin ich in die Kirche gegangen.« Ann erinnert sich an ein rotes Backsteingebäude, an die Beisetzung ihrer Großmutter. »Dort erschien es mir passend. Alte Damen mit Blumenhüten, Kirchenfenster, quietschende Bankreihen. Und ja, die Lieder. In der Stadt war die Kirche etwas völlig anderes. Ich weiß nicht recht …«, schweift sie schläfrig ab.

Draußen bahnen sich Moorgräser ihren Weg durch den schweren, schmelzenden Schnee. Mehrere Kiebitze gleiten unter den blauen Wolkenlücken dahin. Unter dem Vorstoß des Lichts schlagen die Hügel geradezu Purzelbäume und ziehen sich wieder in den Schatten zurück, wenn die Wolken kommen.

Ann gibt nach, und John nimmt sich das Buch. Vom Spätnachmittag bis in den frühen Abend hinein bewegt sich die schleppende Ausdrucksweise des gequälten Schriftgelehrten aus John Hartleys Mund wie ein Fluss durch Anns Gehirn; die lyrische Betonung seines breiten Yorkshire-Akzents streichelt die zarten Silben. Die Hügel im Fenster werden allmählich dunkler. Einbrechende Nacht und zurückweichender Schnee. Ann hat kein Bedürfnis danach zu sprechen und im Grunde auch nicht das Bedürfnis zuzuhören, doch sie lauscht dem Ganzen wie einer Musik, die über die Ohren und das Herz hinwegspült. Die Anspielungen auf das Wetter erregen ihre Aufmerksamkeit, wie ein Angelhaken inmitten von Unterwasserpflanzen, der anzieht und wieder loslässt. Jetzt hat sie kein Bedürfnis nach komplexen Inhalten oder tieferen Bedeutungen. Es gibt nur die Stimme des Mannes, ihre Musik; das reine Geräusch der Wörter, ohne die dazugehörige Geschichte. Das Geschenk der Sprache, die Zeiten des Schlafes.

Wach auf, meine Seele, wach auf, Psalter und Harfe,
ich will das Morgenrot wecken!

Einige Abende später sitzt Ann unten am Feuer, und John liest ihr die restlichen fünf Kapitel vor. Verschwunden sind das Flehen und die Höllenqualen, die Angriffe von Gottes drohendem Wetter. Verschwunden sind die Hagelkörner und die barbarischen Blitze. Der Schriftgelehrte wurde von zahmen Flammen berührt, von der friedlichen Erde. Er hat seine Feinde vergessen. Die Wörter klingen wunderbar aus Johns Mund, Wörter wie *ewig, bewahren, Heiligtum.*

Er gibt Schnee wie Wolle, er streut Reif wie Asche.
Er wirft seine Schloßen herab wie Brocken;
wer kann bleiben vor seinem Frost?
Er sendet sein Wort, da schmilzt der Schnee;

Er lässt seinen Wind wehen, da taut es.
Er heilt die zerbrochenen Herzens sind
und verbindet ihre Wunden.

Am Ende der Worte klappt John die Bibel zu und blickt zu Boden. »So… das wäre erledigt«, sagt er. »Nun können Sie es alleine schaffen.«

»Nein«, erwidert Ann und fährt plötzlich in ihrem Sessel auf, da sie seinen Abschied spürt. »Nein… kommen Sie doch morgen wieder, bitte. Sie könnten mir Geschichten erzählen. Ich möchte zuhören, wenn Sie über die Landschaft hier reden.«

Es ist erst etwa eine Stunde dunkel. Der Frühling nähert sich, und die Tage werden länger.

»Ich möchte zuhören«, sagt Ann, »wenn Sie über den Himmel reden.«

Der Himmel von West Yorkshire ist niemals friedlich, niemals freundlich. Wer ihn ansieht, wird feststellen, dass er sich gerade ganz allmählich oder auch rasend schnell verändert. Wenn man glaubt, seine Botschaften gelesen und völlig verstanden zu haben, schlägt der Wind um oder verändert seine Geschwindigkeit. Die Sonne scheint auf einen Hügel in zwei Meilen Entfernung, verschwindet urplötzlich wieder von dort und spiegelt sich ohne Vorwarnung in einem kleinen Wildbach vor deinen Füßen wider. Die Luft, die einen umgibt, kühlt sich ab oder erwärmt sich ohne triftigen Grund und befolgt die Anordnungen eines Himmels, den man nur als manisch-depressiv beschreiben kann, oder zumindest als unberechenbar.

Abends steht Ann am Fenster, wartet auf John und blickt in die Leere und zu den Sternen hinaus, die der Himmel kurzfristig freigibt: ihre Juwelen in der Nacht. Nur auf den Gipfeln der Anhöhen liegt noch Schnee, da es die letzten Tage ständig, aber ungleichmäßig geregnet hat, und das Moor zu einem dunklen, reglosen, kaum wahrnehmbaren Meer geworden ist. Jetzt ist es kalt, klar: schwarz, mit Sternen und dem Mond. Und mit dem Wind.

»Wir sind verflucht und gesegnet durch diesen Wind hier«, hat John zu ihr gesagt.

Sie wartet auf ihn und darauf, seine Stiefel auf dem Weg zu

hören, der vom Dorf bis zur Tür ihres Cottage führt. Ihr neuer Freund. Der Riese, der sie mit gewaltigen, hilfreichen Händen ganz sanft vom Abgrund zurückgezogen und der sich so mühelos ihrer Schwäche angenommen hat.

»Wie haben Sie mich gefunden?«

»Ich wollte nur mal nachsehen... es war eine Art Nachforschung. Und Sie mit einer Lungenentzündung!« Verwundert wirft er die Arme in die Luft. »Ich kam bloß vorbei, um nachzusehen, wie Sie den Sturm überstanden haben.«

Ann stellt sich vor, wie er tagsüber in seiner Werkstatt oder der Dorfkapelle arbeitet; an Orten, die sie noch nie betreten hat. Aber sie versucht nicht sich vorzustellen, wie er im Moor arbeitet, wo sie sich kennen gelernt haben – nicht mit seinem getarnten, geschwärzten Gesicht und seinem Körper mitten im Feuer. Mit ihm verbindet sie das wärmende Licht und keineswegs verbrennende Flammen. Die helle Behaglichkeit des oberen Zimmers, seine Blässe und den weißen Haarschopf. In ihrer Phantasie werden seine Schultern stets vom Sonnenlicht berührt, das vom Staub auf einer nahe gelegenen Fensterscheibe noch weicher gemacht wird. Und das Lichtschwert in diesem Bild ist feierlich, zeremoniell: Die Natur schlägt John zu einem ihrer Ritter. Oder Gott selbst, der Wettermacher, legt ihm eine Hand voll Licht um den Hals.

Er ist in ihr Leben getreten und hat weder Spannung noch Unbehagen mitgebracht. In seiner Anwesenheit entspannen sich ihre Muskeln, ihre Gedanken werden frei, und Heuchelei verpufft. Manchmal ist er nur eine Stimme und Ann kann ihn auf seinem Platz in dem gegenüberstehenden Armsessel am Feuer kaum wahrnehmen: Sein weißes Haar ist orangefarben getönt, der Rhythmus seiner Sprache klingt durch das Haus.

»Es war schön«, sagt er, »als ich als junger Bursche am Rande des Moors aufwuchs. Als ich in dieses Dorf kam, konnte ich mich kaum richtig eingewöhnen; ich bin noch nicht zur Ruhe gekommen, wegen der vielen Leute.«

Ann muss lachen. Die Einwohnerzahl des Dorfes schwankt so um die dreihundert.

»Mir macht die Farm Spaß«, fährt er fort, »aber manche der jungen Burschen werden draußen im Moor ganz verrückt. Verrückt vor Einsamkeit.«

Ann gefällt die Bezeichnung »junge Burschen«, ihr Klang in der Nähe des Feuers. An einem Mann, der das Wort »Bursche« benutzt, kann es nichts Bösartiges oder Unnatürliches geben. Die Klarheit eines solchen Mannes ist erstaunlich; als ob die einfachen Wörter, die er benutzt, ein Mikroskop wären, das er auf sein Herz gerichtet hat, um sich völlig zu offenbaren. Er spricht und sie versteht, und die Welt um sie herum wird reich an Licht. Er entspricht den großen Fenstern eines Hauses. Er verteilt Sonne, Mond und Sterne genauso großzügig wie das obere Zimmer: der Ort ihrer Genesung.

Ann erinnert sich, dass sie einmal, noch bevor sie krank wurde, aus dem Dorf zurückgekehrt war und entdeckte, dass sie sämtliche Lichter im Haus angelassen hatte. Das obere Zimmer leuchtete wie die Laterne eines Riesen und warf Licht auf das umliegende dunkle Meer aus Moor, verteilte es über Bruchstein und Schotter, Moorgras und Matsch. In diesem Moment wurde Ann dazu gezwungen, am Bild von Arthurs Gesicht, das sie ständig vor sich her trug, vorbeizusehen und den oberen Raum zu bewundern. Die Vorhänge geöffnet, sein Inhalt enthüllt und die kalte Umgebung in sein warmes Licht getaucht.

»Die Geschichten habe ich von meinem Vater«, sagt John gerade. »Er erzählte sie abends, nachdem er aus der Fabrik heimgekehrt war und wir zu Abend gegessen hatten. Auf der Farm wuchs das Heidekraut, und er arbeitete in der Fabrik, wie ich kurz darauf auch.«

Ann möchte die Geschichten hören. »Erzählen Sie mir die Geschichten«, bittet sie.

»Eine zur Zeit«, verkündet er.

»Eine zur Zeit«, stimmt sie zu.

»Und die erste wird eine Geschichte über die Erde sein. Erst am Schluss werde ich über den Himmel sprechen, damit Sie mich auch weiterhin hierher kommen lassen.«

Ann lacht. Sie lehnt sich in ihrem Sessel zurück. Sie hört zu.

»Wenn Sie sich damit begnügen würden, im Tal herumzuwandern, anstatt im Moor nach Wind und Krankheit zu suchen, hätten Sie die Stelle schon gesehen. Und Sie hätten sich gewundert und sich vielleicht sogar schon danach erkundigt. John, hätten Sie auf Ihre traurige, langsame Art gesagt, John, ich habe im Tal ein Grab mit einer eigenen, kleinen Mauer gesehen. John, hätten Sie sagen können, erzählen Sie mir etwas darüber.

Und das werde ich auch, obwohl Sie nicht darum gebeten haben, da Ihre Frage aus Unwissenheit und nicht etwa aus mangelndem Interesse ausgeblieben ist.

Und ich sollte die Lichter ausmachen, da mein Vater, der diese Geschichten erzählt hat, recht sparsam war und es auch sein musste. ›Wir können genauso gut im Dunkeln wie im Hellen reden‹, sagte er beim Licht einer Kerze, nachdem wir zusammen fünf Kühe gemolken hatten. Es gab noch kein Gas auf der Farm, obwohl doch ein großer Gasbehälter in der Fabrik stand, in der er arbeitete – der *Grief Mill* –, wo auch ich gearbeitet habe, dort unten im Tal, von dem ich spreche. Obwohl sie jetzt nur noch aus schwarzen, verfallenden Wänden und aus Rost besteht.«

John steht auf und greift nach der Lampe. Plötzlich ist der Raum in eine Rostfarbe gehüllt, die vom Kohlefeuer ausgeht, als ob das Zimmer denselben Verfall wie die soeben erwähnte Fabrik durchgemacht hätte. John beachtet die veränderte Atmosphäre nicht weiter und setzt sich wieder in seinen Sessel, dessen Blumenmuster sich im Dunkeln in fließende, organische Formen verwandelt hat.

»Da drüben liegt das Dorf Oldfield, und dort können Sie sein Haus sehen.« John deutet auf die dicke, fensterlose Rückwand des Cottage. »Es steht genau dort.« Er zeigt hin und starrt wie ein Seher durch die Wand. »Sein Name war Jack Green, und er verbrachte einen Teil seines Lebens damit, Wälder anzulegen.«

»Hier?«, fragte Ann. »Was ist denn mit ihnen geschehen?«

»Nicht hier«, erwidert John. »Und was *wäre* wohl mit den Wäldern geschehen, frage ich mich, wo es doch schon hundertfünfzig Jahre her ist? Sie wären wahrscheinlich gewachsen, wenn sie überhaupt gewachsen wären, was in diesem Klima eher unwahrscheinlich ist. Wenn ein niedriger Wald zu der Zeit überhaupt gewachsen wäre, dann wäre er jetzt zu einem hohen Wald herangewachsen. Und jetzt erzähle ich meine Geschichte – die ich als Kind gehört habe. ›Erzählst du mir von dem alten schwarzen Stein?‹, bat ich damals, und danach gab es keine weiteren Fragen mehr.« Hier wirft John Ann einen bedeutungsvollen Blick zu, den sie aber im Dämmerlicht des Zimmers nicht erkennen kann.

»Ich dachte, es ginge um Wälder.«

»Jetzt erzähle ich die Geschichte«, wiederholt John. Er blickt ins Feuer und fängt an:

»Jack Green war der Gärtner reicher Männer, und das obendrein noch südlich von London; ich glaube, es war in Devon. Heutzutage würde man ihn einen Landschafts-Designer nennen, oder wie mein Vater sagte: jemand, der versuchte, Gottes Werk zu tun und dabei fast Erfolg hatte – Hügel und Seen anzulegen und ja, eben auch Wälder. Diesen Männern im Süden gehören Tausende Hektar von Land, und sie wollen ständig ihre Wälder verändern, um sie ihren Bedürfnissen anzupassen. Daher war Jack Green der Mann, den sie am häufigsten riefen, wenn sie neue Wälder anlegen oder alte verändern wollten oder sonst etwas, denn Jack Green war der Mann, der das richtige Händchen hatte und den Wäldern schmeicheln konnte. Er ging geradezu verführerisch mit den Bäumen um, dieser Jack, und man sagte, dass ihm die Bäume im Wald Schößlinge entgegenwarfen, wenn er an ihnen vorbeiging, oder ihm Setzlinge vor die Füße legten – sogar im Winter. Doch man muss einen Preis zahlen, wenn man versucht, Gottes Werk zu tun, sagte mein Vater immer, und sogar einen noch höheren Preis, wenn es einem beinahe gelingt.«

»Glauben Sie an Gott?«, fragt Ann neugierig.

»Ich glaube an das Wetter und an den Glauben. Sie glauben an das Wetter und an Fragen. Von jetzt an sollte es keine Fragen mehr geben.

Wir wollen doch mal sehen, ob wir uns Jack Green nicht vorstellen können, wie er als glücklicher junger Bursche mit den Grünflächen der Reichen spielt. Denn das tat er doch – genau wie die Jungens im Dorf mit Schlamm und Pfützen spielen, wo sie Schlachtfelder und Meere für ihre Soldaten bauen.«

Anns Puppenhaus und die Eimer in der Waschküche sowie die weite Provinz auf dem Fußboden dazwischen flackern in ihrer Erinnerung auf.

»Da stand er nun«, fährt John fort, »vermutlich gleich am Rande eines Waldes, den er pflanzte und betörte – hinter ihm das große Haus wie ein Schlachtschiff –, doch er wurde so gut wie nie zum Tee eingeladen, obwohl er reiche Männer kannte und einige ihrer Frauen, aber nicht alle. Und wahrscheinlich verbrachte er seine Zeit damit, in seinem jungen Wald auf und ab zu gehen, und genoss es, wenn die jungen Buchen und Platanen ganz leicht seine Schenkel berührten – er war etwa so hoch, dieser Wald.«

John hält seine große Hand etwa fünfzehn Zentimeter über die Stelle, an der sich sein Knie im Sessel abwinkelt. Ann sieht, wie sich der Feuerschein in den goldenen Haaren auf seinem Handrücken fängt.

»Ob er die jungen Bäume wohl berührt hat? Ja, ich glaube schon, aber zärtlich, ganz zärtlich, um die zarten Blattnerven der jungen Blätter nicht zu beschädigen. Denn sie knicken ganz leicht und gehen sehr schnell kaputt. Eine grüne Flüssigkeit tritt aus, und schon hat man ein Blatt getötet. Aber so etwas machte Jack nicht, nein, nicht Jack. Er streichelte seine Bäume zärtlich und redete ihnen gut zu.

Unser Jack pflanzte auch nicht etwa Reihen an. Er pflanzte auf Gottes Art und Weise. Manchmal Schößlinge, manchmal Samen. Weiden, Linden, Springkraut, Eschen, Birken, Walnuss, Wacholder, Zedern, Pappeln, Ulmen und Platanen waren einige der Bäume, die er anpflanzte. Zuerst zeichnete er sie auf einer Karte ein und schraffierte die Waldstücke, die er schaffen wollte. Er schraffierte die Stellen so lange, bis sie wie Gewitterwolken über den riesigen Landflächen aussahen, die den reichen Männern gehörten. Man sagte von ihm – er sagte von sich –, dass er eintausendfünfhundert verschiedene Grüntöne kannte. Und er wusste genau, wie man einen dieser Farbtöne neben einem anderen platzierte und wie viele man von jedem Einzelnen verwenden musste, um das Ganze anschließend noch mit den unterschiedlichen Grüntönen des Grases zu umgeben.

Er liebte seine Arbeit. Er liebte Rinde und Wurzeln und Äste und Blätter. Und er liebte die Gesten. Die liebte er am meisten, denn jeder Baum hat seine eigenen Gesten. Und dank ihrer Wachstumsgeschwindigkeit veränderten Jacks Bäume ihre Gestik je nach Laune und Gemütszustand.

Wenn Jack ganz weit entfernt vom Haus das Land bearbeitete, tat er gelegentlich so, als sei er der Wind. Jack war ein Mann, der in der Lage war, das Herz von einer Frau wie Ihnen zu berühren, wenn er so tat, als sei er der Wind. Er rannte dann durch einen Buchenwald, umkreiste einige Bäume dreimal und ließ andere einfach stehen. Und während er rannte, wirbelte er die Luft so sehr auf, dass selbst die Bäume durcheinander kamen und ihn für den Wind hielten, worauf sie mit den Blättern raschelten und ihre Äste bewegten. Oder er drehte sich auf einer Lichtung ständig um sich selbst, so dass vier oder fünf seiner Wälder wie Autos auf einer Autobahn an ihm vorbeisausten – aber viel hübscher, eine Mischung verschiedener Grüns – aus den unterschiedlichen Grüntönen der Bäume.«

An dieser Stelle verstummt John und greift zu dem Schürhaken, um einige glühende Kohlen im Kamin umzuordnen.

»Man sagte«, fährt er fort, »dass sie groß und schlank und kerzengerade war und dass Jack sie ab und zu gesehen hat, wenn sie sich über Rosen beugte, die ganz in der Nähe des Hauses im Garten standen. Ihr Haar war schwarz und dick, und ihre braunen Augen standen leicht schräg, so dass sie auch dann noch traurig aussah, wenn sie lachte. Und überrascht, als ob sie selbst nicht so recht wüsste, warum sie eigentlich traurig sei – was gar nicht der Fall war, denn sie war ja die Frau eines reichen Mannes, für deren Bedürfnisse gesorgt wurde. Jack muss sie bewundert haben, muss ihre Schönheit und Anmut bewundert haben, wenn sie sich über die Rosen beugte, doch er hätte nie gewagt, sie anzusprechen, da sie doch die Frau eines reichen Mannes war, deren Welt sich auf den friedlichen, gepflegten Garten zu beschränken schien, aus dem man die Blumen fürs Haus pflückte. Und Jack war die ganze Zeit über mit seinen Wäldern beschäftigt, half ihnen beim Wachsen und war der Wind in ihnen.

Eines Tages, als Jack einen Eschenhain anlegte und sich darauf konzentrierte, die Schößlinge genau nach seinem Plan einzusetzen, kam sie aus einem größeren Wald zu seiner Linken hervorgestürzt, weinte und war ganz in Grün gekleidet. Sie bemerkte Jack erst, als sie an ihm vorbeirauschte und er sie am Arm festhielt. Es war ihr merkwürdig nahe gegangen, wissen Sie, als sie das große Haus und ihren Garten verlassen hatte, um aus Neugier einen der Wälder zu besuchen, den Jack gepflanzt hatte. Ihr war aufgefallen, dass jeder Baum eine andere Haltung einnahm und dass sie ihre Gesten vor ihren

Augen verändern konnten, so dass es so aussah, als ob die Bäume entweder nach ihr griffen oder sie wegschubsten. Die Bäume wollten sie entweder umarmen oder lehnten sie ab, verstehen Sie? Einige der Bäume schienen sie voller Sehnsucht heranzuwinken, andere schienen bereit zum Angriff zu sein. Alle reagierten auf ihre Anwesenheit. Sie fühlte sich zu den Bäumen hingezogen und hatte gleichzeitig Angst vor ihnen. Sie spürte, dass sie Wurzeln schlagen und Blätter aus ihr herauswachsen würden, wenn sie ruhig stehen bliebe – dass sie einer von ihnen werden würde. Folgendes war geschehen: Obwohl Jack ständig von Grün umgeben war und sie noch nie genau sein Gesicht betrachtet hatte, hatte sie sich in ihn verliebt. Doch sie war sich dessen gar nicht bewusst, wie sich – unglücklicherweise für die beiden – herausstellen sollte. Sie rannte weinend auf das Licht zu, und dann stand Jack plötzlich da und hielt sie am Arm fest.

›Die Bäume leben‹, sagte sie bloß zu ihm.

Und als sie sich liebten, hielt Jack seine Augen geöffnet, damit ihm die Vielzahl der Grüntöne nicht entging.«

»Das ist eine wunderschöne Geschichte«, sagt Ann.

»O nein, überhaupt nicht. Es ist eine traurige, eine grausame Geschichte, die noch nicht zu Ende ist. Denn Sie müssen wissen, dass sie nie wieder in den Wald zurückkam oder wenigstens in ihren Rosengarten, denn Jack suchte nach ihr. Er wartete wochenlang am Rande jenes Waldes, aus dem sie weinend hinausgelaufen war, und während er wartete, blieb er ganz still und tat nicht ein einziges Mal so, als sei er der Wind. Und schließlich pflückte er in einer letzten verzweifelten Geste ein Blätterbukett, einen Zweig von jedem Baum auf dem Grundstück: Buche, Esche, Eiche, Kiefer, Lorbeer und so weiter. Zum ersten Mal betrat er unter dem Blick sämtlicher Fenster die breite Steintreppe des großen Hauses und klopfte an dessen hohe Eingangstür. Einer der Diener öffnete ihm, und Jack bat darum, man möge sein Bukett an die Herrin weiterleiten.

Ob diese Blätter jemals die große Lady erreicht haben, werden wir wohl nie erfahren. Aber wir wissen, dass sie nie mehr zu Jack hinauskam. Weder an diesem Tag noch an einem der darauf folgenden. Und einen Monat später verließ Jack das Anwesen des reichen Mannes für immer, da sein Herz sich gegen die Bäume gerichtet und er all seinen Wäldern den Rücken gekehrt hatte. Und als er davonging, verloren die Wälder – die Bäume in den Wäldern hinter ihm – ihre individuellen Gesten und wurden genau wie die schraffierten Gewitterwolken, die er auf seiner Karte eingezeichnet hatte.

Ich denke, er hat die Frau für einen Baum gehalten, so groß und kerzengerade wie sie war, wobei sie noch grüne Kleider trug. Er hat geglaubt, sie sei ein Baum und dass sie ihn verraten hatte.

Von da an litt er jedes Mal, wenn er einen Baum sah.

Er kam hierher ins Moor, weil es hier, wie Sie ja sehen, nur wenige Bäume gibt. Daher wurde der Blick aus seinen Fenstern nicht von den Erinnerungen an die große grüne Frau oder an seine verlassenen, winkenden Wälder getrübt. Er richtete sich in dem großen Haus von Oldfield ein – denn er hatte eine Menge Geld von den reichen Männern erhalten – und begann, ein dickes Buch zu schreiben, in dem er den Baum verdammte. ›Er verdeckt die Sicht‹, schrieb er, ›er versteckt Schnecken in seinem Fleisch, Nager wohnen in ihm, er verdeckt die Sonne, er wirft Schatten auf den Rasen‹, und so weiter: ein Kapitel pro Idee. Und eines Tages fand er dann im Tal unter dem Haus, in der Nähe des Wildbachs, diesen riesigen, schwarzen Stein.

Natürlich war er bereits hundertmal an ihm vorbeigelaufen. Er war ihm bis jetzt nur nicht aufgefallen – vielleicht lag es am Lichteinfall. Aber diesmal sah er ihn und war sehr erfreut darüber. Er umkreiste ihn einmal im Uhrzeigersinn und noch einmal gegen den Uhrzeigersinn und untersuchte dabei die Oberfläche des Steins. Ihm war ganz plötzlich klar geworden, wie sehr sich doch der Stein von einem Baum unterschied und dass er gar keine wilden Gesten machte: Er würde sich wohl nicht voller Kummer und weinend in seine Arme werfen, auch wenn er ihm nie den Hof gemacht hatte. Und nichts hätte einen Mann dazu veranlasst, so zu tun, als sei er der Wind, da Jack bei seinem Anblick wusste, dass der Wind überhaupt keinen Einfluss auf diesen Stein haben würde. Ja, der Jack, zu dem er geworden war, fand diesen Stein schön, und er beschloss, ihn zu seinem Grabstein zu machen.

Und so marschierte er den Hügel hinauf in das Dorf, um vier stämmige, starke Männer aufzutreiben – denn große, schlanke Leute waren Jack mittlerweile zuwider –, und marschierte anschließend mit diesen Männern wieder zu dem Stein hinunter. Jack wollte, dass sie den Stein den Hügel hinaufrollten zu dem kleinen Friedhof in der Nähe der Kapelle von Oldfield. Er wollte zwar noch nicht gleich sterben, doch er spürte, dass der große, schöne Stein in dem fruchtbaren Tal in Gefahr war, denn es war Jack nicht entgangen, dass dort ab und zu kleinere Pflanzen wuchsen, die verdächtig nach gedeihenden Schößlingen aussahen, bis die Schafe sie auffraßen. Jack wollte auf gar keinen Fall, dass sein geliebter Felsblock Wurzeln oder sprießende Blätter bekäme oder andere Anzeichen des Keimens aufwies, die ihn beunruhigt hätten. Sie müssen nämlich wissen, dass zu dieser Zeit schon eine Butterblume gereicht hätte, um Jack zu beunruhigen. Er gab sich die ganze Zeit über größte Mühe, gefasst zu bleiben.

Die vier stämmigen, starken Männer benutzten ihre acht stämmigen, starken Arme und ihre vier stämmigen, starken Rücken und rollten den riesigen schwarzen Stein aus dem Wildbach in die erste Weide hinauf. Doch als sie anhielten, um sich die Stirn abzuwischen, rollte der Stein wieder ins Tal hinunter. Nachdem sie diese Aufgabe noch drei- oder viermal durchgeführt hatten, beschlossen die vier stämmigen, starken Männer, dass sie statt eines Felsblocks doch lieber einen Bierkrug stemmen wollten. Sie kehrten ins Grouse and Rabbit zurück, wo Jack sie aufgegabelt hatte, und ließen ihn mit seinem Felsen zurück.

In den darauf folgenden Wochen konnte er weder essen noch schlafen, weil er dauernd an den Stein denken musste, der still und grübelnd, wie es schien, da unten beim Wasser lag, obwohl er ihn so gerne auf höher liegendes Gelände geschafft hätte. Auf bestimmte Weise war es jedoch eine Erleichterung für Jack, der weder aß noch schlief, weil er immerzu an die traurige Frau dachte. Und es lenkte ihn auch zeitweise von seiner Beschäftigung ab, gehässige Sätze über Bäume zu verfassen – abgesehen von einem weiteren Kapitel, in dem er die Bäume tadelte, völlig anders als der Felsen zu sein. ›Sie bleiben im Wind einfach nicht ruhig stehen‹, schrieb er. ›In bestimmten Jahreszeiten steigt der Saft in ihnen hoch und zirkuliert durch ihre Blattnerven und bleibt an den Händen derer kleben, die sie berühren. Ihre Oberfläche bleibt nicht glatt, sondern ist eher kompliziert.‹ Nach mehreren Tagen des Nachdenkens beschloss er jedenfalls, dass er den Felsen selbst den Hügel hinauf und zum Friedhof rollen würde.

Nach dieser Entscheidung war er von früh bis spät beschäftigt. Bei Tageslicht rang er mit dem Felsblock, den er mit Hilfe eines Stemmeisens zentimeterweise nach oben beförderte und mit Keilen befestigte, die er aus kleineren Steinen passend zurechtgemeißelt hatte. Jack hatte keine Verwendung mehr für Holz, da es ja, wie Sie wissen, nur das Fleisch von verschiedenen Bäumen ist und daher nach Jacks Verständnis trügerisch und unzuverlässig war. Er hatte in sein Buch geschrieben: ›Als Baumaterial für Häuser ist das Fleisch der Bäume nicht vertrauenswürdig. Bei der Berührung mit einem Streichholz bricht es in Flammen aus, und kleine Insekten nagen an seinem Herz.‹ Und ich glaube, dass er auf dieser ganz speziellen Seite auch eine Fußnote eingefügt hat: ›Falls ein Baum ein Herz besitzt, was zweifelhaft erscheint, so ist es Veränderungen und schlussendlich dem Verfall ausgesetzt. Es ist keineswegs so beständig wie das Herz eines Felsens.‹ Abends schrieb er solche Dinge in sein Buch, und weil er Tag und Nacht so beschäftigt war, gab es keinen Mann, der es mit Jacks anhaltendem Arbeitseifer aufnehmen konnte.

Nachdem er sich etwa ein Jahr lang damit abgemüht hatte, war es Jack gelungen, den Felsbrocken oben auf den Hügel zu schieben – fast jedenfalls. Er musste noch etwa drei Meter zurücklegen, als etwas Seltsames passierte. Mitten am Nachmittag nahm der Himmel eine beängstigende Grünfärbung an. Es war genau die gleiche Farbe wie das Kleid der traurigen Frau und außerdem die Farbe einer der Lärchen, für die Jack in der Vergangenheit stets große Zuneigung empfunden hatte, und tief im Inneren seines Herzens wusste er, dass hier ein außergewöhnliches Wetter auf dem Vormarsch war. Daher befestigte er verärgert den Felsblock mit Keilen und betrat widerwillig in dem Moment sein Haus, als um ihn herum pampelmusengroße Hagelkörner auf die Erde knallten. Sie gingen nach und nach in Regen über, und jetzt war da noch dieser weite, grüne Himmel, der Jack einfach an die Frau erinnerte, was ihn noch wütender machte als die Tatsache, sein Tagwerk im Stich lassen zu müssen. Wissen Sie, er hatte gehofft, sie im Verlauf seiner anstrengenden und ständigen Aktivitäten völlig zu vergessen, aber die Farbe und die Feuchtigkeit der Atmosphäre brachten sie ihm wieder so nahe, dass er geradezu ihren Atem an seiner Schulter verspürte.

Jack hatte zu jener Zeit aber doch etwas Holz in seinem Haus, in Form eines hölzernen Tisches, da er kein unzivilisierter Mann war und seine Mahlzeiten genau wie alle anderen einnahm, und er begann vor lauter Wut mit seiner Faust auf den Tisch zu schlagen. Und natürlich fingen dabei die Kerzenhalter und das Besteck an zu tanzen, und dann, als sein Wutanfall schwächer wurde und Jack aufhörte, auf den Tisch zu trommeln, tanzten die Kerzenhalter und das Besteck auch ohne seine Hilfe weiter. Als er zum Fenster eilte, um hinauszuschauen, sah er, wie sich sämtliche Hügel des Moors hoben und senkten und anschwollen und sich wölbten, denn dies war der Tag des Großen Moorbebens, von dem Reverend Brontë in Haworth sagte, es sei Gottes Antwort auf die Sünden der Gemeindemitglieder gewesen. Der Schlamm des Bebens ergoss sich vom Crow Hill ins nächstgelegene Tal, aber die Erde selbst bebte bis nach Bingley, und Sie können sich bestimmt vorstellen, was mit dem Felsblock von unserem Freund Jack geschah.«

Hier legt John eine Pause ein, damit Ann sich das volle Ausmaß des Moorbebens bewusst machen kann.

»Die Brontë-Kinder waren an diesem Tag draußen im Moor«, sagt sie zu ihm, »aber glücklicherweise wurden sie in Sicherheit gebracht. Sonst wäre *Wuthering Heights* vielleicht nie geschrieben worden.«

»Jack schrieb *sein* Buch zu Ende, indem er auf Folgendes hinwies: ›Das Grün der südlichen Wälder spiegelt sich lüstern im Dach des Himmels wider und verursacht wilde Stürme und Wirbelwinde darin und bringt heftige Eruptionen aus dem Herzen der Erde mit sich, während es lustvoll darauf hinunterblickt.‹ Nachdem er diese Worte geschrieben hatte, ging er ins Grouse and Rabbit, um eben jene stämmigen, starken Männer zu holen, die sich zunächst weigerten, mit ihm zu kommen, da sie annahmen, er würde sie erneut diesen Felsbrocken schieben lassen. Aber Jack hatte etwas anderes im Sinn.

›Seht mal dort‹, sagte er zu ihnen, als er oben auf seinem eigenen Hügel, vor der Tür seines eigenen Hauses stand. ›Dort unten möchte ich begraben werden.‹ Und die Männer blickten hinunter und sahen den Felsen auf halbem Wege im Tal auf einem kleinen, natürlichen Plateau liegen, genau an der Stelle, an der sich der kleine Bach verzweigt, der in den Wildbach hinunterfließt. ›Eine richtig hübsche Grabstelle‹, sagte

Jack zu seinen vier Freunden, ›und extra für mich von dem Felsblock ausgesucht.‹

Danach gab es für Jack nicht mehr viel zu tun außer zu sterben, und er tat es angemessen. Die vier stämmigen, starken Männer überredeten noch zwei weitere Kameraden im Grouse and Rabbit, ihnen beim Ausheben des Grabes zu helfen und Jacks Sarg hinunterzutragen. Sie stellten einen Gedenkstein neben den Felsblock und errichteten Bruchsteinmauern um die Grabstelle herum. Jack musste ihnen eines späten Abends wohl seine traurige Geschichte im Grouse and Rabbit gebeichtet haben, denn auf seinem Grabstein kann man die Worte lesen:

Hier liegt Jack Green
Er ging dahin
Man glaubt es kaum
Aus Liebe zu einem Baum.

Wenn Sie da runter gehen, was Sie möglichst bald mal tun sollten – denn man kann im Tal frische Luft schnappen, ohne unter den Moorwinden zu leiden –, werden Sie sehen, dass dort vier Lorbeerbäume stehen: in jeder Ecke der Grabstelle einer. Manche sagen, jeder der vier soliden, stämmigen, starken Männer hätte einen davon gepflanzt, denn sie hatten Jack recht gern gehabt, da er öfters spätabends im Grouse and Rabbit vorbeigekommen war, nachdem er wie üblich seine Wut über Bäume zu Papier gebracht hatte. Doch mein Vater hat immer gesagt, der Wind hätte die Lorbeersamen von einem Baum aus einem von Jacks Wäldern im Süden herübergeweht; von einem Baum, der über die Zeit von den Tränen der Frau gegossen worden war. Denn, wissen Sie, all seine Wälder und deren Bäume darin und die traurige Frau selbst hatten Jack noch viel, viel mehr geliebt, als er je geahnt hatte.«

»Enden wirkliche Geschichten auch so?«, fragt Ann John.

»Öfter als Sie denken«, erwidert John.

Kannst du eigentlich Latein?«, fragte Emily.

Die Geister hatten sich im Nebel amüsiert, indem sie immer wieder darin verschwunden waren und dann ganz allmählich wieder zum Vorschein kamen, wobei sie ein Ratespiel spielten. Dichter Nebel: Auf drei Meter war nichts zu sehen, auch keine Erscheinungen, die normalerweise sichtbar wären.

»Hab ich mich aufgelöst, oder hat mich der Nebel verschlungen?«, riefen sie einander zu. Emily zählte den Spielstand und hatte sich nur dann gelangweilt, wenn sie ganz sicher war, dass sie gewinnen würde. Dann wollte sie reden.

»Ich kann es nicht so gut sprechen, aber ich habe ein bisschen in der Schule gelernt.«

»Hast du denn die *Aeneis* gelesen?« Emily begann zu verblassen, als sie ihre Frage stellte.

»Komm zurück.« Arianna suchte den Dunst nach ihrer Gefährtin ab und entdeckte schließlich rechts neben sich Spuren von ihr. »Nein«, bedauerte sie, »ich bin nicht über einige Substantiv-Deklinationen hinausgekommen. Ich war nicht so sehr für Bücher.«

»*Meine* Lieblingsstelle ist«, sagte Emily, die urplötzlich wieder ganz deutlich wurde und Arianna damit ein wenig erschreckte, »wenn Aeolus die Winde befreit, damit Juno die Trojaner Schiffbruch erleiden lassen kann.«

Arianna seufzte: »Du und das Wetter. Wer ist denn Aeolus?«

»Der König von Aeolis, dem Land der Stürme.«

»Hätte ich mir denken können.«

»Juno war Jupiters Frau – und seine Schwester, wie ich hinzufügen darf. Sie redete auf Aeolus ein, bis er sämtliche Winde freiließ, die er in eine Höhle gesperrt hatte. Die Winde packten sich die Schiffe und schmetterten sie gegen Felsen, sie türmten riesige Wellen auf und ließen sie auf die hölzernen Decks prasseln, sie bliesen eine große Anzahl von Männern aus der Takelage in die Tiefe. Sie heulten und kreischten und verursachten enorme Zerstörungen.«

Den letzten Satz betonte Emily mit großer Genugtuung.

»O Gott! Und was geschah mit den Ballonfahrern?«

»Damals gab es noch keine, aber wenn es welche gegeben hätte, wäre dein kleines Missgeschick wie ein Märchen erschienen.«

»Ich kann mir nicht vorstellen, dass das alles auf Latein erzählt wird. Puella, puellae … puellam«, fügte Arianna unsicher hinzu. »Wo bist du denn *jetzt* schon wieder?«

»Hier hinten. Ich habe einen noch dichteren Nebel entdeckt. Venus, die Mutter von Aeneas, umhüllte ihn mit einer Nebelwolke, damit er unentdeckt nach Karthago eindringen konnte und beobachten, was um ihn herum vorging, ohne gesehen zu werden. Aeneas … der Held der Geschichte.«

»Ich erinnere mich nur an eine Geschichte. Irgendwas von einem Engel mit Wachsflügeln, der zu nah an die Sonne flog.«

»Ikarus. Er war Grieche. Er fiel vom Himmel wie ein Stein. Natürlich erinnerst du dich an ihn. Aber er war kein Engel. Sein Vater hatte ihm die Flügel gebaut. Vielleicht war er hinterher ja ein Engel, aber das bezweifle ich. Nach dem was ich von seinem Temperament mitbekommen habe, ist er wohl eher ein Geist geworden. Es ist schön, ein Geist zu sein, findest du nicht?« Emily verflüchtigte sich wieder, als wolle sie ihre Aussage unterstreichen.

»Gibt es denn wirklich Engel?... Und wenn ich so darüber nachdenke, warum sind wir keine?«

»Ich habe erst einen getroffen... ein ziemlich aggressives Biest. Ich glaube, das sind sie alle, so wie sie da merkwürdig herumflattern. Und diese Flügel! Ihre Flügel sind in Wirklichkeit recht schmutzig. Nicht etwa weiß, sondern irgendwie gelbgrau und ohne Glanz. Und oft haben sie Läuse.« Emily schwebte näher an Arianna heran, die sich ihrer Nähe durchaus bewusst war, obwohl sie ihre Freundin nicht sehen konnte. »Ich glaube, wir sind keine Engel«, teilte sie ihr vertraulich mit, »weil wir es nie erwartet haben. *Ich* jedenfalls nicht.«

»*Ich* habe nicht erwartet, tot zu sein«, schniefte Arianna. »Wer war denn der Engel?«

»Mein Bruder Branwell... und er war so etwas von schlecht gelaunt. Das war noch vor deiner Zeit. Vor mehreren Dekaden. Wenn du willst, erzähle ich es dir.«

Arianna schwieg. Ihr war klar, dass Emily es auch erzählen würde, selbst wenn sie nicht darum bat.

»›Was willst *du* denn?‹, fragte er mich rüde, als ob ich es gewesen wäre, der ihn heruntergerufen und ihn gestört hatte. Er war völlig zerzaust... sehr ungepflegt, wahrscheinlich betrunken. ›Du bist immer so fordernd!‹, meinte er.

Das machte mich wütend. ›*Ich* und fordernd?!‹, erwiderte ich. ›*Du* bist immer so fordernd gewesen. Achtung! Achtung! Ich zünde jetzt die Bettwäsche an! Das warst du. Rette mich! Rette mich! Ich bin betrunken! Ich bin ein betrunkenes Genie. Ich verdiene Aufmerksamkeit!‹

›So bin ich überhaupt nie gewesen‹, entgegnete er, ›ich war zurückhaltend, sensibel... Mach mir die Flügel sauber!‹

Das brachte mich erst richtig auf die Palme. ›Ich werde deine Flügel *nicht* sauber machen‹, fuhr ich ihn an. ›Mach dir deine Flügel selbst sauber.‹

›Das kann ich nicht‹, wimmerte er. ›Ich komme hinten nicht dran, wo es am meisten juckt. Es quält mich.‹«

Als Emily ihren Bruder imitierte, war ihr Tonfall sehr sarkastisch. Sie setzte ihre Geschichte fort.

»›Tja‹, sagte ich, ›du wolltest ja unbedingt ein Engel werden.‹

›Das stimmt doch gar nicht‹, weinte er, ›es war nicht meine Schuld. Es ist einfach passiert.‹

›Jetzt fängst du schon wieder damit an. Nie übernimmst du die Verantwortung für irgendwas. Wann wirst du endlich erwachsen?‹

›Ich kann nicht mehr wachsen!‹, brüllte er und war jetzt wirklich böse. ›Ich bin tot!‹

›Ausreden, Ausreden‹, konterte ich, ›du wirst dich nie ändern. Du wirst immer das Baby Bran bleiben, der Bettnässer und Nörgler. Und außerdem habe ich dich nicht hierher eingeladen, ganz egal was du denkst.‹

›Und was mache ich dann hier?‹

›Wer weiß das schon? Wahrscheinlich hat man dich rausgeworfen. Wahrscheinlich bist du ein gefallener Engel. Was hast du denn angestellt?‹

›Ach, gar nichts.‹

Das war eine typische Antwort. Ich beschloss, ihn wegen seiner Gleichgültigkeit auszuschimpfen. ›Engel haben Aufgaben‹, sagte ich, ›und die Guten erledigen sie auch. Aber du hast vermutlich …‹

›Ich hab mich nicht gut gefühlt‹, behauptete er.

Da wurde ich ganz ungeduldig. ›Du bist *tot*, Herrgott noch mal‹, platzte ich heraus, ›Tote fühlen sich immer gut. Engel fühlen sich herrlich! Glückselig! Geister sind dagegen zu unterschiedlichen Gefühlsregungen fähig, und Rache ist wohl eine der vorherrschenden davon – obwohl ich es persönlich für eine Verschwendung von Ewigkeit halte –, aber *Engel*, Engel haben doch angeblich immer gute Laune.‹

›Tja, *ich* aber nicht!‹

›Das sehe ich‹, stimmte ich zu. Dann stellte er versuchsweise seine Federn auf.« An dieser Stelle schüttelte Emily ihre Schultern und demonstrierte seine engelhaften Aktivitäten, worüber Arianna herzlich lachen musste.

»›Du wusstest ja immer alles besser‹, warf er ein. ›Du warst immer so bestimmend. Hast dich vor allen als Herrin aufgespielt. Dein Verhalten war fürchterlich. Anmaßend! Empörend!‹

›Wie undankbar von dir! Wer hat dir denn damals die Treppen hinaufgeholfen?‹, wollte ich wissen. ›Wer hat denn Papa gesagt, du würdest schon im Bett liegen und schlafen, wo du doch in Wirklichkeit noch im Black Bull getrunken hast?‹

So stritten wir uns noch eine Zeit lang, und natürlich mischte sich auch der Wind mit ein und warf die Wörter hin und her, wie er es halt so tut, und die ganze Zeit über sagte diese Stimme in mir, *Ich liebe ihn, ich liebe ihn doch*. Und das tat ich auch, weißt du, er hat schon immer ein Feuer in mir entfacht. Er hat mich wie eine Fackel in Brand gesteckt und im Auge des Zorns wurde die Welt wieder klar. Ich liebte es, wenn er pfeifend das Haus verließ und später völlig betrunken wieder hereinplatzte. Ich schätzte und beschützte seine gequälte Seite, jene Seite, die mich wütend machte und die ich trotzdem aus ihm hervorholte, damit ich erleben konnte, wie diese eigene Seite von mir unbeholfen durchs Leben taumelte und der Brutalität direkt ins Auge sehen konnte. Da war er nun, ein armseliges Beispiel von einem Engel, den man ebenso aus dem Himmel geworfen hatte, wie man ihn aus jeder Kneipe, die er jemals besuchte, hinausgeworfen hatte. Da stand er nun und riss sich seine himmlischen Gewänder vom Leibe und ließ sich darüber aus, dass er doch aus Liebe gestorben sei. Mittendrin brachen wir beide in Gelächter aus, und ich meinte zu ihm: ›Branwell, ich habe dich wirklich vermisst. Ich bin so froh, dich zu sehen.‹«

»Ist er denn aus Liebe gestorben?«, fragte Arianna interessiert.

»Er starb an seiner Vision von Liebe für eine unerreichbare verheiratete Frau. Aber in Wirklichkeit starb er am Alkohol. Ich war es, die aus Liebe gestorben ist.«

»Aber Emily… du hast doch gesagt…«

»Nicht diese romantische Art von Liebe. Ich starb aus Liebe zu ihm: Es war diese wilde, katastrophale Seite von mir, die mit ihm beerdigt wurde. Nach seiner Beisetzung bin ich nie wieder vor die Tür gegangen, ich bin nicht mal hier heraus gekommen. Man wollte, dass ich Ärzte konsultiere, doch ich wusste, dass ich bereits tot war. Ich konnte nicht mehr leben ohne seine komplizierte Widersprüchlichkeit, die in Wirklichkeit meine eigene war. Also bin ich einfach gestorben!«

Arianna dachte eine Weile darüber nach. »Ist es nicht merkwürdig«, fand sie, »dass ich nicht aus Liebe gestorben bin? Ist es nicht lachhaft, wenn man sich überlegt, dass ich genau in dem Moment sterben musste, als er wieder anfing mich zu lieben?«

»Nicht so lachhaft, wie du denkst.«

»Was meinst du denn damit?« fragte Arianna argwöhnisch.

Emily schwebte rückwärts von dannen, um das Spiel wieder aufzunehmen. Während sie langsam verschwand, wurde ihre Stimme immer leiser. Als ihre Worte zu Arianna vordrangen, schienen sie keinen Ursprung mehr zu haben.

Es ist nicht so seltsam, wie du denkst, schien der Wind zu flüstern.

Einige Abende später kehrt John in das Cottage zurück, und Ann, die sich freut, ihn zu sehen, holt eine Flasche Whisky aus der Küche, um ihren Tee damit anzureichern und das Gespräch in Gang zu bringen. Sie verbrennt eine neue Form von Kohle. Große, runde, flache Klumpen.

»Die sehen ja aus wie Hockey-Pucks«, findet sie.

»Was sind denn Hockey-Pucks?«

»Ein kanadisches Spiel… mit Schlittschuhen, Schlägern und Eis.«

»Ach ja…« Er hat schon fast vergessen, dass sie ja Ausländerin ist. »Möchten Sie heute Abend noch eine Geschichte hören?«, fragt er in seinem Yorkshire-Akzent und behauptet so den Boden, auf dem die beiden stehen, angesichts der Pucks und der Tatsache, dass sie eigentlich woanders hingehört.

Ann schenkt den Tee ein und gibt einen Schuss Whisky hinzu. Das ist auch eine Form von Zustimmung.

»Die Geschichte handelt von der Grief Mill, jener Fabrik, in der ich vor Jahren als junger Mann – fast noch als Kind – gearbeitet habe und in der bereits mein Vater gearbeitet hat. Ein komischer Name für eine Fabrik, finde ich, *Kummer-Fabrik.*«

»Dann ist es eine wahre Geschichte?«

»Natürlich, Ann, die Geschichten, die ich erzähle, sind alle wahr.« John hält ihr seine geöffneten Hände entgegen, als ob die Begutachtung seiner Handflächen Ann von seiner Ehrlichkeit überzeugen könnte.

»Aber dieser Jack Green und alles, was er so gefühlt hat, und die Zeiten, in denen er allein in den Wäldern war und so tat, als sei er der Wind – woher wollen Sie das denn wissen? Das können Sie doch nie beweisen.«

»Ich weiß um die Wahrheit der Vision, und habe darüber hinaus nicht den Wunsch, sie zu beweisen. Und so wie Sie zugehört haben, wissen Sie doch auch um die Wahrheit der Vision. Außerdem weiß ich«, fügt er leise hinzu, »dass Sie eines Tages jemand anderem die Geschichte erzählen werden, und so wird die Wahrheit weitergereicht.«

Der Wind ächzt durch den Schornstein und lässt einen Graupelschauer gegen die dunklen Fensterscheiben trommeln.

»Ich nenne die Geschichte ›Fußweg zum Feuer‹.«

»Hat Ihr Vater sie so genannt?«

»Nein, das hat er nicht, denn es ist meine eigene Geschichte. Und außer mir selbst sind Sie die Erste, der ich sie erzählt habe. Ich erzähle sie Ihnen, weil Sie ein *oftcumdun* sind.«

»Wie bitte?«

»Jemand, der von weit her kommt.«

»*Das* war der kleine Heathcliff also, und sie… Emily… hat nie erklärt, woher er eigentlich kam. Und später war er dann ein Revenant.«

Jetzt blickt John verwirrt drein.

»Ein Revenant…«, erklärt Ann, »ist jemand, der nach langer Abwesenheit wieder zurückkehrt oder, wie in Catherines Fall, eine Hälfte des Buches lang ein Gespenst, ein Geist ist, der aus einer anderen Welt von den Toten zurückkehrt. Aber genug davon, erzählen Sie mir die Geschichte.«

»Vor zweihundert Jahren lebten in diesen Hügeln Weber, die mit dem Handwebstuhl arbeiteten. Wenn im Sommer die Fensterreihen offen gelassen wurden, konnte man draußen die Weberschiffchen knallen hören. Und niemand besaß eine Uhr. Die Weber standen im Morgengrauen auf und begaben sich in der Abenddämmerung zur Ruhe; dazwischen webten sie eine ganze Straße aus Tuch und kümmerten sich um die Schafe, von denen sie die Wolle erhielten. Einmal im Monat begaben sie sich auf den alten Packpferd-Pfad, um ihre Waren in die *Piece Hall* nach Halifax zu bringen. Alles in allem war es eine glückliche Zeit. Keiner musste etwas töten, um zu überleben, das Wasser im Tal war sauber und suchte sich seinen eigenen Weg, folgte seinem eigenen Gefälle. Geister lebten hier. Die Menschen aus der Pennine-Gegend waren sehr kräftig von ihren langen Märschen durch das Moor, von der frischen Luft, die sie atmeten, und von der ehrlichen Arbeit, die sie in jedem Stadium selbst bestimmten und kontrollierten: vom Lamm über die Spindel bis hin zum Webstuhl.

Dann kamen Männer aus dem Süden und bauten Fabriken im Tal, in denen das Tuch auf dampfgetriebenen Webstühlen viel schneller gewoben wurde und auf dampfgetriebenen Lokomotiven in die Welt verschickt wurde. Und sämtliche Handwebstuhl-Weber, deren Häuser das Licht der Hügel seit Jahren aufgenommen hatten, mussten aus ihren Zimmern in dem oberen Stockwerk herunterkommen, ihre Eichentüren verschließen, ihre hoch gelegenen Häuser verlassen und in die dunklen Seelen der Baumwoll- und Wollfabriken im Tal hinuntersteigen. Zuerst gingen nur die Männer dorthin, aber da die Bezahlung so gering war und sie ihre ganze Unabhängigkeit verloren hatten, kamen auch die übrigen Familienmitglieder nach. Manchmal waren es die Frauen, aber vor allem die älteren Kinder, die über acht Jahre alt waren.

Der Bursche, von dem ich spreche, war einer von ihnen – er fing im Alter von vierzehn Jahren in der Fabrik an –, ging jeden Morgen den Trampelpfad zur Grief Mill hinunter, den andere Kinder schon vor hundert Jahren angelegt hatten. Kinder, die nun auf dem Friedhof der Kapelle schliefen. Heutzutage machen sich die Menschen über so etwas Gedanken und nennen es Kindesmissbrauch. Aber er war ein glücklicher Bursche, der nichts anderes kannte, als mit Freunden oder seinem Vater in Holzschuhen den Trampelpfad entlangzugehen oder den Dunst des verschlafenen Schulzimmers am Nachmittag oder den ganzen Morgen über das Dröhnen der Maschinen zu hören – außer an Sonntagen, die er drüben in der Top-Scar- Sonntagsschule verbrachte, und wenn er abends bei seinen Eltern auf der kleinen Farm oben auf den Hügeln war.

Sobald die Menschen von den Hügeln eine Fabrik betreten hatten, konnten sie sich nicht mehr unterhalten; ihre Stimmen verloren sich im Krach der Webstühle. Und doch gingen die Gespräche weiter, denn das Lippenlesen entwickelte sich. Überlegen Sie mal: stiller Klatsch, lautlose Einladungen zu religiösen Treffen, stummes Erzählen von Volksmärchen oder Tagesereignissen und die Texte von Hymnen und bekannten Liedern, die ungehört durch das Meer aus Geräuschen schwammen.

Die Luft, von der die Arbeiter in den Fabriken umgeben waren, sah ganz weich aus, da der Staub von der Appretur jeden Lichtstrahl aus sämtlichen Fenstern verschleierte. Und dieser Staub legte sich auf alles, was sich im Raum befand: auf den Boden, auf die Köpfe der Arbeiter und auf die Metallrahmen der Webstühle. Das war die Tafel des Burschen. Dort konnte er griechische Wörter hineinschreiben und wieder wegwischen, eine Zeit lang warten, bis sich der Staub wieder auf das Eisen gelegt hatte, und dann von vorne beginnen. Denn er lernte die Klassiker, aber nicht in der Schule, sondern hier in der Fabrik, wo sein Geist durch das Dröhnen der Maschinen frei war.

Vermutlich muss man auch ein Wort über eingeschränkte

Sicht und Ohren voller Wind verlieren. In solchen Fabriken zu arbeiten war etwa so, als stünde man in stürmischer Gischt an einer Küste, wenn man es mal so betrachtet.«

Oder in einem Schneesturm auf dem Highway, erinnert sich Ann im Stillen.

»Ab und zu«, erzählt John weiter, »schlenderte der Fabrikbesitzer, Thomas Grief der Dritte, in den langen Gängen zwischen den Webern auf und ab, weniger um das Tuch zu inspizieren, sondern vielmehr den Eifer derer, die es produzierten. Dieser Grief war schon ein merkwürdiger Anblick: ein großer, dünner, dunkel gekleideter Mann, der in einem staubigen Sonnenstrahl erschien. Wenn er näher kam, wurde er immer deutlicher, bis er sich in seiner ganzen Gestalt vor dem armen Weber auftürmte und auf ihn herunter atmete – so wie es der Lehrer in der Schule macht. Das war genug, um einen Burschen aus der Fassung zu bringen, und genug, um einen Burschen davon abzulenken, sich mit den Klassikern zu befassen. Doch unser Bursche – der sich gerade mit Odysseus auf windiger See befand –, bemerkte nicht einmal, dass sein Meister in der Nähe stand. Er schrieb einfach weiter und wischte die griechischen Wörter wieder weg, bis er eine Hand auf seiner Schulter spürte.

Er erschrak, und sein Herz schlug nun schneller als alle Weberschiffchen um ihn herum, und er begann, in der lauten Umgebung verzweifelte Ausreden und Entschuldigungen mit den Lippen zu formen. Aber Thomas Grief hatte nie gelernt, Lippen zu lesen, und verstand deshalb auch nichts von all dem. Er packte sich den Burschen wie ein Kätzchen am Kragen und schleppte ihn, so dass ihm fast die Luft wegblieb, in sein Milchglas-Büro am anderen Ende der Fabrik.

Der Bursche war noch nie im Büro eines Fabrikbesitzers gewesen, und während er sich den Nacken massierte, sah er sich um und war äußerst erstaunt. Der Mahagonitisch! Die Messingschilder! Die polierten Porzellanknöpfe und -griffe an den

Schubladen und Schränken! Und vor allem das Papier, diese hohen, herrlichen Papierstapel, die sich links neben einem gläsernen Tintenfass mit Silberrand befanden. Doch selbst während er alles begehrlich ansah, achtete er auf den Fabrikbesitzer, der ganz verärgert auf dem Teppich mit den bunten, geometrischen Mustern auf und ab schritt. Den Burschen erstaunte vor allem die Größe des Mannes und dessen langes, langes Gesicht, und wie dessen Augen und Brauen die enorme Länge seines Gesichts hinunterzurutschen schienen, um dann von einer ungewöhnlichen, inneren Kraft wieder angehoben zu werden. Das Schwierige an dem Burschen war, dass er immer wenigstens zwei Dinge gleichzeitig tat: am Webstuhl arbeiten und Griechisch lernen; die Strafe von Grief zu fürchten *und* dabei die Augenbrauen und die Teppiche und das Mienenspiel zu untersuchen. Vielleicht hatte er das von seinem Vater, der niemals aufhörte, das Moor zu stechen, obwohl er von früh bis spät im Tal arbeitete.

›Woher kennst du diese Wörter?‹, wollte der Fabrikbesitzer wissen, der sein Gesicht dicht vor das Antlitz des Jungen hielt.

›Bitte, Sir‹, antwortete er, ›ich habe ein Buch.‹

›Ja, das ist mir klar. Aber woher hast du das Buch?‹ Die Ausgabe, die neben dem Jungen auf der Bank lag, hatte Grief im selben Moment konfisziert, als er ihn am Kragen gepackt hatte.

›Es gehört meinem Vater, Sir, und ich darf es haben.‹

Thomas Grief der Dritte stand da mit dem Buch in der Hand, öffnete es gelegentlich und schlug es wieder zu, ohne darin zu lesen. ›Geh zurück an deinen Webstuhl‹, befahl er dem Jungen, und als er das sagte, sammelten sich seine lebhaften Gesichtszüge wieder. Das Buch gab er dem Burschen nicht zurück.

Am nächsten Tag saß der Bursche ganz unglücklich an seinem Webstuhl, da er ja, wie gesagt, immer zwei Dinge gleichzeitig tun wollte, und abgesehen von der Bibel war es das einzige Buch, das sein Vater besaß. Doch er konnte sich an manche Stellen daraus gut erinnern, da er sich anhand des Glossars die Buchstaben und Wörter beigebracht hatte, und nun spielte er, während er arbeitete, in Gedanken einige Passagen nochmals durch – den Teil mit den Zyklopen zum Beispiel. Aber ohne das Buch gab es keinerlei Möglichkeit für ihn, neue griechische Wörter zu lernen, und so lag am Ende des Tages der Staub wie eine unberührte Decke einen halben Zentimeter dick auf dem Metallrahmen seines Webstuhls. Er war reichlich deprimiert und niedergeschlagen, aber nicht so sehr wegen des Verlusts der Geschichte, von der er ja noch den ersten Teil – den er bereits entschlüsselt hatte – in seiner Erinnerung besaß, sondern wegen des Verlusts der schönen und erschreckenden Wörter, die die Geschichte erzählten, jene Wörter, die ihm aus dem Rätsel der toten Sprache entgegensprangen.

Zwei oder drei Wochen später tauchte Thomas Grief der Dritte erneut aus dem Staubnebel auf, aber diesmal sah der Bursche ihn kommen und senkte den Kopf und widmete sich seiner Aufgabe, so dass der Fabrikbesitzer nicht sehen konnte, dass sein Blick voller Hass gegen den Mann war, der ihm sein Buch gestohlen hatte. Dann spürte er plötzlich, wie er erneut am Kragen gepackt wurde und wie Grief ihn auf die Füße stellte und ihn, diesmal etwas sanfter, in sein Büro schleifte.

Dort erwartete den Burschen ein prächtiger Anblick: Sieben Bücher stapelten sich auf Thomas Griefs Schreibtisch, und sein eigenes befand sich auch darunter. ›Die sind für dich‹, sagte der Fabrikbesitzer, ›und wenn du willst, unterrichte ich dich in der Pause. Aber du darfst nicht lesen oder schreiben, während du an dem Webstuhl arbeitest, sonst geschieht womöglich noch ein Unfall.‹ Und dann trafen sich aufs Neue seine Augen und seine Nase und sein Mund, wie ich schon beschrieben habe, und flogen gleich darauf wieder auseinander.«

An dieser Stelle verstummt John, und der Wind rüttelt an sämtlichen Türen des Cottage. Ann rutscht unbehaglich in ihrem Sessel herum.

»Ist das alles?«, fragt sie. »Ist das das Ende der Geschichte?«

»Ich wünschte, es wäre so.«

»Aber dem ist nicht so.«

»Nein.« Stille. Noch mehr Wind. »Zu dieser Zeit gab es Probleme in der Fabrik, von denen der Bursche aber nichts ahnte, da er ja die meiste Zeit in Gedanken mit Odysseus um die Welt fuhr. Doch über den Boden und den munteren Fluss aus Fäden schwebten stumme Wörter hinweg, die von der Gründung einer Gewerkschaft erzählten, welche die Fabrikbesitzer dazu zwingen wollte, faire Löhne zu bezahlen und den Webern ein besseres Leben zu verschaffen. Viele dieser Gespräche mussten wohl während der Pause stattgefunden haben, während Grief mit dem Jungen Euripides oder Homer übersetzte. Wie es auch immer gewesen sein mag, der Bursche war jedenfalls ganz erstaunt, als er eines Tages seinen Vater mit einigen seiner Kameraden und einer Liste von Forderungen in der rechten Hand in das Glasbüro hineinspazieren sah.

Es ist schon komisch mit der Politik – auch wenn man sich nicht darum kümmert, so kommt sie doch zu einem. Der Bursche hatte seinen Vater und die Männer in der Küche mit wütenden Stimmen über die Gewerkschaft diskutieren hören, aber er hatte nicht geglaubt, dass ihren Reden wirklich Taten folgen würden. Doch wenn er jetzt mit seinem Vater die Kühe molk, konnte er im Schein der einzigen Kerze sehen, dass der alte Mann ganz aufgebracht war. Wenn er sich nachts schlafen legte, drangen die Worte ›Unsere Forderungen sind noch nicht erfüllt worden‹ durch seine Zimmerwände und störten seine Träume über das antike Griechenland.

Sie können sich vielleicht nicht vorstellen, wie ein nächtliches Feuer im Tal von oben aussieht. Nein, es ist wohl eher unwahrscheinlich, dass Sie es sich vorstellen können... deshalb erzähle ich es Ihnen. Zuerst sieht es festlich aus – wenn die Funken durch die Luft fliegen – wie zum Geburtstag der Königin, bis Sie feststellen, dass es die völlig falschen Farben sind, dunkle Orange- und Rottöne. Dann sieht es aus wie ein Dante'sches Inferno, aber von Menschenhand geschaffen, denn dieses ganz spezielle Feuer verbrannte ein Gebäude, dessen Verstrebungen sich heftig gegen die unberechenbaren Flammen zur Wehr setzten, bis sie den Kampf gegen das Feuer verloren, wie Sie ganz richtig vermuten. Der Bursche konnte das alles von seinem Zimmerfenster aus beobachten, und die ganze Zeit über dachte er daran, dass seine Bücher jetzt verschwunden waren. Vor seinem geistigen Auge sah er jede einzelne Seite neben dem brennenden Mahagoni und dem schmelzenden, Blasen werfenden Messing langsam verglühen. Er konnte sich vorstellen, wie Thomas Grief von dem großen Haus auf dem gegenüberliegenden Hügel seine Fabrik abbrennen sah. Und er konnte sich gut vorstellen, wie die Hand seines eigenen Vaters das Feuer gelegt hatte.

Es fragte nie jemand danach, weshalb Grief Mill abgebrannt war. Die Arbeiter bekamen keine Gewerkschaft, jedenfalls damals noch nicht, und so war das Einzige, was nach der Feuersbrunst übrig blieb, diese schwarze Ruine, die mittlerweile von Kletterpflanzen überwuchert ist, und ein längerer Weg zur Fabrik in Lumbfoot. Der Bursche sah Thomas Grief nie wieder, da dieser kurz nach dem Brand den Distrikt verließ. Und so hängte er mit vierzehn Jahren sein Griechischstudium an den Nagel. Sein Vater fragte ihn nie nach dem Verbleib des ersten Buches, weil er die Wahrheit darüber wohl ohnehin ahnte. Das Leben auf der kleinen Moorstecher-Farm ging seinen gewohnten Gang.

Mit dem Unterschied, dass das Buch zusammen mit den anderen verschwunden war, so dass der Bursche die Erinnerung an die Geschichten und an die wunderbare Sprache in seinem Gedächtnis bewahren musste, da sonst die Bücher für immer aus seinem Leben getilgt sein würden.

Doch die Erinnerung spielt ja ihr eigenes Spiel mit den Dingen – wie Sie vielleicht selbst schon bemerkt haben –, und mit der Zeit fing der Bursche an, sich Geschichten auszudenken, die ein wenig vom Original abwichen. Und da er sich die Geschichten oft nachts vor dem Schlafengehen ausdachte, krochen seine Träume in sie hinein und mit der Zeit auch ein paar seiner eigenen Erinnerungen. Und da er hier draußen im Moor lebte, war es unmöglich – das wird Ihnen bestimmt gefallen –, das Wetter aus den Geschichten herauszuhalten. Mit der Hilfe von Thomas Grief dem Dritten hatte er sämtliche griechischen Namen der Winde gelernt und sich über die Sprache gewundert, welche die Unterschiede für den turbulenten Ozean der Lüfte so genau benennen konnte.

Schließlich waren es nur noch seine Geschichten. Ein bisschen war sicherlich von den Griechen geborgt und ein bisschen aus der Bibel, die jetzt sein einziger Lesestoff war, ein bisschen von seinem Vater und ein bisschen von seiner Mutter. Fast nichts stammte aus dem Klassenzimmer, in dem er die Nachmittage verbrachte. Vieles davon entstammte den stummen Gerüchten in der Fabrik, seiner Erinnerung an Thomas Grief und dem beharrlichen Wetter, das ihn umgab und das sich, ob er wollte oder nicht, einen Weg in seine Erzählungen bahnte.

Auf diese Weise wurde er der örtliche Geschichtenerzähler, weshalb er sehr beliebt war und man sich gern in der Kneipe neben ihn setzte. Doch nur er selbst kannte die Qualen, die Einsamkeit: Immer wieder erzählte er sich im Dunkeln die Geschichten, oftmals Geschichten über Lügen, Verrat, Ungerechtigkeiten und gebrochene Herzen, bis sie ihm einleuchtend erschienen. Und die ganze Zeit über lauschten seine entlegensten Gehirnzellen dem Flüstern jener toten Sprache, die er einst gelernt, nun aber wieder vergessen hatte. Und dann tauchte da immer wieder das Gesicht eines Mannes vor ihm auf; ein Gesicht, das sich auflösen und vor seinen Augen wieder zusammensetzen konnte. Das und eine weitere Erinnerung konnte er nicht mehr loswerden: das Feuer im Tal, das sich in den Fenstern der Arbeiterhäuser widerspiegelte, in denen er die Geister der Weber an den Handwebstühlen vermutete, die sich fragten, warum ihre oberen Zimmer auf einmal orange waren.«

John gießt sich Whisky in die Tasse, ohne Tee einzuschenken. Ann bemerkt, dass sein Nacken vor lauter Aufregung feuerrot ist.

»Sie?«, fragt Ann.

»Höchstpersönlich«, gesteht er.

Sie rutscht durch das Zimmer bis vor seinen Sessel und legt ihre Wange an sein Knie, so dass er ganz leicht ihre Haare berühren kann. Später, als sie sich lieben, ist sie ein Fluss aus Leidenschaft, ein Garten aus Feuer; die entschlüsselte Geschichte, die Architektur des oberen Raums. Die Landschaft gehört John, und da er sich Ann widmet, gehört sie auch ihr; die Nebenflüsse seiner Geschichten bahnen sich ihren Weg durch das Moor bis hinab in die Täler.

Sie sind am richtigen Ort.

Als ich dir erzählte, wie ich mein Haus gebaut habe, Polly/Arianna, hab ich dir gar nicht gesagt, was ich sonst noch alles geschaffen habe.«

Arianna hörte auf, die Wolken zu beobachten und sie mit den Schafen zu vergleichen, die in der Nähe grasten, und wandte sich ihrer dahinschwindenden Freundin zu. »Na schön, Emily«, sagte sie geduldig, »was hast du denn sonst noch alles geschaffen?«

»Diese Landschaft hier und eine Menge Gespräche. Einige Leute – die übrigens nicht alle angenehm waren. *Und* ich musste auch noch ihre Kleider nähen *und* ihnen die Tische decken.«

»Du hast doch nicht diese Landschaft hier geschaffen!« Arianna ließ ihren Blick über das Tal schweifen: Burgunder-, Ocker- und Grautöne. Scharfer, keuchender Wind, dazu schwarze Steine, die überall aus der Erde ragten. Auf den Anhöhen weiße Schneekreise, die sichtbar zusammenschrumpften. Kiebitze, Brachvögel, Moorhühner – Kaninchen im Überfluss und dazu die sich im Wind wiegenden Moorgräser.

»Das habe ich aber! Ich habe das Ganze erfunden und es geschaffen!« Emily lachte und schoss wie eine aufsteigende Jungfrau Maria geradewegs in den Himmel, um ihre Schöpfungen zu begutachten. Dann ließ sie sich wieder hinunterfallen. Arianna tat das Gleiche, und so sprangen die beiden eine Zeit lang in zwanzig oder dreißig Metern Höhe in der Luft herum – wie kleine Mädchen beim Seilhüpfen.

»Ich habe es getan, wirklich«, meinte Emily, als sie schließlich auf die Erde zurückkehrte und sich zur Entspannung auf eine Heidecouch legte. »Ich wusste es von dem Tag an, als ich mein Buch fertig gestellt hatte. Mein Hund Keeper und ich waren zu unserem täglichen Spaziergang aufgebrochen und plötzlich hatte sich die Landschaft verändert. Da war sie, die Landschaft meines Romans! Ich hätte sie nie wieder auf andere Weise sehen können. Es war meine, meine! Ich hatte sie zu meiner gemacht! Und ich hatte sie für immer verändert. Es ist schon harte Arbeit, eine Landschaft zu bauen. Die Felsen waren besonders schwierig, und daraus bestand ja auch Heathcliff – aus unterschiedlichen Formen von schwarzem Stein. Er war zudem verstockt, unnachgiebig, fixiert, unveränderlich, schwer zu beschreiben und kam Gott weiß woher. Praktisch nicht umzubringen! Eine Landschaft kann man nur mit Dynamit oder einer Naturkatastrophe töten – vor allem eine Landschaft, die aus Kohlensandstein besteht. Und selbst dann ist der Tod *äußerst* langsam. Zuerst bröckelt sie nur.

Als Catherine starb, verlor Heathcliff seine Seele. Er ist in Stücke zerbrochen. Seine Steinmitte, der schwarze Kern, war zerschmettert, und trotzdem brauchte er dreißig Jahre, um zu sterben.«

»Dieser Heathcliff klingt wie ein richtiger Tyrann«, bemerkte Arianna. »Ich glaube nicht, dass ich ihn gemocht hätte.«

»U-u-u-h … wirklich nicht?«, fragte Emily sarkastisch. »Interessieren dich die wilden, bösen Männer nicht … ist das so?«

»Na ja … ich …«

Emily hatte ihren kleinen Seitenhieb angebracht und fuhr nun fort. »Ich musste einen Hof bauen und dann auch noch dieses protzige Haus im Tal«, sagte sie. »Ich musste Teetischchen und Sessel und Kerzenleuchter und lauter Kram mit hineinstellen, der mich gar nicht interessierte. Gott! … Leinenservietten und Weingläser. Lauter Objekte, Äußerlichkeiten im Inneren des Herrenhauses unten im Tal, obwohl ich doch die meiste Zeit viel lieber über das Innere der Außenwelt, der Landschaft draußen gesprochen hätte. Verstehst du, was ich meine? Aber ich riss mich zusammen und schuf alles ganz behutsam, nahm Unterhaltungen auf, ganz egal wie albern sie auch waren, und ließ die Landschaft nur in bedeutsamen Momenten eingreifen, meistens durch ein Fenster.«

»Ich hab immer auf alles runtergesehen«, sagte Arianna verunsichert. »Alles ist immer unter mir vorbeigezogen.«

»Ich weiß alles über die Steine unter meinen Füßen«, sagte Emily voll Stolz, »und darüber habe ich geredet. Ich weiß alles über Küchen, Kupfertöpfe und Asche, und auch darüber habe ich gesprochen.«

»Alles geschah immer da unten, und ich war zwei Meilen davon weg. Aber weißt du, gelegentlich drang etwas zu mir hinauf, ein Geräusch: ein Lachen, das Bellen eines Hundes, eine Kuhglocke, das Pfeifen eines Bauernjungen und einmal auch der Klang einer Geige, die ich nicht sehen konnte.« Arianna verstummte und überlegte eine Weile. »Wenn ich nur einem dieser Geräusche auf den Grund hätte folgen können, wäre mein … Aber es war sinnlos. Ich war viel zu weit weg und bewegte mich immer weiter fort. Außer nachts, wenn er mir ganz nah war … dann wusste ich nicht mehr, wessen Hände, wessen Haare das waren … meine oder seine. So nah und doch keine Liebe. Und den Rest der Zeit war ich einfach zu weit entfernt, nur mit den Geräuschen dringt die Liebe zu mir herauf. In Devon erreichte mich ein Schluchzen aus der Mitte eines Waldes. Jemand, der mich geliebt haben könnte, war dort unten und weinte. Und mit diesem Wissen war ich eine Meile davon weg und entfernte mich ständig weiter. Ich war immer eine Meile davon weg und entfernte mich ständig weiter.«

»Bis du in meine Geographie gestürzt bist.«

»Ja… bis dahin.«

Mit John tritt eine wunderbare Ordnung in Anns Leben: eine Ordnung, die sich ganz deutlich vom Chaos des umliegenden Moores abgrenzt, das täglich unter der Berührung des Windes zittert.

Morgens stehen Ann und John zum Geräusch der gläsernen Milchflaschen auf, die vor die Haustür des Cottage auf die steinerne Treppe gestellt werden und dort wie ein japanisches Glockenspiel klimpern. Während John in seine Arbeitskleidung steigt, geht Ann die Treppe hinunter, um – mittlerweile fachmännisch – das Feuer zu schüren und anschließend in den Keller zu gehen, um einen neuen Eimer Kohlen heraufzuholen. In der Küche sucht sie Teller und Schüsseln aus, deren Blumenmuster sie mit der Zeit lieb gewonnen hat, und lässt die kleine gesprungene Tasse, die sie während ihrer Krankheit benutzt hat, auf dem Fensterbrett stehen: als Schrein, als Relikt, als magischen Gegenstand. Der Morgen-Kater, eine Kreatur, die nur einmal pro Tag und immer um diese Zeit zu Besuch kommt, reibt sich hinter der Tasse am Fenster und drückt sich an der Scheibe das Fell platt. Er wartet auf eine Untertasse voll Milch, die Ann zusammen mit einem bemerkenswerten Windstoß durch die Eingangstür hereinholt. John erscheint in der Küche und füllt den Teekessel auf. Er ist, wie sie feststellt, der wohl glattrasierteste Mann auf Erden, mit glühendem Gesicht und ordentlich gescheitelten und gekämmten Haaren.

Beim Frühstück unterhalten sich die beiden und versuchen zaghaft, die Schlösser zur Vergangenheit des anderen zu öffnen.

»Warst du eigentlich immer in der Stadt, die du hinter dir gelassen hast?«, fragt er.

»O nein«, entgegnet sie, »in meiner Kindheit war ich oft auf dem Land – ich habe dir doch von der kleinen Kirche erzählt. Aber wenn ich jetzt dorthin käme, wäre alles ganz verändert: Vororte und Einkaufszentren wurden errichtet, man hat all die heimlichen Verstecke platt gewalzt – sämtliche kleinen Burgen, die ich als Kind in der Nähe des Flüsschens gebaut habe.«

»Flüsschen?«

»Am Wildbach«, erklärt sie. »Es ist nicht so wie hier. In Kanada wurde ganz viel Vergangenheit einfach weggeworfen. Den Leuten ist sie egal. Niemand zeichnet sie auf. Für mich war es sehr schwierig, auf diese Weise die Vergangenheit zu verlieren. Ich habe ernsthaft geglaubt, mir könne nichts geschehen, weil meine Vergangenheit verschwunden war. Nur der See ist noch wie früher: Zumindest sieht er so aus. Aber er ist vergiftet.«

»Wer hat ihn vergiftet? Was hat ihn vergiftet?«

»Atomkraftwerke, Chemieunternehmen, Zementfabriken, Abwässer.«

»Ja, über die Wasserverschmutzung durch Fabriken weiß ich Bescheid. Aber jetzt, wo hier alle geschlossen sind, reinigt sich das Wasser vielleicht selbst.«

»Vielleicht.«

Nachdem John zu seiner Werkstatt oder zur Farm aufgebrochen ist, spaziert Ann manchmal über das Moor bis nach Haworth, schlendert durch den alten, übervölkerten Friedhof, an der Kirche und dem Black Bull Inn vorbei bis zur Hauptstraße des Ortes. Hier betritt sie Tyson Mathers Qualitäts-Schlachterei, Mrs. Eccles' Bäckerei und den Obst- und Gemüseladen – den Ort der Tulpen und Feigen. Gelegentlich fährt sie mit einem alten, schnaufenden Bus noch tiefer ins Tal hinein und betrachtet durch dessen rußige Fenster die stillgelegten Fabriken und die verzweifelten arbeitslosen Menschen. Die Fabrik, in der John zuletzt gearbeitet hat, ist nur noch ein klaffendes Loch im Boden von der Größe eines Straßenblocks; sie ist nicht nur stillgelegt, sondern auch völlig demoliert. Ann versucht sich John als einen unter vielen Arbeitern in einem Raum voller Krach und anstrengender Arbeit vorzustellen, doch sie sieht ihn lediglich als isolierte Person in der Werkstatt vor sich, die ihr jetzt gut vertraut ist, oder draußen in der Scheune auf der Moor Edge Farm. Orte, die er kontrolliert, die ihm gehören.

Ihre Arbeit an dem Buch über das Wetter schreitet voran, und die Erinnerung an Arthurs Gesicht drängt sich nur noch selten in diese einsame Tätigkeit hinein. John ist von ihrer Arbeit amüsiert und fasziniert (»Du schreibst ein Buch über ein Buch!«, hat er ganz verwundert kommentiert) und hat zwei Objekte für sie in seiner Werkstatt gebastelt – Gegenstände, die, wie er behauptet, den Wind einfangen. Den ersten zeigt er ihr eines Abends nach der Arbeit. Tagelang steht das lange, dünne Gehäuse, das mit einem Kreis aus Löchern und mehreren straffen Darmsaiten verziert ist, auf dem Fensterbrett im Licht, während Ann sich fragt, um was es sich dabei eigentlich handelt. Erst als John es mit in den Garten nimmt und sie dessen Stimme hört, weiß sie, dass es eine Windharfe ist. Die ganze Nacht hindurch seufzt sie draußen und weint sich ihren Weg in Anns Träume hinein, bis der Wind seines Spielzeugs überdrüssig wird und es gegen die Gartenmauer schmettert. Am Morgen gibt es keine seltsame Musik mehr, sondern nur noch das Keuchen der Atmosphäre und dünne Holzsplitter, die zwischen den platt gedrückten Krokussen verstreut liegen.

John ersetzt sie durch ein Windspiel aus Schlüsseln, deren Schlösser und Türen nicht mehr existieren. »Das war der

Schlüssel zur Scar-Top-Sonntagsschule, bevor die neue Tür eingesetzt wurde«, erklärt er, »und die hier gehörten zur Kirche von Haworth, zur Zeit von Reverend Grimshaw. An jeder Tür gab es sechs Vorhängeschlösser, aus Angst vor aufgebrachten Arbeitern. Und der hier…«, sagt er augenzwinkernd zu ihr, »war der Schlüssel für Top Withins, bevor es verlassen wurde. Ich habe dir den Schlüssel zu *Wuthering Heights* gegeben.«

»Und woher hast du die ganzen Schlüssel?«

»Von meinem Vater. Er hatte eine Schublade voll in Moor Edge. Er sagte immer, es wäre doch schade, wenn man nichts von den Behausungen aufheben würde, die von den Hügeln verschwunden sind.«

Diese Quelle der Musik erweist sich als stabiler und lyrischer: Gelächter, das durch einen Windstoß verursacht wird.

»Aber um die Harfe tut es mir doch Leid«, bedauert John. »Ich muss sie wohl wegen des Griechisch gewollt haben, das ich gelernt und wieder vergessen habe. Aber vermutlich ist der Wind dort auch anders. Weder die Worte noch die Harfen der Griechen sind geeignet, um unser hiesiges Klima auszudrücken.«

Es ist ein Sonntag im April, eine Mischung aus Sonne und Regen. Schwarze, onyxähnliche Steine glitzern in der Sonne oder werden dunkler und verschwinden in den kurzen Regenschauern. In jedem Fenster des Dorfes, das zur Straße liegt, stehen jetzt nicht nur die in Staffordshire üblichen Nippesfiguren, sondern daneben auch leuchtende Sträuße mit Osterglocken in strahlenden Glasvasen. Auch in den Gärten blühen die Blumen und schwenken dort gelegentlich bis zu einer ganzen Woche lang ihre gelben Fahnen, bis der Wind sie platt drückt. Am Rande des Moors wird das Grün der Wiesen dunkler; Märzlämmer werden mutiger und springen zehn bis fünfzehn Meter entfernt von den blökenden Mutterschafen herum. In den Fensterscheiben des oberen Zimmers spiegeln sich dichte, weiße Wolken wider, die am azurblauen Himmel dahinjagen. Die Moore erwachen mit lauten, schnell strömenden Bächen zum Leben.

Als John am Nachmittag von der Kapelle zurückkehrt, nimmt er Ann mit auf die Farm, um einen Drachen steigen zu lassen, den er gebaut hat. Nachdem sie das umzäunte Gebiet verlassen haben und in das offene Moor getreten sind, greift er eine der Holzverstrebungen, aus denen der Drachen konstruiert ist, und biegt sie bogenförmig nach außen. Dann bindet er ein dünnes Stück Schafdarm an beide Enden der gebogenen Form und knotet sie zu einer straffen Schnur zusammen.

»Was machst du denn da?«

»Wirst du gleich sehen. Sperr deine Augen und Ohren auf. Hier draußen lernt man entweder mit dem Wind zu kämpfen oder mit ihm zu spielen. Mit den Jahren habe ich mich dazu entschieden zu spielen.«

Der Drachen zuckt ein- oder zweimal in Johns Hand und wird schließlich von kräftigen Luftströmungen nach oben gerissen. Er zieht und zerrt ein paarmal wie ein wütender Fisch am Haken und ergibt sich dann der Leine und segelt, so gelb wie die Osterglocken, stolz nach oben. Ann beobachtet das Ganze und kann es plötzlich hören.

Der Drachen singt! Der Drachen singt für die Hügel, mit einer seltsamen und freudigen Stimme.

John ruft vergnügt: »Ich war nicht sicher, ob der Drachen singen würde, aber er tut's!«

Ann lacht. Ihre Schuhe sind voller Schlamm. Sogar die wenigen Schafe, die um John und Ann herumstehen, werden kurz aus ihrer Trance gerissen, legen für einen Moment ihren leeren Gesichtsausdruck ab und werfen auf der Suche nach dem Ursprung des Geräusches einen Blick nach oben.

»Wir könnten noch mehr bauen«, schlägt Ann vor, »wir

könnten sie in verschiedenen Farben und Größen bauen und hätten dann ein richtiges Orchester.«

»Die Bläsersektion.«

Sonntagsspaziergänger nähern sich alleine oder in Paaren, bleiben stehen, um zu plaudern und über den Drachen zu sprechen, und erzählen ihre eigenen Geschichten von Wundern in der Luft. Von Drachen, die vom Wind gestohlen wurden und unversehrt im Loch Ness landeten. Von einem Dreijährigen, der von einem Drachen entführt und bis nach Heben Bridge befördert wurde. Von einem vierzig Jahre alten Mann, Vater von fünf Kindern, der von einer Drachenschnur erwürgt wurde. Von einem Drachen, der mit einem widerspenstigen Habicht daran wieder eingeholt wurde. Von der Brücke, mit der begonnen wurde, nachdem ein Drachen über die Niagara-Schlucht geflogen war.

»Ich komme aus Kanada«, verkündet Ann ganz stolz.

»Aye«, meint der alte Mann, der die Geschichte erzählt, »sie wurde auf der britischen Seite begonnen. Aber wie kommt es, dass der Drachen singt?«

In dieser Nacht spricht John zum ersten Mal von seiner Frau.

»Es lag eine Vollkommenheit in ihrem Tod«, erzählt er, »weshalb ich auch nicht zerbrach. Ich war leer, hohl, aber nicht gebrochen. Wie eine Tasse, die leer getrunken ist und nie wieder gefüllt wird. Sie war ein gutes Mädchen, und bis zu dem Zeitpunkt, als sie krank wurde, hatte sie keine Ahnung davon, wie es wohl ist, mal nicht zu arbeiten; sie und ihre Leute standen immer im Dunkeln auf und gingen runter in die Fabrik. Als sie krank wurde, wusste sie, dass es für sie nichts mehr gab außer zu sterben.«

»Und es gab keine Kinder?«

»Keine Kinder. Es gab noch keine Kinder. Es war so schade; und sie war noch so jung.«

»Du hast sie geliebt.«

John streicht sich mit seiner großen Hand über die Stirn. »Ja... aber ich bin trotzdem unverletzt geblieben – ich war zwar bekümmert, aber immer noch intakt. Bei dir ist das anders. Jemand hat dich sehr verletzt und dich mürbe gemacht.«

Ann schweigt. Einen Augenblick lang füllt Arthurs Gesicht den Platz zwischen den Sesseln aus, in denen die beiden sitzen, und versperrt so die Sicht auf den anderen Mann. Die komprimierte Welt des Highways und seiner Zimmer klopft an die Tür des Cottage. Dort tanzen keine melodiösen Drachen im Wind. Das innere Wetter: Hoffnungslosigkeit, Leidenschaft, ein wenig Freude. Ein Wetter, das Beschränkungen unterliegt, so wie Gemälde von den Goldrahmen begrenzt werden. Tintorettos wütende Stürme und plötzlich feierlich niedergehende, stürmische Sternenschauer. Der Mann, dessen Namen sie nur vor sich selbst ausgesprochen hat und noch nie vor John. Das Geheimnis des Mannes, der verletzend sein kann und wenige Sekunden später in der Lage ist, die Schiffe der drastischen Freuden aus ihren sicheren Häfen in eine dunkle, wunderschöne, unerklärliche See zu steuern. Er ist nicht aufzuhalten. Er kann durch Abwesenheit, durch Entfernung nicht ausgelöscht werden. Selbst in dieser Landschaft ist er ständig als Phantom bei Ann, selbst jetzt, als sie in Johns Wärme badet.

Ann sucht Johns Blick. Er hat seine Ellbogen auf die Knie gestützt, die Hände vor sich gefaltet und sitzt beinahe flehentlich, vielleicht auch resigniert da. Sein Blick ist gesenkt. Er will sie nicht ansehen. Schließlich spricht er.

»Er hat dich zutiefst verletzt, und du liebst ihn noch immer.«

Ann antwortet nicht. Der Wind wird beunruhigend; seine Handflächen tasten die Fensterscheiben und Türrahmen nach Schwachstellen, nach einem Eingang ab.

Jetzt hebt John den Kopf und blickt ihr direkt ins Gesicht. »Und liebt er... hat er dich je geliebt?«

»Das weiß ich nicht... nein. Ich glaube nicht.« Ann erhebt

sich aus ihrem Sessel, geht ans Fenster und zieht eine sterbende Narzisse aus dem ansonsten gesunden Strauß heraus. »Ich frage mich, wieso eine von ihnen früher verblüht, wo doch alle zur selben Zeit gepflückt worden sind.« Sie zeigt John die Blume. »Ist doch seltsam, oder?«

John nimmt ihr die Blume ab und wirft sie behutsam in die Glut. Ann sieht zu, wie sie sich zusammenzieht, brodelt und schwarz wird.

»Und es stimmt«, gibt sie zu, »ich liebe ihn noch immer.«

Beide sind gleichermaßen überrascht, als sie am nächsten Morgen eng umschlungen im Sonnenschein erwachen. Beim Frühstück erzählt John die Geschichte von einer älteren Dame aus dem Tal, die vor einigen Jahren beschlossen hatte, pünktlich zum Jahreswechsel im Wharfe River Selbstmord zu begehen. Zu ihrer großen Verwunderung stürzte sie auf dem Grund eines kleinen Strudelbeckens in einer Flussbiegung den Mitgliedern des Bolton-Unterwasser-Klubs in die Arme, die dort unten in Taucherausrüstung ins neue Jahr hineinfeierten.

»Natürlich wurde sie gerettet«, berichtet John, »aber hinterher war sie völlig verändert.«

»Was war mit dem Unterwasser-Klub, hat der sich dadurch auch verändert?«

»Ach nein, die haben bloß neue Lust auf Nervenkitzel und Abenteuer entwickelt.«

Gemeinsam lachen die beiden, streicheln den Morgen-Kater und gießen sich dampfenden Tee in die Tassen. Ihr Gespräch des vergangenen Abends ist vorerst nebensächlich.

Im Jahre 1805 befasste sich ein britischer Marineoffizier – was auch nicht weiter verwunderlich ist – wie besessen mit den Luftströmungen, von denen die Bewegungen seines Schiffs abhingen. Dieser rationale Mann spürte genau, dass er nicht eher Ruhe finden würde, bis er die Aktivitäten des Windes genau erkannt und beschrieben und ihnen genaueste Bezeichnungen gegeben hätte. Hierfür müssen jahrelange Beobachtungen erforderlich gewesen sein; Jahre, in denen er seine Fregatte als Versuchsobjekt bei einem ausgedehnten Experiment benutzte; Jahre, in denen er die Zuverlässigkeit seiner Rückschlüsse, die er nach und nach zog, überprüfte. Schließlich entwickelte er ein System, mit dem sich der Wind in dreizehn verschiedene Kategorien und Windstärken unterteilen ließ. Zu dieser Zeit war er bereits Admiral, und sein System wurde in der ganzen Welt als die Beaufortskala bekannt.

Ann ist in ihrer wissenschaftlichen Arbeit zu dem Abschnitt gekommen, in dem sie die Beaufortskala auf das Wetter in *Wuthering Heights* anwenden möchte. Sie glaubt, den besessenen Admiral genau verstanden zu haben. Vor ihrem geistigen Auge sieht sie ihn auf der Brücke seines Schiffes stehen, wo er den Wind schnuppert, dabei genauestens den Ozean studiert und seine Beobachtungen in einem kleinen Notizbuch vermerkt. »Windstille, glatte See, frischer Wind, stürmischer Wind, launischer Wind«, könnte er gesagt haben, während er die Windstärken benannte. Wurde ihm jemals sein großer Admiralshut von den Kräften, die er dort beschrieb, vom Kopf geweht? Wenn ja, hätte er dann wohl notiert, »der Wind ist stark genug, um Militärbekleidung zu entreißen«?

Ann findet heraus, dass die Beaufortskala über die Jahre hinweg bearbeitet worden ist, um sie auch auf andere Objekte als nur auf Fregatten anwenden zu können; sie beschreibt die Reaktion von Bäumen, Schornsteinen, Insekten, Vögeln, Kindern, Gebäuden, Kleidung und Rauch auf die unterschiedlichen Windstärken. Manche Adjektive wurden ergänzt, andere von nachfolgenden Generationen wieder gestrichen wie »völlig verheerend, unvorstellbar, grässlich, überwältigend«, wieder andere dagegen »leicht, leise, schwach, mäßig, frisch, steif« hinzugefügt. Die Substantive, die im neunzehnten Jahrhundert bei den Beschreibungen der Windstärken gebraucht wurden, haben sich im zwanzigsten deutlich verändert. Dachziegel wurden durch Telefondrähte ersetzt, Schornsteine durch Fernsehantennen. Ann schätzt jedoch besonders die Ausführungen des Admirals, in denen er unter Punkt 13 die orkanartigen Winde beschreibt, »denen kein Leinensegel standhalten kann«. Davon würde sie gerne dem ständig abwesenden Arthur erzählen, damit er die Skala auf Tintorettos Leinwände anwenden könnte. Und sie möchte, dass ihm dieser Vorschlag gefällt und dass er sich über ihre Klugheit und ihren Humor freut.

Außerdem mag sie die Art, wie der Admiral auf eine leichte Brise und deren Auswirkungen auf das Meer verweist. »Niedrige, immer noch kurze, aber ausgeprägtere Wellen. Kämme wirken glasiger und brechen nicht.«

Doch am besten gefallen ihr die Sturmbeschreibungen des alten Seemanns: Landsturm, Seesturm. Für diese wütende Aktivität verteilt er zwischen neun und elf Punkten auf seiner Skala. Ekstatisch klammert er sich am Mast seines Kriegsschiffes fest. »Sehr starke Winde, Wellen mit langen, überhängenden Kämmen!«, ruft er in Anns Phantasie. »Große Schaumkronen werden in dichten, weißen Streifen vom Winde davongetragen! Wasseroberfläche nimmt weißes Erscheinungsbild an! Das Meer! Das Meer! Die See überschlägt sich heftig, erschütternd!« Der Admiral ist völlig durchnässt und schnappt nach Luft. »Äußerst selten im Inland zu erleben!«, röhrt er ihr über den aufgewühlten Ozean entgegen, über die klaffende Zeitlücke hinweg, die die beiden voneinander trennt.

Ach ja …?, denkt Ann. *Und was ist mit* König Lear? *Was ist mit* Wuthering Heights? *Was ist mit letztem Monat?*

In *Wuthering Heights* gibt es nur eine Stelle, die sie auf der Windskala bei Null einstufen würde. Sie liest die dazugehörigen wenigen Sätze.

> *Gemeinsam saßen sie an einem Fenster, dessen Gitterwerk in der Wand verankert war, durch das man auf die dahinter stehenden Bäume im Garten und auf den wilden, grünen Park blicken konnte, das Tal von Gimmerton, in dem sich ein langer Nebelschweif fast bis zum Gipfel hinaufwand … Sowohl der Raum als auch die beiden Insassen und der Schauplatz, auf den sie blickten, sah wundersam friedlich aus.*

Null auf der Windskala. Windstille. »Spiegelglatte See«, flüstert der Admiral ganz erstaunt und späht über den Rand der mächtigen Bark, deren Segel schlaff und leblos herunterhängen. Der gepflegte Garten von Thrushcross Grange hält den Atem an, spielt Standbild und wird zum perfekten Bühnenhintergrund: die perfekte Umgebung für Catherine und ihren zufriedenen Ehemann, für ihre Hochzeit.

Aber Ann, die Leserin, kann das Wetter vorhersagen, kann in Gedanken durch den Park schreiten und sich gründlich umsehen. Am Horizont erkennt sie soeben noch die Andeutung einer Nimbostratus-Wolkenformation. Im Gegensatz zu dem Paar im Buch, das so dasitzt, als posiere es für ein Porträt, dessen Hintergrund der Garten Eden ist, weiß Ann genau, dass das Barometer fallen wird.

Vollmondnacht, noch immer still. Rauch steigt senkrecht auf, Nebel wabert. In den schwarzen Fenstern des Gutshofs spiegelt sich das Mondlicht wider. Drinnen brennt kein Licht, das in den Garten scheinen könnte, der ein ruhiges silbernes Meer ist, ein Spiegel, in dem der Zigeuner wartet. Ann weiß genau, dass er dort lauert; sein angespannter Atem ist die einzige Luftströmung in der Umgebung; hinzu kommt die Luft, die er aufwühlt, wenn er mit kaum unterdrückter Ungeduld von einem Bein aufs andere tritt. In diesem Augenblick weiß Ann bereits, dass die Grashalme, die das Gewicht seines herannahenden Fußes schon gespürt haben, Stunden später damit kämpfen werden, sich wieder aufzurichten, um sich mühevoll dem Mond entgegenzurecken. Ann begreift, dass es sich bei der runden Wölbung an der sauberen schwarzen Außenwand um die Schulter des Eindringlings handelt. Catherine und Linton befinden sich drinnen, gefangen in der reglosen Trance ihrer Zusammengehörigkeit. Draußen wartet Heathcliff darauf, hineinzukommen.

Ann ist überzeugt davon, dass, während er wartet, die Windstärke ganz allmählich zunimmt. »Ein Herr aus Gimmerton möchte Sie sprechen, Ma'am.« Blätter rascheln. Ein Spinnennetz wird wie der Bauch eines Segels aufgebläht. Catherine spürt den leichten Wind auf ihren Augenlidern. »Jemand, den Sie nicht erwarten.« Zweige bewegen sich. Auf dem Pfad, der zum Haus führt, wird etwas Staub aufgewirbelt. »Was denn, der Zigeuner – der Pflüger?« Ein Blatt löst sich von einem Baum, der lange Zeit sein Zuhause gewesen ist, und schwebt zu Boden, als Catherine die Außentreppe betritt, den Zurückgekehrten erblickt und ihn anhört – sein Blick ist wild, seine Haare zerzaust. Größere Äste bewegen sich, geflügelte Samen und Samen mit fedrigen Haaren schweben durch die Luft. Ihre eigenen Ärmel flattern ein wenig, als sie ihm in dem aufkommenden Wind die Arme entgegenstreckt.

»Wellen nehmen eine ausgeprägtere, längliche Form an. Viele weiße Pferde auf den Kämmen. Leichte Gischtbildung«, konstatiert der Admiral mit fester, sicherer Stimme.

Nummer fünf, vielleicht sechs auf der Beaufortskala. Und ansteigend.

TEIL DREI

Revenanten

Ach wäre ich doch ein verlässlicher Geist,
der umherjagt,
Passend beschäftigt und nicht mehr durch
Schwäche geplagt.
Wer tauschte nicht gerne das Fleisch gegen
ehrlichen Geist,
Der Verdienste erwirbt und wahrscheinlich
weit reist.

STEVIE SMITH

Verliebt und ganz alleine schwebte Jeremy Jacobs, der Sindbad der Lüfte, über die weißen Küsten von Edge Island hinweg. Über ihm türmte sich eine enorme Kugel auf – ein Ballon aus roter Seide, ein atemberaubender Blutstropfen über einer eisigen, reglosen Landschaft.

»Durch Weiß«, grübelte er, als er gedankenverloren einen Quadratzentimeter der Seide mit seinen gefühllosen Fingern berührte, »wird immer die Farbe verstärkt.« Und dann erinnerte er sich an *ihre* Farbe, die sich trotz ihrer Blässe deutlich vom arktischen Weiß der Bettwäsche abgesetzt hatte. Er dachte an ihren feuchten, pflaumenfarbenen Mund und an ihre gelblich-blonden Haare – ihre schlanken, weißen Gliedmaßen, die in der weißen Einrichtung des Raumes beige wirkten.

Jetzt, wo er über Land schwebte, war er trotzdem nicht in Sicherheit, und das erregte ihn. Die bloße Vorstellung darüber, ein Gebiet zu betreten, in dem Land und Meer einander tarnten, in dem Gleichheit und Nachahmung im Überfluss vorhanden waren, in dem seine eigene Gestalt das einzige Detail und seine Handlungen das einzige Abenteuer waren, ließ ihn vor Freude beinahe zusammenzucken. Hinter ihm kauerten weiße Berge, vor ihm die kleineren Eishügel des Polarmeeres.

Er war bereits über die Gipfel von Spitzbergen hinweggeflogen, über die scharfen Spitzen der westlichen und die flachen Hochebenen der östlichen Bergkette, über Stor Fjord, vorbei an Whales Point, deren Namen er noch aus den langen Nächten her kannte, die er mit seinen Polarkarten verbracht hatte. Morgen würde er über North East Land hinwegsegeln, das Land bei Dove Bay hinter sich lassen und in Richtung White Island aufbrechen. Aber jetzt, wo die Schleppleinen auf Eis verankert waren, blieb der rote Ballon an einer Stelle stehen, und er hatte Zeit, nachzudenken und sich zu erinnern.

Sie war fort. Und er auch. Die beiden waren unglaublich weit voneinander entfernt. Berührung, Gespräch, unmöglich. Während er über das offene Meer geflogen war, hatte er kryptische Botschaften, in Form kleiner Bojen, an sie geschrieben. Auf einer hatte gestanden: *Meine blasse Rose, ich trage dich, ein schwereloses Licht, ganz nah an meinem Herzen.* Auf einer anderen: *Engel, der du jetzt bist, ich gebe dir Farbe, habe gesehen, wie deine prächtigen Flügel sich entfalten… ein Nordlicht.* Es hatte ihm großes Vergnügen bereitet, die kleinen Bojen über den Korbrand zu werfen. Danach beobachtete er, wie sie durch die Luft trudelten und wartete darauf, sie ins eisige Wasser fallen zu sehen und zu hören. Anschließend stellte er sich ihre komplizierte Reise in das Land vor, in dem sie nun lebte; die Fjorde von *Nichts,* die breiten Flussmündungen von *Niemals,* das Land von *Nirgendwo. O Geliebte aus Federn und Schnee,* hatte er auf das Papier an der dritten Boje geschrieben, *weil du nirgendwo bist, hast du den allumfassenden Ozean erreicht. Ich habe dein Haar in den Sonnenstrahlen gesehen, und du* kristallisierst *dich um mich herum. Winzige Flocken von dir dringen in die Falten meiner Kleidung.*

Dann war da noch der Moment, in dem die dunkle Flüssigkeit unter ihm ihre Beschaffenheit veränderte und trübgrau wurde. Erste Hinweise auf das Polareis. Das Kräuseln des arktischen Randgebiets. Daraufhin erschien das schmerzhafte, blendende, ungebrochene Weiß des Gebirges von Spitzbergen am Horizont, ein verwunschenes Glas-Schloss.

Er war hingerissen und freute sich über das schneebedeckte Eis, obwohl es seinen Wasserbotschaften ein jähes Ende bereitete. Er bewunderte das Spiel des Windes auf der Oberfläche, wo auch ohne die Hilfe von Wolken kleinere Blizzards aus dem vorhandenen Schnee entstanden. Die tief stehende Sonne rollte langsam an einem Himmel entlang, der so blau war, dass man es fast nicht glauben konnte. Jeremy war wirklich der Meinung, dass Blau die völlig falsche Bezeichnung für die Farbe dieses Himmels war. Hier war etwas Klareres gefragt: ein Geräusch aus langen Vokalen und messerscharfen Konsonanten. So etwas wie *beeindruckend* oder *besitzergreifend*.

Von nun an würden seine Botschaften Arianna notgedrungen durch die Luft erreichen. Natürlich müssten es die vollendetsten Aussagen sein. Er entsann sich, dass sie sich stets vor dem Wasser gefürchtet hatte, einem Element, das so gar nicht ihrem Naturell entsprach oder entsprochen hatte. Mit der Absicht zu kommunizieren hatte er einen Käfig mitgenommen, in dem sich einige nicht abgerichtete Tauben befanden. Es spielte auch gar keine Rolle, wo die Vögel am Ende wohl landeten, solange sie nur von ihm davonflogen, denn eines stand fest über Ariannas Verbleib: Sie war weit fort von ihm.

Jetzt, wo er über Edge Island ankerte, begann er seine Luftpost-Botschaften zu verfassen, die, wie er wusste, schön, gewissenhaft und rein sein mussten. Das Papier würde nicht gefaltet werden, beschloss er, sondern eher wie ein Banner am Fuß eines jeden Vogels am Himmel flattern. Aus diesem Grund zerriss er mehrere Blatt Papier in lange Streifen, befestigte sie mit einem milchweißen Briefbeschwerer auf seinem Korbtischchen, zog seinen Bleistift heraus und begann zu schreiben.

In jener Nacht erschien das Nordlicht nicht. Stattdessen war ein dicker Sternenteppich am Himmel, eine Wiese voll leuchtender Blumen, so dass Jeremy sich an den äußeren Rand seiner Korbgondel stellte und glaubte, eine oder mehrere davon für seine Reise pflücken zu können, wenn er gewollt hätte. »Oh, Polly«, flüsterte er, als sämtliches Raumgefühl für oben, unten, nah und fern verschwand. »Oh, Polly … sieh doch nur, wie nah die weitesten Entfernungen sind.«

Er war überglücklich. Er war noch nie so verliebt gewesen. Allein in seiner Weidenrutengondel verbeugte er sich und begann, unter der himmlischen Pracht mit einer unsichtbaren Partnerin Walzer zu tanzen.

Es war schon viele Tage her, seit er die Kälte gespürt hatte.

Am nächsten Morgen spielte auch der Wind mit und blies ganz leicht in nordöstlicher Richtung. Jeremy kappte seine Leinen und brachte, mit dem Kompass in der Hand, das weiße Segel vorne am Ballon in die korrekte Position. Einige Minuten lang spähte er durch sein Perlmuttfernglas nach Norden. Als er schließlich einen Zustand völliger Leere erreicht hatte, begann er seine weißen Vögel loszuschicken. In einer verlassenen Gegend ist es unnötig, irgendwelche Aufgaben hastig zu erledigen, und mit diesem Wissen ließ er nach jeder Freilassung ein oder zwei Stunden Zeit verstreichen.

Auf dem kleinen Banner am Fuße des ersten Vogels stand: *O weiße Maid, Geliebte des Frosts, wie sehne ich mich nach deinen Eiszapfen-Schenkeln.*

Den Moment, wenn er die Hände öffnete und die Taube ihre Flügel ausbreitete, wollte er stets in seinem Gedächtnis einfrieren. Er konnte nun völlig losgelöst dastehen und das Bild genau betrachten, das er selbst schuf: seine dunkle Gestalt in dem endlosen Weiß, die Arme nach oben gestreckt, der wirre Abflug aus seinen Händen. Wie eine Gebetsfahne aus dem Mund eines angemalten Heiligen stieg die Botschaft gen Himmel.

Ich habe dich in Eisschollen gesehen, stand auf der zweiten Botschaft, *mit Silber in deinen Adern und kleinen Schneeverwehungen, die deine Brüste sind.*

Die dritte Taube hatte an manchen Stellen graue Schatten auf ihren weißen Federn. Jeremy wählte sie für seine düsterste Botschaft aus.

Du bist die Negation der Nacht, das Leuchten auf der anderen Seite des Globus; ich kann deine Morgenröte nicht sehen und glaube dennoch an ihren Schein.

Er schwebte über die Berge und Gletscher von North East Land hinweg und bemerkte Eisfüchse und deren blaue Cousins, die ihnen manchmal wie Schatten folgten. Verschiedene Vögel besuchten den Ballon: Schneeammern, Elfenbeinmöwen, Küstenseeschwalben. Sie schienen gar keine Angst zu haben und hockten stundenlang auf dem Korb. Als er erneut das Land hinter sich ließ und über eine Kombination aus Packeis und losen Eisschollen hinwegtrieb, sah er zweimal Eisbären, die sich an Seehunden labten. Unregelmäßige Blutspuren im Schnee. Welche Reinheit. Dünne, rote, deutliche Hinweise auf unschuldige Morde.

Als eines Nachmittags (obwohl er mittlerweile aufgehört hatte mitzuzählen und gar nicht mehr wusste, welcher Nachmittag es war) gerade die Sonne am Horizont versank und sämtliche Eisschollen und Eisberge orange gefärbt waren, kam in der Ferne eine überraschend gleichmäßige Kuppelform in Sicht. »White Island«, keuchte er und wunderte sich darüber, dass die Insel trotz ihrer ungebrochenen Eiskappe in Wirklichkeit blau war. Eine einzelne Wolke von etwa der gleichen Form hing über ihrem Gipfel. Die linke Seite der Insel lag im Schatten.

»Zu Hause!«, rief Jeremy und genoss den Klang des Wortes: ein tiefer Glockenschlag in der ihn umgebenden Leere.

Der Ballon landete und rutschte sacht über einen schmalen,

eiszapfenförmigen Steinstrand hinweg, dem einzigen Stück nicht von Eis und Schnee bedecktem Boden im Umkreis von Hunderten von Meilen: ein unerklärlich trockenes Randstück der Insel. Jeremy, der zum ersten Mal seit Tagen festen Boden unter den Füßen hatte, fühlte sich desorientiert, aber zufrieden. Sofort begann er, die Luft aus dem Ballon zu lassen. Er hatte nicht die Absicht zurückzukehren. »Zu Hause«, sang er beinahe, während er zusah, wie die Kugel ihre Form veränderte, nach rechts kippte und schließlich zu einer Pfütze aus roter Seide wurde. Dann kletterte er wieder in die Gondel, um sein Abendessen aus Champagner, *pâté de foie gras* und Schiffszwieback zuzubereiten. Er prostete der Insel, sich selbst, dem zusammengefallenen Ballon und der hoch geschätzten Abwesenden zu.

Es war bereits recht dunkel. Der Wind, der seine Aufgabe erfüllt hatte, Jeremy zum angepeilten Ziel zu bringen, hatte sich gelegt. Jeremy prostete auch dem Wind zu, doch weniger überschwänglich, da der Schaumwein die Begeisterung in seinem Gehirn bereits gedämpft hatte. Bald darauf begab er sich in seinen Schlafsack aus Rentierfell. Beinahe umgehend verlor er sich in Träumen über seine liebe Verstorbene, seine Von-ihm-Gegangene.

Der folgende Tag war grün! An einem blassgrünen Himmel rollte eine äußerst tief stehende, smaragdgrüne Sonne wie eine patinierte Bronzescheibe am Rand des Horizonts entlang. Der Eisberg hinter Jeremy hatte eine interessante Türkisfärbung angenommen, und dahinter stand ein olivfarbener Halbmond.

Auf dem seltsamen, nackten Strand wirkten die grauen Steine schwarz-grün. Auf ihnen verteilte sich außerdem die eigenartigste Treibholz-Ansammlung der Welt: vom Wasser geglättete große Äste, in deren unregelmäßigen Formen Jeremy dunkle Krieger, die Ruinen bayerischer Schlösser, Berninis

Grabmonumente, das Albert-Memorial und den Trevi-Brunnen zu erkennen glaubte, alles vermischt und als dunkle Silhouette vor dem nahenden Eis. Er stand eine Weile mit dem Rücken zur Küste da, kostete die Formationen aus und spielte mit ihnen dieselben visuellen Spiele, die er als Kind mit vorüberziehenden Wolken gespielt hatte. Die Neugier trieb ihn schließlich näher heran, und zu seinem großen Erstaunen entdeckte er, dass die Strömungen der Weltmeere auch Wrackteile an diese Küste gespült hatten, so dass er zwischen den riesigen Kiefern, die vom kräftigen Schmelzwasser an den Ufern sibirischer Flüsse mitgerissen worden waren, auch Reste zerstörter norwegischer Schaluppen und sibirischer Flussboote fand. Außerdem lagen dort Teile von Fischereiflößen, Tischbeine, ein kunstvoller Tisch, das halbe Gesicht einer Galionsfigur, eine hölzerne Badewanne und etwas, das einer Kanzel ähnelte. All dies Holz, Hunderte von Meilen nördlich der Stelle, wo der letzte verkrüppelte Baum sein Dasein fristete.

Als er zur Gondel zurückschlenderte, bemerkte Jeremy knapp unterhalb des Treibholzes etwas, das er zunächst für das Skelett eines kleinen Bootes hielt, was sich jedoch bei genauerer Untersuchung als Schlitten entpuppte. Rechts davon lagen zwei zerknüllte Stofffetzen – einer kariert, einer dunkelblau – und, zu seiner Verwunderung, ein Stiefel; alles zusammen in diesem seltsamen, surrealistischen, grünlichen Licht. Jeremy begann den Boden gründlicher abzusuchen und entdeckte zu seiner großen Freude mehrere Notizbücher aus Leder, ein Bündel Briefe, eine Blechdose, ein Fernglas sowie eine große Kiste mit fünf zerbrochenen französischen Champagnerflaschen, die fest im Eisboden zementiert waren. Auf einem benachbarten Felsen lag ein wunderschöner Kompass, der im grünen Licht leuchtete und unerbittlich nach Norden zeigte.

Jeremy eilte zum Treibholz zurück und sammelte die kleinsten Stücke für ein Feuer zusammen, begierig auf die Worte, die er aus den Notizbüchern und Briefen auftauen würde. Arktische Botschaften! Die weiße Wahrheit! Als er zur Gondel eilte, um Streichhölzer zu holen, rutschte sein Fuß am Rande des Gletschers aus, und er fiel auf das türkisfarbene Eis. Da entdeckte er den smaragdgrünen Schädel, der fünfzehn Zentimeter tief im Eis schwebte.

In den darauf folgenden Tagen suchte Jeremy, wenn er nicht gerade in den Tagebüchern und Briefen las, den Strand nach Knochen ab und wurde fündig: Oberschenkelknochen und Schulterblätter, Brustkörbe und eine perfekt erhaltene Wirbelsäule, die wie eine lange reglose Schlange zusammengerollt auf den Steinen lag. Aber nichts davon versetzte ihm einen solchen Stoß in die Brust, wie es der Schädel getan hatte. Es war das Wiedererkennen und die Unmöglichkeit des Zugriffs, was ihn entsetzte. Es war die Vertrautheit. Wie deutlich, wie verletzlich der Schädel doch aussah, der für immer in dem kalten, festen, unzerbrechlichen Glas eingeschlossen war.

In diesem Moment wurde Jeremy klar, dass er sich selbst betrachtete.

Wie friedlich doch alles wird«, seufzte Emily ganz verdrossen. »Der Frühling gehörte nie zu meinen Lieblingsjahreszeiten. Die verspielten Lüftchen gehen mir ganz schön auf die Nerven. Was ist bloß mit dem Wind passiert? Wenn du willst, können wir zum Winter zurückkehren.«

»Ich *mag* den Frühling«, entgegnete Arianna, »zumindest mag ich das, woran ich mich aus der Zeit vor *ihm* erinnern kann. Manche Kolleginnen aus der Fabrik gingen am Sonntagnachmittag an der Uferstraße oder im Park spazieren. Und als ich noch ein kleines Mädchen war, hab ich den Frühling *geliebt*. Ich erinnere mich an die Vögel von damals und an Osterglocken. Nach ihm konnte ich die Jahreszeiten irgendwie nicht mehr so klar erkennen… oder alles andere, was regelmäßig und vorhersehbar geschah: Wochentage, Ferien, Mahlzeiten. Nach ihm schien das alles verschwunden zu sein, denn seine Unvorhersehbarkeit wurde zu meiner Realität.« Arianna blickte geradeaus über das Tal. Sie verschränkte ihre dünnen, durchsichtigen Arme. »Als ich noch Ballonfahrten gemacht habe, hat mir der Frühling vermutlich gefallen… es war die einfachste Zeit.«

»Ich glaube, mein frühes Interesse an der Arktis muss etwas mit meiner Abneigung gegen den Frühling und meiner Liebe zum Winter zu tun haben. Versteh doch«, strahlte Emily vor Begeisterung für ihre bevorzugte Jahreszeit, »es passiert doch viel mehr im Winter. Es ist ein aktiveres Stadium. Nichts von diesem langsamen, beinahe unmerklichen Wachstum, diesem gleichmäßigen, zähen Entfalten. Der Wind greift alles an, was um ihn herum ist, er stellt sofort Kontakt her und verändert die Landschaft im Handumdrehen. Ein Schneesturm verändert alles. Es scheint, als hätte er die Landschaft so gerne, dass er sie einfach unbesorgt berühren und sich über sie werfen muss. Zugegeben, manchmal ist er ungehobelt, aber immer furchtlos. Leidenschaftlich. Keine dieser zärtlichen, sentimentalen Schmeicheleien.« Emily blickte empört zu den in der Nähe wachsenden Schlüsselblumen hinüber. »Sind die nicht etwas übertrieben? Die schreien ja geradezu, sieh doch mal, wie niedlich ich bin. Ich bin eine Blume! Ich bin eine Blume!«

Arianna untersuchte die kleinen Blüten und dachte, ja, die sind niedlich, und es sind Blumen.

»Du bist genau wie meine Schwester Charlotte«, behauptete Emily. »Sie hätte bestimmt etwas Albernes über Blumen geschrieben. Anne wohl auch.« Sie verstummte und studierte Arianna eingehend. »Du bist Charlotte *tatsächlich* sehr ähnlich. Eine Meisterin im Schmachten, du willst spuken und so weiter.« Emily lachte. »Du hättest ihn mal sehen sollen. Von wegen perfektes Profil.«

»War Charlotte denn *verliebt*?«, fragte Arianna ganz verwundert. Sie hatte schon eine Menge über die berühmte Charlotte gehört, über die große Anzahl von Büchern, die sie verkauft hatte, über ihren verzweifelten Wunsch nach gesellschaftlicher Anerkennung. Über ihre anstrengenden Reisen nach London und über Emilys strikte Weigerung, irgendetwas mit diesem Ort zu tun haben zu wollen. *Literaten,* hatte sie verächtlich geschnaubt. Pffff!

Emily antwortete nicht, doch sie hatte aufgehört zu lachen.

»Und, *war* sie nun verliebt?«

Emily zuckte zusammen. »Ich möchte lieber nicht darüber nachdenken.«

»Oh … *bitte* erzähl's mir.«

»Es war …«, begann Emily, »ganz erbärmlich. Er war ihr Lehrer, sie nannte ihn doch tatsächlich *Magister*. Das war in Belgien. Dort gefiel es mir überhaupt nicht.«

»*Du* warst in Belgien? Das ist unmöglich. Du bist doch nie irgendwo anders als an diesem Ort hier gewesen. Dich kann ich mir nicht mal in dem Wohnzimmer vorstellen, in dem wir gespukt haben, oder in dieser Küche. Ich bin überall am Himmel gewesen, aber ich war noch nie in Belgien.«

»Charlotte und ich gingen dort eine Zeit lang zur Schule; sie blieb etwas länger als ich. Ich bin so schnell wie möglich zurückgekehrt, aber Charlotte ist als Lehrerin dort geblieben. Es war schrecklich. Sie war ohnehin nicht sehr groß, und in vielerlei Hinsichten wurde sie immer kleiner. Sein Name war Monsieur Heger.«

»Hat er sie verführt? Hat er sie geliebt?«

»Auf gar keinen Fall. Oh, ich glaube, er hat ihre Intelligenz bewundert, aber, lieber Gott, er war verheiratet und hatte hundert Kinder. Das spielt zwar weiß Gott keine Rolle. Aber da war noch was anderes: Ich glaube, ihn interessierte seine eigene Macht über sie. Sie hätte alles getan, um ihn zufrieden zu stellen. Das muss er gewusst haben.«

»Das muss er gewusst haben«, wiederholte Arianna und schweifte in ihre eigene Vergangenheit ab.

»Am Ende kehrte sie geschlagen nach Hause zurück, und dann fing der schlimmste Teil des Ganzen erst an.«

»Der schlimmste Teil des Ganzen«, echote Arianna und kehrte ganz langsam zum Thema zurück.

»Das Warten … das Warten auf den Brief. Verstehst du, sie hatte ihm geschrieben, und er hatte nicht darauf geantwortet, daher wartete sie ständig. Sie hat nur ein einziges Mal darüber gesprochen, aber ich konnte zunächst die Erwartung und bald darauf das verzweifelte Warten *spüren*. Das ging jahrelang so. Nach sechs Monaten begann auch ich auf den Brief zu warten, obwohl ich genau wusste, dass er nie, nie kommen würde. Charlotte schrieb ihm immer wieder. Das konnte ich ihrem Gesichtsausdruck entnehmen, wenn sie auf das Papier starrte. Ich begann mir vorzustellen, was wohl in seinem Brief stehen würde, wenn er denn einträfe. Die ungeschriebenen Absätze verfolgten mich – nicht, weil ich wollte, dass der Brief endlich käme, sondern lediglich, weil er nie eintraf. Im Grunde wollte ich gar nicht, dass er eintraf, da mir Charlottes Leidensfähigkeit sehr vertraut war. Die Ankunft dieses Briefes hätte ihr weitere zehn Jahre Seelenschmerz zugefügt. Sie sagte, sie wolle doch gar nicht viel von ihm; nur ein wenig intellektuelle Korrespondenz, hat sie gesagt. Natürlich war das gelogen. Was sie wirklich von ihm haben wollte, war doch Schmerz, Betrug, Heimlichkeit, Rätselhaftigkeit und Dunkelheit. Und das würde auch der Brief beinhalten, ganz egal, was wirklich darin stünde. Das ist es gewesen, was er vor ihr zurückgehalten hat. Nicht bloß Freundschaft.

Du hättest sie warten sehen sollen… es wurde zu ihrer Hauptbeschäftigung… anstrengende Arbeit. Sie wartete die ganze Nacht hindurch, wachte, schlief. Morgens wartete sie darauf, dass das Wasser im Kessel zu kochen begann, doch in Wirklichkeit wartete sie auf die Ankunft eines nichtexistenten Blatt Papiers. Wenn sie nachts darauf wartete, dass Branwell aus dem Pub nach Hause kam, wartete sie auf das Eintreffen des Briefes. Während sie auf das Ende von Papas langen Predigten wartete, wartete sie auf den Anfang des Briefes. Sie wartete darauf, dass ein Kuchen aufging, aber in Wirklichkeit wartete sie darauf, dass der Brief auf wundersame Weise auf dem kleinen Silbertablett landen würde, das auf dem Flurtisch lag.«

»Mir hat er nie irgendwelche Botschaften geschickt«, beklagte Arianna, »nicht mal eine Postkarte. Das Wort *Liebe* habe ich nie in seiner Handschrift gelesen.«

»Ihr wart doch nie voneinander getrennt… wie hätte er

denn schreiben können? Aber …«, ein geheimnisvoller Ausdruck überzog Emilys Blick, »mach dir mal darüber keine Gedanken, jetzt wird er die Botschaften abschicken. Das hat er wahrscheinlich schon getan.«

»Ach, liegt das etwa daran, dass er tot ist? Lass ihn uns heimsuchen. Lass uns die Nachrichten lesen.«

»Nein.«

»Wieso spukst du lieber an Orten, statt Menschen heimzusuchen?«

»Orte sind doch viel befriedigender.«

»Für dich vielleicht.«

Emily ignorierte diesen letzten Kommentar. »Ich dachte, ich würde verrückt werden, falls Charlotte nicht aufhörte zu warten«, fuhr sie fort. »Die Auslieferung der Post war die quälendste Tageszeit. Ist etwas für mich dabei?, fragte sie zaghaft, und oft war etwas für sie darunter, denn sie hatte Freundinnen, die Hunderte von endlosen langatmigen Briefen schrieben. Dann durchsuchte sie eifrig die Umschläge und blickte zunehmend betroffen drein, wenn sie keine belgische Briefmarke darunter entdeckte – als hätte sie die Tatsache verstört, dass am vierhundertdreiundsiebzigsten Tage danach noch immer kein Wort von ihm eingetroffen war. Es war nicht auszuhalten. Weißt du, ich hatte nicht nur damit angefangen, dieses Schreiben im Geiste zu verfassen, sondern es auch noch visuell zu entwerfen. Ich war überzeugt davon, dass es mit schwarzer Tinte auf blauem Papier geschrieben und die Briefmarke unleserlich abgestempelt sein würde. Ich begann mich zu fragen, ob *ich* wohl in diesen Monsieur Heger verliebt wäre, dessen Anwesenheit ich in Belgien kaum hatte ertragen können.«

»Aber Emily, du hast doch gesagt, du wärst *nie* verliebt gewesen.«

»Das war ich auch nicht … und damals schon gar nicht. Ich fühlte mich jedoch sehr zu dieser Heimlichkeit hingezogen, diesem Trugbild, das Charlotte sich wünschte, obwohl ihr das wahrscheinlich gar nicht bewusst war. Ich fühlte mich zu dieser Feuersbrunst und den verkohlten Ruinen hingezogen, die sie unwissentlich begehrte. Ich schätze, ich wollte sie auch.

Ich erinnere mich an einen Tag, an dem das Warten und Wünschen wie blauer Rauch durchs ganze Haus zog. Die Post war geradezu unbemerkt durch diesen blauen Nebel rein und raus gegangen, da das Warten mittlerweile wie das Atmen zum Normalzustand geworden war. In diesem Stadium wäre das Eintreffen eines Briefes unmöglich gewesen, erstickend, nein… eher ein Würgen oder Erdrosseln. Es konnte einfach nicht geschehen, und obwohl wir die ganze Zeit über noch immer auf den Brief warteten, suchten wir nicht mehr danach. Ja, das Warten hatte uns mittlerweile vollkommen in der Hand. Dieser blaue Rauch war in jeden Winkel des Hauses eingedrungen, als wäre er Beweis dafür oder eine Erinnerung an eine Feuersbrunst, zu der es nie gekommen war. Und mitten beim Kneten eines Teigs in der Küche, einem Teig, der wegen des beschriebenen Rauchs ganz blau aussah, war mir urplötzlich kalt, ich fühlte mich abseits, die Ränder meiner Seele registrierten eine Abwesenheit, und da wusste ich, dass ich ganz alleine wartete.«

»Was war denn geschehen?«, fragte Arianna entsetzt.

»Charlotte hatte aufgehört zu warten. Sie hatte begonnen zu schreiben.«

»Doch nicht etwa noch einen Brief.«

»Eine Art Brief, doch, ich schätze, es *war* so eine Art Brief an ihn. Aber es spielte gar keine Rolle mehr, ob er ihn jemals erhielt. Und es spielte eine sogar noch geringere Rolle, dass er niemals darauf antworten würde. Das Buch machte sie berühmt. Es gab eine Menge Feuer darin und einige herrlich verkohlte Ruinen.«

»Und was war mit dir…? Hast du aufgehört zu warten?«

»Das dauerte noch lange. Ich saß nachts an meinem Fenster und wartete und wartete. Nicht länger auf einen Brief, sondern auf etwas anderes, etwas Unbeschreibliches. Ich schrieb eine Menge Gedichte und beobachtete den Winter. Alleine am Fenster huldigte ich dem Verlangen. Und sobald alles meins geworden war, das Wünschen und Warten und die unmöglichen Feuersbrünste und die schrecklich verkohlten Ruinen, wurde ich ganz glücklich. Es war vermutlich Besitzerstolz.«

Emily kehrte ihrer Zuhörerin den hauchdünnen Rücken zu und schwebte das Tal hinunter. Einmal drehte sie sich um und rief Arianna mit hohler, überzeugter Stimme zu: »Ja, das war ich, ich war wirklich ganz zufrieden!«

Stellen Sie sich einen Mann vor, der einen Brief schreibt, den er gar nicht schreiben will. In einem solchen Moment würde er beinahe alles andere wohl lieber tun: Steuern bezahlen, das Auto zur fälligen Inspektion bringen, seine Schreibtischschubladen auswischen, mit einem Hund rausgehen, der seit zwei Jahren keine Leine mehr gesehen hat, belanglose Bücher lesen, persönliche Beziehungen zu den intellektuell beschränkten Studenten aufbauen, die seine Vorlesungssäle bevölkern.

Und dann stellen Sie sich bitte einen Mann vor, der versucht, einen Brief *nicht* zu schreiben, den er aus voller Überzeugung nicht schreiben will. Das ist schon etwas schwieriger, da er zumindest einige Zeit dafür aufbringen muss, sich selbst davon zu überzeugen, dass er ganz bestimmt nicht den Wunsch hat, ihn zu schreiben: eine komplizierte Tätigkeit, bei der er überlegt, was er wohl sagen würde, wenn er den Brief schriebe, den er ganz bestimmt nicht schreiben will. Und wenn er ihn auf diese Weise schon nicht verfasst, so muss er doch versuchen, den Aufenthaltsort der betreffenden Person herauszufinden, für die der Entwurf gedacht ist. Denn wenn er alles Erforderliche wie Postleitzahlen und mögliche Luftpostraten sowie das passende Briefpapier gar nicht erst parat hat, kann er sich niemals sicher sein, dass es fehlendes Verlangen und nicht etwa das Fehlen der nötigen Informationen und/oder Ausrüstung ist, was ihn vom Schreiben des Briefes abhält.

Für Arthur Woodruff ist es nicht besonders schwierig, sich Anns neue Adresse zu besorgen. Immerhin unterrichtet er an derselben Universität, von der sie nun verschwunden ist. Er braucht jedoch zwei oder drei Wochen, um sich einzugestehen, dass sie nicht mehr länger dort ist, und weitere zwei oder drei Wochen, um sich beiläufig danach zu erkundigen, wohin sie denn gegangen sei. Sobald er die Tatsache ihrer Reise verdaut hat, wird die Möglichkeit des Briefes schon ein wenig realer und seine Abneigung ihn zu schreiben noch ausgeprägter. Er möchte auf gar keinen Fall mit ihr kommunizieren und empfindet für ihre Abwesenheit nichts als große Dankbarkeit. Nichtsdestotrotz befindet er sich in der englischen Abteilung und erkundigt sich am Ende eines Gesprächs, in dem es um mindestens fünf oder sechs völlig andere Themen geht, beiläufig nach ihrer Adresse.

Nachdem er die eigenartigen englischen Postleitzahlen und Zustellkürzel in seinem Adressbüchlein notiert hat – und zwar mit Bleistift, falls er den Drang verspüren sollte, sie wieder auszuradieren –, ist er beruhigter, entspannter. Alles ist so, wie es sein sollte. Er weiß genau, wo sie sich aufhält und damit wesentlich exakter, wohin er etwaige Korrespondenz seinerseits auf gar keinen Fall senden will. Dann beginnt er ein wenig hektisch einige Briefe zu schreiben. Er schreibt an Frauen, die er seit zehn Jahren nicht mehr gesehen hat, an einen *Eagle Scout*, den er als Junge bewundert hat, an die italienischen Cousins seiner Mutter in den Abruzzen, an seinen mittlerweile pensionierten Doktorvater an einer entlegenen Universität, an seine wenig bekannten Kollegen in der ganzen Welt. Er verfasst ein paar Briefe an die Herausgeber der drei Zeitungen der Stadt, in denen es um einschlägige soziale und umweltorientierte Themen geht. Er schreibt an seinen örtlichen Parlamentsabgeordneten bezüglich eines Vorschlags für die geänderte Verkehrsführung in seiner Nachbarschaft. Er schreibt an einen kanadischen Maler, den er zwar nicht persönlich kennt, dessen Ausstellung er jedoch kürzlich besucht hat, um ihm mitzuteilen, dass er seine realistischen Gemälde brillant und bewegend findet. Er schickt jedem seiner drei Kinder und seiner Frau herzliche, leicht humorvolle Postkarten, auf denen Teddybären abgebildet sind. Schließlich tritt er noch Amnesty International bei und schreibt höfliche, aber nachdrückliche Briefe an verschiedene Diktatoren in ganz Südamerika.

Nachdem er eine Woche damit verbracht hat, wendet er sich erleichtert wieder Tintoretto zu. Da seine Ausarbeitung über *Das letzte Abendmahl* abgeschlossen ist, gönnt er sich das Vergnügen, über die beiden Gemäldezyklen in der Scuola Grande di San Rocco zu lesen und zu schreiben: seine wahren Lieben, die Objekte seiner wirklichen Begierden. Heilige und Teufel und Propheten und Apostel. Christus in verschiedenen Stadien fortwährender Qual. Blitze, Donner, Gesten und die komplizierte, dynamische Draperie.

Und Engel. Ab sofort wird er bis Semesterende seine Zeit damit verbringen, Engel zu zählen und sie zu beschreiben. Er beginnt mit jenen, die in *Die Errichtung der ehernen Schlange* abgebildet sind; dem von Tintoretto als erstes fertig gestellten Gemälde im oberen Saal der Scuola. Arthur erfreut sich an dem Strudel aus Engeln, die Gottvater im oberen Teil des Gemäldes umgeben. Sie drängen ihren Gott, darauf zu achten, was unter ihm vor sich geht. Und sie selbst sind entweder ein Teil davon oder spielen mit einer der bedrohlichsten Wolken, die Tintoretto je ersonnen hat – eine echte Gewitterwolke. Diese Masse aus dichten Wolken, schlagenden Flügeln und Aufruhr ist ganz bestimmt kein beruhigender Anblick am Horizont. Nicht weniger als zwölf Engel kämpfen in dieser Kumulus-Formation um ihren Platz, und Arthur hat jeden von ihnen gern, kennt ihre charakteristischen Merkmale so gut, als hätten sie zusammen in derselben Fußballmannschaft gespielt und dieselben Umkleidekabinen benutzt. Als ob er bei ihrem Geplänkel mitgemacht hätte und mit ihnen über die raue Erde getobt wäre und ihre muskulösen Körper in der Hitze des nahenden Sieges an die Brust gedrückt hätte. »Die Engel in diesem Gemälde«, schreibt er, »stecken voller Energie, Vitalität. Von oben stürzen sie in einem positiven Tumult hinab, der das negativere Chaos auf der Erde darunter wiederholt.«

Es gibt dreizehn Baby-Engel in der *Verkündigung,* einem der acht Gemälde im Erdgeschoss der Scuola, dreizehn Putten, die einen Nebel, den Nukleus bilden, aus dem die Jungfrau aufsteigt. Wie wunderbar seltsam sie aussehen... ein bisschen wie nicht zu identifizierende Insekten mit Flügeln als Ohren und völlig ohne Thorax oder Hinterleib. Ihre Flügel, folgert Arthur, können die Luft wohl nicht so in Bewegung versetzen wie die ihrer erwachsenen Cousins; sie würden wohl eher wie Kolibriflügel schwirren. Aus diesem Grunde scheint das ganze Gemälde leicht zu vibrieren, als würde die Jungfrau per Helikopter ins Weltall befördert.

Während Arthur die kleinen Reproduktionen dieser riesigen Gemälde betrachtet und sich gelegentlich von ihnen abwendet, um seine Gedanken darüber auf sauberem weißen Papier festzuhalten, macht sich vor seinem Fenster der matschige kanadische Frühling bemerkbar. Schneewälle hinterlassen den Abfall des Winters, Dachrinnen tropfen, und Spatzen hüpfen über gerade zum Vorschein gekommenes Gras. Da Arthur sich in zahlreichen Engeln verliert, bemerkt er nichts davon und beachtet die Zeit nur anhand seines Schreibtischkalenders und durch das Wissen, dass er fünf oder sechs Tage benötigt, bis seine Neugier über bestimmte Engelgruppen gestillt sein wird. Als er damit fertig ist und nun über die unterschiedlichen Persönlichkeiten jener Engel nachdenkt, denen Gott und Tintoretto Hauptrollen zugewiesen haben und die etwas Wichtiges verkünden oder CARE-Pakete in die Wüste bringen, ist es Mitte April geworden. Er hält keine Vorlesungen mehr. Auf seinem Schreibtisch liegt ein Flugticket nach Italien.

Er wird von einer milden Brise überrascht, die sich durch einen Riss unter seinem Fenster hereinschleicht, während er das sanfte Gesicht des Teufel-Engels in *Die Versuchung Christi in der Wüste* anstarrt. Da ist diese leichte Luftbewegung und dazu das zarte Rosa, das die Flügel der Kreatur umhüllt. Beinahe geistesabwesend greift Arthur zu dem Luftpostpapier, das Engel in die äußerste Ecke des Schreibtischs geschoben haben.

Auf ein dünnes Blatt schreibt er:

»Ich fliege für eine Woche nach Venedig … allein.« Er steckt sie unsigniert in den auf wundersame Weise adressierten Umschlag.

Als er auf die Ecke zugeht, weiß er ganz genau, dass er den Brief nie einwerfen wird.

Der Morgen-Kater hat einen Vogel gefangen – ein Rotkehlchen, das in dem steinigen kleinen Garten nach Würmern gesucht und im lauten Wind überhaupt nichts gehört hat.

Der Kater hat seinen Tag schon früh begonnen; er hat seine Scheune, die ihm als Zuhause dient, verlassen und ist langsam durch das Dorf geschlichen, wo er den Müll untersucht und im Schutz einer Bruchsteinmauer seelenruhig eine Weile in der aufgehenden Sonne gesessen hat. Auf seinem Weg tritt er behutsam um die Ränder der Pfützen herum und entfernt sich indigniert von den überall auf den Straßen herumliegenden Tierexkrementen. In den Häusern, um deren Fundamente er schleicht, bemerkt er den Übergang vom Schlaf zur Wachsamkeit; dennoch stolziert er völlig desinteressiert vorbei. Einmal bleibt er wie angewurzelt stehen und starrt einen seiner Brüder an, der auf der anderen Straßenseite entlanggeht. Beiden Tieren sträubt sich das Fell, dann drehen sie sich wie in beiderseitigem Einverständnis um und schreiten arrogant von dannen; ein Machtvergleich, den jeder glaubt gewonnen zu haben.

Als er Anns Landhaus erreicht, entdeckt er leicht verärgert, dass sich hier noch gar nichts bewegt und dass die weiche Wolke der tiefen Morgenträume wie ein sattes Aroma durch die Außenwände dringt. Er springt auf das Küchenfensterbrett, reibt sein Fell an der kühlen Scheibe und wirft einen

Blick in das düstere Innere. Er dreht sich um und sieht auf der Treppe die beiden Milchflaschen stehen. Dem Kater wird sein Frühstück vorenthalten – durch Glas und Schlaf.

Als der Kater energische feste Schritte auf dem Weg vernimmt, schaut er sich gar nicht erst um, sondern springt geräuschlos von der Fensterbank hinunter und versteckt sich hinter dem Mülleimer, der fest verschlossen ist, wie er von früheren Morgenexkursionen her weiß. Als das Knirschen auf dem Schotter immer leiser wird und schließlich ganz aufhört, schreitet der Kater gelassen über den Pfad, wo er mit verhaltener Neugier beobachtet, wie der Wind einen blauen Umschlag, der auf die Treppe gelegt wurde, anhebt und durch den kleinen Garten wirbelt, wo seine Reise in den nackten, dünnen Armen eines Rosenbuschs endet. Dort flattert er wie etwas Lebendiges, womit der Kater vielleicht spielen möchte. Doch er wird abgelenkt, da er genau in diesem Moment das geschäftige Treiben im Inneren des Hauses bemerkt, aus dem er knarzende Schritte auf den Treppenstufen und lautstarke Geräusche aus dem Kohlenkeller vernimmt. Er weiß, dass es schon bald für ihn eine Untertasse geben wird, doch das raschelnde Papier in den Zweigen interessiert ihn. Er schleicht gemächlich mit wiegendem Körper darauf zu. Da entdeckt er den geschäftigen Vogel.

Zum Zeitvertreib verbringt er ein paar herrliche Momente damit, dem Vogel gleichermaßen Angst, Hoffnung und Schmerz zu bereiten, bevor sich eine wütende Frau mit der Absicht auf ihn stürzt, ihm zum Frühstück einen Besen zu verpassen. Er springt über die Gartenmauer und rennt in das Moor hinaus, das Reich der Feldmäuse. Ann steht keuchend da und starrt entgeistert auf die Mauerstelle, über die der Kater verschwunden ist; die Borsten ihres Besens saugen die Feuchtigkeit der Gartenerde auf, der Vogel windet sich heftig zu ihren Füßen.

Sie streicht sich die Haare aus den Augen und sieht auf den

Boden. »Lass ihn«, sagt er, »der ist vermutlich bloß benommen. Er wird gleich wieder wegfliegen.«

Das mag sie zwar nicht so recht glauben, wendet sich aber trotzdem vom Ort des tragischen Geschehens ab. Dabei bleibt sie mit dem Ärmel ihres Pullovers an einem Dorn des Rosenstrauchs hängen. Als sie die Wolle wieder losmacht, segelt der Brief durch den Wind und bleibt ein zweites Mal an der dunklen Steinmauer liegen. Beim Betreten des Hauses versteckt sie den Umschlag in ihrem Ärmel, der einen Faden gezogen hat.

Am nächsten Morgen wird der Kater wieder da sein, als ob er keinerlei Grausamkeiten begangen und sich rein gar nichts verändert hätte.

Der Vogel stirbt einen langsamen und qualvollen Tod.

Er war dein Schatten-Ich. Er war ›der Gestalter deines Schatten-Ichs‹. Ein Teil von dir wurde von ihm ausgelaugt, praktisch zunichte gemacht, und ein anderer Teil wurde ins Leben gerufen, voller Kraft und Energie. Es ist, als hätte er dir Befehle gegeben und gleichzeitig das chaotische Gegenteil davon verlangt. So war er zu dir. Aber für sich selbst brauchte er etwas Weißes und Leeres. Verstehst du das?«

»Nein, Emily, ich wollte Vergnügen und Wärme von ihm. Zweifellos wollte er das am Ende auch … ich glaube, er hat es begriffen, als er wieder anfing mich zu lieben.«

»O Arianna, o Polly, verstehst du denn nicht? Er hat doch bloß eine neuerliche Annäherung an die Weiße und an die Leere erkannt.«

»Aber das wissen wir nicht genau, weil ich gestorben bin, bevor sich mit der Zeit seine neue Liebe für mich offenbaren konnte. Das ist doch die Ironie.«

»Das ist die Wirklichkeit … die Unvermeidlichkeit.«

»Ich hätte nicht sterben sollen.«

»Es geschah für das, was du wolltest … für seine Liebe … unvermeidlich.« Emily ließ ihren Blick über das weiche, weiße Moor schweifen. »Das sind die Folgen des Sturms«, stellte sie fest, »das Vermächtnis des Sturms. Wie glatt, ereignislos und tröstlich. Manchmal reicht es schon, diese Stille zu kennen, solange es eine Stille ist, die aus einem Sturm hervorgegangen ist. Dann ist sie wie ein Zeugnis; ein Brief voller nichts sagender Worte, die im Passiv ein Unheil beschreiben. Ein Brief wie ein Seufzer, in dem Resignation und Versöhnung mitschwingen.«

»Alle klaren Konturen sind verschwunden«, sagte Arianna. »Ich kann keine Steine mehr sehen, oder Zauntritte, nicht einmal Grashalme. Und es gibt keine Pfade mehr. Reisende wären hier völlig verloren.«

»Reisende schon. Aber Geister nicht. Geister wissen immer genau, wo sie sind.«

Sie erreicht Venedig unberührt von den Einzelheiten ihrer Anreise, etwa von der Innenausstattung der Züge und Fähren, von den Gesichtsausdrücken der Fahrkartenkontrolleure, den rasierten Nacken der Taxifahrer oder der Hektik auf den Umsteigebahnhöfen. Unbehelligt von den Landschaften, die an den Fenstern vorbeifliegen, den Grenzbeamten, die ihren dunklen Pass abstempeln. Das alles streift sie von sich, als sie ihre Gedanken wie abgerichtete Vögel zu Arthur zurückkehren lässt, der sich in einer Stadt aufhält, in der sie ihn ganz bestimmt endlich finden wird. Mit sich bringt sie Licht und Luft. Sie bringt Klarheit. Sie wird ihm die Angst nehmen, die Dunkelheit, und ihn heilen, so wie auch sie geheilt worden ist. Und dann wird er sein Innerstes in ihre unkomplizierten Hände legen. Diese Vorstellung lässt sie von innen heraus strahlen. Sie wird von der Elektrizität, mit der die Züge betrieben werden, vorangetrieben. Durch die Energie.

John, der die Energie, diesen unaufhaltsamen Vorwärtsdrang spüren konnte, hatte schweigend eine Tasche für sie gepackt und sie mit seinem alten, grauen Lieferwagen zum Bahnhof gefahren. Auf dem Bahnsteig hatte er ihr fest in die Augen geblickt, hatte darin ihre Erwartung leuchten sehen und dann leise und traurig gesagt: »Das passt zu dir, dies Zigeunerleben.« Und als er so vor ihr stand, erkannte sie einen Augenblick lang seinen Schmerz. »Ich komme zurück… ich komme wieder«, sagte sie, ohne zu wissen, ob sie die Wahrheit sprach, und gab sich einige Sekunden diesem Gedanken hin, bevor sie ihr Gesicht an seines schmiegte.

Als sie nun auf dem Canale Grande in Venedig ankommt, kann sie den Krach der dröhnenden Motoren und die nächtliche Beleuchtung auf dem Wasser kaum wahrnehmen. Die berühmte Architektur öffnet sich wie ein inkonsequenter Vorhang, um sie durchzulassen zu Arthur. Sie erinnert sich an ein Zimmer im Erdgeschoss an einem Highway, das sie durch eine Schiebeglastür betritt und wie sie mit den schweren Motel-Vorhängen kämpft, um auf die andere Seite zu gelangen. Hier dagegen befinden sich Paläste in Kopfhöhe und gleiten an ihren Schultern vorbei, während sie aufrecht dasteht und sie ignoriert. Durch die exotische Nacht gleitet sie in Richtung Arthur, um sie herum spiegelt sich alles in tiefschwarzem Wasser; die unangebrachte Ablenkung durch das äußere Leben, diese Gebäude mit anderen Geschichten und Menschen, die eigene Verabredungen einhalten müssen. Sie befindet sich nicht auf einem Boot, sie *ist* ein Boot – setzt die Segel, Nummer vier auf der Windskala, der Admiral genießt entspannt an Deck die Brise, da er vor wenigen Minuten durch sein Fernrohr Land entdeckt hat.

Ann schläft nicht in dem kleinen Hotelzimmer, spürt immer noch, dass sie sich Arthur nähert und vom Wind über eine flüssige Oberfläche geschoben wird. Sie *darf* nicht ruhen, selbst nachdem sie ihn gefunden hat, muss sie ihn aus den Armen dieser Brise einsammeln und mit sich in die Klarheit und in einen neuen Morgen nehmen, der spirituell so nahrhaft ist wie Weißbrot und Kommunionswein. Eine schwungvolle, anmutige Geste wird sie und ihn in diesen klaren Luftstrom erheben.

Sie segelt durch die dunklen Stunden, vorbei an den unbesuchten Inseln ihres restlichen Lebens. Sie atmet die Luft, die ihre Lungen ausfüllt und ihre Segel aufbläht. Sie beginnt, das wunderbar einfache Leben zu entwerfen, das sie ihm geben wird: die Ordnung der angemessen ausgefüllten Tageslichtstunden und die erholsamen Nächte. Sie hört, wie ihre beiden schlafenden Herzen unkomplizierte Botschaften in der Umgebung eines zukünftigen Zimmers verbreiten.

Vor dem Hotel brodelt die Stadt vor lauter Geschäftigkeit: Pläne werden geschmiedet oder durchgeführt, Fremde belegen Café-Tische, in den Ecken der Straßen und am Rande der Plätze lecken Hunde verkleckertes Eis auf, Kellner beugen sich herunter und hasten umher. Ann weiß nichts davon, verschwendet auch keinen Gedanken daran und ist sich lediglich ihrer Reise zu Arthur und der Form, die sie annimmt, bewusst: ein leichtes unbeschwertes Dahintreiben. Als sie mit aufgerissenen Augen in die Dunkelheit starrt, muss sie an Emily Brontës schlaflose Nächte denken, an ihre Gedichte über »den luftigen Besucher«, »den Wanderer«. Wer war er? Wer war er bloß? Wer hat im neunzehnten Jahrhundert dies ans Haus gefesselte Mädchen so fasziniert und entzückt? Wer hat den Geist und das Wetter in ihr erschaffen?

Das Wetter in Ann bleibt die ganze Nacht über ruhig: ungetrübt, unverändert. Das Schiff, zu dem sie geworden ist, segelt an einem weiten, offenen Nachthimmel dahin und sucht nach einem Ort, an dem es mit dem perfekten Mann vor Anker gehen kann. Sie weiß kaum noch, wie Arthur eigentlich aussieht und wie sich sein Gesicht beim Geschlechtsverkehr verändert hat, erinnert sich aber an seine zögerlichen Hände und wie selten er sie eingesetzt hat. Und an seinen wunderschönen Mund beim Sprechen.

Als sie in die Morgendämmerung hinaustritt, liegt alles, was sie am Vorabend nicht weiter beachtet hat, unter einem geheimnisvollen Nebelschleier verborgen. Auf der gegenüberliegenden Seite des Canale Grande protzt ein verfallener Palast mit sämtlichen Kerzenleuchtern, die noch von einer nächtlichen Abendgesellschaft zeugen. Durch ihren Vorsatz ist sie wie verändert. Mit einer Straßenkarte in den Händen folgt sie dem Labyrinth aus Kanälen und Straßen, die zur Scuola Grande di San Rocco führen. Unterwegs begegnet sie Katzen, die im Müll wühlen, und kauzigen Hundehaltern beim Morgenspaziergang. Gelegentlich wird ihre eigene Konzentration von dem stakkatoähnlichen Geräusch gestört, das die Händler beim Öffnen der Metalljalousien verursachen, mit denen sie ihre Läden schützen.

Auf dem weiten Weg vom Hotel zur Scuola Grande di San Rocco geht einiges vor sich, was Ann nicht bemerkt. Sie bemerkt nicht, dass sie von einer älteren Dame aus deren Fenster im ersten Stock beobachtet wird, als sie darunter vorbeigeht; dass ein Fußball, der irgendwo anders verloren gegangen ist, unter der Brücke, die sie überquert, in östlicher Richtung mit Kurs auf die Adria hindurchschwimmt; dass in einer düsteren Wassergarage drei leere Leichenboote aneinander stoßen. Sie bemerkt nicht, dass der Morgennebel in ihrem Haar hängt und es in sämtliche Richtungen kräuselt; dass ihr ein bodenwischender *padrone* aus dem hinteren Teil eines schwach erleuchteten, aber noch nicht geöffneten Cafés lüsterne Blicke zuwirft. Sie bemerkt auch nicht, dass bestimmte Reisende, die Venedig öfters besuchen, ihre Hotelzimmerfenster aufstoßen und zu sich selbst sagen: »Ah… ein nebliger Tag… dann ist es am besten…«

Für Ann kann es nichts anderes oder besseres geben, da sie in ihrer emotionalen Landschaft gefangen ist und darin ihren Weg zu Arthur sucht. Es hat fast den Anschein, als brächte sie alle möglichen Ereignisse und Spielarten des Wetters in eine Stadt, die bis zu ihrem Eintreffen und dem Beginn ihrer Suche lediglich wachsam und teilnahmslos verharrte.

Ihre innere Stimme unterhält sich mit ihm. *Ich komme,* sagt sie, *ich werde dich finden. Von jetzt an wird es rein sein. Ein frischer Wind treibt mich voran.*

Etwas Kälteres als ihr imaginärer Wind weht über die Oberfläche eines Kanals. Sie geht weiter.

Drei Wochen lang geht sie jeden Morgen diese Strecke entlang, ohne jemals von ihrem Vorhaben abzuweichen: ihn an dem passenden Ort finden, um dann bei ihm zu sein an diesem Ort. Und auf ihrem Weg bemerkt sie noch immer keinerlei Einzelheiten. Nur ihre Beine erinnern sich und führen sie mit vertrauter Sicherheit durch die Stadt.

Jeden Tag überreicht ihr ein Mann namens Carlo in der Scuola einen Spiegel. »Um die Decke anzusehen«, hat er ihr an jenem ersten Morgen erklärt.

Mittlerweile kann sie mit dem Spiegel schon sehr gut umgehen; je nachdem wo man steht und wie man den Rahmen anwinkelt, kann man sich auf Details konzentrieren oder die ganze Decke in den Händen halten. Wenn sie ihn wie die flache Oberfläche eines verstellbaren Zeichentischs hin und her bewegt, kann sie Engel, Teufel und Stürme rasch zu sich herziehen oder die gleichen Dinge hastig von sich wegschleudern.

Carlo, der sie jeden Tag fröhlich mit den Worten »*Giorno, Signorina*« begrüßt, steht diskret in der Ecke des oberen großen Saals. Auf seinem runden Bauch blinken die Knöpfe seiner Wächteruniform, während Ann sich stundenlang ihrer Tätigkeit hingibt. Da er nicht weiß, dass ihre Vertieftheit nur eine Tarnung für eine ganz andere Vertieftheit ist, staunt er über ihr Konzentrationsvermögen.

»Sind Sie am Ende eine Gelehrte …?«, fragte er einmal nach der ersten Woche.

»Ach nein … überhaupt nicht«, erwiderte sie.

Nach der zweiten Woche kam er auf sie zu und verkündete selbstsicher: »Jetzt weiß ich's: Sie sind eine Nonne und studieren die Propheten des Alten Testaments. Und wie es heute üblich ist, tragen Sie keine Tracht. Hab ich Recht … ja?«

Zu ihrem eigenen Erstaunen lachte Ann bei dieser Bemerkung laut genug auf, um den leeren Saal wie eine Glocke ertönen zu lassen. Carlo zog sich verwirrt in seine Ecke zurück.

Jetzt, am Ende der dritten Woche, ist Carlo ihr wohlgesonnen genug, um sich ständig mit ihr über Signore Tintoretto zu unterhalten. Während sie mit dem Spiegel in die Höhe hinaufblickt, wechselt er urplötzlich das Thema und macht eine Äußerung, nach der sie ihm direkt in die dunklen Augen blickt.

»Sie suchen etwas völlig anderes. Das weiß ich jetzt bestimmt.«

»Ja«, antwortet Ann und bemerkt nicht, dass ihr Spiegel, der nun nicht mehr an die Decke zeigt, einen Sonnenstrahl eingefangen hat und feurige Signale an die Wände schickt.

»Ich bin zwar kein weiser Mann«, bemerkt Carlo nachdenklich, »aber wenn Sie es hier nicht finden können, sollten Sie vielleicht mal den Spiegel zur Seite legen und sich eine Zeit lang die Gemälde an den Wänden oder des Saals im Erdgeschoss ansehen. Vielleicht finden Sie ja dort, was Sie suchen.«

Ann lächelt ihn an und umklammert ihren Spiegel nur noch fester. Als er seufzend in seine Ecke zurückkehrt, blickt sie in ihre eigenen besessenen Augen. Sie untersucht ihr Gesicht, ihren Kopf, ihre Haare und sämtliche gemalten Flügel, die aus ihren Locken zu wachsen scheinen. Sie schreitet ein letztes Mal durch den Saal, lässt ihren Blick über Wunder und Tragödien, über Grausamkeiten und Werke von unsagbarer Güte schweifen. Dann überreicht sie Carlo den Spiegel und begibt sich zum Ausgang.

Auf den Stufen trifft sie Arthur.

»Ich habe noch nie so viele Engel gesehen«, sagt sie schließlich zu ihm, »sie sind alle da… alle, die du mir beschrieben hast.«

Arthur steht schweigend da, ein Fuß schwebt über dem Marmor.

»Aber jetzt bin ich da oben fertig…«, fährt Ann fort, »ich habe Carlo den Spiegel zurückgegeben. Kennst du Carlo? Er hat einen Enkel in Toronto.«

Er sagt immer noch nichts.

»Ich habe mir die Wunder angesehen … seit Tagen schon. Sie kommen mir … ich weiß nicht recht … so anders vor, nicht wie ich es mir vorgestellt hatte … irgendwie dunkler. Aus irgendeinem Grund habe ich Wunder bisher nicht mit Dunkelheit in Verbindung gebracht, und du hast mir nichts über die Dunkelheit gesagt. Die Wunder da oben sind wie Stürme … das Manna … weißt du, das Manna sieht aus wie ein schlimmer Hagelsturm. Wie ist denn das möglich?«

»Das weiß ich nicht, Ann«, sagt Arthur ganz leise.

»Und das mit den Blitzen stimmt genau … sie erhellen einfach alles … das hast du sehr gut beschrieben.«

Sie haben sich keinen Zentimeter auf der Treppe bewegt. Ann spürt, wie sich an ihrem Haaransatz Schweißtropfen bilden. Sie sieht ihn nicht an, stattdessen untersucht sie die Muster im Marmor. Sie fährt mit der Hand über die kühle Wandverkleidung und lehnt ihre Stirn an die feuchte Wand.

»Ich bin wegen dir hierher gekommen«, flüstert sie, und die Klarheit verschwindet allmählich im tiefen Brunnen seines Schweigens. »Ich habe den Zug genommen, wegen deines Briefes. Ich wusste, dass ich dich hier finden würde.« Das Marmormuster, an das sie ihr Gesicht gelegt hat, ist verschwommen und beschlagen.

Arthur antwortet lediglich: »Ich weiß.« Ann hört, wie Carlo im oberen Stockwerk auf dem Parkett hin und her geht, wo er einen weiteren Nachmittag in der Gefangenschaft des Signore Tintoretto ausharrt. Sie wünscht sich, er würde bis zum Rand der Treppe gehen, und weiß genau, dass, falls er es nicht tut, sie und Arthur niemals in der Lage sein werden, ihre Positionen zu verändern: ein Mann, der für immer in der Pose erstarrt ist, eine herrliche Marmortreppe hinaufzusteigen; eine Frau, die ihr Gesicht an eine Marmorwand drückt.

In diesem Moment sind Jahrhunderte enthalten.

Schließlich sagt Arthur: »Möchtest du jetzt gehen, Ann?«

In der Eingangshalle gehen sie an Verkündigungen, Anbetungen und Himmelfahrten vorbei, ohne davor zu verweilen und sie zu bewundern. Doch vor dem Bildnis von zwei weiblichen Heiligen bleibt Arthur stehen. »Von denen hab ich dir noch nie erzählt«, sagt er zu Ann, »weil mir klar war, dass du sie selbst sehen müsstest.« Die beiden Frauen halten Bücher in den Händen und sitzen in stürmischen Landschaften. »Hier ist eine Emily Brontë für dich, eigentlich ja zwei. Einsame Frauen des Wortes.«

Er sagt kein Wort mehr, bis beide sein Zimmer betreten.

Sobald sie nur noch in seiner Gegenwart ist, lässt Ann sich durch sein Schweigen nicht mehr aus der Ruhe bringen. Sie ist wieder völlig klar – ganz erfüllt von dem, was sie Liebe für ihn nennt. Sie wird sein Schweigen brechen. Sie weiß es genau. Jetzt, wo sie bei ihm ist, wird die Stadt um sie herum ganz lebendig und entzückt sie. »Schau doch, sieh mal dort!«, sagt sie zu ihm und weist auf Details hin, die ihren Scharfblick unter Beweis stellen, als ob sie und nicht er der Experte wäre. Tag für Tag bringt sie große Flaschen billigen Rotwein mit auf sein Zimmer, in der Hoffnung, ihn zu öffnen und ihm einige Worte zu entlocken. Wir sind hier, erklärt sie ihm in einem Redeschwall, auf den er kaum reagiert. Sieh doch mal aus dem Fenster, daran können wir uns später erinnern.

»Wir haben schon mehr als genug, woran wir uns erinnern können«, erwidert er verbittert.

Schmerzhafte Aussagen wie diese ertränkt sie in einem Meer aus Rotwein, während sie ununterbrochen redet. Sie erzählt ihm von den Briefen, die sie ihm geschrieben und doch nie abgeschickt hat, und wie sie ihn in Gedanken immer wieder angerufen hat und einfach genau wusste, dass er am Ende schließlich antworten würde.

»Und das hast du ja getan«, sagt sie und lächelt sein ausdrucksloses Gesicht an, »stimmt's?«

»Es ist nicht so, dass ich nicht ohne dich leben könnte«, erklärt sie ihm, »ich liebe dich bloß so sehr, dass ich nicht ohne dich leben will. Das hätte mir schon in Toronto klar sein müssen. Nach unseren Treffen bin ich immer nach Hause gegangen und hatte das Gefühl, als wäre ich gar nicht nach Hause gegangen, als wären wir immer noch zusammen, was eigentlich komisch ist, da ich mich gleichzeitig so verlassen gefühlt habe. Aber du *warst* doch bei mir, oder? Du musst dagewesen sein, denn wie hätte ich sonst permanent an dich denken können? Und ich habe nie damit aufgehört, weißt du, nicht mal in Stanbury. Manchmal dachte ich dort, ich *hätte* damit aufgehört, aber dann bist du mir im Traum erschienen, und es war so, als hättest du meine Schulter berührt, um dich in Erinnerung zu bringen, als ob du nicht wolltest, dass ich dich vergesse. *Hast* du versucht, dich in Erinnerung zu bringen?«

»Nein … Ann.«

Sie schenkt sich noch mehr Wein ein. »Naja«, sagt sie nach einem langen Schluck, »dann habe ich wohl versucht, mich selbst zu erinnern, wegen der Wahrheit. Verstehst du, was ich meine? Die Wahrheit kann man nicht töten. Ich hab's ja versucht, ich habe versucht sie zu töten, aber das war töricht, geradezu böse von mir. Stattdessen hätte ich versuchen sollen, sie dir zu zeigen.« Sie beginnt, auf dem gemusterten Teppich auf und ab zu gehen. »Ich hatte Angst, du würdest mich zurückweisen, aber dann erkannte ich, dass es ganz egal war. Was zählte, war, dass ich dich nie zurückweisen würde. Ich erinnere mich noch an jedes einzelne Hemd, das du anhattest, als wir zusammen waren. Wenn ich nach Hause in meine Wohnung zurückkehrte, stellte ich mir immer vor, dass diese Hemden in meinem Schrank hingen.«

»Ann, du wusstest doch, dass es nicht …«

»Oh, nein.« Sie zieht den Vorhang zur Seite und blickt auf den Kanal, der unter dem heftigen Regen Blasen wirft. »Nein … das hab ich gar nicht gemeint, das nicht. Nur die Hemden. Ich schätze, ich wollte ein Museum von dir. Bloß diese Hemden …

keine anderen. Ich wollte keinen Teil von dir, der mich nicht berührte. Doch ich wollte, dass mich mehr von dir berührte. Jetzt, zum Beispiel, berührt mich die Art wie du schläfst… damals war das nicht so. Ich wusste gar nicht, dass du die Arme verschränkst, wenn du schläfst, und dass du so streng aussiehst… wie ein Genie. Ja… so siehst du aus, wie Aladdins Dschinn, stolz und leicht verächtlich. Als ob du genau wüsstest, dass alle Wünsche, die du vielleicht erfüllen wirst, im Grunde völlig trivial und belanglos sind. Als ob es in Wirklichkeit keinen einzigen Wunsch gäbe, der es wert wäre, dass ihn deine enormen Kräfte in Erfüllung gehen lassen.«

Arthur lächelt kläglich.

»Aber ich weiß, dass du in Wirklichkeit gar nicht so bist. Wirklich nicht. Du *hast* meine Wünsche berücksichtigt und einen von ihnen erfüllt… wenigstens einen. Du hast mir geschrieben. Warum hast du mir geschrieben, Arthur?«

»Ich weiß es nicht.«

»Das ist in Ordnung… das macht nichts… weil ich es weiß. Und schon bald… das fühle ich, wirst auch du es wissen. Du weißt es doch bereits, du hast es mir nur noch nicht eingestanden, oder dir selbst.«

»Ich liebe dich nicht.«

»Das hätte mir früher vielleicht wehgetan«, sinniert Ann, »aber mein Herz ist durch unser Beisammensein bereits wieder völlig genesen, dass nicht einmal das mich verletzen könnte. Du lässt mich neben dir sitzen, im gleichen Bett mit dir schlafen… ich, ich habe deine Engel gesehen. Du lässt mich mit dir reden. Und es ist ein solches Vergnügen… eine solche Erleichterung, so mit dir reden zu können. Und denk doch mal daran, was wir in dieser Stadt schon alles gesehen haben. Einfach alles, was wir hier zusammen gesehen haben, ist ein Teil von dir, der mich bewegt. Das alles, alles kommt in das Museum von dir. Weißt du eigentlich, wie schön das ist? Sämtliche Spaziergänge, die wir unternommen haben, all die Gemälde, jeder Bissen Essen, den wir zu uns genommen haben, dieser Wein…«, Ann schenkt sich noch ein Glas ein. »Das Etikett dieses Weins kommt in das Museum. Ich werde das Etikett natürlich nicht ablösen und aufheben, aber ich werde es nie vergessen.«

Arthur schließt die Augen und lehnt seinen Kopf in dem großen Polstersessel zurück, in dem er die ganze Zeit über gesessen hat. Er reibt sich die Stirn, als versuche er einen Kopfschmerz wegzumassieren. Doch er hat gar keine Kopfschmerzen. Er ist bloß völlig erschöpft, Anns Gerede hat ihn ganz betäubt. Er kann ihr nicht antworten. Seine Notizen über die Scuola Grande di San Rocco liegen unangetastet und verlassen auf dem Tisch seines Hotelzimmers. Wenn er die Augen schließt, sieht er die Draperie der Engel vor sich, doch er hat nichts darüber zu sagen. In den letzten drei Tagen ist er immer wieder aus dem Bett in diesen Redefluss gestiegen und dann zum Liebesspiel zurückgekehrt. Als er die Augen öffnet, stellt er ganz überrascht fest, dass die Straßenlaternen vor dem Fenster erleuchtet sind. Die Zeit beginnt sich in einem zähen Fluss aus Worten aufzulösen.

»Manchmal dachte ich schon, ich hätte vergessen wie du aussiehst«, sagt Ann gerade, »aber dann tauchte ganz plötzlich dein Gesicht so deutlich vor mir auf, als ob du direkt vor mir stündest. Ich weiß, dass es verrückt klingt, aber in diesen Momenten wusste ich, dass wir niemals getrennt sein würden… nicht wirklich getrennt, weil ich nie aufgehört habe, an dich zu denken. Es hat mich nicht immer glücklich gemacht. Das gebe ich zu. Ich war nicht sehr erfreut darüber, dass du das Einzige geworden warst, woran ich denken konnte. Ich wollte es beenden; deswegen bin ich ja fortgegangen. Ich habe viele, viele Dinge ausprobiert, um damit aufzuhören.«

»Du solltest damit aufhören.«

»Im Gegenteil, das glaube ich jetzt nicht mehr. Ich finde, ich sollte an dich denken. Sieh doch mal, wie wir uns im

Bett lieben. Sieh doch mal, wie wir zusammen spazieren gehen.«

Als Arthur diesmal die Augen schließt, sieht er versengte Federn vor sich; als ob seine Engel verbrennen würden. »Ich sollte arbeiten…«, flüstert er.

»Ja doch… ich möchte, dass du arbeitest. Ich möchte zusehen, wie du arbeitest, und dann wird auch das ein Teil von dir werden, der zu mir gehört.«

»Es ist schon spät und ich…«

»Versteh doch, wenn du arbeitest, wird alles wieder gut, weil ich deine Arbeit liebe. Ich liebe alles, was du über Tintoretto sagst… ich liebe Tintoretto. Wegen dir war ich in der Lage, in Emily Brontës Landschaft zu stehen und an Tintoretto zu denken. Seine Blitze waren dort! Stell dir das mal vor! Es ist wie ein Wunder… ihm, Tintoretto, hätte das gefallen, er hätte es vielleicht sogar gemalt. Und du… hast du dir jemals Emily Brontë in Venedig vorgestellt?«

»Nein.«

»Na, dann stell es dir jetzt mal vor, überleg doch, wie übernatürlich es ist. Wegen unserer… Verbindung können wir so gewaltige Kräfte wie ihre von einer Landschaft in die andere versetzen. Tintoretto hätte das geliebt… der Wind und alles in Bewegung… ein idealer Hintergrund für Engel und Wunder.« Während sie das sagt, flackert für einen Moment lang Johns Gesicht in ihrer Erinnerung auf: sein Antlitz und seine Wärme. Die Worte *Er hat dich zutiefst verletzt* hallen wie ein Echo.

»Du wolltest mir nie wehtun, oder?«, fragt sie.

»Nein.«

»Das weiß ich jetzt… und weil ich es weiß… wirst du mir nie wieder wehtun.«

Bei Anbruch eines grauen, faden Morgens krabbeln sie zitternd und erschöpft ins Bett. Ann hat angefangen zu weinen, und ihr Sprechen verkümmert zu einem erstickten Flüstern. »Ich bin gar nicht unglücklich«, schluchzt sie immer weniger hörbar. »Es sind all diese Wunder um uns herum.«

Draußen hat der Regen aufgehört. Der Kanal ist zu einer aluminiumgrauen Kopie des Himmels geworden, hier und da mit Gegenständen gepunktet, die langsam unter der nächstgelegenen Brücke hindurchschwimmen. Einer davon ist ein toter Vogel, der in der Nacht auf eine komplizierte Reise durch die Stadt geschickt worden ist. Mit ausgestreckten Flügeln auf der trüben Oberfläche scheint er auf einem gütigen Wind ruhig dahinzugleiten. Aber dies ist weder Flug noch Freiheit, und wenn etwa eine Stunde später das kleine Boot mit dem Drahtkorb den Kanal sauber macht, wird der Vogel zusammen mit all dem anderen Müll in einer Stahltonne verschwinden.

»Ich bin nicht unglücklich«, erklärt Ann ihrem Kissen, »wegen dieser herrlichen Kette von Wundern.«

Arthur hat sein Gesicht zur Wand gedreht und ist in einen Brunnen voller Schlaf gefallen, der so tief ist, dass nicht ein einziges Detail seiner Engel in seinen schwarzen Träumen erscheint.

Emily, ich werde sehr müde, und du scheinst nicht mehr so deutlich zu sein wie zuvor.« Arianna warf ihrer Freundin einen ernsten Blick zu. »Ist es möglich, dass wir uns schweigsam geredet haben?«

Sch-h-h… sch-h-h, flüsterte der Wind.

Sie haben ausführlich über alles Mögliche gesprochen, jede Nuance ihrer Gefühle zu Lebzeiten und sämtliche frivolen Einzelheiten in Geschmacksfragen durchdiskutiert: Lieblingsmarmeladen, die besten Choräle, heimliche Freuden, die kleidsamsten Farben, Frisuren, Moden, Methoden, ein Feuer zu entfachen, die Herstellung von Wasserfarben, Musik, Nähmaschinen, Pony-Wagen, bestickte Kissen. Emily hatte mehrere Wochen damit zugebracht, ein hölzernes Tablett zu beschreiben, das sie mit kunstvollen Vögeln bemalt und später ins Feuer geworfen hatte. Die beiden hatten auf jedem Zentimeter dieses Moors gespukt und waren in der Nähe von aufrecht stehenden Steinen vor nichts ahnenden, einsamen Reisenden in Erscheinung getreten. Mittlerweile ließ Emily derlei Treiben zu, um zu beweisen, dass sie die Menschheit gar nicht so engstirnig betrachtete, sondern es lediglich bevorzugte, in unbewohnten Gebieten zu hausen. Branwell war ein- oder zweimal hereingeschneit, da man ihn zeitweise erneut wegen einiger Verhaltensweisen verbannt hatte, die er nicht näher erläutern wollte. Er hatte Arianna mit Beschreibungen von Emilys Benehmen als Kind amüsiert, hatte sich ständig mit seiner Schwester gezankt und wurde genau in dem Moment an seinen himmlischen Wohnsitz zurückbeordert, als er anfing, melodramatisch zu seufzen und dem Geist der Ballonfahrerin verklärte Blicke zuzuwerfen.

»Wie schrecklich er doch ist!«, verkündete Emily nach seiner erneuten Himmelfahrt. »Wir schrecklich er doch ist! Wie wunderbar!«

Jetzt, beinahe ein Jahrhundert nach Ariannas Ankunft, lehnten die beiden reichlich blass an den verfallenen Wänden des Farmhauses von Top Withins, während Emily im Stillen die Elektrizitätswerke verfluchte, die ihre Lieblingstäler in Wasserspeicher verwandelt hatten.

»Du weißt doch, dass sie hier sind«, erörterte Arianna, »sie waren schon hier, als ich kam. Sie sind schon genauso lange hier wie ich, im Grunde noch länger. Ich hab es dir doch erzählt. Das letzte Mal hab ich mich selbst ganz kurz von oben in einem dieser Speicherbecken gesehen.«

Dann begann Arianna darüber zu klagen, dass sie sich schwach fühlte. »Wir springen gar nicht mehr so in der Luft herum wie früher«, bedauerte sie, »und wir drehen die Zeit nicht mehr zurück. Wir scheinen nicht mehr stark genug zu sein, um sie kontrollieren zu können. Warum lässt du die Wasserspeicher nicht einfach verschwinden, Emily? Danach würde es dir viel besser gehen. Lass uns zum Tag deiner Beisetzung zurückkehren oder zu Charlottes Beerdigung. Damals war alles viel malerischer.«

»Vermutlich hast du Recht«, erwiderte Emily lustlos. Beide Geister begannen sich zu konzentrieren. Das Wasser im Ponden-Reservoir begann zu schrumpfen. Arbeiter tauchten auf, hoben behutsam einen Stein nach dem anderen hoch und trugen sie zu den wartenden Wagen. Diese wurden von Pferden bewegt, die sie zum Peniston-Steinbruch schoben. Und als die Wände beinahe abgetragen waren, brachen beide Geister zusammen. Die Wasserspeicher füllten sich mit Wasser, und hinter ihnen verfiel Top Withins zur Ruine.

»Es scheint so«, seufzte Emily, »als könnten wir aus irgendeinem Grunde die Zeit nicht mehr transzendieren. Wir hängen wieder in ihr fest. Was kann das wohl bedeuten?«

»Ich glaube, es bedeutet, dass du mir erzählen solltest, was mit mir passiert ist. Ich glaube, es bedeutet, dass wir nicht mehr allzu lange zusammen sein werden. Du solltest es mir sagen, Emily, bevor es zu spät ist.«

»Du bist aus einem Ballon gefallen.«

»Wieso?«

»Woher soll ich denn das wissen? Wieso bist du so sicher, dass ich es weiß?«

»Du weißt doch alles.«

»Warum soll gerade ich es dir erzählen?«

»Du erzählst mir doch alles.«

»Vielleicht wird Branwell wieder rausgeschmissen. Er kann es dir erzählen.«

»Ich glaube nicht, dass er es weiß. Und außerdem, als er das letzte Mal hier war, hat er nur Latein geredet… und ich konnte ihn nicht verstehen… oder dich. Ihr beide habt auf meine Kosten klassische Witze gerissen. Wir haben ihn jedenfalls schon lange, lange Zeit nicht mehr gesehen.«

Zeit… Zeit, bellte der Wind.

Emily blickte gen Himmel. »Du glaubst also nicht, dass er sich gebessert hat?«

»Vielleicht.«

»Wenn das der Fall ist, dann ist alles ganz diffus und wird sich einfach auflösen.« Emily sah Arianna eindringlich an. »Willst du Jeremy immer noch heimsuchen?«

»Ich weiß nicht recht… aber ich glaube eher nicht, weißt du? Ich will jetzt einfach nur Bescheid wissen.«

Der Wind riss drei oder vier Wolken in zwei Hälften, und sofort breitete sich gebrochenes Licht über den Hügeln aus.

»Dieses Licht sieht aus wie fallende Engel«, bemerkte Emily traurig. »Es ist schon merkwürdig, aber dieses Sonnenlicht ähnelt Geistern nur sehr wenig.«

Arianna blickte Trost suchend zu mehreren Felsen hinüber, von denen einige näher und andere weiter entfernt waren. Sie veränderten sich nie, unabhängig davon, welche Spielchen die Geister auch mit der Zeit getrieben hatten. »Emily«, fragte sie schließlich mit leiser, hohler Stimme, »hören Geister eigentlich jemals einfach so … auf?«

Emily antwortete nicht, denn als der Wind das Sonnenlicht in seinen Armen einsammelte und wieder hinter den Wolken versiegelte, war beiden Frauen die Antwort auf die Frage klar.

Arthur gibt ihr zu verstehen, dass sie ihn auf seinen täglichen Ausflügen zur Scuola nicht begleiten könne. Sie hat nicht mehr aufgehört zu reden. Jeder seiner Sätze wird von ihr in mehrere Absätze umgewandelt.

»Es ist ja nicht so, dass ich überall die ganze Zeit bei dir sein muss«, erläutert sie, »aber hier muss ich die ganze Zeit über bei dir sein. Überall sonst ist es in Ordnung, wenn ich nicht mit dir zusammen bin, denn auf bestimmte Weise *bin* ich ja in Gedanken immer bei dir. Aber hier will ich alles so sehen, wie du es siehst. Noch bevor ich dich gefunden hatte, habe ich einige der Engel so gesehen, wie du sie wohl sehen würdest. Das weiß ich genau, weil ich einige der Engeln immer wieder im Spiegel betrachtet habe, das Licht in ihren Gesichtern sah, und plötzlich hatte ich diesen *Geistesblitz* und wusste, dass dieser oder jener einer von deinen besonderen Engeln war, weil er mich plötzlich auf ganz bestimmte Weise berührte. Solange ich in dieser Stadt bin, muss ich bei dir sein. Deswegen bin ich doch hergekommen. Deswegen wolltest du doch, dass ich herkomme, deswegen hast du ja den Brief geschrieben.«

Er eilt durch die Straßen, um ihre Stimme in der Menge zu verlieren, aber sie folgt ihm hartnäckig. Er ist ganz blass, ausgelaugt, schwach… und abwechselnd mit Angst und Mitleid erfüllt. Er möchte unbedingt, dass sie ihre düstere Liebe und ihr Gerede einstellt. Doch sie hört einfach nicht auf, und er ist von ihrer Besessenheit wie gebannt und glaubt schon fast selbst daran, dass sie über den Ozean getragen worden ist und ihn dazu gezwungen hat, diesen einen unweisen Satz zu schreiben und abzuschicken. Der Beginn des Epos, zu dem sie jetzt ansetzt.

»Wenn ich malen könnte, was ich für dich empfinde«, erläutert sie, »wären es lauter Explosionen aus hellem Licht: reine Blitze und Wind … aber klar und deutlich. Sommerlicht und arktische Winde an einem klaren Himmel. Alles bewegt sich und pulsiert und kreist herum und ist einfach da und schimmert! Weißt du, es ist der Wind, der die Dinge schimmern lässt: Blätter, Teiche … sieh doch mal, wie der Kanal schimmert. Die Sonne lässt die Dinge scheinen und leuchten, aber sie braucht den Wind, um ein Schimmern zu erzeugen. Ich schwöre, wenn du mich berührst, fange ich an zu schimmern. Ich kann nichts dagegen tun. Ich weiß, dass du den Rest deines Lebens noch vor dir hast. Das ist mir klar. Aber überleg doch mal, was du für mich bist. Ich kann kaum noch schlafen, weil ich durch dich so lebendig, so wach bin. Und es macht mir nichts aus, dass ich nicht schlafe. Es hat keinen Einfluss auf mich, wegen der Energie, die ich in deiner Gegenwart verspüre.«

Arthur blickt in ihr verhärmtes Gesicht und auf ihre zitternden Hände und widerspricht ihr im Stillen. Er weiß nicht so recht, was er tun soll, und gelobt, dass er sie fortjagen wird, und vergräbt dann aus unerfindlichen Gründen sein Gesicht in ihren Haaren. Später befindet er sich in einem verheerenden Meer aus Schuld und Reue. *Bitte hör auf, Ann,* flüstert er leise, *bitte, bitte, verlass mich.* Wenn sie nur aufhören würde zu reden, könnte er sich ihr vielleicht begreiflich machen, oder auch sich selbst. Letzte Nacht schlief sie mitten in einem Satz ein und erwachte zwei Stunden später im Morgengrauen, um den Faden genau dort wieder aufzunehmen, wo sie ihn ungewollt hatte fallen lassen.

Er hat versucht, das Schiff der Unterhaltung in andere Häfen zu lenken. Wie, so fragt er, kommst du mit deiner Arbeit an deinem Buch voran? Sie erklärt ihm, dass ihr klar geworden ist, dass das Buch im Grunde gar nicht vom Wetter als solches handelt, sondern in Wirklichkeit von ihm und ihrer Reaktion auf ihn, die, wie sie sagt, dem gefühlsmäßigen Wetter in *Wuthering Heights* gleicht. Ohne ihn, erklärt sie, wäre ihr das nie so klar geworden. Und möglicherweise, regt sie noch an, wäre er ohne sie gar nicht in der Lage gewesen, Tintoretto völlig zu begreifen.

Ein Teil von ihm fragt sich, ob ihre letzte Aussage wohl stimmen könnte. Dann schreit sein Ich panisch auf: Um Gottes willen, hör doch gar nicht hin! Bring sie zum Schweigen!

Auf den Stufen zur Scuola fleht er sie an: »Bitte, Ann, ich muss mir die Decke alleine ansehen.« Zu seiner Überraschung füllen sich seine Augen mit Tränen. »Bitte… ich muss mir ein paar Notizen machen.«

»Ich habe wunderbare Ideen für deine Notizen… du könntest einen ganzen Abschnitt über die Schriftgelehrten verfassen. Ich frage mich, was die sich wohl für Notizen gemacht haben? Die waren deinen bestimmt sehr ähnlich. Du hast etwas von einem Propheten des Alten Testaments *und* etwas von einem Evangelisten des Neuen Testaments in dir, weißt du das?«

»*Bitte*, Ann«, flüstert er heiser, »lass mich allein da raufgehen.«

Dieser erste Anflug von Emotionen bestürzt Ann. »Allein…?«, wiederholt sie. Gemeinsam betreten sie den Eingang, doch im Erdgeschoss verstummt sie schließlich und bleibt stehen, während er alleine die Treppe hinaufgeht.

Wie betäubt bleibt sie vor den beiden Gemälden stehen, die Arthur ihr an jenem Tag gezeigt hat, als sie fast in ihn hineingelaufen ist. Mitten in den stürmischen Landschaften sind die beiden heiligen Frauen bemerkenswert ruhig, ihre Körper haben sich am Ufer von schimmernden Wasserläufen niedergelassen. Während sich über ihnen Palmwedel neigen, sind die beiden in Gedanken in der friedlicheren Welt des Danach. Was sie auch zu lernen hatten, haben sie bereits erfahren, durchdacht und wieder losgelassen. Was sie gefühlsmäßig darstellen, ist in der Landschaft enthalten, in der die beiden sitzen. Die Vergangenheit liegt jenseits der Grenzen des goldenen Rahmens, von dem sie gehalten werden. Ann kann es sehen und versteht. Dann dreht sie sich um, und die gegenüberliegende Wand offenbart einen aggressiven Engel, der durch eine Steinwand dringt, um einer bestürzten Jungfrau Maria unglaubliche Neuigkeiten zu verkündigen. Ein Gewitter aus Putten sowie der Heilige Geist komplettieren diese Invasion.

Plötzlich ist Ann sehr müde. Sie sackt auf einer Holzbank zusammen, auf der sie mehrere Stunden sitzen bleibt und die beiden einsamen, nachdenklichen Frauen anstarrt. Ab und zu schließt sie die Augen und legt ihren Hinterkopf an die Wand. Hinter ihr ist ein Engel für immer in der Handlung erstarrt, eine grausame Botschaft zu übermitteln. Vor ihr nehmen zwei schweigsame Frauen jene ereignislosen Regionen ein, in denen keine gewaltigen Verkündigungen mehr vonnöten sind.

Auf dem Rückweg ins Hotelzimmer nimmt Ann ihren Monolog wieder auf. Sie lässt sich über den Wind aus, aber mittlerweile weiß sogar Arthur, dass sein Name genauso gut jedes Substantiv ersetzen könnte, das sie ausspricht.

»Ist es nicht seltsam«, sinniert sie, »dass sich in dieser Stadt nichts im Winde neigt, weil hier alles aus Kirchen und Museen und Restaurants und Hotels und Geschäften und Wasser und Piazzas und Brücken besteht? Alles, was sich bewegen kann, bewegt sich reichlich unbeholfen. Es flattert«, sie zeigt auf eine Café-Markise, »oder, wenn der Wind stark genug ist, kracht und scheppert es. Wenn der Wind stärker wäre, dann würde er die Tische herumrollen, und die Gläser würden zerbrechen. Es gibt hier keine Bäume oder Gräser, verstehst du, und deswegen neigt sich hier auch nichts. Der Wind muss richtig stark werden und müsste Schaden anrichten, bevor man ihn überhaupt spürt.«

Ein oder zwei Sekunden lang erinnert sie sich an die Glaskuppel am Rande des Highways, schüttelt den Gedanken jedoch zugunsten der Gegenwart wieder ab.

»Du hast mir alles über Abstufungen beigebracht«, sagt sie. »Du musst doch sehen, wie ich immer wieder unterschiedlich reagiere, manchmal heftiger als andere, aber niemals gleichgültig. Vermutlich wäre Gleichgültigkeit aber nur eine ausbleibende Reaktion, und das könnte mir niemals passieren, nicht nur in deinem Beisein, sondern während du auf der Welt bist. Nein, das stimmt nicht ganz, ich habe fast aufgehört zu reagieren, während du oben in der Scuola warst, vielleicht wegen der beiden Heiligen, die ich mir angesehen habe. Sie wirkten irgendwie… na ja… so gleichgültig. Aber in dem Moment, als ich dich die Treppe herunterkommen sah, brach in mir alles wieder auf. Wenn wir nie zusammengewesen wären, hätte ich mein ganzes Leben lang vielleicht verschlossen gelebt. Und du, hättest du dein Leben lang verschlossen gelebt, wenn du nie mit mir zusammen gewesen wärst?«

»Ich weiß es nicht. Ann… ich glaube nicht… woher soll ich das denn wissen?« Arthur sehnt sich nach seinem täglichen Leben; nach den Geräuschen des Fernsehers im Nebenzimmer, nach der Stimme seiner Frau, einem Kind, das holperig Klavier übt, nach Autoreparaturen, einer kanadischen Zeitung, nach seinem unaufgeräumten akademischen Büro. »Man kann nicht«, sagt er, »sein ganzes Leben mit bloßliegenden Nerven verbringen.«

»Doch, das *kann* man«, widerspricht sie, während er mit dem Schlüssel an seiner Hoteltür herumfummelt, »man kann, man muss es sogar. Deswegen haben wir uns doch gefunden, das ist unsere Bestimmung: einander zu öffnen. Es ist dir bei mir gelungen, und es ist nur eine Frage der Zeit, wann ich es bei dir schaffe.«

Hör doch bitte auf, Ann, flüstert, fleht Arthurs innere Stimme.

Als sie miteinander schlafen, hat er den Eindruck, dass er verschwindet, jede Woge der Lust schält eine weitere Schicht seiner Persönlichkeit, seines Intellekts herunter, bis er nur noch rohes, zitterndes Fleisch ist, bei lebendigem Leibe gehäutet, verbrannt, und er heult auf, als er zum Orgasmus kommt. Nur das Wort *aufhören* ist in seinem Vokabular noch übrig geblieben, während sie unter ihm jammernd ihre tragische Litanei wiederholt. »Verstehst du, wie es ist?«, sagt sie immer und immer wieder. »So, *so* ist das.«

Völlig erschöpft schläft er ein, und als er wieder zu sich kommt, starrt sie ihm mitten ins Gesicht. »Diesmal«, sagt sie, »konnte ich fast deine Träume sehen, während ich dich beim Schlafen beobachtet habe.«

»Ich habe nicht geträumt«, erwidert er abweisend. Und dann stürzt er aus dem Bett, nur weg von ihr, steht nackt im verblassenden Licht des Nachmittags da und zischt wie ein in die Enge getriebenes Tier: »Verstehst du denn nicht… ich will nicht, dass du meine Träume siehst.«

»Das glaube ich dir nicht, denn andernfalls…«

»Nein, nein… glaube mir. Ich will es nicht. Für wen hältst du dich eigentlich, wenn du so in mich hinein siehst und mich derartig untersuchst? Verdammt!«, brüllt er heiser, da er seine Stimme in den letzten Tagen kaum benutzt hat. »So in mich reinzusehen! Du Närrin! Es gibt nichts in mir zu sehen!«

»Doch, doch, das gibt es«, versichert Ann, deren Herz vor lauter Panik Purzelbäume schlägt. »Da ist diese ganze Lebhaftigkeit, da sind die Gefühle… ich hab's doch gesehen. Ich habe dein Gesicht gesehen, ich habe…«

»Du hast gar nichts gesehen.« Arthur schnappt sich ein

Päckchen Zigaretten und reißt es wütend auf. »Ich will, dass du aufhörst! Was immer das für ein Netz ist, in dem wir gefangen sind, du hast es gesponnen! Meine Güte, Ann, warum siehst du mich nicht an, nur einmal, warum siehst du mich nicht richtig an?«

»Aber das tu ich doch, und ich sehe, dass alles lebendig und vital und in Bewegung ist.«

»Nein, das tust du *nicht*! Oder vielleicht tust du's auch. Aber du siehst nicht mich, Ann, sondern nur dich selbst!«

Sie hat angefangen zu weinen und bedeckt ihr Gesicht mit den Händen. »Ohne dich war ich ganz undeutlich, nichts. Du hast mich aufgeweckt, und dann hab ich gesehen, was du bist, und habe mich in dich verliebt.«

»Verdammt noch mal, Ann, hör doch endlich auf! Sieh mich an!« Plötzlich sackt er in einen Sessel und dreht ihr den Rücken zu. Ebenso plötzlich springt er wieder auf und durchquert das Zimmer. »Sieh dir meine Hände an, Ann«, befiehlt er und streckt sie vor ihrem bedeckten Gesicht aus. »Wir sind so oft zusammen gewesen, und du hast dir nie meine Hände angesehen.«

»Du bist nicht brutal ehrlich«, schluchzt sie, »du bist nur brutal.«

»Sieh… dir… meine… Hände… an!«

»Oh…«, haucht sie, als sie auf seine glatte, faltenlose Haut starrt. Solches Fleisch hat sie noch nie gesehen. Ohne Poren, stramm über Knochen und Muskeln gespannt, sieht es völlig unerfahren aus, anstatt wie das, was es wirklich ist: das Produkt einer Erfahrung, von der es sich niemals erholen kann.

»Sagt dir das irgendwas?«, fragt Arthur. »Es sollte dir alles verraten.« Neben ihr auf dem Bett sitzend, wendet er sich von ihr ab. »Ich bin nicht so, wie du denkst«, Arthurs Stimme ist fast unhörbar, »und werde es auch nie sein. Ich bin nicht verzweifelt oder leidenschaftlich. Wir sind bloß ineinander gerannt, das ist alles. Ich bin starr, festgefahren. So was wie das hier hätte mir niemals widerfahren sollen. Ich versuche lediglich, den Rest meines Lebens zu leben.«

»Deine Hände«, flüstert sie ehrfurchtsvoll, »hast du Schmerzen?«

»Nein … nicht mehr. Jetzt ist da gar nichts mehr.«

»Gar nichts?«, wiederholt Ann. »Wie kann denn da gar nichts sein?«

Arthur antwortet nicht sofort und trägt seine Hände bis zur anderen Seite des Zimmers vor sich her. Dann spricht er. »Ich wollte dich berühren, dich auf diese Weise lieben, aber ich kann nicht einfach aufhören, den Rest meines Lebens zu leben. Ich habe große Angst davor, dass mein Leben um mich herum zusammenbricht und ich gar nichts mehr fühlen werde.«

»Aber ich fühle alles.«

»Ich weiß.«

Ann blickt zu Arthur und sieht sein abgewendetes Gesicht, seine Wirbelsäule, die wie eine Sense gebogen ist, neben einem Tisch, auf dem lauter traurige, verlassene Seiten herumliegen. Sie erinnert sich an die Bestie, die durch ihre Krankheit geschlichen ist, und daran, dass sie sowohl männlich als auch weiblich war – die verschmolzenen Liebenden –, zu der sie werden wollte, in die sie versucht hat, Arthur mit hineinzuziehen. Sie wollte gar nicht so sehr *ihn*, sondern vielmehr, dass er zu ihr würde. So wollte sie ihn in Versuchung führen. Ähnlich wie jene andere androgyne Bestie, dieser wunderschöne Teufel/Engel in Tintorettos Wildnis, hielt sie ihm duftendes Brot in ihren Händen entgegen, doch für ihn steckte Vernichtung darin. Sie wollte, dass er nur noch fühlte, was sie empfand. Ein aufbrausender Moorland-Wind – das Wetter und sämtliche wahren Details würden fortgeweht.

»Ich bin nur ein Interpret«, sagt er. »Ich kann es nicht leben. Ich kann die Gemälde nicht erschaffen. Ich kann sie nur erklären.«

»Aber ich bin doch auch nur eine Interpretin. Ich stand immer abseits… habe mein Leben durch Bücher gelebt. In der Beziehung sind wir gleich.« Ann würde ihn gerne wieder berühren, um diese letzte vorsichtige Verbindung herzustellen. »Keiner von uns beiden«, sagt sie, »hat etwas mit dem richtigen Leben zu tun.«

Doch Arthur akzeptiert auch das nicht. »Nein«, erwidert er, »der Unterschied ist, dass du die Fiktion oder das Leben oder sonst was leben *willst*… und ich… will es einfach nicht. Du hast es doch gesagt… du hast gesagt, dass du alles fühlst.«

»Glaubst du denn, dass ich das ernst gemeint habe?«

»Oh… ja.«

Während Arthur schläft, sitzt Ann die ganze Nacht lang in der Nähe des Fensters an dem kleinen Holztisch; ein schwaches Licht fällt auf seine verstreuten Notizen. Mit fortschreitender Stunde beruhigt sich die Luft und klart wieder auf, und sie, die den schlafenden Mann ansieht, ist endlich in der Lage, seine Zerbrechlichkeit und seine Unvollkommenheit zu erkennen. Sein Alter. Ihre Besessenheit zerbricht und fällt von ihr ab. Sie hört, wie Arthur hilflos, in den Rhythmen des Schlafes verloren, atmet, während die Nachtstunden jenen Raum ausfüllen, den es stets zwischen dem Mann, der er ist, und der Frau, die sie ist, gegeben hat. Jenen Raum, den sie einfach nicht anerkennen wollte. Jenen Raum, den Arthur jedes Mal durchqueren musste, wenn die beiden sich trafen.

Ann denkt darüber nach, wie Catherine ihren Jugendtraum in *Wuthering Heights* beschreibt; wie sie wusste, dass der Himmel nicht ihr Zuhause war. Ann kann diesen Traum praktisch vor sich sehen, in dem wütende Engel ein junges Mädchen aus den Wolken hinausstoßen in das wilde Moorland. Catherine schläft, ihr Verstand purzelt durch die Luft, die Engel ziehen sich zurück. Und dann der Aufprall, das Erwachen. Die echte, die schmerzhafte Freude.

Die ganze Nacht über fällt und fällt Ann auf die Erde, als ob ganz bestimmte Engel es übernommen hätten, sie aus einem ungeeigneten Himmel zu stoßen. Alles, was sie sieht, wird nach unten gezogen: die dunklen Möbel, die Rosen auf den Tapeten, Vorhänge, Bettbezüge. Sie kann tatsächlich spüren, wie ihr eigener Körper Struktur und Substanz erlangt; das Wunder der Schwerkraft führt sie in Richtung Festigkeit und Gewicht. Von der Stadt, die unter ihr liegt, munkelt man ja auch, sie würde versinken. Sie stellt sich vor, wie sich die Stadt unter ihrem soeben erlangten Gewicht bewegt und wieder zur Ruhe kommt; wie die Erde die erbauten Dinge festhält, umarmt, zurückfordert; Tintorettos gemalte Wutanfälle oder ihren eigenen zerbrechlichen romantischen Palast. Der Mann, den sie geschaffen hat, und nun diese atmende Form. Dieses Leben.

Gelegentlich hebt Ann ihren rechten Arm vom Tisch hoch und lässt ihn mit einem befriedigenden *Platsch* auf die hölzerne Oberfläche fallen. Dabei bewundert sie die Konstruktion ihrer eigenen Hand und die komplizierte Maserung dieses ganz gewöhnlichen Möbelstücks.

Im Morgengrauen hat Ann ihren Abstieg beendet und ist in die Welt zurückgefallen. Sie beobachtet, wie das graue Licht langsam golden wird, sich mit Wind anfüllt, die weißen Vorhänge teilt und über einen Teppich auf sie zu tanzt, dessen Muster ihr bis jetzt noch gar nicht aufgefallen ist. Sie stellt sich vor, eine Elisabeth, eine Magdalena zu sein, allein, umgeben von vitalem Licht und turbulentem Wetter – eine reglose Gestalt in einer wilden Landschaft. Sie kann alles behalten: das Bild von diesem Mann, dieser Stadt, von dem alten Moorwind – sogar von den Strömungen auf dem Highway mit seinen Wolken oder Abgasen und den donnernden Geräuschen, kann alles behalten wie gemalte Heilige, geduldig, in der Nähe von zitternden Bächen, unter glitzernden Bäumen. Die schwierige Liebe. Das unruhige, erwachende Wetter.

Bevor sie das Zimmer verlässt, geht Ann zu Arthur hinüber und berührt seinen Arm. »Sandy«, flüstert er, ohne die Augen zu öffnen.

»Wer ist Sandy?… Deine Frau?… Dein kleines Mädchen?« Jetzt nähert sich Ann behutsam den Tatsachen seines wirklichen Lebens.

»Mein Hund«, sagt er und bewegt sich etwas. »Du wusstest nicht einmal, dass ich einen Hund habe.«

»Nein«, bestätigt Ann, »ich wusste nicht, dass du einen Hund hast.«

Ohne sich umzudrehen und sie anzusehen, wandert er mit einer Hand zu ihrem Handgelenk. »Ich habe dir gesagt, dass ich dich nicht liebe«, sagt er.

»Ja, das hast du mir gesagt.«

Er verstummt und liegt immer noch mit dem Rücken zu ihr da. Behutsam legt sie seine Hand auf das Kissen und nimmt ihre eigene von seiner nackten Schulter.

Parry liebte die nördlichen Breitengrade. Er sah zu, dass er sehr viel Zeit dort verbrachte. Er war kein Tourist! Er wollte in den Ländern *leben*, die er besuchte. In dem Buch meines Vaters über arktische Anekdoten stand etwas, das ihn bestens beschrieb. Der Satz lautet: ›Parry war der erste Forscher, der vorsätzlich in der Arktis überwinterte.‹ Du siehst also, er war ein vorsätzlicher Winter-Typ. Was für ein herrliches Verb. Überwintern! Daher lebte er zuerst in Halifax, Kanada. Dort war es ihm aber nicht winterlich genug. Deshalb begleitete er die Walfänger nach Spitzbergen. Was für ein Ort! Danach überwinterte er vorsätzlich in der hohen Arktis. Ich vermute mal, er hat es geliebt! Oh … und er hat versucht, den Nordpol per Schlitten über das Packeis von Spitzbergen zu erreichen. Er war ein Winter-Typ.« Emily hielt Arianna einen Vortrag über das Leben von Sir Edward Parry. Doch sie stand nicht etwa da und streckte die geballten Fäuste in die Luft, wie sie es normalerweise tat, wenn sie sich über dieses ganz spezielle Thema ausließ; sie reichte die Informationen eher leise weiter, als brächte sie einem Kind Gebete bei.

»Ross war anders … ein Narr und ein Feigling. Vermutlich hatte er überhaupt keinen Spaß am Winter. Er war ein Nihilist. Seiner Meinung nach führte nichts irgendwohin. Es gab keine Nord-West-Passage. Es gab keinen Nordpol. Es gab keine Hoffnung. Es gab keinen Traum.«

»Ich wünschte, du würdest es mir erzählen, Emily«, beharrte Arianna. »Warum erzählst du's mir nicht einfach?«

»Daher sagte Parry zu Ross: ›Dann geh doch deinen eigenen Weg, und ich werde für uns beide die Arktis erforschen!‹ Oje, Verbrechen lässt ein Herz noch schneller altern als jahrelanges Weh; der wärmste Busen wird so kalt, wie Winterwind oder Polarschnee.«

»Das hat Parry gesagt?«

»Nein… ich habe das gesagt.«

»Bitte erzähl's mir doch. Wie bin ich gestorben, Emily?«

»Ich frage mich, ob Parry wohl ein Engel oder ein Geist ist. Vielleicht war er ja zuerst das eine und am Schluss das andere. Hab ich dir schon von diesem Königreich erzählt? Das ich für ihn geschaffen habe, als ich noch ein Kind war?«

Arianna schwieg.

»Wahrscheinlich habe ich das schon getan, aber ich erzähle es dir noch mal. Es war weiß, übersichtlich, klar, und natürlich kalt. Überall standen Eispaläste herum. Und Statuen… durchsichtig blau, wie Glas. Es ist schon merkwürdig, aber ich scheine mich nur noch an meine Phantasie zu erinnern. Ob ich wohl noch welche habe? Vielleicht bin ich zu meiner Phantasie geworden. Ich kann diese Statuen genau vor mir sehen, und die kleinen Schneepfade um sie herum, aber ich kann mich nicht an Annes Gesicht erinnern. Die arme Anne… welche Farbe hatten ihre Augen?«

»Du hast gesagt, sie wären blau. Emily… du erinnerst dich doch noch daran, was mit mir geschehen ist, oder?«

»Ja. Und Charlottes Augen? Hab ich die erwähnt?«

»Woher weißt du das? Wo warst du denn? Warst du hier draußen und hast zugesehen?«

Emily schwieg ein paar Sekunden lang. Dann sprach sie. »Ich weiß noch, dass ich deinen weißen Ballon sah. Und aus irgendeinem Grund erinnere ich mich daran, dass ich in deinem Hotelzimmer gespukt habe. Ich frage mich, warum ich das eigentlich getan habe. Das sieht mir überhaupt nicht ähnlich. Dann schwebte ich am nächsten Morgen eine Weile durch das Dorf, über den Friedhof und für kurze Zeit ins Haus hinein. O ja,... ich sammelte Ansichten. Du weißt schon, was ich meine. Das sollte mein letztes Mal werden, ich hatte vor, nie wieder zu spuken. Weißt du, es ist irgendwie feige, zu spuken und so teilnahmslos umherzustreifen, um dann bei der kleinsten Provokation zu verschwinden, ohne dass jemand sich dir nähern kann. Und außerdem können nur begabte Individuen einen sehen, selbst wenn du dich materialisiert hast.«

»Hat dich denn jemand gesehen?«

»Nein... obwohl ich einmal dachte, dass du mich entdeckt hättest... mitten in der Nacht. Du hast lange aus dem Fenster geschaut. Wynken, Blynken und Nod.«

»Hast du auch von mir Ansichten gesammelt?«

»Lieber Himmel, nein... ich hatte ja gar nicht an dich gedacht... jedenfalls nicht zuerst. Ich habe dich zufällig gesehen und bin wohl ein bisschen neugierig geworden. Ich sammelte Ansichten. Ich hatte Angst, ich könnte sie vergessen. Jetzt kommt es mir so vor, als ob ich alles vergessen hätte... sogar die Angst. Zumindest habe ich vergessen, wie die Angst sich angefühlt hat. Aber ich bin froh, dass ich die Ansichten gesammelt habe, weil ich mich noch an sie erinnern kann... eine gute Sache, wo es doch so aussieht, als ob wir die Zeit nicht mehr transzendieren können und sich alles verändert hätte. Auf dem Friedhof stehen mittlerweile lauter Bäume voller Saatkrähen. Und am Rand des kleinen Weges, der ins Moor führt... stehen ebenfalls Bäume. Und dann diese Speicherbecken. Die Kirche hat gebrannt, weißt du. Das hätte Charlotte bestimmt gefallen! Sie wurde wahrscheinlich umgehend ein Teil des Großen Ganzen. Ich habe *ihn* heimgesucht, deinen Mister Perfektes Profil.«

»Oh... hat er dich gesehen?«

»Natürlich nicht … er war viel zu beschäftigt mit seinen Plänen.«

»Was denn für Pläne?«

»*Seine* Pläne. Wessen sonst? Ich habe doch nur wegen der Polarkarten ein Auge auf ihn geworfen. Kurzzeitig dachte ich törichterweise, wir könnten verwandte Seelen sein. Aber seine Tundra und meine lagen in unterschiedlichen Regionen. Ich habe nur zufällig gesehen, was er gedacht hat. Ich war überhaupt nur in dem Zimmer, weil man von dort einen guten Blick auf das Black Bull hat. Und auf John Greenwoods Schreibwarenladen. Ich hatte eher gehofft, dass ich vom Fenster des Olde White Lion aus einen Blick durch das Fenster des Black Bull auf Branwell werfen könnte. Ich war noch nie in einer Kneipe gewesen, und die Tatsache, dass ich nun ein Geist war, änderte keineswegs meine Einstellung dazu, was sich ziemt und was nicht. Doch ich wollte immer wissen, wie er sich wohl darin benahm. Ich habe ihn auch gesehen, er hing auf seinem Stuhl und redete vor einer Zuhörerschaft aus abgestumpften Idioten über irgendein Thema … wedelte mit den Armen herum und prostete in die Luft. Ungeheuerlich! Undenkbar! Wie wunderbar er doch war! Den Schreibwarenladen mochte ich wegen des Papiers, der Tinte, der Stifte …«

»War ich auch da?«

»Im Black Bull? Ich hoffe doch nicht.«

»In Jeremys Zimmer … war ich in Jeremys Zimmer?«

»Nein … du warst in deinem Zimmer. Er war allein … und schmiedete Pläne. Jetzt erinnere ich mich vage daran. Ich stand am Fenster und beobachtete Branwell. Du hättest ihn sehen sollen, ich meine Branwell. Sein Mund stand die ganze Zeit über offen. Er schrie und lachte und schüttete humpenweise Bier in sich hinein. Einmal stürzte er sich auf eine vorbeigehende Kellnerin; er, der doch zu dieser Zeit angeblich an Liebeskummer einging! Was für eine Farce! Und hinter mir, in einer anderen Zeit, brütete Mr. Perfektes Profil wenig aufregend über Polarkarten. Ich stand am Fenster und durchlebte sämtliche Gefühle, die ich immer verspürte, wenn ich Branwells schlechtes Benehmen sah: Freude, Kummer, Wut, Ausgelassenheit, Liebe, Begehrlichkeit, Neid. Dann spürte ich plötzlich hinter meinem Rücken, dass das Brüten aufgehört hatte. Eine Klarheit lag in der Luft, und ich wandte mich dem Grübler zu und sah, dass sein Gesicht voller Licht war… ein Ausdruck echter Freude. Und ob ich wollte oder nicht, konnte ich seine Pläne erkennen.«

»Er plante, mich wieder zu lieben«, sagte Arianna, »stimmt's?«

»Schon«, antwortete Emily unsicher. »Doch… das hat er, aber…«

»Er plante«, fuhr Arianna fort, »mich zu heiraten. Jetzt weiß ich's, das war es also, was er geplant hat. Es macht mich so glücklich, das zu wissen, Emily, danke, dass du es mir gesagt hast.«

»Das hat er ganz bestimmt *nicht* geplant. Das habe ich auch nicht gesagt!«

Arianna schwebte weiter nach oben. Das ganze Moorland war von Reif bedeckt, der die Orange-, Ocker-, Burgund- und Grüntöne sanfter erscheinen ließ. Doch wenn man genauer hinsah, konnte man erkennen, dass sich jeder Grashalm, trotz der sanfteren Farben, hart und gefroren anfühlen würde. Die herumliegenden Felsbrocken, die von trügerischem Weiß überzogen waren, sahen Wolken erstaunlich ähnlich.

»Emily«, sagte Arianna und reckte ihr durchsichtiges Rückgrat, »du musst mir erzählen, was mit mir geschehen ist.«

Emily glitt zu ihr hinauf. »Arianna/Polly, das kann ich einfach nicht.«

»Aber ich muss es wissen.«

Emily fühlte sich sehr schwach, ihre Sinne waren unerbittlich mit der Gegenwart verbunden, ihre Erinnerung verblasste und wurde vage. Von ihrem Sitzplatz aus konnte sie eine Rauchfahne aus dem letzten Landhaus in Stanbury aufsteigen und ein Licht in einem der Fenster brennen sehen. Dahinter befand sich ein Kamin, in dessen Nähe Geschichten erzählt worden waren, wie Emily wusste; Geschichten, in denen der Atem des Windes steckte und die von einer tiefen Moorland-Stimme erzählt worden waren. Sie hätte nicht sagen können, woher sie es wusste, vielleicht lag es am Aussehen des Cottage selbst. Ja, das kleine Gebäude machte einen ganz vertieften und verklärten Eindruck, als ob sich die Steinwände in der Zeit, in der die Geister das Wetter erlebt hatten, der inneren Stimme der Geschichten zugewandt hätten. Und jetzt machten diese vertieften Wände einen erwartungsvollen Eindruck, als wollten sie noch eine einzige weitere Geschichte hören. Mit einem Geistesblitz ihrer früheren gespenstischen Intuition begriff Emily, warum ihr das Cottage aufgefallen war, welche Geschichte erzählt werden würde und wer dabei zuhören würde.

»Ich *muss* es wissen«, wiederholte Arianna/Polly.

»Ja«, sagte Emily, »das musst du wohl.«

»Dann erzähl es mir doch.«

Emily rückte näher an ihre Gefährtin heran und sah sie offen, traurig und ehrlich an. »Ich kann mich nicht mehr erinnern«, flüsterte sie, »nur noch an Bruchstücke und selbst die werden immer schwächer. Es hatte etwas mit einem Ballon zu tun. Und gestern noch, selbst vor einer Stunde hätte ich es noch gewusst. Ich kann es nicht fassen, ich bin plötzlich so müde.«

Zum ersten Mal, seit sie ein Geist war, spürte Arianna/Polly Verzweiflung aufkommen. Ihr ganzes Leben, ihre Existenz geriet in Vergessenheit; selbst ihr Tod wurde ausgelöscht. Sie kauerte sich vor Emilys Füßen zu einem Häufchen Elend zusammen. »Warum hast du's mir denn nicht früher erzählt?«, schluchzte sie.

»Nein, nicht doch…« Emily gewann etwas an Stärke und las die Gedanken ihrer Freundin. »Du bist nicht ausgelöscht. Du bist jetzt ein Teil dieser Landschaft. Das weiß ich genau. Sieh doch! Das Cottage da drüben hält den Atem an, weil in seinem Inneren jemand an dich, an deine Geschichte denkt.«

Arianna blickte durch das Tal zu dem einen warmen, rechteckigen kleinen Licht hinüber. Der Wind stupste an ihren nichtexistenten Rücken und schob sie behutsam auf das Dorf zu.

Hör zu, hör zu, hauchte er.

»Hör zu«, sagte Emily. »Lass uns zuhören. Komm mit mir.«

Als die Geister an einem Spätfrühlingstag, irgendwann in der zweiten Hälfte des zwanzigsten Jahrhunderts, den Wind ins Tal hinunter begleiten, sehen sie Folgendes.

Sie sehen, dass die Ruinen der Farmhäuser, die von betrübten Menschen im neunzehnten Jahrhundert verlassen wurden, nur noch den Steinen ähneln, die die Wikinger zurückgelassen haben, oder Denkmälern, die von den Kelten errichtet wurden. Sie sehen, dass das Wetter in erster Linie Steine zersetzt und dass diese Aufgabe eher zärtlich als aggressiv durchgeführt wird. Sie sehen, dass Stürme in Wirklichkeit Liebesakte sind und dass die Erde solche Leidenschaften und Wutanfälle als Antwort auf ihre bloße Existenz geradezu herausfordert. Sie sehen, dass jeder Spalt, jede Kräuselung, jede Bodenwelle in der Oberfläche vom Wind, der Einlass begehrt, und vom Regen, der versickern möchte, herausgearbeitet wurde; dass Gestrüpp, Heidekraut, Besenheide und verkrüppelte Bäume eigentlich Luftströmungen sind, die nach einem Himmel greifen, den seine eigene Kraft in Erstaunen versetzt. Sie begreifen, dass die Vögel im Fluge auf einem Meer segeln und in einen Ozean aus zitternden Emotionen eintauchen, den Raum der ersten großen Harmonie. Sie beginnen, die Sprache zu lesen, von der sie umgeben sind: ein Regentropfen, der auf einen Stein fällt, eine Wolke, die sich an den Rändern auflöst, Staub, den ein Windstoß auf einem alten Pfad aufwirbelt. Sie steht ins Land geschrieben. Sie spricht. Die Geister lesen, sie hören zu.

Hör zu! Jemand erzählt eine Geschichte, während im Erdboden Knochen bleichen. Zwischen den Zeiten der Ereignisse und den Zeiten des Erzählens hat sich der Himmel Millionen Male verändert und wird sich wieder verändern, noch bevor der erste Satz über die Lippen kommt. Erzähle es mir. Hör zu. Der vom Wind aufgewirbelte Staub bedeckt die Scheibe eines warmen Fensters. Die fraulichen Gesichter der Geister scheinen ins Innere hinein. Erzähle es mir, Emily. Hör zu, Arianna. Hier sind ein paar Worte; hier ist eine Stimme: »Was mich am meisten verdrießt, ist im Grunde das zertrümmerte Gefängnis.« Das ist die Sprache, das Warten, das Verlangen: »Ich bin es leid, in diese glorreiche Welt zu entfliehen und immer dort zu sein: sie nicht verschwommen durch Tränen zu sehen und mich durch die Wände eines wehmütigen Herzens nach ihr zu sehnen …« Dies sind die Worte, die zu der Geschichte führen. Jetzt sind wir hier. Lies das Wetter. Lausche dem Sturm. »… Aber wirklich dabei zu sein und mitten drin … ich werde auf einzigartige Weise jenseits von euch und über euch allen sein.«

Hör dir die Geschichte an, Arianna.

Ann betritt den Raum, und John nimmt ihre Hand. Sie spürt die Weite, die Großzügigkeit seiner schwieligen Handfläche und kann durch die Berührung die Geschichte seiner vielen Tätigkeiten lesen: der Planer in seiner Werkstatt und lange Tage, die er an Webstühlen verbracht hat; und über der harten, entschlossenen Geschichte seiner Hand schwebt ein Gemüt, das bereit ist, die leuchtenden Fäden seiner Landschaft zu vereinen. Ein langer Strahl aus Tuch, ein Weg durch das Moorland, eine Kette aus Wörtern. Das sind die Juwelen, die er ihr überreicht.

John nimmt sie bei der Hand und geleitet sie zum Feuer.

»Ich wusste, dass du zurückkommen würdest, um dir die Geschichte des Himmels anzuhören.«

»Woher wusstest du das?«

»Ich wusste es einfach.«

Draußen zucken die Geister vor der Scheibe. Sie verschmelzen und trennen sich wieder voneinander. Der Wind strömt durch Emilys Mund und zischt die Worte *Hör zu.*

Ann starrt in die orangefarbene Hitze des Feuers und erinnert sich daran, was sie während ihrer Krankheit darin gesehen und auch später noch darin entdeckt hat. Arianna lässt ihren Blick über das Innere, den großen Mann und die Einzelheiten des Zimmers schweifen. *Wer wohnt hier bloß?,* fragt sie sich.

»Ich habe hier auf dich gewartet«, sagt John. »Ich bin nur nachmittags zur Farm gegangen, um dort zu arbeiten.«

Überall findet Ann die Spuren ihrer Anwesenheit: ihr Manuskript auf dem Tisch, ihren Füller, ihre wasserdichte Jacke, die an einem Nagel an der Wand hängt, die schlammverkrusteten Stiefel, die auf der Fußmatte vor der Tür liegen, daneben der singende Drachen, still, reglos. Ihre gehäkelte Henne. Ihre Freunde aus Staffordshire. Sie ist ganz ruhig und wartet auf die Geschichte.

John lässt ihre Hand nicht los, und so folgt sie ihm in die Küche, wo er mit seiner freien Hand unbeholfen kleinere Aufgaben erledigt, Gläser, die Flasche und kalte Rosinenbrötchen zusammensucht und anschließend den Teekessel aufsetzt. Schließlich lässt er sie doch los und sie gleitet vorsichtig und aufmerksam in ihren gewohnten Sessel und möchte, dass sich die Struktur der Geschichte langsam um sie herum aufbaut.

Aus der Küche trägt John dampfende Becher mit Tee herein und stellt sie neben die Flasche und die Gläser auf die Kaminbank. Zum erstenmal seit Wochen ist Ann richtig hungrig und hat bereits zwei Rosinenbrötchen verdrückt. Sie beobachtet, wie John einen Zuckerwürfel in die heiße, zimtfarbene Flüssigkeit einrührt und anschließend noch zwei Tropfen Zitrone hinzugibt, um sie aufzuhellen; in seiner riesigen Hand wirkt die Frucht wie ein Halbkreis aus Licht. »Und«, fragt er leise, schüchtern, »was ist mit deinem jungen Mann?«

Ann errötet ein wenig. »Er ist nach Kanada zurückgekehrt.« Sie legt eine Pause ein. »Er ist gar nicht so jung, John.« Da John weiterhin schweigt, fügt sie hinzu: »Er dürfte jetzt wohl wieder zu Hause sein.«

»Und du?«

»Ich werde auch wieder zurück müssen, aber nicht wegen ihm.«

»Schon bald?«

»Nicht so bald.« Ihre Blicke treffen sich. Sie lächeln. Draußen wiegen sich die Geister ungeduldig hin und her.

John entspannt sich in seinem Sessel und schmiegt seine massige Schulter in eine gepolsterte Ecke. »Die Geschichte, die ich dir jetzt erzählen werde, handelt von einem Mann, der in ganz England als ›Sindbad der Lüfte‹ bekannt war. Er war ein Mann, der eine Menge über Entfernungen und über Winde wusste. Er wusste, wie man vor den Dingen davonschweben konnte, aber nicht, wie man näher an sie herankommen konnte. Wie schon gesagt, er schwebte über ganz England, aber hier in Stanbury ist er vor achtzig Jahren gelandet – oder zumindest begriff er, dass er zu jener Zeit auf den Boden zurückkehrte. Im Grunde war er mehrere Jahre lang zuvor am Boden geblieben.« John greift zu seinem Glas, nimmt einen Schluck Whisky. »Es hing mit einer Frau zusammen.«

»Was für eine Frau?«

»Das wirst du der Geschichte entnehmen … vorausgesetzt, es gibt keine Fragen mehr.«

Während John erzählt, hört Arianna so aufmerksam zu, dass ihre ansonsten nebulöse Gestalt vor der Scheibe beinahe fest wird. Einzelheiten ihrer Physiognomie, die Emily bisher noch gar nicht aufgefallen sind, werden sichtbar: Wimpern, ein Grübchen auf ihrer linken Wange, die Sehnen in ihrem Hals.

»Für ihn war sein Leben ein einziger langwieriger Abschied, der vom ständigen Schwenken weiblicher Taschentücher begleitet wurde. Er war ein Ballonfahrer, der von einem Jahrmarkt zum nächsten zog und von Dorf zu Dorf in den Himmel aufstieg. Für ihn war die Welt eine Landkarte, die er zusammengefaltet in seiner Hosentasche bei sich trug. Alles war Entfernung, was er auch sehr genoss. Soweit es ihn betraf, war abgesehen vom Himmel alles andere winzig klein, verstehst du, alles andere blieb am Boden und verschwand in der Ferne und wurde bei ausreichendem Abstand sogar unsichtbar. Dieser Beruf war perfekt für ihn, denn er hasste es, Menschen und Dingen nahe zu sein; er wusste, dass er ewig am Himmel reisen konnte, ohne ihm jemals nahe zu kommen, da dieser weit und schier unendlich war und die Wolken – wenn es welche gab – so groß und unnahbar waren und obendrein, zu seiner großen Freude, völlig an Substanz entbehrten, wenn er ihnen gelegentlich doch mal zu nahe kam.«

Ganz sprachlos vor Erstaunen wendet Arianna/Polly sich an Emily und sieht, dass die Lippen ihrer geisterhaften Gefährtin die Mundbewegungen des großen Mannes nachahmen.

»Wer erzählt denn die Geschichte, Emily?«

»*Hör zu, Arianna.*«

»Was führte er doch für ein glückliches Leben, so weit entfernt von allem, so endlos weit darüber. Gelegentlich störten ihn Vögel, da sie so detailliert waren, doch ansonsten war alles ganz klar und leer. Und leise. Im Grunde wurden seine Sinne kaum von irgendetwas gefordert, wenn er am Himmel reiste. Er hörte nur den Wind. Wenn er hinaufblickte, sah er nur den Himmel, und wenn er hinuntersah, erblickte er nur die Landkarte der Erde. Er schmeckte nichts. Er roch überhaupt nichts. Doch das Wichtigste war, dass er nur von der Luft berührt wurde.«

Nur von der Luft, wiederholte der Wind draußen bei den Phantomen. »Nur von der Luft«, flüsterte Emily Arianna zu, die wie versteinert dastand und ihr Geisterherz der Geschichte geöffnet hatte.

»Aber dann traf er sie.«

Bei diesen Worten erschauerte Arianna, wurde Elektrizität, wurde zu Licht, und ihre Seele klingelte wie eine Glocke.

»Sie war leicht und weiß und blassgelb wie Wolken am Abend. Ihre Augen waren blau und unendlich, und er sah den Himmel in ihnen. Sie war jung und unreif, und es fehlte ihr an Selbstsicherheit. Sie kam ihm herrlich geistesabwesend vor, so leer, so wie die Luft, dass er sich auf der Stelle in sie verliebte. Und er, der nie etwas außer Luft berührt hatte, berührte sie, da sie so sehr der Luft entsprach, dass man sie beinahe mit ihr verwechseln konnte. Er nahm sie mit sich, und sie musste ihn wohl auch geliebt haben, da sie ohne Protest ihr altes Leben hinter sich ließ und mit ihm eine Art Traum ohne Boden betrat. Und hier spreche ich rein metaphorisch und nur aus meinem Gefühl heraus, da ich es natürlich nicht genau weiß. Doch es scheint mir, dass die Liebschaft mit dem ›Sindbad der Lüfte‹ lediglich aus Träumen und Schatten bestand, reine Illusion und ohne jegliches Fundament. Einen Mann zu lieben, der die Entfernung liebt, muss, bildlich gesprochen, so sein, als würde man die Abwesenheit umarmen.

So bewegten sie sich eine Zeit lang fernab der Welt und umarmten die Abwesenheit und einander. Und noch immer segelte er aus Liebe zur Distanz am Himmel entlang, und wegen des Geldes, das dadurch in seine Taschen strömte. Es hieß, er würde sie einsperren, wenn er zu einem Jahrmarkt reiste, aber nicht, weil er Angst hatte oder eifersüchtig war, sondern weil er sie unverändert und ohne jegliche Erfahrung wollte, genauso wie er sie gefunden hatte. Er wollte nicht, dass sie noch mehr Erfahrungen über die Details und die Bagatellen der Welt sammelte, als sie ohnehin schon gemacht hatte, denn er hielt sämtliche Details dieser Welt für Bagatellen. Im Grunde hielt er alle Details für unrein und wollte sie mit einem Ozean der Leere, mit einem Ozean aus Luft hinwegspülen.

Was er jedoch nicht wusste und was ihm zum Verhängnis wurde, war die Tatsache, dass ein Verstand, der allzu lange alleine in einer leeren Umgebung steckt, anfängt, sich Details auszudenken. Er merkte auch nicht, dass die Einzelheiten, mit denen er die Flucht von sämtlichen Details plante, seinen eigenen Verstand so gründlich in Anspruch nahmen, dass er an gar nichts anderes mehr denken konnte. Doch bei ihr war das anders. Da er darauf bestanden hatte, dass ihr Außenleben – mit oder ohne ihn – ein leerer Raum sein sollte, war ihr Innenleben aufgeblüht und hatte wer weiß was für Landschaften und Gebäude, Freunde und Feinde, Zirkusse und Theater, Besitztümer und Schmuck sowie Spielzeug und Spiele erfunden, da sie, wie gesagt, nur ein Kind war. Und als er eines Nachts zu ihr zurückkehrte, erzählte sie ihm von all ihren Phantasien, und er wurde zornig, und all seine Liebe für sie zerbrach.

Doch er konnte sie nicht verlassen, da sie *ihn* auf eine schwierige und sture Weise lieben gelernt hatte und er von ihrer Beharrlichkeit zurückgehalten wurde. Hinzu kam die Tatsache, dass er sie einst geliebt hatte und spürte, dass er sie auch wieder lieben könnte, wenn er doch bloß den verlorenen Schlüssel zu ihrem geistlosen Zustand wieder fände und sie irgendwie in diesen Zustand der geliebten Leere zurückversetzen könnte. Und so begleitete sie ihn eine Weile in die Welt und in den Himmel hinauf, denn die Menschen auf den Jahrmärkten verehrten ihre Leichtigkeit sowie ihr hübsches Aussehen. Aber Sindbad konnte es einfach nicht ertragen, sie in allen Einzelheiten dort oben herumschweben zu sehen, wo es früher nur Luft um ihn herum gegeben hatte, und am Ende beschloss er, am Boden zu bleiben und sich um die Details zu kümmern, wo sie seiner Meinung nach auch hingehörten. Er war nun ein trauriger und verbitterter Mann voller Selbstverachtung und voller Sehnsucht nach der Arktis. Letzteres schien ihm die einzige Gegend auf der Welt zu sein, die weit genug, leer genug, weiß genug und kalt genug war, um ihm zu gefallen.

Man nannte sie Arianna S. Ether, obwohl ihr wirklicher Name Polly Smith war. Das ›S‹ stand für Seidenpflänzchen, denn Arianna musste bei jeder Vorstellung aus dem Ballon springen und leicht und graziös an einem Fallschirm zu Boden gleiten, was ihr auch immer wieder erfolgreich gelang. Es scheint mir bedeutsam zu sein, dass der wichtigste Teil von Sindbads Auftritt das Davonschweben, das Erreichen von Entfernung und Leere war, wogegen der wichtigste Teil von Ariannas Vorführung darin bestand, dass sie zur Erde, zur Vertrautheit und den Details zurückkehrte. Und nun war der arme Sindbad, der doch ausschließlich die Luft liebte, an die Einzelheiten der Erde gefesselt, während er mit ansehen musste, wie seine Frau immer wieder aufs Neue aus den Regionen des Äthers zurückkehrte. Es dauerte nicht lange, und seine gebrochene Liebe schlug in Hass um.

Bevor du jetzt aber schlecht über unseren Sindbad denkst, möchte ich dir erklären, dass er kein harter oder gar gefühlloser Mann war – kein Mann, zum Beispiel, der noch nie geliebt hatte. Bedenke, er hatte ›nur die Luft‹ geliebt und er hatte eine Frau geliebt, die ›nur der Luft‹ ähnelte … und das ist schon mehr, als mancher Mann oder manche Frau in einem ganzen Leben je zustande bringt. Sindbad suchte immer und fand doch nie. Bis er hierher kam, nach Haworth, nach Stanbury.«

Hierher… seufzte der Wind. »Hierher … hör zu«, hauchte Emily.

»Du hättest die Feste in jenen Tagen erleben sollen. *Ich* hätte die Feste in jenen Tagen miterleben sollen. Einige von uns arbeiteten damals in den Steinbrüchen und hauten Steine für die Speicherbecken, die überall im Moor angelegt wurden, aber die meisten von uns, mein Großvater, meine Großonkel und viele meiner Großtanten, arbeiteten in den Fabriken im Tal. Und alle wussten einen guten Jahrmarkt, ein schönes Fest zu schätzen. Da gab es Männer, die in Komikergruppen auftraten; Männer, die weiße Tauben aus schwarzen Zylindern hervorholten; Männer, die Reden hielten, und Männer, die jonglierten und Kunststücke machten. Und alle übten sie und bereiteten sich auf den Tag vor, an dem Sindbad und seine Lady nach Haworth kamen. Der Tag war düster und grüblerisch, genau wie er. Der nachfolgende Tag war dagegen hell und klar, so wie sie. Und aus irgendeinem Grunde war dieser düstere und grüblerische Mann ebenfalls hell und klar geworden. Wieso? Das darfst du ruhig fragen. Es war aus Liebe geschehen. Irgendwann in der Nacht hatte Sindbad herausgefunden, wie er die Liebe zurückgewinnen konnte.

Es war ihm ganz plötzlich klar geworden. Irgendwann war das Mädchen abends in sein Zimmer gekommen, hatte es aber später wieder verlassen – denn wenn die beiden auf Reisen waren, teilten sie nie ein Zimmer, was wohl eine Frage des Anstands war. Entscheidend war aber, dass sie gegangen war, während er sich mit etwas anderem beschäftigt – gelesen oder Karten studiert – hatte und er gar nicht gesehen hatte, wie sie hinausgegangen war. Er hatte ihre Abwesenheit eher unbewusst gespürt. Während er sich auf etwas anderes konzentrierte, spürte er ihre Abwesenheit, noch bevor er sich dieser Tatsache voll bewusst wurde, und es fühlte sich wundersam, vollkommen und übernatürlich an … dasselbe Zimmer schien durch ihre Abwesenheit zu glänzen, die Wände seines Herzens schienen durch ihre Abwesenheit gesprengt zu werden, noch bevor Sindbad sagen konnte, wozu das alles gut sein sollte. Indem sie einfach aus seinem Zimmer verschwand, als er gerade nicht hinsah, brachte Polly/Arianna S. Ether den

Raum, die Leere, das Vakuum zurück; und bevor Sindbad auch nur einen Gedanken darüber zu Ende bringen konnte, war er schon wieder verliebt. Jedoch mit einem schrecklichen Unterschied: Er wusste, dass er sie nur lieben könnte, wenn sie völlig von ihm fern bliebe. Und da wusste er, was er zu tun hatte.«

»Was hatte er denn zu tun?«, fragt Ann.

»Was hatte er denn zu tun?«, fragt Arianna.

Hatte, hatte, heult der Wind.

»Mein Vater beendete die Geschichte immer hier, indem er uns sagte, was Sindbad zu tun hatte. Dann erzählte er uns, was er anschließend tat, und dann sprach er über die Gefahren der verbotenen Liebe, und wir lasen in der Bibel, wie Jesus die sieben Teufel vertrieb. Doch als ich älter wurde, wollte ich die Geschichte anders erzählen. Mir kam es so vor, als sei der interessanteste Teil daran Sindbads Verstand, und ich beschloss, in seinem Verstand zu verweilen und den Rest der Geschichte aus dieser Sicht zu erzählen. Irgendwelche Einwände dagegen, Ann?«

»Nein«, antwortet sie.

»Nein!«, schreit Arianna, die wieder so viel Substanz zurückgewonnen hat, dass sie bis auf den letzten Messingknopf in ihrem aeronautischen Kostüm steckt. Ihr Schrei wird von dem Paar im Inneren für eine starke Windböe gehalten, die um die Ecken des Cottage weht.

»Sindbad stand am Rande des Feldes von Haworths West Lane und blickte den komplizierten Details dieser Frau hinterher, die sich von ihm entfernte und in die unkomplizierte Leere eines strahlend blauen Himmels hinaufschwebte. Er war vom Aufruhr der Welt umgeben; den Blaskapellen, den Jongleuren und den Clowns, und über ihm entfernte sich diese Frau immer weiter von ihm. Dann, als sie sich Stanbury näherte, sah er sie aus dem Ballon in die Abwesenheit springen.

Weißt du, er wusste genau, dass sie in die Abwesenheit hineinsprang, denn er selbst hatte an diesem Morgen den Fallschirm so präpariert, dass sie gar keine Chance hatte, irgendwo anders hin zu springen. Und dann weinte er mit all den Kohlen- und Fabrikarbeitern, die um ihn herumstanden; mit dem Unterschied, dass diese aus Kummer über ein viel zu früh beendetes junges Leben weinten, und er aus Freude darüber, die Liebe reaktiviert zu haben.

Später flog er mit einem Ballon in die Arktis und wurde nie wieder gesehen. Es schien fast so, als habe er ein derart vollkommenes Vakuum umarmt, dass all seine Spuren ausgelöscht wurden. Und genau das wollte er am Ende doch: weiße Liebe, die Abwesenheit, Leere und Auslöschung.

Während er dort oben im Norden war, hat er vielleicht die Überreste von anderen Eismännern entdeckt, von arktischen Irren, die ebenfalls diesen ganz speziellen, langsamen Freitod gewählt hatten. Zumindest stelle ich mir das so vor. Vielleicht hat er ja ihre eingefrorenen Tagebücher gefunden, oder auch ein Bündel Liebesbriefe an ein zurückgelassenes Mädchen. Ja, dieser letzte Teil gefällt mir gut, und damit beende ich die Geschichte in einer weißen Landschaft, in der unser Sindbad Liebesbriefe liest.«

John schenkt sich ein großes Glas Whisky ein und gießt dann die Hälfte in Anns Teetasse. Die Geister pressen sich gegen die Scheibe und werden immer dünner, flacher. Sie beobachten, wie sich der Mann auf seinem Sessel ernst nach vorne beugt und der Frau die letzten Worte der Geschichte mitten ins Gesicht sagt.

Drei Tage lang las Sindbad die Tagebücher im immer dunkler werdenden Zwielicht: Jede Dämmerung wurde düsterer, jeder Tag kürzer. Er las von zermürbenden, tagelangen Reisen über Eisschollen, von herrlichen Festmahlen auf Eisbergen und über das Jagen von Bären. Er las über die Errichtung von Häusern aus Eis und über das Braten von Seehund-Tran. Er las über den Austausch von Geheimnissen unter arktischen Monden und von sonderbaren, verzweifelten Geständnissen. Er las über Krankheit und Genesung; über das morgendliche Singen der schwedischen Nationalhymne. Er las von der Entdeckung eben jener Insel, an deren Küste er selbst gelandet war; von einem zahmen Fuchs, den du, Ann, am liebsten im Arm gehalten hättest, und über das Versagen eines Primuskochers. Die abschließenden Worte, die er in jedem der drei Tagebücher unter dem letzten Datum fand, waren: ›Ich bin so weit ich konnte hinaufgeklettert und habe mich in alle Richtungen umgesehen.‹ Die Worte waren seltsam tröstlich, da Sindbad wusste, dass die Männer in allen Richtungen lediglich ins Leere geblickt hatten.

Am vierten Tag fing er an, das Bündel Briefe zu lesen. ›Mein armer Liebling‹, begann der erste, ›was wirst du jetzt wohl denken, wo ich nicht zurückgekehrt bin?‹ Als Sindbad das inmitten dieser Leere las, spürte er ein eigenartiges Kribbeln im Hals und wusste, dass er zum zweiten Mal in seinem Leben weinen würde. Und dann weinte er. Tränen gefroren in seinem Schnurrbart, seinen Wimpern, seinem Bart, und je länger und heftiger er weinte, desto mehr Tränen tropften auf den Boden, wo sie eines jener konischen Schlösser bildeten, wie sie Kinder gelegentlich aus nassem Sand am Strand bauen. Er durchweinte die langen Nächte und die zunehmend kürzer werdenden Tage und las zwischendurch noch einmal die sieben Briefe, die er beinahe auswendig lernte. Viele Absätze begannen mit ›Wenn ich doch nur‹ oder ›Hätte ich doch bloß.‹ Manche Wortverbindungen gingen Sindbad durch den Kopf, auch wenn er gar nicht las: ›Die Farbe deines Kleides‹, ›Als du dem Orchester zugehört hast‹, ›Als wir das erste Mal‹, ›Dein kleines Kätzchen‹, ›Dein schimmerndes Haar‹, ›Der letzte gemeinsame Ritt.‹ Und Wörter, Wörter wie ›gekannt‹, ›grausam‹, ›Wahnsinn‹, ›offen‹, ›Berührung‹, ›warten‹.

Am siebten Tage konnte Sindbad nicht mehr weinen. Er hatte geweint für zehn Männer und konnte seinen Sinnen nicht länger diese Orgie aus Lesen und Schluchzen zumuten. Er war übersät mit salzigen Eiszapfen, die seine gefrorenen Tränen gebildet hatten. Wenn er sich bewegte, machten sie Geräusche wie Schlittenglöckchen oder Windspiele. Und jetzt bewegte er sich – er brachte alles, was er besaß, von der Insel fort, weit hinaus auf das Eis. Der Tag war violett, die Sonne dunkel und nur zur Hälfte am Horizont sichtbar, als er sämtliche Spuren von sich beseitigte: Ballonseide und Gondel, Blechdosen und Kothaufen, leere Champagnerflaschen und Schleppleinen – er brachte alles weit, weit hinaus auf das Eis, so dass er, als er zum letzten Mal auf der Insel stand, die Silhouette eines kleinen dunklen Bergs aus Gegenständen vor dem malvenfarbenen Himmel sehen konnte. Er verteilte die Briefe und Tagebücher über die Felsen, so dass es den Eindruck machte, sie seien nicht gestört worden. Dann ging er weit hinaus auf das Eis, von dem er mit Sicherheit wusste, dass es schmelzen würde, sobald die wenigen, kurzen Sommerwochen anbrechen würden. Er dachte an all die seltsamen Gegenstände, die von der Meeresströmung an die Küste von White Island gespült werden würden, wenn die weiße Leere um ihn herum für einen Monat lang geschmolzen wäre, und er wusste, dass sämtliche Einzelteile einen langen, weiten Weg zurückgelegt haben würden. Und in seinem selbst geschaffenen Totenhemd aus gefrorenen Tränen wartete er zufrieden und allein auf das Tauwetter.«

Arianna beobachtet, wie Johns Lippen die Wörter *wartete er* formen und sieht anschließend, wie das Wort *Tauwetter* aus Emilys Mund entweicht. Die Geister blicken sich lange in die Augen. Sie fassen sich an den Händen, umarmen die Energie der abgeschlossenen Geschichte, berühren die Versöhnung, werden Luft, werden Wind, dringen in Felsen und Äther, in Windhauch und Heide. Mal sind sie Schatten hinter der Scheibe, mal sind sie Wolken, die über den Mond wehen.

Sie geben sich dem großen Hauch des Abschiednehmens hin, dem langen, erleichterten Seufzer der Ankunft. *Öffne das Fenster, Nelly, ich friere.* Auf der anderen Seite des Fensters erleben die Geister Glanz und Zerlegung. Emily löst sich auf. Arianna verdunstet.

Wenn Geister zur Landschaft werden, schlägt das Wetter um, der Wind weht aus einer anderen Richtung, und der Himmel verändert sich. Große Schatten von fortziehenden Vogelschwärmen zittern vor den Wolken, die Saat von herrlichen Stürmen geht auf, und die Winde sind selbstbewusst. Ein Maler des sechzehnten Jahrhunderts hält Blitze in seiner Hand; ein Fabrikarbeiter erfindet Geschichten für den Himmel. Jemand betritt eine Eisscholle, jemand steigt in die Luft auf. Sie, die das Wetter geliebt hat, wird zum Wetter, streichelt den Fels, die braunen, standhaften Hügel.

Am äußeren Rand eines dunklen Dorfes erleuchtet jemand ein oberes Zimmer.

DANKSAGUNG

Zwei Bücher im Besonderen haben mich zu Teilen dieses Romans inspiriert und mir Informationen dafür geliefert: Aus Glyn Hughes *Millstone Grit* erfuhr ich vom Lippenlesen in lauten Fabriken, vom Schreiben in den Appretur-Staub sowie zahlreiche andere herrliche Details, die kaum aufzuzählen sind. Aus Peggy Hewitts *These Lonely Mountains* entnahm ich die Hintergründe über eine bestimmte Ballonfahrerin, deren Grabstätte ich auf einem Friedhof in der Nähe von Haworth entdeckt habe. Ebenfalls möchte ich Peggy Hewitt dafür danken, dass sie in Oldfield im Haus eines bestimmten, älteren Gentleman gewohnt und darüber geschrieben hat, und für die Gastfreundschaft, mit der sie und ihr Mann mich und meine Familie überschüttet haben, als wir sie eines Abends im Mai besuchten. Und natürlich bin ich Eric und Kathleen Cole zutiefst dankbar für die vielen Freundlichkeiten, die sie mir, meinem Mann und meiner Tochter angedeihen ließen, sowie für das Cottage, in dem ich den größeren Teil dieses Romans geträumt habe.

Ich danke dem *Canada Council* und dem *Ontario Arts Council,* die es mir ermöglichten, mir die Zeit zu nehmen, die ich benötigte, um diesen Roman fertig zu stellen.

Außerdem möchte ich Diane Keating und Ann Pippin für ihre Begeisterung, ihre Kommentare und ihre Ermutigungen danken; und noch einmal ein ganz besonderes Dankeschön an Ellen Seligman für ihr Engagement und ihre Unterstützung.

Einige Passagen aus diesem Roman sind in leicht veränderter Form in *Exile* erschienen. Ein Kapitel wurde in »*Speaking Volumes*« und »*Aircraft*« im CBC-Radio gesendet.

Jane Urquhart
Wellesley, Ont.
November 1989